Sin defensa posible

Autora: Úrsula Llanos
libros@ursulallanos.com

Bemasoft Ediciones S.L.
ediciones@bemasoft.es

Diciembre de 2017-edición 1ª
ISBN 978-84-944974-8-3
Depósito legal M-34057-2017

SIN DEFENSA POSIBLE

Úrsula llanos

Ediciones Bemasoft S.L.

A mi cuñada Elena

Se avecinaba una tormenta. Traía su olor el vendaval que de improviso se había levantado y que doblaba sobre sí mismos los árboles que orillaban el río y rizaban la superficie del agua con olitas minúsculas. Sobre sus cabezas se iban agolpando los nubarrones que amenazaban con descargar de un momento a otro, a la par que el cielo se iba tiñendo de un color negro intenso. Pese a que no eran más que las cinco de la tarde, la luz del día se había ido apagando paulatinamente. Parecía que el crepúsculo se hubiese anticipado a lo que marcaban las agujas del reloj que llevaba en la muñeca y Carol oteó preocupada los alrededores.

—Va a caer un chaparrón— murmuró con una voz más aguda de la suya habitual, lo que denotaba el miedo que le inspiraba ese fenómeno de la naturaleza—. Está a punto de empezar a llover y nos vamos a poner como sopas— ¿Veis alguna casa por los alrededores donde podamos pedir que nos dejen resguardarnos hasta que escampe?

Los otros siete muchachos que, con sus mochilas a la espalda, caminaban por el margen del rio en pos de ella, levantaron al mismo tiempo la cabeza hacia las alturas y luego desviaron la mirada hacia lo poco que podían avistar desde allí de la cima de los farallones que encajonaban el agua, por cuya orilla avanzaban en fila india. A lo lejos, el puente de piedra parecía observarles sin acusar el paso de los siglos, si se exceptuaba el musgo que verdeaba sus pilastras de granito. Presenciaba indiferente como los ocho excursionistas de diecisiete años avanzaban siguiendo el borde de su cauce. Desde aquel sendero de tierra era imposible distinguir lo que pudiera haber más arriba y Carol se lo hizo notar a los demás, volviendo la cabeza hacia Toño que era el más próximo en la hilera.

—Creo que deberíamos buscar algún refugio antes de que comience a caer el diluvio que se avecina. Podríamos trepar por la ladera hasta la cumbre. Después de todo no es muy empinada.

Aunque la chica le caía profundamente antipática a Lorena, que iba en retaguardia, se vio obligada a darle la razón. Carol era la favorita de los chicos de su clase. Sumamente estilizada, con unas largas y bonitas piernas que lucía con el pantalón corto que llevaba y una melena cobriza que ese día llevaba recogida en lo alto de la cabeza en una coleta y que balanceaba cadenciosamente, sabía que era una de las estudiantes más bonitas del instituto y lo utilizaba. Lorena, por el contrario, aunque sus facciones eran correctas, ostentaba una profusión de granos en el rostro que lo afeaban y su cabello, que era indomable, le caía revuelto y desgreñado por el viento hasta más debajo de los hombros. Poseía, eso sí, una figura armoniosa y unas piernas que podían parangonarse sin desmerecer con las de Carol, pero los chicos no parecían darse cuenta, pese a que, como los demás, llevaba también pantalón corto. Todos, exceptuando a Sebastián, que iba el último, y quizás a Andrés que parecía vivir en otro mundo, luchaban porque aquélla les permitiera acompañarla y a ella la ignoraban como si no existiera. Bueno, Andrés no la ignoraba, pero a ella solo la atraía Toño, aunque él solo tenía ojos para la estúpida de Carol. Pese a la rivalidad que le inspiraba ésta, se sintió obligada a corroborar su sugerencia.

—Sí y no debemos esperar a que empiece a llover. En este lugar una tormenta puede incluso llegar a ser peligrosa.

—Ya ha pronunciado su sentencia la caguetillas de Lorena— se burló Toño con un guiño a Jorge, que le seguía. Era un chico alto y muy atractivo, con ojos claros, entre azules y verdes, y cabello castaño con mechones aclarados por el sol, del que estaba secretamente enamorada, pese a que él, que era un bravucón y un pendenciero, no le había hecho nunca el menor caso. No se molestaba en disimular que bebía los vientos por Carol desde el año en el que, sin previo aviso, diera el estirón y empezara a afeitarse la pelusilla que tenía sobre el labio superior.

—No soy una caguetillas— se defendió ella— Creo que es lo más prudente y además tenemos que ir regresando hacia la parada del autobús para no perder el último.

—El último sale a las ocho de la tarde y son las cinco— volvió a ironizar Toño—. Si por ti fuera, no nos habríamos separado de esa parada en todo el día para que no se nos escapara el coche de vuelta, con lo que nuestra excursión hubiera sido todo un éxito. ¿Eres siempre tan divertida?

Notó ella que se le humedecían los ojos, pero se tragó las lágrimas y siguió a los otros que empezaban ya a trepar por la vertiente. Ninguno se ofreció a darle la mano para ayudarla y en cambio todos le brindaron ayuda a Carol, que fue aceptando la de tres de los chicos que formaban parte del grupo que había salido de excursión esa mañana, pese a que era muy ágil y que no la necesitaba. Era la primera en la clase de gimnasia y se bastaba para trepar por cualquier ladera, por escarpada que fuese.

Lorena no era tan ágil. Llegó arriba resoplando, al tiempo que un estruendoso relámpago rasgaba las nubes. Los demás se habían ido deteniendo en la cima para orientarse y en ese momento analizaban en silencio el panorama. El lugar era solitario. No se veía un alma por los alrededores ni se escuchaba el piar de un pájaro. Tan solo podían verse árboles y más árboles que entretejían sus ramas como si necesitaran apoyarse los unos en los otros entremezclando también su intenso colorido. Toda una gama de verdes y de ocres, cuya belleza ninguno se detuvo a apreciar. Se agitaban ya con un rumor sordo augurando el vendaval que precede a la tormenta y todos se apresuraron a escudriñar las inmediaciones disimulando la aprensión que empezaban a experimentar.

Esa mañana habían salido de excursión de Madrid en el autobús de línea y se habían bañado en el rio Alberche para comer después en un claro que la naturaleza había dejado libre junto al agua, compartiendo lo que cada uno había llevado. Habían dado vacaciones ya en el instituto y Carol solía organizar esas expediciones durante el mes de julio en el que el calor en la capital era asfixiante. No había consultado la chica el parte meteorológico, porque de haber sabido que por las tardes se sucederían las tormentas en la sierra de Gredos, en Aldea del Fresno, habría pospuesto la excursión para mejor ocasión, porque los truenos y los relámpagos la atemorizaban.

Lorena sentía algo parecido y también María y África, que intercambiaron con ella una mirada de inquietud. María era muy alta. Le sacaba la cabeza a Lorena y su silueta, larguirucha y recta como un palo, con la espalda ancha y con el tórax liso como una tabla, carecía de todo atractivo. Se veía obligada a utilizar además por su miopía unas gafas de cristales gruesos que le achicaban los ojos y que le conferían aire de maestra de escuela. Por todas esas razones no solía ser tampoco objeto de atención por parte de los chicos, aunque, como poseía una inteligencia privilegiada, todos le pedían los apuntes que tomaba en el instituto y contaban con ella para sus acostumbradas excursiones, por miedo a que en caso contrario no les ayudase cuando se aproximasen los exámenes. África en cambio sí era muy bonita. Poseía un rostro infantil como el de una muñeca, pero su figura no se había desarrollado aún, pues, aunque había cumplido diecisiete años, igual que los demás, seguía siendo muy bajita. Pese a su aspecto aniñado, poseía mucho carácter y se enfrentaba a menudo con el que le llevaba la contraria, incluso con Carol y con Toño, que eran los que acostumbraban a llevar la voz cantante.

Disimulando su desasosiego, todos intentaron atisbar algo entre la muralla de verdor que les envolvía y que se dilataba frente a ellos, cubriendo una ladera de escasa pendiente. Una senda comenzaba allí zigzagueando en dirección a lo que parecía ser un solitario edificio de dos plantas, cuyo negro tejado sobresalía entre los árboles y Carol, sin pedir opinión a los demás, encabezó la marcha siguiendo su trazado, escoltada por Toño y por Jorge. Era este último un chico pelirrojo con el rostro cubierto de pecas y otro de los adoradores de la chica. Aunque era amigo inseparable del otro desde primaria, no ocultaba su rivalidad con él con el que se peleaba a menudo, quizás porque Carol no manifestaba nunca sus preferencias por ninguno de ellos, sino más bien al contrario. Poseía una capacidad inagotable de acaparar admiradores y para todos tenía sonrisas y mohines pícaros, exceptuando a Sebastián, al que ignoraba como si no existiera.

Les seguían éste último y Andrés, que no habían manifestado nunca interés por Carol y que tampoco en esos momentos aparentaban desear desplazar a Toño y a Jorge del lugar privilegiado que ocupaban. De Sebastián no podría asegurarse, porque jamás manifestaba sus impresiones ni sus sentimientos. Les acompañaba a veces en las excursiones, pero en la mayoría de las ocasiones declinaba la invitación de África, que era la única que le llamaba para informarle de los planes que organizaban Carol y Toño.

Caminaba en ese momento por el sendero con su rubia cabeza baja sin que pareciera impactarle el amenazador aspecto del cielo. Podría decirse que iba pensando en otra cosa y que ni siquiera se había fijado en el cadencioso balanceo de la coleta de Carol que, en cabeza, animaba a los demás a seguirla. Tras los chicos y a la zaga cerraban la marcha Lorena, África y María, por las que ninguno de los dos primeros chicos del grupo había demostrado nunca un gran interés.

Otro relámpago culebreó entre los negros tiznones del firmamento, al tiempo que resonaba un estridente trueno y los nubarrones empezaban a dejar caer su húmeda carga sobre ellos. Fue como si el cielo se desplomara de repente sobre la tierra, convertido en una catarata, y todos echaron a correr detrás de Carol, que era la única que podía competir en velocidad con los muchachos y que alcanzó la primera el edificio que habían distinguido entre los árboles. Una casona que presentaba claros signos de abandono. El tejado parecía haberse hundido por algunos sitios, el canalón que lo bordeaba colgaba a trechos sobre la fachada y las ventanas de la planta superior tenían los cristales rotos y por ellas penetraba el viento y la lluvia. La hiedra que trepaba por la fachada y que amenazaba con cubrirla por entero había invadido también los huecos de esas ventanas privando sin duda de iluminación al interior del edificio.

También tapizaba el porche de la casa al que se ascendía por tres escalones y Carol los subió apresuradamente apartando las ramas de la planta trepadora para guarecerse bajo el tejadillo de pizarra del chubasco que arreciaba por momentos. Era un exiguo espacio, flanqueado por dos columnas por los que trepaban los restos secos de lo que había sido una hiedra, que tres de los chicos invadieron a continuación y en el que las últimas chicas intentaron ser acogidas a empujones. El último en pretender cobijarse en el improvisado refugio fue Sebastián que no consiguió ponerse totalmente a salvo del hilillo de agua que resbalaba desde el tejado y que iba a caerle en la cabeza, por lo que le empapó de arriba abajo. La lluvia caía desde lo alto como una cortina, racheada a ratos por el viento, y todos se miraron esperando que alguno propusiera una idea salvadora. Como siempre fue Carol la que decidió por todos.

—Parece que esta casa esté abandonada— consideró dirigiendo una desdeñosa mirada al portón que tenía a su espalda— Tiene pinta de ir a desplomarse de un momento a otro, pero de momento nos servirá para refugiarnos del chaparrón. En cuanto escampe iniciaremos el regreso.

—Pues esperemos que suceda pronto, porque aquí vamos a coger una pulmonía— consideró Lorena ahogando un estornudo y luchando por abrirse un hueco entre los que tenía a su espalda. A ella también le caía encima el hilillo de agua que resbalaba del tejado y que se le colaba por el cogote—. ¿Qué hora es?

—Las… cinco y veinte. Aún falta mucho… para que… para que salga el último autobús— repuso el lacónico Sebastián.

Tenía el chico aspecto de extranjero. Su cabello era rubio, casi blanco y sus ojos azules. Zanquilargo y sumamente delgado, tartamudeaba cuando se ponía nervioso y, como se reían de él por esa circunstancia, no solía pronunciar dos palabras seguidas.

— ¿Por qué no miras tú el reloj en lugar de preguntar tanto? — protestó Toño, defendiéndose de las intentonas de ella por abrirse camino hacia Carol, que ocupaba un lugar privilegiado en el exiguo espacio disponible del porche, con la espalda contra el portón de la casa, por lo que se hallaba a salvo de la lluvia.

La había envuelto al decírselo en una mirada desdeñosa que sintió ella como una dolorosa punzada en el pecho.

—No lo miro, porque no puedo moverme. Estamos aquí como sardinas en lata— murmuró en tono de disculpa.

—Tam… tampoco nos cuesta nada dar… darle ese dato cuan… cuando nos lo pregunta— intervino conciliadoramente Sebastián.

—Mejor será que tú cierres el pico— le increpó Toño con acritud— Necesitas un siglo para contestar a cualquier pregunta y no tenemos tiempo ni ganas de escucharte.

Aunque era la más bajita del grupo y la más menuda, África salió inmediatamente en defensa del chico, como siempre que alguien se metía con alguno que ella consideraba más débil. Sabía que a tortas con Toño no tenía nada que hacer, pero no parecía importarle.

— ¿Quieres dejar en paz a Sebastián, Toño? Está muy feo burlarse de los pequeños defectos que todos podemos tener.

—Es que el de Sebastián no es pequeño— farfulló el otro— Y eso que va a clases de logopedia. ¿Cuánto tardaría en decirle la hora a Lorena si dejara esas clases en las que repite como un loro con una piedra en la boca eso de que la lluvia en Sevilla es una maravilla?

—Yo… yo no repito… esa fra… frase con una piedra en la boca— se defendió el chico, encendido como una amapola.

— ¿No? Bueno, creo que fue Demóstenes el que, pese a que era tartamudo, llegó con ese método a ser un orador. ¿Por qué no pruebas tú?

— ¿Pero te quieres callar? — se enfadó África dirigiéndole a Toño una mirada furibunda—. Estamos aquí empapados como sopas bajo una tormenta que no presenta visos de amainar y lo único que se te ocurre es meterte con Sebastián, que no te ha hecho nada.

Acusó el chico el sofión y como no toleraba que le diesen lecciones, replicó indignado:

—Es que me pone nervioso. No sé cuál de vosotros le ha animado a que se venga hoy de excursión con nosotros, supongo que tú que tienes alma de samaritana y que además eres tonta, porque por mi gusto se habría quedado en su casita.

Aunque el muchacho la tenía encandilada desde varios años antes, sintió Lorena que la admiración que le inspiraba sufría un rudo golpe al ver la expresión de Sebastián. Había enrojecido éste hasta las orejas, tenía los ojos húmedos y parecía estar profundamente abochornado.

—Eres un imbécil— increpó a Toño indignada, preguntándose qué habría visto en el que había sido su héroe para elevarle al pedestal del que se le estaba cayendo en ese instante. Sin duda tenía un físico muy atrayente, pero en ese momento no le pareció suficiente motivo para haberle adornado con unas cualidades de las que indudablemente carecía. Aunque comprimida entre los demás no consiguió volver la cabeza hacia él, masculló levantando la voz—: Podías haberte quedado en tu casita tú y estaríamos todos en este momento mucho más a gusto. Es propio de miserables meterse con las discapacidades de los demás.

No resultó oportuno que calificara de discapacidad la tartamudez de Sebastián, porque este enrojeció todavía más de lo que ya estaba y su rostro se crispó al tiempo que se endurecía su mandíbula.

A su espalda, Toño se revolvió contra ella como si le hubiesen pinchado.

—¿Tampoco puedo meterme con tus granos? Porque hay que ver el montón de ellos que has conseguido juntar sobre tu cara. ¿Lo has hecho a propósito o hay que echarle la culpa a la estúpida adolescencia que por lo visto disfrutas?

—¿Te quieres callar, Toño? — se enfadó África levantando la voz por segunda vez y tratando de atisbarle por encima de la cabeza de Andrés que era el más alto— Estoy empezando a pensar que el que no debería haber venido a esta excursión eres tú. Todos estamos mojados, incómodos y fastidiados con esta tormenta tan inoportuna, pero no creo que por esa razón debamos meternos los unos contra los otros. Lo que tenemos que hacer es buscar una solución. Dentro de poco tendremos que iniciar el regreso y el autobús no espera.

Admiró Lorena en ese momento el carácter de la otra, que siempre salía en defensa de los más débiles sin que al parecer le preocupara la posibilidad de que la marginaran del grupo y prescindieran de ella y no la llamaran para participar en las excursiones a la sierra. Toño, sin embargo, debió identificarla en ese momento con un molesto insecto y como quería fastidiarla canturreó con el tono con el que en primaria recitaban cuando eran unos chiquillos las cinco partes del mundo:

—Europa, Asia, África, América y Oceanía. Vaya nombrecito el de África. ¿A quién se le ocurrió ponértelo? ¿No has pensando en cambiártelo?

Estrujada entre los otros, la chica intentó levantar la cabeza para envolverle en una mirada irónica.

— ¿Para ponerme el de Antonia y que la gente me conozca por "Toña"? No, me gusta más el mío.

—Y… y a mí… también— la apoyó Sebastián.

—Tú te callas— farfulló Toño— Cuando aprendas a hablar, puede que te dejemos intervenir en la conversación, pero dudo que eso suceda alguna vez.

—No te metas con él, Toño— le pidió Carol con coquetería. Sería menos incómoda esta situación si tratáramos de llevarnos bien.

Aunque a Lorena no le caía bien ésta, en ese momento le dio la razón. Ciertamente la chica no se había metido nunca con ella ni había aludido jamás a sus granos para caricaturizarlos. Su mayor defecto residía en que sabía que era guapa y lo utilizaba, pero se dio cuenta en ese instante de que era natural que lo supiera y de que era lo único que podía achacársele, porque se limitaba a aceptar la admiración que suscitaba sin pedirla, con la naturalidad del que recibe un homenaje merecido.

Un vendaval agitó los árboles cercanos con un silbido agudo y racheó la lluvia que les empapó bajo el tejadillo, por lo que todos intentaron apretujarse contra los que se hallaban al fondo del porche, pese a lo cual no consiguió Sebastián quedar a cubierto. Aplastada por los demás, la puerta de la casa en la que Carol se apoyaba, cedió a su espalda y trastabillando se sintió impulsada hacia el interior de un oscuro vestíbulo, a la par que Toño y Jorge perdían también el equilibrio y le caían encima. También los demás fueron aterrizando sobre ellos en un confuso revoltillo de brazos y piernas del que trataron de liberarse, terminando por conseguir ponerse de rodillas para mirar a su alrededor. Únicamente Sebastián y Lorena quedaron en pie y chorreando agua se detuvieron junto al umbral, instante que aprovechó Jorge, que estaba de rodillas, para hacerles una foto con el móvil que había extraído del bolsillo de su pantalón corto. El chico decía que quería ser fotógrafo y no perdía ocasión de practicar hasta en las situaciones más inadecuadas, como aquella en la que se encontraban.

Apenas si la macilenta claridad que penetraba a través de la puerta abierta les permitió distinguir donde se hallaban. Lorena creyó ver lo que parecía ser una destartalada estancia con algunos trazos más oscuros que identificó como los restos de lo que habían sido los muebles de la habitación. Al fondo comenzaba una escalera de madera que subía a la planta superior, pero que también bajaba a lo que debía de ser un sótano. Sobre el pavimento se extendía una raída y polvorienta alfombra y en la pared de la derecha le pareció ver un arco ovalado que daba paso a otra habitación con una chimenea de leña adosada a la pared.

Carol ya se había puesto en pie y Sebastián se acercó a África para ayudarla a hacer lo mismo, seguramente como agradecimiento por haberle defendido, porque anteriormente no había intercambiado con ella dos palabras seguidas. Ni con ella ni con nadie. Los restantes les fueron imitando e inconscientemente todos se fueron limpiando el polvo de las manos en la trasera de sus pantalones cortos. Luego se miraron en la oscuridad. Fuera arreciaba la lluvia y el viento huracanado penetraba por el hueco de la puerta recorriendo la habitación como si quisiera posesionarse también de ese espacio.

—Deberíamos encender la luz— murmuró África en un susurro—. He visto que el conmutador está al lado de la puerta.

—No habrá electricidad en esta casa, porque debe de llevar muchos años abandonada— opinó Toño escudriñando las sombras—. Será mejor que abramos los postigos de las ventanas. Aún es de día, aunque no lo parezca.

Una claridad grisácea se filtró a través de los polvorientos cristales cuando el muchacho cumplió lo que había ofrecido y se paseó luego por lo que en otros tiempos debió de ser un amplio vestíbulo y ahora un ennegrecido espacio con algunos muebles rotos y con la tapicería de los que quedaban en pie desgarrada. Olía a humedad, a casa abandonada y a algo más que Lorena no supo identificar pero que erizaba el vello de los brazos. África debió de experimentar algo parecido, porque musitó en voz muy baja:

— ¿Por qué no nos vamos?

— ¿A dónde? — protestó Toño dejando escapar una risotada—. ¿Es que no te has dado cuenta de que está lloviendo a mares?

En ese instante un fogonazo luminoso cruzó por el negro firmamento. A continuación, un trueno retumbó estrepitosamente conmoviendo hasta los últimos rincones del edificio en el que se hallaban. Un cuadro con el marco roto que colgaba de la pared se cayó al suelo sembrándolo de cristales y todos se sobresaltaron a la vez.

—Tengo frío— musitó África abrazándose los brazos con las manos—. Tengo frio y en esta casa hay una humedad terrible. No se me ha ocurrido esta mañana meter un jersey en la mochila y voy a enganchar un catarro imponente. ¿Podéis prestarme algo con lo que abrigarme?

Intercambiaron una mirada interrogante. Vestían todos pantalones cortos y una camiseta de algodón de diferentes colores, pero también de manga corta. En los últimos días el mercurio había marcado unas cifras alarmantes y a ninguno se le había ocurrido que pudieran necesitar en la sierra una chaqueta.

—Yo también tengo frío— se quejó Carol provocando una conmoción general entre el elemento masculino.

A excepción de Sebastián que con las manos en los bolsillos miraba sin ver a través de los sucios cristales de la ventana, los demás se aprestaron en el acto a buscar con los ojos algo que pudiera servir para remediar lo que su ídolo acababa de decir. No colgaban cortinas de las dos ventanas de la habitación, sino tan solo algunas pegajosas telarañas, y en la estancia contigua que podían ver a través del arco tan solo distinguieron el mobiliario, que debía consistir en un sofá y dos butacones cubiertos con unas fundas, que en su día debieron ser blancas, además de una librería adosada a la pared y llena de polvo.

Fue María la que tuvo una idea.

—Oíd, en esa habitación hay una chimenea— les dijo señalando la que podía verse a través del arco—. Vamos a encenderla para calentarnos durante el tiempo que permanezcamos en esta casa, hasta que cese la lluvia. ¿Alguno tenéis cerillas o algo que sirva para encender fuego?

Toño fumaba a escondidas de sus padres, pero fue Sebastián el que extrajo un mechero de su bolsillo que tendió a María sin decir palabra. Representaba el timón dorado de un barco y la chica hizo un gesto apreciativo al tomarlo en su mano y hacerlo girar entre sus dedos, admirando los destellos del metal.

—Qué bonito. ¿Te lo han regalado tus padres?

Sin esbozar el menor gesto el chico se limitó a negarlo con una sola sílaba.

—No.

— ¿Te lo has comprado tú entonces?

—No, me lo encontré.

—Pues es precioso. No será de oro, ¿verdad?

—No lo sé.

Toño se apresuró a intervenir y le dedicó un ademán desdeñoso al objeto que María tenía en la mano.

— ¿Qué importará en este momento si es o no de oro ese mechero? Lo que sí importa es que podamos encender con él la chimenea de esa habitación. A la chimenea se le ha caído la repisa que la remataba, pero supongo que eso no impedirá que hagamos arder unas maderas en el hogar hasta que entremos en calor. ¿Veis maderas por alguna parte?

Todos se giraron sobre sí mismos buscando con los ojos algo que pudieran utilizar con esa finalidad. Una butaca despanzurrada con los muelles al aire conservaba las patas y Andrés intentó separarlas de lo que había sido el asiento, pero no lo consiguió.

—Deberíamos dar una vuelta por la casa a ver si encontramos maderos sueltos que nos sirvan. Si hacemos esa búsqueda por separado, terminaremos antes— sugirió.

— ¿Tenemos que separarnos? — inquirió África con un hilo de voz— Yo no quiero pasearme sola por este antro. Hay algo aquí que...

Se volvió Toño hacia ella para observarla burlón.

— ¿Hay algo? ¿Qué es lo que hay? Una casa vieja que parece estar a punto de derrumbarse, pero que nos sirve de refugio por el momento de una tormenta inoportuna que nos está aguando la excursión. ¿O es que tienes miedo?

Era obvio que África lo sentía. Con sus grandes ojos oscuros, bordeados de pestañas negras, escrutaba los rincones temiendo ver aparecer en cualquier instante una aparición espectral.

—Sí tengo miedo— reconoció la chiquilla—. Huele a algo que no sé qué es, pero que me está erizando el pelo.

Cómicamente aspiró Toño el aire que se respiraba en la habitación haciendo muecas de espanto.

—Huele a polvo, a casa decrépita y húmeda y a tormenta— enumeró el chico teatralmente fingiendo estar aterrorizado. Luego la contempló desdeñosamente—. Pero no es necesario que te metas a heroína, no vaya a ser que unas a esos olores alguno más. También podemos organizar la búsqueda de los leños de dos en dos, ¿verdad Carolina? — inquirió dirigiéndose a la interpelada por su nombre completo, aunque nadie solía llamarla así porque no le gustaba—. ¿Te animas a subir arriba conmigo?

Le pareció a Lorena que por primera vez había perdido la aludida la seguridad que la caracterizaba. También Carol escudriñaba la oscuridad de la escalera con sus ojos verdes agrandados por el miedo, aunque trataba de disimular lo que sentía para no perder puntos en la admiración que inspiraba a sus adoradores.

—Bueno, sí— admitió con poca convicción.

Jorge le echó un brazo sobre los hombros a Andrés, para lo cual tuvo que empinarse, porque éste le sacaba la cabeza a él y a todos los demás. También ostentaba el chico una copiosa colección de granos, pero con él no se atrevía a meterse nadie, porque además de ser el más alto, era también el más corpulento.

—Nosotros dos subiremos también a ver qué encontramos— les comunicó Jorge—. Tú, Sebastián, podrías bajar por esa escalera a lo que debe de ser un sótano y vosotras tres— les dijo abarcando con un ademán a María, a Lorena y a África— podéis buscar algo por esta planta que podamos quemar.

Quedaba claro por la elección que acababa de efectuar, que se resignaba Jorge a perder la compañía de Carol y que no tenía ningún interés en que les acompañaran las otras tres chicas ni Sebastián. Éste permanecía inmóvil junto a la ventana con el semblante sin expresión.

— ¿Qué? ¿Te parece bien? — insistió Andrés dirigiéndose a éste último. A diferencia de Toño, procuraba siempre limar asperezas y no colaboraba en la animosidad que el líder del grupo le manifestaba al chico— Si prefieres tú subir a la planta de arriba con Jorge, bajaré yo al sótano. ¿Qué prefieres?

—No,... está bien— replicó Sebastián—. Ya... ya voy.

Le vieron dirigirse hacia la escalera y comenzar a bajar el primer tramo. Los demás se pusieron seguidamente en movimiento. Los otros chicos y Carol se encaminaron hacia la escalera para ascender por ella y las tres chicas restantes atravesaron el arco para pasar a lo que debió ser antaño un salón y en el que se hallaba la chimenea. No era ahora ni el recuerdo de lo que probablemente había sido. Por el cerco de las dos ventanas se filtraban las ráfagas de viento que campeaban a sus anchas alrededor del edificio con un silbido agudo y aventaban las telarañas que colgaban de la librería y de lo que probablemente había sido una pianola que se mantenía en pie de milagro. El papel de las paredes colgaba hecho jirones y sobre el pavimento, los restos de unos periódicos antiguos revoloteaban impulsadas por el vendaval que rugía fuera. África se apresuró a recogerlos para echarlos dentro de la chimenea.

—Arderán, ¿verdad?

—Puede que sí, aunque están llenos de polvo. ¿De quién será esta casa? — se preguntó María mirando en derredor con el ceño fruncido— Me parece absurdo dejar que se hunda un edificio que su dueño podría haber vendido. Está enclavado en un lugar bonito, con un rio cerca.

— ¿Te parece bonito el lugar? — cuestionó África con los ojos agrandados por el miedo— Podría servir de escenario para una película de terror.

—Bah— se rió María—. Eres una miedosa. ¿Tú qué opinas, Lorena?

La aludida se encogió de hombros sin responder, pensando que quizás tiempo atrás hubiera sido la mansión de un escritor famoso que precisara vivir en un lugar aislado para escribir sin que le molestaran o quizás la segunda residencia de una familia que veraneara allí, se bañara en el rio y se acercara al pueblo por las tardes para relacionarse con sus amistades. Esa familia no habría padecido la tormenta que se desencadenaba en el exterior y la casa habría dispuesto en esa época de luz eléctrica. Con una iluminación que disipara las sombras que envolvían los rincones y que parecían danzar de un lado para otro, probablemente el decrépito salón en el que se hallaban habría sido otra cosa, quizás hasta bonito.

—Bueno, ya hemos recogido todos los papeles de esta habitación y tenemos que continuar buscando por el resto de la planta— les recordó María.

Un relámpago azulado brilló en el firmamento durante una décima de segundo y se fundió después en la negrura de éste provocando una avalancha de agua que se abatió contra los cristales. Las tres se detuvieron como si se hubieran quedado clavadas en el suelo.

—Vamos a seguir— las animó Lorena avanzando hacia la puerta que daba paso a un oscuro pasillo— Me pregunto, en el caso de que la tormenta no amaine, si podríamos llamar a la Guardia Civil para que nos recogiera y nos llevara a la parada del autobús.

—No sabemos si hay puesto de la Guardia Civil en el pueblo— objetó África con voz temblorosa.

—Sí lo hay. El cuartelillo está en la carretera, justamente enfrente de la parada. Me he fijado al bajar del autobús.

—¿Y crees que nos recogería? No nos hemos accidentado ni nos persigue ningún delincuente facineroso. ¿Qué le diríamos? ¿Qué somos una panda de irresponsables que hemos venido de excursión sin consultar previamente el parte meteorológico?

—Podríamos obviar lo de irresponsables— sugirió Lorena tratando de tomarlo a broma, cuando el estruendoso trueno que siguió al relámpago pareció expandirse por el salón y levantar ecos por todos los rincones—. Solo de pensar en la mojadura con la que llegaríamos hasta la parada si tenemos que volver por nuestros medios me produce ya dolor en las articulaciones. También podríamos llamar por el móvil a nuestros padres para que vengan a por nosotros. Los míos vendrían.

—Y en su coche cabríamos tres— calculó reflexivamente María—. Los míos también vendrían, por lo que ya habríamos resuelto el problema de seis. Quedan dos sin colocar.

—Los de Carol no se molestarían en recoger a su hija— apuntó África—. Se divorciaron hace años y la madre, que es con la que vive Carol, se ha casado recientemente con otro y está de viaje.

Se sorprendió Lorena al verla tan bien informada.

— ¿Y cómo sabes todo eso?

—Porque me lo ha contado ella. Tampoco vendrían los padres de Sebastián.

— ¿Por qué no?

—Porque no se entienden con el chico.

— ¿No os habéis dado cuenta de lo raro que es?— insinuó María— Apenas habla. Y cuando lo hace, tartamudea— se burló—. Es muy listo, pero creo que tiene algún problema que le impide comportarse con normalidad. En alguna ocasión le he pedido ayuda en víspera de los exámenes y me ha resuelto siempre los problemas, por difíciles que fueran, pero no me ha permitido que le dé las gracias. Se ha puesto como un tomate y se ha largado abochornado a la primera oportunidad. Se le dan de miedo las "mates". Es un bicho raro.

—También a ti se te dan bien— rememoró Lorena.

—Sí, pero yo por eso no tartamudeo— se rió la chica

—Pues nos siguen quedando dos sin medio de transporte para regresar— consideró África fastidiada, deseando cambiar de conversación para que no se siguiera metiendo con Sebastián —. Andrés no tiene padres. Vive con sus abuelos que, como todos los abuelos, son muy mayores y no conducen. Los de Toño están en la playa y los de Jorge se han marchado a Badajoz a la boda de otra hija. Como sabéis, mi padre murió hace años y mi madre no tiene coche, ¿qué hacemos?

—Esperar a que deje de llover— decidió María trasponiendo el dintel de la puerta y pasando al oscuro pasillo.

Hasta allí no llegaba la difusa claridad que penetraba por las ventanas del salón y se estremeció al notar que algo blando, que se perdía entre las sombras del corredor le rozaba un pie.

— ¡Ay! — gritó.

— ¿Qué? ¿Qué te pasa? — se asustó África.

—Creo que… creo que era una rata.

—Qué horror—se espantó la otra—. ¿Estás segura?

—Bueno… no sé. Desde luego era un bicho. ¿Tenéis una linterna o algo con lo que iluminar este antro?

—No, Sebastián se ha llevado abajo su mechero— le recordó Lorena—. Yo tengo en la mochila una caja de cerillas. Las he cogido de casa esta mañana por si necesitábamos encender una hoguera para calentar el café, pero si las gastamos no podremos después quemar la leña en la chimenea, así que será mejor que continuemos a oscuras.

Era la única de las tres que no parecía atemorizada, por lo que María la empujó para que las precediera por aquel alargado y sombrío pasillo que olía penetrantemente como las ruinas romanas que habían visitado años atrás con el profesor de historia del instituto. A su espalda y asidas a su camiseta blanca avanzaron las tres unos pasos palpando la pared hasta que Lorena tanteó el hueco de una puerta abierta. Dentro la oscuridad era absoluta, por lo que se volvió hacia María.

—Voy a encender una cerilla.

—Pero si las gastas…

—No las voy a gastar. Solo quiero llegar hasta la ventana para ver algo y abrir los postigos sin tropezar.

Uniendo la acción a la palabra, hizo lo que había anunciado y a la tenue claridad que esparcía su llamita avanzó Lorena unos pasos a tientas por la habitación. En cuanto abrió las maderas de la ventana distinguieron las tres las estanterías que cubrían las paredes sosteniendo algunos polvorientos volúmenes. Lo que había sido una mesa de despacho había perdido dos patas, por lo que el inclinado tablero se apoyaba en el suelo por un extremo. Detrás de esa mesa vieron otra estantería adosada a la pared cubierta de telarañas, a través de las cuales pudieron ver más libros en sus estantes.

—Esto ha sido un despacho— dictaminó Lorena.

—Y ya tenemos lo que buscábamos— consideró África con las pupilas dilatadas por el miedo—. Podemos quemar esos libracos y el tablero de la mesa. No creo que quepa en la chimenea, pero los chicos pueden partirlo en varios trozos, porque además de roñoso está astillado.

—Pero esta casa no es nuestra— objetó María—. ¿Qué pensará su dueño cuando se dé cuenta de que hemos encendido la chimenea con sus libros y con su mesa de despacho?

—Con lo que queda de su mesa y con unos libros ilegibles y polvorientos— puntualizó la otra—. Probablemente, si no los quemamos, acabarán por comérselos las ratas.

—En cualquier caso, no debemos quemar lo que no nos pertenece— sentenció la erudita María—. Vamos a ver si damos con la cocina, en la que es muy posible que encontremos una leñera.

Empujó a Lorena delante de ella hacia el pasillo y esta precedió a las otras dos tanteando las paredes hasta la estancia aludida, que cerraba el fondo del pasillo y que se encontraba en un estado lamentable. Habían desaparecido los electrodomésticos, probablemente porque algunos visitantes anteriores se los habían llevado, y el tejado se había hundido parcialmente sobre lo que antaño había sido el fogón, pero no repararon en lo ruinoso del lugar porque a la luz de la cerilla que Lorena había encendido distinguieron una leñera en la pared del fondo, repleta de leños bien apilados.

—Vamos a coger unos cuantos— las animó María— Con este arsenal podemos encender el fuego y secarnos. Ayudadme.

Dio ejemplo cogiendo todos los leños que pudo sostener entre sus brazos, África hizo lo mismo y Lorena las imitó en silencio. Regresaron al salón con el botín y fueron arrojándolo todo dentro de la apagada chimenea. La madera de los troncos estaba carcomida y astillada, por lo que cuando Lorena les acercó una cerilla brotó una llamarada crepitante que iluminó la estancia con su color rojizo amarillento y la caldeó.

—Tenemos que llamar a los chicos— insinuó África—. Tenemos que decirles que pueden volver a calentarse a este salón. Me parece además que ha dejado de llover.

Fue María la que se acercó a la escalera para avisarles y minutos más tarde regresaban los cuatro que habían subido a la planta superior. Carol ostentaba telarañas en su cobriza coleta, en la camiseta y en todas partes y los otros chicos no presentaban mejor aspecto, pero todos se aproximaron al fuego tiritando sin preocuparse por nada más.

—Falta Sebastián— recordó África—. Ha bajado a lo que debe de ser un sótano y aún no ha vuelto. Puede que no te haya oído cuando les has llamado— le dijo preocupada a María.

Se aproximó la chica a la escalera y gritó su nombre mientras Toño se empeñaba en avivar el fuego arrojando dentro de la chimenea un montón de maderas y de leños.

—Ten cuidado— le recomendó Carol empujándole para apartarle de allí—. El pavimento es de madera y si salta alguna chispa puedes provocar un incendio.

—El suelo no puede arder, aunque sea de madera— gruñó él, que estaba disfrutando viendo la altura de las llamas que había provocado.

—Claro que puede arder—le contradijo Andrés—. Y más éste que está reseco y carcomido. Además, si ha dejado de llover, lo que tenemos que hacer es ponernos en marcha antes de que caiga un nuevo chaparrón.

—Pero tendremos que secarnos antes— objetó Toño arrojando un leño más al fuego.

Ajena a lo que discutían los chicos, África seguía llamando al único que faltaba.

—Sebastián, ¿es que no me oyes? Deja de matar ratas y sube. Hemos encendido un fuego estupendo y en cuanto nos sequemos nos vamos a marchar.

El silencio más absoluto le respondió y empezó a inquietarse seriamente, por lo que regresó al salón a comunicárselo a los demás.

—Oíd, estoy llamando a Sebastián y no me contesta. Ha debido de pasarle algo.

—Que estará tartamudeando la respuesta y todavía no habrá conseguido hilarla— se burló Toño.

—No seas estúpido— se enfadó ella— ¿Quién baja conmigo?

Se consultaron con los ojos y Lorena leyó en los de los que la rodeaban que ninguno estaba dispuesto a bajar a un antro en el que las ratas debían pulular a sus anchas. Únicamente Andrés dio un paso al frente, dispuesto a colaborar con África en rescatar al chico, pero Lorena, que sabía lo miedosa que era ésta, la empujó a un lado y se le adelantó.

—No, tú no. Bajaré yo con Andrés.

—Vale, ¿Tienes algo con lo que iluminarnos? — le preguntó Andrés.

—Solo unas cerillas.

—Pues dámelas y vamos.

Se arrepintió Lorena de haberse ofrecido a bajar a buscar a Sebastián nada más poner el pie en el primer peldaño, pero África era su amiga y sabía que le horrorizaban las ratas. Subía de la oscuridad un olor fétido que asoció con el de un animal muerto. Quizás estuviera el suelo del sótano cubierto de esos roedores que habían pasado a mejor vida, pensó. O de sus excrementos o de esos animales corriendo por el suelo. Llegó en ese instante a la conclusión de que no sabía cuál de esas cosas preferiría y se detuvo en el escalón para dejar pasar delante a Andrés, que debía de tener poca imaginación, porque la adelantó sin que su rostro denotara aprensión alguna. Tal vez no tuviera olfato, se dijo ella.

En cuanto bajaron el primer tramo de la escalera notaron que la oscuridad iba aclarándose y cuando remataron el descenso advirtieron que la claridad que disipaba las sombras del sótano procedía de un tragaluz sin cristales por el que penetraba el viento y la lluvia que de nuevo había comenzado a caer. Apagó Andrés la cerilla y se detuvo al pie de la escalera para dirigir una mirada a su alrededor. Se encontraban en el umbral de una estancia alargada, en la que la puerta que le daba acceso se hallaba abierta y en la que se apilaba toda clase de chismes. Adosada a la pared de su derecha vieron una estantería metálica que soportaba los objetos más diversos, tales como una balanza romana, cestos conteniendo frutos secos, aperos de labranza y un sinfín de enseres más. Bajo el tragaluz que se abría bajo el techo de la habitación se acumulaban unos sacos con la arpillera podrida que despedían un olor nauseabundo y al fondo de aquel antro vieron el somier de una cama metálica y varias butacas más con los muelles al aire, pero ni rastro del chico que habían bajado a buscar.

—Sebastián— le llamó Lorena reprimiendo el imperioso deseo de echar a correr escaleras arriba.

— ¿Dónde ser habrá metido este chico? — se preguntó a sí mismo Andrés en voz alta— Le he visto bajar, pero aquí no está.

En ese instante notaron los dos un calor intenso proveniente de la planta superior, a la par que una luminosidad extraña se adueñaba de la escalera y se iba posesionando de los peldaños de madera de ésta, bajándolos uno por uno. Andrés levantó la cabeza y su rostro reflejó una intensa alarma.

—Fuego. Los que se han quedado arriba han incendiado la casa. Nos vamos a achicharrar aquí bajo. Vamos.

La tomó del brazo y tirando de él la obligó a subir los escalones de dos en dos. Los últimos ardían ya y alcanzaron el vestíbulo arrimándose a la pared contraria a la barandilla, que despedía un calor abrasador, y colocando dificultosamente el pie en el exiguo trozo de madera que no había sido alcanzado por el fuego. El humo espeso que descendía ya hacia el sótano impedía respirar. En el vestíbulo ardía el pavimento de madera y lo que quedaba del papel de las paredes que las llamas habían alcanzado, aventadas por el viento que se filtraba por las fisuras de las maderas de las ventanas. Fuera rugía el vendaval y la lluvia caía nuevamente con fuerza, pero Andrés no lo dudó. Salvando los trechos en los que la tarima del pavimento ardía y tirando de ella, alcanzó el portón y ambos salieron tosiendo al porche. Luego echaron a correr por la senda que les había llevado hasta la casa. Al doblar un recodo distinguieron a los restantes chicos que a la carrera les precedían en dirección a la parada del autobús. Faltaba uno. Faltaba Sebastián.

CAPÍTULO I

Noelia levantó la mirada del folio en el que había ido apuntando los datos que le habían facilitado la pareja que tenía sentada al otro lado de la mesa y analizó la expresión de ella. Era una señora de porte distinguido, delgada y alta, que rondaría los cincuenta años y que en ese momento se llevaba un pañuelo a los ojos para enjugarse un lagrimón.

— ¿Y dice usted que han transcurrido siete años desde entonces? — le preguntó Noelia pensativamente.

—Sí. Aquella tarde sus amigos denunciaron lo ocurrido en el puesto de la Guardia Civil y los agentes avisaron a los bomberos, que acudieron de inmediato a esa casa abandonada y apagaron el fuego, pero no encontraron en el sótano a Sebastián. Ni en el sótano ni en ninguna parte. Nuestro hijo tenía entonces diecisiete años.

Parecía estar a punto de echarse a llorar y Noelia se rebulló inquieta en su butaca temiendo la explosión de llanto que se avecinaba. Pese a la costumbre que había adquirido ya de escuchar confidencias de sus clientes y a menudo sus lágrimas, soportaba mal estas últimas e inevitablemente se le humedecían los ojos a ella también. A menudo se le escapaba incluso algún lagrimón, por lo que echó mano al pañuelo que tenía en el bolso y fingió sonarse con él. El marido, por el contrario, parecía sereno. Era alto y enjuto, con grandes entradas en la frente y el cabello escaso y ralo en el que apuntaban algunas hebras grises.

Con el ceño fruncido pasó cariñosamente un brazo sobre los hombros de ella.

—Vamos, vamos— le dijo en un susurro.

Noelia tabaleó inquieta sobre la mesa con un bolígrafo y luego se dirigió a él.

— ¿Y desde entonces no han tenido noticias de su hijo?

—No.

— ¿Y no han instado tampoco la declaración de su ausencia legal?

El semblante de ambos reflejó que no habían entendido la pregunta.

— ¿Quiere decir que si no pusimos su desaparición en conocimiento de la Guardia Civil? — inquirió él colocándose sobre el puente de la nariz sus gafas sin montura que le habían resbalado al inclinarse hacia su mujer—. Por supuesto que sí. Registraron esa casa de arriba abajo con el mismo resultado negativo. Había ardido el pavimento, la escalera y las puertas, incluido el portón de entrada. Todo lo que era de madera se había convertido en pavesas, y las paredes estaban ennegrecidas por el humo, pero no se había derrumbado ningún muro. Lo que estaba en peor estado era el sótano. Al parecer, lo utilizaban sus dueños como trastero o como almacén de lo que habían arrumbado en él por considerarlo inservible y ardió todo.

—No, no me refería a si habían denunciado el hecho— le aclaró Noelia retirándose maquinalmente del rostro su oscura y rizada melena que le llegaba más abajo de los hombros —. Me refería a si habían tramitado en el juzgado un expediente de jurisdicción voluntaria para que se declarara a su hijo formalmente desaparecido.

Las cejas de su interlocutor se elevaron sobre su frente y se la quedó mirando sin acabar de entender lo que ella le decía.

—No. ¿Deberíamos haberlo efectuado así?

—Eso depende. Su hijo era muy joven cuando sucedió lo que me han contado por lo que probablemente no tendría bienes de ninguna clase.

—No, no los tenía— corroboró él—. Le adoptamos cuando tenía poco más de dos años. Lo decidimos a raíz de que operaran a mi mujer de un tumor en el útero y el ginecólogo nos informara de que no podríamos tener hijos propios. Probablemente fuera la madre biológica de Sebastián la que le abandonara en el torno del convento de Santa María, con una cartita en la que le pedía a las monjas que se ocuparan de buscarle una familia que le quisiera. Tenemos una buena relación con ese convento y nos avisaron para que solicitáramos formalmente su adopción ante el órgano administrativo correspondiente. Fue largo y costoso, pero finalmente lo conseguimos.

—Ya— murmuró Noelia—. ¿Y cuál es el motivo por el que han venido a verme?

La señora dejó caer el pañuelo sobre su falda para explicárselo. Vestía un traje de chaqueta gris oscuro sobre una blusa de un color azul intenso y calzaba unos zapatos negros de tacón alto. Una indumentaria elegante y cara, por lo que clasificó ella a la pareja dentro del gremio de clientes bien situados económicamente que tanto agradaba a Daniela, su jefe y la titular del bufete.

—Verá, lo hemos sabido a través del convento al que mi marido se ha referido— empezó a decirle sin soltar el pañuelo—. Al parecer recibieron las monjas hace unos días una carta anónima en la que les comunicaban que había fallecido una pariente cercana de Sebastián, doña Concepción Aranda, y que le dejaba en su testamento un importante legado. Nosotros somos o hemos sido sus padres y, según tengo entendido, sus herederos forzosos, pero en este caso no sé qué tendríamos que hacer para hacer efectivo ese legado, porque el cuerpo de nuestro hijo no ha aparecido y consecuentemente no consta en el Registro Civil que haya muerto ¿comprende?

—Sí, claro, perfectamente.

— ¿Y qué tendríamos que hacer?

—Me acaban de decir que han transcurrido siete años desde que participó en esa excursión y que después no han vuelto a saber de él ¿verdad? Para instar del juzgado de primera instancia correspondiente su declaración legal de fallecimiento es preciso que hayan transcurrido diez años desde que se tuvieron las últimas noticias suyas. En este momento solo podrían pedir la declaración legal de ausencia.

— ¿Y eso cómo se hace? — inquirió ella con una mirada vacua, clavando en ella sus enrojecidas pupilas.

—Puedo ocuparme de tramitar en su nombre el pertinente expediente de jurisdicción voluntaria, aunque les advierto que no es preceptiva la intervención de abogado ni de procurador, por lo que podrían realizarlo ustedes mismos.

—No, no— se apresuró a interrumpirla él—. Soy médico. Doy clase de antropología en la facultad de medicina y mi mujer es enfermera, pero ninguno de los dos tenemos idea de asuntos legales, por lo que le agradeceríamos que lo efectuara usted. Le facilitaremos todos los datos que estime necesarios.

— ¿Todos los datos? — repitió ella interrogativamente acodándose sobre la mesa— Dadas las circunstancias, sería conveniente que me entrevistara con los compañeros de instituto que realizaron con él aquella excursión ¿Recuerdan sus nombres y su dirección? ¿Podrían localizarles? Han transcurrido siete años desde entonces, por lo que probablemente habrá cambiado la mayoría de domicilio, algunos se habrán casado…

Efectuó él un ademán con el que parecía querer decir que no tendría dificultad alguna en localizar a esos muchachos.

—Me ocuparé de dar con esos chicos. Pero, dígame. Una vez que el juez declare que Sebastián ha desaparecido, ¿cuál sería el siguiente paso? Que yo sepa, él no había otorgado testamento.

—Sería necesario declararles herederos ab intestato de su hijo y mientras se tramita el procedimiento el juez nombraría un defensor judicial para proteger sus intereses en los casos urgentes, en los que cabría incluir la adjudicación del legado del que me han hablado. Podría nombrar el juez para ese cargo a uno de ustedes dos, al de menor edad.

Sonrió la señora al sentirse aludida.

—Yo tengo cinco años menos que mi marido.

—Pues la nombrarían a usted. Como es natural, no podrían disponer de ese legado hasta que se declarara a su hijo fallecido para lo cual tendrían que esperar tres años más, hasta los diez que marca la ley.

Intercambió la pareja que tenía sentada enfrente una mirada de estupefacción.

— ¿Y por qué?

—Porque así lo establece la norma.

—Pero eso es absurdo—se quejó ella—. Sebastián debió morir en aquella casa que se incendió y la prueba es que no regresó a la nuestra ni sus amigos han vuelto a saber de él. Ellos podrán atestiguarlo. Hemos sido sus padres verdaderos a todos los efectos.

—No he sido yo la que lo ha regulado de esa forma— se defendió ella disimulando una sonrisa, al comprobar que la señora que tenía sentada enfrente había dejado de lamentarse por la pérdida de su hijo para interesarse por el legado que pudieran heredar—. Si apareciera el cuerpo de su hijo, se le identificara y un médico certificara su defunción, sería diferente— añadió—. En ese caso bastaría con tramitar a favor de ustedes la declaración de ser sus herederos ante el notario correspondiente. ¿Qué saben de la casona abandonada en la que al parecer su hijo perdió la vida? ¿Tienen idea de quién es su dueño?

—Sabemos que la adjudicación a sus herederos está pendiente aún de la resolución de un juicio de testamentaría— repuso él— Perteneció a un emigrante gallego que murió sin hijos y al que heredaron diecisiete sobrinos que no han dejado de pelearse desde entonces, dando lugar a que esa casa haya llegado al grado de deterioro en el que se encuentra. Después del incendio se pusieron de acuerdo para reparar los daños que le había producido. Me refiero a que instalaron un nuevo portón en el lugar en el que había ardido el anterior y cristales y rejas en las ventanas para que no pudiera ser asaltada por okupas ni por personas sin escrúpulos. Sé que ninguno de sus herederos la ha visitado desde entonces y que el estado del interior de la vivienda sigue siendo penoso. El mismo en el que lo dejaron mi hijo y sus amigos.

Volvió a apartarse Noelia pensativamente los rizos que le resbalaban sobre la frente.

—En ese caso, quizás les convendría a ustedes que se efectuara por la Guardia Civil un nuevo registro de esa casa antes de empezar a tramitar el expediente de declaración de ausencia de su hijo— sugirió—. Es posible que ahora, sin fuego y sin humo, encuentren algo que entonces se les pasara por alto. Tendríamos que solicitar una orden judicial al juzgado para que se acordara el registro.

— ¿Y lo haría usted? — le preguntó ella.

—Sí, si así lo desean.

—Por supuesto que sí— se apresuró a replicar su visitante— ¿Quiere que le demos el emplazamiento exacto de esa casa?

—Sí, pero empezaremos por tomar nota de sus datos personales.

Hicieron ambos un gesto de asentimiento y el marido se inclinó hacia ella para decirle:

—Me llamo Máximo Armada Díaz y mi mujer Teresa Arroyo Fernández. Nuestro hijo se llamaba Sebastián Armada Arroyo y su fecha de nacimiento era el día 1 de septiembre. Le pusimos el nombre de Sebastián por mi padre y por mi abuelo.

— ¿Y tienen una fotografía suya?

Dejó escapar Teresa un hipido mientras rebuscaba en su bolso. Luego le tendió una desgastada cartulina.

—Era este muchacho. Parecía extranjero porque era muy rubio, con el pelo casi blanco, y tenía también los ojos azules. Cuando murió, su estatura, era más o menos como la de mi marido. Creo que algo más bajo.

—Bastante más bajo— la corrigió Máximo.

Estudió atentamente Noelia la fotografía del chico. Mediría aproximadamente un metro setenta y cinco centímetros y era extremadamente delgado. Le habían tomado la instantánea con la espalda apoyada en la columna de una terraza por la que trepaba una hiedra y se le veía con el cabello rubio despeinado por la brisa y los ojos azules fijos en la cámara que tendría enfrente. Pero lo que llamó su atención fue su gesto. Vestía un pantalón vaquero y una camisa de manga corta, por lo que cabía suponer que era verano cuando se le retrató. Sin embargo, aparecía inclinado sobre sí mismo como si tuviera frío y su rostro reflejaba una timidez extrema, una angustia inconmensurable. Parecía pedir ayuda con los ojos y su imagen resultaba tan patética que sintió ella algo que no fue capaz de calificar, pero que le produjo un dolor hondo dentro del pecho.

—Era muy guapo—murmuró.

—Y muy listo— añadió Teresa—. Pero…

Se interrumpió sin acabar la frase y Noelia le sonrió persuasivamente para animarla a que continuara.

— ¿Qué iba usted a decir?

—No, nada.

— ¿Les importa que le haga una fotocopia a esta fotografía?

—Claro que no.

Llamó Noelia por el teléfono interior a la secretaria para decírselo y ésta se presentó en el despacho inmediatamente con su acostumbrado aire de eficiencia. Su porte era distinguido y de no ocupar una mesa en la antesala del bufete podría confundírsela fácilmente con Daniela Rivero, la prestigiosa abogado que lo presidía. Un minuto más tarde regresó con la desgastada cartulina en la mano y se la entregó a Noelia para marcharse silenciosamente a continuación. Ella se la devolvió a su visitante, que volvió a guardarla en su bolso con un suspiro, al tiempo que le indicaba:

—Apunte ahora el lugar de emplazamiento de la casa, en la sierra oeste de Madrid, en el término municipal de Aldea del Fresno. Muy cerca del rio Alberche.

Le dio los datos a Noelia, que los fue apuntando, y luego le preguntó:

— ¿Cuándo va a solicitar al juzgado la orden de registro de la casa?

—Enseguida, no se preocupe. Estaré presente en ese registro.

— ¿Y nosotros? ¿Podremos acompañarla?

—Será mejor que no, que esperen en su casa las noticias. En cuanto a los datos que puedan averiguar de los amigos de su hijo que participaron en esa excursión, les voy a dar mi dirección de correo para que me los envíen conforme los vayan obteniendo. Me pondré en contacto con ellos y así avanzaremos más deprisa.

Les explicó ella que deberían otorgar un poder notarial a su nombre para que pudiera realizar todas las gestiones necesarias sin molestarles. Se lo apuntó en un papelito y se lo entregó a Máximo, que lo leyó con el ceño fruncido.

—No podrá comenzar hasta que le traigamos este poder. ¿Estoy en lo cierto?

—Sí, pero pueden dejárselo a la secretaria cuando les venga bien. No es necesario que pidan cita ni que me lo entreguen en mano.

—Se lo agradecemos mucho— murmuró ella llevándose nuevamente el pañuelo a los ojos—. Nos tendrá al tanto de todas las novedades que se produzcan, ¿verdad?

—Por supuesto, cuenten con ello.

Les acompañó hasta la puerta del despacho y regresó a continuación a su mesa para introducir en el ordenador los nombres de sus nuevos clientes y el motivo de su visita. Luego se acodó en la mesa pensativa. Si la Guardia Civil encontraba el cuerpo del muchacho durante el registro de la casa que había sido incendiada siete años antes, el asunto sería relativamente sencillo.

Dos días más tarde le avisó la secretaria de que Máximo Armada se había presentado en el despacho y le había entregado a ella el poder que le había pedido, por lo que redactó un escrito solicitando del juzgado correspondiente una orden de entrada y registro de la casa en la que Sebastián había sido visto por última vez y se lo llevó a Flor, la secretaria, que se ocupó de enviárselo por fax al juzgado. Luego vio en su correo que Máximo le había mandado también el teléfono móvil y el domicilio de dos de los chicos que habían participado en aquella excursión y les llamó en el acto empezando por la primera que aparecía en la corta relación.

— ¿Doña Lorena Burgos?

Le contestó una voz musical.

—Sí, soy yo.

Le explicó brevemente Noelia el motivo de su llamada y que deseaba verla en su despacho y accedió su interlocutora a presentarse en él a la tarde siguiente, a las siete. Al chico le citó media hora más tarde.

La joven se presentó puntualmente. Era más bien alta y de figura armoniosa, con un semblante agraciado en el que destacaban sus grandes y claros ojos, del color de la uva madura. Llevaba una melena corta y castaña, con las puntas rizadas hacia afuera, que movía con gracia al compás de los movimientos de su cabeza y vestía un pantalón vaquero y un jersey blanco de cuello alto debajo del chaquetón azul marino que se quitó antes de sentarse frente a su mesa.

—He venido por si pudiera serle de utilidad, pero no creo que pueda ayudarla a encontrar a Sebastián— le dijo mientras se arrellanaba en la butaca con el semblante velado por una sombra de tristeza—. Desapareció inexplicablemente aquella tarde… Toño le había mandado al sótano a buscar leña para encender la chimenea porque estábamos todos empapados por la lluvia. Toño era entonces el líder del grupo y menospreciaba bastante al pobre chico, que no se atrevió a negarse. Luego, cuando amainó la tormenta y dejó de llover, decidimos marcharnos de la casa y dirigirnos hacia la parada del autobús para tomar el primero que apareciera y regresar a Madrid antes de lo previsto. Llamamos a Sebastián desde el vestíbulo y como no nos contestó, Andrés y yo bajamos a buscarle. Solo estuvimos abajo un par de minutos a lo sumo, porque al notar el calor del incendio subimos la escalera a toda prisa y salimos a escape de la casa.

— ¿Y no vieron en el sótano a Sebastián?

—No, era un antro que olía a rayos y que estaba repleto de porquerías. A un par de palmos del techo había un tragaluz sin cristales y sin reja por el que penetraba algo de claridad. Allí no había nadie.

—Pero le vieron bajar la escalera, ¿no es así?

Asintió Lorena con la cabeza.

—Sí. Sebastián era un chico muy tímido, del que los demás se reían porque tartamudeaba al hablar. Ya le he dicho que Toño le mandó al sótano a buscar algo que pudiera arder en la chimenea, porque suponíamos todos que serían un antro por el que correrían las ratas a sus anchas y ninguno queríamos bajar. No solía enfrentarse con ninguno de nosotros y esa tarde aceptó el reparto de tareas que hizo Toño, en el que como siempre le tocó la peor parte, y se marchó escaleras abajo sin protestar.

— ¿Y qué pasó después?

—Que María, África y yo encontramos una leñera en la cocina y encendimos la chimenea. Nosotras con bastante prudencia, pero Toño era entonces un chico bravucón y muy irresponsable, que presumía de las dos cosas cuando Carol estaba presente. Carol era el ídolo de todos, porque era una chica preciosa. El caso es que, como siempre, se pasó. Arrojó un montón de leños al fuego y cuando saltaron chispas y se prendió el pavimento de madera, ardió todo de repente, el papel de las paredes que pendía hecho jirones, el rodapié, todo. Esto nos lo contó después África, porque Andrés y yo habíamos bajado ya al sótano y allí, a los pocos segundos nos dimos cuenta de que la planta que acabábamos de abandonar se había incendiado. Las llamaradas del vestíbulo alcanzaban el techo, ardía el pasamanos de la escalera y los peldaños de ésta, porque eran de madera, así como el pavimento del vestíbulo y el cerco de las ventanas. Si nos demorábamos un minuto más no lograríamos subir por la escalera porque ya estaban en llamas los peldaños superiores, por lo que no perdimos un segundo. Al advertir el peligro que corríamos dejamos de buscar a Sebastián y nos lanzamos escaleras arriba. Conseguimos de milagro Andrés y yo llegar a la primera planta y alcanzar el portón de la casa, que también ardía. Los demás habían salido huyendo ya y les vimos correr delante de nosotros bajo la lluvia.

—Y Sebastián se quedó en el sótano.

Reflexionó Lorena con el ceño fruncido como si se lo estuviera preguntando a sí misma.

—Andrés y yo no le vimos abajo.

— ¿Había en el sótano otra puerta o una ventana por donde pudiera haber salido?

El ceño de la muchacha se frunció aún más. Parecía estar reproduciendo en su mente los detalles del escenario por el que Noelia le preguntaba.

—Yo no vi ninguna otra puerta. Había, sí, como le he dicho, un tragaluz sin cristales, pero estaba muy alto, a un par de palmos del techo. Si lo que quiere saber es si Sebastián pudo escaparse del fuego por ahí, pues… pues no lo sé. No era un chico fuerte, era muy delgado, zanquilargo y bastante endeble. Había unos sacos en el suelo, pegados a la pared, con la arpillera en muy mal estado. Si se subió a esos sacos es posible que pudiera alcanzar el tragaluz y saltar fuera de la casa, pero en ese caso, ¿dónde se ha metido durante todos estos años? Era menor de edad entonces. Si hubiera decidido aprovechar la ocasión para independizarse de sus padres lo hubiera tenido muy difícil, porque, ¿de qué habría vivido?

Llamó la atención de Noelia la especial entonación con la que pronunció la última frase y se inclinó hacia la muchacha para preguntarle:

— ¿Sabe cuál era la relación que mantenía con sus padres?

Vaciló Lorena y tardó en contestarle.

—No eran sus padres biológicos, le habían adoptado.

—Eso ya lo sé. ¿Alguna vez le comentó él algo en ese sentido?

Desvió la muchacha que tenía enfrente la mirada hacia la ventana y su agraciado semblante reflejó claramente su inquietud.

—A mí, no. A África sí le hizo en una ocasión unas confidencias. A ella sí le dijo que no se llevaba bien con ellos.

— ¿África era otra de las excursionistas?

—Sí, es a la única que sigo viendo. Fuimos muy amigas en el instituto, pero aunque al terminar aquel curso nos separamos para estudiar cada uno una carrera diferente, quedamos a menudo para vernos. Yo me licencié en historia y ahora doy clase en un colegio concertado.

— ¿Y ella?

—África se licenció en logopedia. Trabaja en un centro en el que enseñan técnicas de aprendizaje en los casos de trastorno del lenguaje.

— ¿A niños?

—Y a mayores también. Es muy frecuente que acudan a esos centros los profesores, porque se ven obligados a forzar la voz ante sus alumnos. También los niños con síndrome de Down, pero sobre todo los cantantes.

— ¿Y conoce su teléfono o su dirección?

—Por supuesto. Vive en la misma casa que entonces, porque su madre murió hace un par de años y se la dejó en herencia porque es hija única. ¿Le interesa hablar con África?

Esbozó Noelia un gesto afirmativo mientras tabaleaba sobre la mesa con un bolígrafo.

—Sí. Me interesa hablar con todas las personas que puedan arrojar alguna luz sobre la desaparición de Sebastián para tramitarla y si fuera posible instar la declaración judicial de fallecimiento. Esto último lo veo difícil por el momento.

Se sintió Noelia analizada por Lorena con sus ojos claros agrandados por la sorpresa.

—¿Va a pretender declararle fallecido? Primero tendrán que encontrar su cuerpo, ¿no?

—Sería lo deseable, pero a falta de una prueba directa de su muerte la ley establece la presunción de que el desaparecido ha muerto transcurridos diez años desde las últimas noticias. En el presente solo han transcurrido siete, por eso le digo que lo veo difícil.

—Pero Andrés y yo no le vimos en el sótano— insistió Lorena tozuda—. Es posible que se largara por el tragaluz al darse cuenta de que había fuego en la planta superior y de que no iba a poder subir por la escalera.

—Habría vuelto a casa de sus padres entonces, ¿no cree?

Vaciló la muchacha abatiendo los párpados. Parecía estar pendiente de una inexistente mota de polvo en su pantalón vaquero, pero terminó por levantar la cabeza.

—No sé si debería decirle esto— murmuró con expresión de estarlo sopesando.

—Debe decirme todo lo que pueda servir para aclarar su desaparición— replicó Noelia persuasivamente.

—Es que… no estoy segura. África y yo lo comentamos en varias ocasiones, pero…

—¿Qué es lo que comentaron?

—Pues… repito que no estoy segura y no quisiera hablar mal de sus padres solo por conjeturas.

—¿A qué se refiere?

Inspiró hondo Lorena antes de contestar:

—África y yo llegamos a pensar que sus padres le maltrataban, aunque Sebastián trataba de disimularlo. En verano, en la época de los exámenes, aparecía a veces en el instituto con manga larga o con un pañuelo al cuello, aunque hacía un calor horroroso. También en una ocasión noté que le habían pegado, porque traía moratones en la cara. Le pregunté que qué le había ocurrido y no me contestó. Se encogió de hombros.

— ¿Y no podía haber sido alguno de sus compañeros? Ese Toño, por ejemplo, que se reía de él por ser tartamudo.

—Es posible— repuso dubitativamente—. Pero sus padres no mantenían con él una relación normal. Pese a su problema con el habla, Sebastián era muy listo y sacaba muy buenas notas. A fin de curso el director del instituto entregaba un diploma al mejor estudiante de la clase como reconocimiento por su esfuerzo. Bueno, se lo entregaba a los padres del chico y éstos a su vez se lo daban a su hijo mientras los demás aplaudíamos. En los tres últimos años ese diploma lo obtuvo Sebastián que lo recibió del director, porque sus padres no se presentaron al acto. Era incluso más listo que María.

—Quizás no pudieron acudir al acto porque se lo impidió su trabajo— adujo Noelia.

—También trabajaban los padres de los demás. También los míos, pero hubieran acudido al instituto a entregarme el diploma de haberlo merecido yo. Yo creo que Sebastián les tenía sin cuidado. Le adoptaron cuando era un bebé y les desilusionó cuando fue creciendo, probablemente por lo tímido y retraído que era. Cuando en clase le preguntaban la lección, aunque se la sabía, se ponía rojo como un pimiento y no conseguía pronunciar dos frases seguidas sin tartamudear. Todos los demás se reían y le llamaban de todo, lo que no le ayudaba a vencer su falta de autoestima, sino al contrario. Puede que esa tarde decidiera liberarse de sus padres, del instituto y de todos nosotros.

Su gesto era de duda y Noelia se inclinó hacia ella sobre su mesa para preguntarle en un tono que animaba a las confidencias:

— ¿También usted se reía de él?

Lo consideró la joven durante unos segundos y terminó por menear negativamente la cabeza.

—No, yo no y Andrés tampoco. En nuestra adolescencia padecimos los dos un horroroso acné juvenil con el que también se metían nuestros compañeros. Bastante teníamos con defendernos de sus bromas, en su mayoría de muy mal gusto.

— ¿Y esa compañera de la que me ha hablado, que al parecer mantenía con Sebastián cierta relación de amistad?

— ¿Me está preguntando por África? No. Ella nunca se metió con él ni con nadie. Era y es un alma de Dios y ha salido siempre en defensa de los más débiles. Entonces era muy bajita, pero tenía una cara preciosa, muy morena, incluso en pleno invierno, con unos ojos negros muy grandes y sin un solo grano.

Parecía considerar que el acné que habían padecido el otro chico y ella durante su primera juventud justificaba sobradamente que no hubieran salido en defensa de Sebastián cuando los demás se metían con él, por miedo a que arremetieran también contra ellos y Noelia fingió pasar por alto el comentario. En su lugar le dijo directamente:

—Ya le he dicho que tengo intención de pedirle al juez que declare a Sebastián legalmente ausente. ¿Tendría inconveniente en testificar sobre lo que me ha contado? Solo necesito que repita en el juzgado lo que sucedió en aquella excursión.

Se la quedó mirando Lorena sin expresión durante unos segundos, pero se decidió inmediatamente.

—Por supuesto que puede contar conmigo. Apunte ahora el teléfono de África, que quizás pueda darle más información. Yo... no puedo evitar sentirme culpable por lo que le sucedió a Sebastián. Si estaba allí abajo y en la oscuridad del sótano no le distinguimos...

Le sonrió Noelia amistosamente.

—Si ese otro chico y usted no hubieran salido a escape, probablemente habrían ardido los tres. El instinto de supervivencia es muy fuerte e hicieron lo que hubiera hecho cualquiera en su caso. Ayúdeme en la medida en la que le sea posible contándome lo que recuerde, en lugar de darle vueltas a la cabeza a lo que debió hacer entonces y no hizo.

Se había puesto en pie tras su mesa dando la entrevista por terminada y Lorena hizo lo mismo con aire vacilante. Luego le tendió la mano que Noelia estrechó y a continuación se dirigió hacia la puerta del despacho, donde se volvió hacia ella con la mano en el picaporte.

—La llamaré y por favor, infórmeme de lo que averigüe. Me aliviará de un gran peso.

—Lo haré, descuide.

Salió Lorena al largo pasillo, que recorrió taconeando. Al final del mismo vio en la antesala a la secretaria sentada en su mesa, hablando con un joven que acababa de llegar y al que le estaba señalando la sala de espera. Le recordaba a alguien, pero no llegó a identificarle cuando al aproximarse más pudo analizar sus facciones. Era muy alto, con el cabello castaño con algunas mechas más claras y los ojos color castaño claro con chispitas verdes o amarillas. Vestía como un ejecutivo con un traje oscuro y una camisa blanca bajo una corbata de rayas azules y blancas. Le había visto antes en alguna parte, ¿pero ¿dónde? Fue a despedirse de la secretaria, pero él la retuvo con la sorpresa reflejada en su rostro.

—Lorena, ¿eres tú? — le preguntó recorriendo su rostro con la mirada como si necesitara convencerse de que efectivamente era ella.

—Sí— murmuró vacilante—. Y tú eres…

—Andrés, ¿tanto he cambiado? Fuimos juntos al instituto. No te había vuelto a ver desde entonces.

Recordaba a un chico demasiado alto y demasiado delgado, con la cara cubierta de granos. Seguía siendo muy alto, pero había ensanchado y del acné no le quedaba ni rastro. Claro que habían pasado muchos años desde la última vez en que le había visto, que fue cuando participaron en aquella excursión. Carol no había vuelto a organizar ninguna después, porque no les habían quedado ganas de repetir la experiencia.

— ¿Andrés? — murmuró aturdida—. Estás muy distinto.

—Es que tengo siete años más— admitió con un guiño cómico—. Tú también los tienes, pero te han sentado muy bien. Has mejorado mucho.

—Gracias, tú también.

Se quedaron callados, sin saber qué decir.

—Sí, ya no tengo granos ni tú tampoco— añadió ella después de rebuscar en su cerebro una frase oportuna, que no encontró.

—No, tampoco— admitió él, llevándose una mano a la mejilla—. ¿Y a qué te dedicas?

—Soy profesora de historia. Doy clases en un colegio. ¿Y tú?

—Yo no— replicó riéndose.

—Lo que te pregunto es que en qué trabajas. ¿O no trabajas?

—Sí, claro que sí, en una empresa de productos de limpieza. Soy químico.

Se quedaron callados los dos sin saber qué más añadir. Parecía incómodo él mirando hacia el fondo del pasillo como si le preocupara llegar tarde al demorar su cita con Noelia a la que sin duda habría ido a ver, pero finalmente se decidió a decirle:

—Oye, me gustaría hablar contigo. ¿Tienes prisa?

—Pues… pues sí.

—¿No puedes esperar en esa sala a que termine de hablar con una abogado a la que he venido a ver?

Le señalaba la estancia que se hallaba frente a la mesa de la secretaria, cuya puerta estaba abierta y permitía divisar a varias personas que indudablemente estaba aguardando a que les llegara su turno. Lorena les dirigió una rápida ojeada antes de responder:

—No, no, me espera en casa un montón de ejercicios de mis alumnos que debo corregir esta tarde.

—Pues entonces dame tu número de teléfono y te llamaré para que nos veamos otro día. ¿Te parece bien?

—Sí, sí, por supuesto.

Lo grabó Andrés en su móvil y se despidió de ella, alejándose a continuación por el pasillo. Lorena le siguió con la vista hasta que desapareció dentro del despacho de Noelia.

No averiguó mucho más ésta en su entrevista con el joven. Corroboró él lo que Lorena le había contado ya y cuando le preguntó si creía posible que Sebastián hubiera escapado del fuego por el tragaluz permaneció indeciso unos instantes.

—No lo sé. Era entonces un chico muy poco resolutivo. Cuando echo la vista atrás no puedo por menos que recriminarme, porque le hicimos mucho daño con nuestras bromas, que por cierto no tenían ninguna gracia.

— ¿Usted también se metía con él?

Lo consideró Andrés en silencio. Parecía haber regresado con la mente a sus años de estudiante y a Noelia no le supuso ningún esfuerzo imaginárselo como era entonces, alto como una espingarda y con el acné afeándole el rostro.

—No, pero creo que tampoco le defendía— repuso al fin—. Aquella tarde fui el único que se ofreció a bajar con Lorena al sótano a buscarle. Los demás actuaban como si les tuviera sin cuidado lo que pudiera pasarle. En mi descargo tengo que decir que acompañé a Lorena abajo, aunque a mí tampoco me apetecía lo más mínimo, pero porque me preocupaba más lo que pudiera pasarle a ella que a él. No he sido nunca remilgado y de chaval no me preocupaba demasiado la limpieza ni los bichos, pero aquel sótano era un antro pestífero y repleto de enredos en el que no se veía nada a un palmo de distancia. No llegamos a distinguir ninguna rata, pero probablemente corrían a sus anchas por él.

— ¿Y está seguro de que Sebastián no estaba en el sótano cuando bajaron?

Clavó en Noelia sus ojos con una sombra de duda en su semblante.

—Estoy seguro de que, si estaba, no le vimos. La única iluminación de ese recinto era la que se filtraba por el tragaluz, por donde penetraba también el viento y la lluvia que había empezado nuevamente a caer. No serían más de las seis de la tarde, pero apenas se distinguía nada allí abajo. Había, eso sí, muchos chismes almacenados y olía rancio y a podrido. Teniendo en cuenta su carácter, pienso que lo más probable sería que cuando se diera cuenta de que la planta superior estaba ardiendo se acurrucara en un rincón y se asfixiara con el humo. Han transcurrido muchos años desde entonces, pero no puedo quitármelo de la cabeza.

Parecía sentirse abrumado al rememorarlo por haberle dejado abandonado allí y un rictus amargo endurecía sus facciones y atirantaba los músculos de su cuello cuando Noelia insistió:

— ¿No cree que hubiera podido intentar huir del fuego escapando por ese tragaluz?

Se acarició él pensativamente la barbilla.

—De otro chico cualquiera sí lo pensaría, pero él era extraordinariamente débil de carácter. Jamás se enfrentó con ninguno de nosotros ni se quejó al director del instituto, aunque le sobraban los motivos. En el recreo nunca le permitió Toño que participara en el equipo de fútbol, al que pertenecíamos todos los demás, y se sentaba en un rincón del patio, él solo. Bueno, a veces iba África a darle conversación y ella sí daba la cara por él, pero no recuerdo que le hiciéramos caso. Era entonces una chica muy bajita, no sé si habrá crecido en estos años, y Toño aprovechaba en esas ocasiones para ridiculizarla.

—Una joya ese Toño— masculló sarcásticamente Noelia.

Se encogió de hombros Andrés como disculpándole.

—Era muy mal estudiante, pero causaba estragos en el sexo femenino y eso le hacía crecerse. Incluso África le permitía que la llamara "enanita" y hasta le reía la gracia. Únicamente saltaba ella cuando Toño arremetía contra Sebastián.

Tomó Noelia unas notas en el folio que tenía sobre la mesa y luego levantó la cabeza hacia él.

—Le agradezco mucho que haya venido. ¿Podría contar con usted en el caso de que necesite que repita en el juzgado lo que me ha contado sobre aquella excursión? Me refiero concretamente a que bajó a buscarle al sótano con anterioridad a que se incendiara la casa y que allí no vio a nadie.

—Por supuesto que sí. Me ayudaría a sentirme mejor conmigo mismo.

Le despidió ella y cuando salió del despacho y le oyó alejarse por el pasillo consultó el ordenador. Máximo Armada le había enviado el teléfono de otros dos de los compañeros de Sebastián que habían participado en la excursión en la que éste había desaparecido, pero antes de que se decidiera a llamarles oyó el teléfono interior y al descolgar el auricular reconoció la voz de la secretaria.

—Noelia, ¿te viene bien que pase a verte?

No le venía bien. Tenía que tratar de poner en orden sus ideas, pero Flor poseía unas enormes dosis de sentido común y además de tranquilizarla solía proporcionarle un enfoque acertado y diferente de la cuestión que llevaba entre manos.

—Sí, claro que sí.

Oyó el taconeo de la secretaria por el pasillo acercándose a su despacho y segundos más tarde entró ésta en la estancia y tomó asiento en la butaquita que Andrés había dejado libre.

— ¿Cómo va ese asunto? Te noto intranquila.

Esbozó ella un gesto vago.

—No va de ninguna manera. Espero que el registro de la casa que se incendió arroje alguna luz sobre lo que le sucedió a ese chico. Tuvo que morir en el sótano intoxicado por el humo, porque nadie desaparece sin dar señales de vida durante tanto tiempo. Ese chico tenía solo diecisiete años.

— ¿Y vas a ir a presenciar el registro de la casa cuando lo haga la Guardia Civil— le preguntó Flor?

—Por supuesto.

—No será un espectáculo agradable si le encontráis dentro, aunque yo lo dudo mucho.

— ¿Qué es lo que dudas?

—Que continúe estando dentro de la casa. Ya le buscó la Guardia Civil y no vio a nadie. Creo que lo mejor que podrías hacer es esperar noticias en este despacho y actuar después en consecuencia. Te estás implicando demasiado emocionalmente y eso no es bueno.

Lo consideró Noelia durante unos segundos con la barbilla apoyada en una mano y su larga y rizada melena ocultándole parte del rostro. En su imaginación vio a aquel muchacho en un sótano oscuro y maloliente y el fuego bajando por la escalera entre una nube de humo, mientras sus compañeros salían corriendo para ponerse a salvo. Sus ojos se encontraron con los de Flor y vio en ellos que había adivinado sus pensamientos.

— ¿Y qué quieres que haga? — refunfuñó— Tengo que averiguar lo que le ocurrió a ese chico. Un caso de lo más triste. Un pobre muchacho al que al parecer sus padres adoptivos no le tenían en mucha estima y del que sus compañeros se reían porque era tartamudo. Para colmo sus padres adoptivos van a heredar ahora los bienes que probablemente le dejó en su testamento su madre biológica. Es injusto.

—Sí, pero tú no puedes remediarlo.

—No, pero sí voy a revolver esa casa de arriba abajo. Si murió en el incendio le encontraré.

CAPÍTULO II

Una semana más tarde se dirigió Noelia en su coche a Aldea del Fresno. La había llamado la tarde anterior el comandante del puesto de la Guardia Civil para avisarla de que habían recibido la orden judicial de entrada y registro de la casa que se había incendiado años atrás y que tenían previsto efectuarlo al día siguiente. Había quedado en encontrarse con los agentes allí mismo a las nueve de la mañana.

El día estaba nublado y cuando abandonó la autovía para adentrarse en un camino vecinal apreció el intenso colorido de la frondosa vegetación que se arracimaba a ambos lados del mismo. El invierno había despojado de sus hojas las ramas de los chopos que se elevaban hacia el cielo, pero había otros muchos que las conservaban a ambas orillas del rio, que se deslizaba sinuoso, encajonado entre un oasis de verdor. Otro camino más estrecho giraba hacia su izquierda y lo tomó siguiendo las instrucciones de su GPS para detenerse frente a una solitaria casona ante la que vio el coche de la Guardia Civil. La casa debía de haber sido una fastuosa mansión tiempo atrás, pero en el presente no era más que el triste remedo de sí misma, con las ventanas cubiertas con maderos, el tejado de pizarra hundido a trechos y el canalón que recogía la lluvia colgando sobre la ennegrecida fachada. Los restos chamuscados de una hiedra luchaban por trepar hasta el tejado, invadiendo también el porche por el que se accedía al edificio. No muy distinto sería el entorno del castillo de la Bella Durmiente, pensó. También con los años había ido cubriéndolo la espesura hasta ocultarlo por completo y también el paso del tiempo habría marcado sobre los sillares del edificio su huella inexorable.

Se bajó del coche al ver que dos agentes hacían lo mismo y se les acercó con aire desenvuelto.

—Es ésta la casa, ¿verdad?

—Sí, pero se va a poner perdida— le contestó el más joven—. Si quiere esperarnos aquí afuera, la avisaremos si encontramos algo.

La ropa que vestía Noelia era la adecuada para el cometido que tenía previsto realizar. Un pantalón vaquero, un jersey azul plagado de bolitas que llevaba en casa y un chaquetón que había conocido tiempos mejores, además de unos zapatones bajos, por lo que meneó negativamente la cabeza.

—No, entraré con ustedes y procuraré no acercarme a las paredes para no tiznarme, pero todo lo que llevo es lavable, así que no importa demasiado si me mancho.

Subió los escalones del porche detrás de los agentes, apartando para ello la hiedra que se había posesionado del pequeño recinto, y entró seguidamente en un vestíbulo oscuro como boca de lobo. No se le había ocurrido llevar una linterna, pero afortunadamente los dos hombres que la habían precedido habían sido más previsores y enfocaron el potente haz de luz de las suyas en todas direcciones. El papel de las paredes se había quemado tiempo atrás y los jirones que no habían ardido colgaban ennegrecidos hasta el suelo convertidos en pingajos inidentificables. También el fuego había dejado su huella sobre el pavimento de madera, por lo que avanzó cautelosamente temiendo meter el pie en algún agujero. Siguiéndoles llegó hasta lo que debió ser el comienzo de una escalera de la que solo quedaba la estructura metálica que la había sostenido, pero ninguno de sus peldaños. No le pareció que para los dos hombres supusiera esa circunstancia un impedimento. Asiéndose a lo que había sido una barandilla, también metálica, convertida en un deformado amasijo de hierros, realizaron la proeza de descender al sótano valiéndose solo de las manos, lo que contempló ella sin atreverse a imitarles. Les oyó abajo apartando con los pies lo que les estorbaba el paso, a la par que mascullaban alguna frase ininteligible. Desde el lugar en el que se hallaba ella, atisbando desde arriba el hueco de la escalera, apenas si distinguía otra cosa que la débil claridad que debía filtrarse por el tragaluz del que le habían hablado Lorena y Andrés, pero los dos agentes quedaban fuera de su campo de visión.

Transcurrieron unos minutos y empezó a sentir frío. El interior de aquella casa rezumaba una fuerte humedad que se calaba hasta los huesos y el olor a obra en construcción, a ruina en la que se colaban los chiquillos a hacer sus necesidades, resultaba difícil de soportar. ¿O no sería a ruina a lo que olía? Olfateó el aire y llegó a la conclusión de que era claramente a letrina, aunque cabía pensar también que….

La exclamación ahogada de uno de los agentes que se hallaba en el sótano interrumpió sus elucubraciones sobre los olores. Debía de haber encontrado algo, porque oyó cómo apartaba algo que le impedía caminar y cómo retrocedía después hasta el pie de lo que quedaba de la escalera para levantar la cabeza hacia ella.

— ¿Quiere bajar señorita? Tiene que ver lo que hemos hallado aquí abajo.

Hizo Noelia un gesto de asentimiento, a la par que se asía tímidamente a la deformada barandilla de hierro. Se recriminó interiormente en ese momento por no acudir frecuentemente a un gimnasio a hacer ejercicio que la ayudara a mantenerse en forma. A sus treinta y un años no debería sentirse tan oxidada como para no emular a los agentes y realizar la hazaña de balancearse en el aire sosteniéndose solo con las manos para descender la escalera sin utilizar los pies, pero pasaba la mayor parte del tiempo sentada tras una mesa de despacho y no se atrevió a arriesgarse a romperse la crisma. Se quedó agazapada en lo que había sido el primer peldaño, del que solo quedaba una alabeada tira metálica, negra como el carbón, preguntándose cuál debería ser el siguiente movimiento que debería realizar.

— ¿No puede bajar? — se extrañó el agente, que indudablemente gozaba de un físico musculoso y no contaba con que la letrado que les había acompañado fuera una chica normal, incapaz de hacer equilibrios sobre la cuerda floja.

—Podría, si hubiera una escalera— se defendió ella.

—Espere un momento entonces— le recomendó el hombre.

Regresó poco después con una astrosa escalera de mano que debía de haber encontrado en el sótano y la sujetó con ambas manos mientras ella descendía dificultosamente escalón tras escalón hacia la semi oscuridad del sótano. Una vez abajo le hizo señas él de que le siguiera y fue iluminando el suelo para que no tropezara.

Se encontraban en un recinto rectangular en la que se respiraba una atmósfera pesada, con un tragaluz próximo al techo por el que se filtraba una luz pálida que no bastaba para iluminar con claridad las sombras que les rodeaban. Creyó ver adosada a la pared de su derecha una estantería negruzca e inclinada sobre sí misma y cubriendo el pavimento un sinfín de pequeños objetos también negruzcos, que el agente que la precedía fue apartando con los pies.

—Son restos de almendras— le explicó—. Debían estar guardadas en unos sacos apilados bajo el tragaluz que ardieron. También ardieron las almendras que había en su interior, pero sus restos ocultaron la trampilla que está en aquel rincón y que acabamos de encontrar. Hay una bodega debajo de este sótano.

— ¿Y hay una escalera? — se preocupó ella.

—La había sí, pero era de madera y se ha quemado también.

— ¿Y cómo voy a bajar entonces? Dígame qué es lo que hay abajo.

Sin contestarle, el agente la condujo hacia una tiznada trampilla metálica que estaba levantada y a través de la cual se veía el haz de luz de la linterna del otro agente.

— ¿Quiere que la ayudemos a bajar? — le preguntó.

—Sí, claro.

Sin ponerse de acuerdo los dos, ni explicarle lo que habían decidido hacer, el que estaba a su lado la agarró por debajo de los brazos manteniéndola a pulso sobre el hueco de la trampilla y el que estaba en la bodega la recibió como si fuera una pluma, depositándola luego en el suelo. Seguidamente le hizo una seña de que le siguiera hasta el rincón opuesto de aquel antro, que era un fétido recinto sin ventilación y con un techo muy bajo. Allí le señaló algo que había en el suelo.

Abrió Noelia desmesuradamente los ojos y después la boca, pero no llegó a emitir ningún sonido al distinguir a la luz de la linterna lo que quedaba de Sebastián. Un esqueleto calcinado, sin ropa y negro como el carbón, de cuyo cuello colgaba una cadena con una deformada medalla plateada. Estaba tumbado boca arriba, como si la muerte le hubiera sorprendido durmiendo, y con los brazos y las piernas muy separados del tronco.

—Dios mío— musitó.

Había dado por hecho que aquel muchacho habría muerto en el incendio siete años antes, pero imaginar lo que había supuesto no era lo mismo que constatarlo. Se dio cuenta en ese momento que, aunque fuera absurdo, había albergado la esperanza de haberse equivocado y de que Sebastián hubiese sobrevivido al incendio. ¿Pero por qué se le habría ocurrido al tratar de ponerse a salvo bajar a una bodega que no tenía salida en lugar de escapar por el tragaluz? Andrés le había dicho que probablemente el muchacho se habría asfixiado acurrucado en un rincón y no cabía duda de que le había conocido bien. Al intentar huir del incendio había echado a correr precisamente en dirección contraria a la que le hubiera permitido ponerse a salvo. Habría muerto al inhalar el humo que se habría filtrado por la trampilla y por eso el fuego le había sorprendido en esa postura tan plácida. Como si se hubiera tumbado a descansar.

Notó a su lado a los dos agentes que contemplaban impasibles aquellos restos humanos. Uno de ellos le preguntó:

—Es esto lo que buscaba, ¿verdad?

—Sí— musitó ella casi sin voz.

—Nuestros compañeros registraron esta casa a raíz del incendio, después de que lo apagaran los bomberos, pero no encontraron nada, porque la trampilla de esta bodega estaba oculta bajo las cáscaras chamuscadas de las almendras— le explicó la misma voz.

—Sí, claro—repitió aturdida. Y mecánicamente añadió—: Tenemos que avisar al juez y al forense para que procedan al levantamiento del cadáver. ¿Saben sus números de teléfono?

—Sí, sí, no se preocupe.

—Yo... Tengo que llamar a los padres de este chico— murmuró con la sensación de que el eco repetía sus palabras dentro de su cabeza—. Puede que la madre se empeñe en bajar a comprobar si se trata de su hijo.

—Es lo más probable— replicó a su espalda uno de los agentes.

—Va a ser horrible para ella ver el estado en el que ha quedado— musitó ella con un nudo en la garganta—. Yo no le conocía y al encontrarle aquí… y carbonizado…

—Le ha impresionado, claro. Lo mejor será que vuelva usted arriba y que trate de tranquilizarse.

La había tomado del brazo para encaminarse con ella hacia la trampilla, pero se resistió suavemente.

—Espere un momento. Voy a tomarle una fotografía por el móvil por si sus padres prefieren no bajar hasta aquí. Creo que sería lo mejor.

—Como quiera. De todos modos, no podemos dejarles acercarse hasta que lleguen el juez y el forense y después tendrán que reconocerle, aunque tal como ha quedado… Lo más práctico sería que se le practicaran las pruebas del ADN.

Le fotografió Noelia desde distintos ángulos y luego se dejó guiar por el Guardia Civil que tenía más próximo y que la condujo hasta la abertura que había en el techo.

—Ahora vamos a sacarla de aquí.

Uno de ellos se levantó a pulso por el hueco de la trampilla y, en cuanto se enderezó en el sótano, el otro la levantó en vilo a ella hasta que el que había subido primero la agarró por debajo de los brazos y la dejó caer en pie a su lado.

— ¿Está bien? — le preguntó—. ¿Ha dicho que no conocía al chico?

—Sí, no le había visto nunca— murmuró con una sensación de aturdimiento tan intensa que le impedía entender lo que sucedía a su alrededor—. Era el hijo de unos clientes. Voy a comunicarles que le hemos encontrado ahora mismo.

Debió hacerse cargo el agente de cuál era su estado de ánimo, porque le señaló la planta superior.

—Hágalo cuando haya salido fuera de la casa. Se sentirá mejor.

Subió Noelia torpemente la escalera de mano y después de atravesar el vestíbulo salió al porche donde, apartando la hiedra, se dejó caer en el primer escalón. El aire frío la despejó un tanto y la ayudó a anudar el hilo de sus pensamientos. ¿Qué había esperado? El hallazgo de Sebastián respondía al desenlace más probable de éste y había visto otros cadáveres con anterioridad. Debía reaccionar como una profesional habituada a escenas tan desagradables como la que había contemplado en la bodega en lugar de comportarse como una tonta chica que se hubiese quedado sobrecogida ante la escena, por impactante que ésta hubiera sido. Se lo repitió a sí misma varias veces y finalmente extrajo el móvil de su bolso y marcó el número de Máximo Armada. Le respondió éste al cabo de unos segundos.

—¿Si?

—Soy Noelia Villarroel—. Y con un tono normal que a ella misma le sonó extraño, añadió—: Le hemos encontrado.

La voz de su interlocutor denotó su inquietud al oírla.

—¿Le han encontrado? ¿Han encontrado a Sebastián?

—Sí, estaba en la casa que se incendió. En una bodega a la que se bajaba desde el sótano.

—¿Y...?

No se atrevió Máximo a terminar de formularle la pregunta y trabajosamente respondió ella como si lo hubiera hecho.

—Murió en el incendio.

Se produjo un silencio al otro lado del hilo. Luego inquirió él:

—¿Asfixiado por el humo?

—No lo sé— replicó sencillamente—. Esa bodega también ardió.

Le pareció oír un sollozo ahogado y se preguntó si las compañeras de Sebastián no estarían equivocadas en sus conjeturas sobre las relaciones que mantenía el chico con sus padres. Máximo parecía sentir verdaderamente lo ocurrido. Oyó en ese momento a uno de los agentes que a su espalda comunicaba por teléfono al juzgado el hallazgo del cadáver, a los efectos de que procediera el juez a su levantamiento y lo puso en conocimiento de su interlocutor.

—Van a venir ahora el juez y el médico forense y supongo que después llevarán los restos de su hijo al instituto Anatómico Forense de Madrid, donde deberán acudir para su identificación y…

La interrumpió antes de que pudiera terminar de explicárselo.

—No, no quiero que al chico le practiquen la autopsia. Iremos ahora mismo mi mujer y yo a efectuar su reconocimiento y yo mismo expediré el certificado de defunción. Está suficientemente clara la causa de su muerte. Dígaselo al juez, si llega él antes que nosotros.

—De acuerdo, lo haré.

La espera se le hizo a Noelia interminable. Sentada en el escalón entre los dos agentes, transcurrió más de media hora hasta que distinguió en la lejanía a un automóvil que se les aproximaba por el estrecho camino polvoriento. De él descendió Máximo sosteniendo literalmente a su mujer convertida en un mar de lágrimas. Los dos Guardias Civiles se habían puesto en pie en el acto y Máximo se dirigió a ellos sin perder un segundo.

— ¿Dónde está?

—Abajo— repuso el más alto—. Pero no podemos permitirles acercarse hasta que el forense le haya examinado. Podrán verle desde cierta distancia. Quiero advertirles de todas formas de que les va a resultar muy duro.

—Soy médico— masculló Máximo—. Y es mi hijo.

Perdió de vista Noelia al matrimonio cuando entró éste en el oscuro vestíbulo y se preguntó cómo conseguirían los agentes hacer bajar a Teresa, pese a que era alta y delgada, hasta las profundidades de la bodega. Comprendió que éstos lo habían logrado cuando minutos después oyó los gritos desconsolados que profería ésta, propios de estar al borde de un ataque de nervios. Por suerte para Noelia casi al mismo tiempo llegaron hasta la casa dos vehículos más. Del primero descendió una mujer, alta y huesuda, de unos cincuenta años, que vestía un abrigo marrón y llevaba una bufanda al cuello y del otro un hombre de una edad similar con una cámara de fotos colgada en bandolera del hombro y un cuaderno en la mano. La saludaron al pasar, pero ambos se dirigieron directamente a los dos Guardias Civiles que acababan de salir al porche, seguidos del matrimonio. Desaparecieron todos nuevamente dentro de la casa y al cabo de un rato les oyó discutir en el vestíbulo. Máximo se negaba a que a Sebastián le hicieran la autopsia y el forense intentaba convencerle de lo contrario.

— ¿Qué crees que vais a averiguar? — objetaba—. ¿Qué murió calcinado? Salta a la vista. Y, en cualquier caso, ¿qué más da que muriera quemado o por inhalación de humo? El caso es que ya no está. Además, dudo mucho de que por lo que ha quedado de él pudierais llegar a ninguna conclusión médica.

Le discutió algo el forense que no llegó a entender ella y luego oyó la voz aguda de la juez insistiendo en persuadirle:

—Pero sería importante a efectos de su identificación. Con la prueba de su ADN...

—Sería inútil—la interrumpió la voz de Máximo—. Nuestro hijo era adoptado.

—Y llevaba al cuello cuando murió una medalla que le regalaron las monjas por su cumpleaños— gimió Teresa apoyando a su marido— Se la regalaron el día en que cumplió doce años con su nombre grabado en el reverso. Se la vi poner aquella mañana en la que salió de excursión con sus compañeros y la reconocería entre un millar.

—Desgraciadamente no hay duda posible—apostilló Máximo con voz temblona—. Ya ve— le dijo a la juez— durante todos estos años he mantenido la esperanza de que todo fuese un error y de que el día más insospechado aparecería por casa. Una estupidez, ¿verdad?

Se le quebró la voz y bajó los escalones del porche para volverse de espaldas a todos los presentes y que éstos no vieran los lagrimones que le corrían por las mejillas.

Noelia se le acercó por detrás para darle unas palmaditas en el hombro y luego se despidió de todos ellos.

Se lo refirió a Alex cuando esa noche llegó a su casa. Estaba él poniendo la mesa en la cocina e interrumpió la tarea para escucharla atentamente.

—Ha sido para esos padres un trauma horroroso— le comentó Noelia—. Opino además que tenía razón el padre al oponerse a que le hicieran la autopsia. Si no cabe duda de que murió en el incendio que provocaron sus compañeros de instituto, ¿qué otras cosas hubieran podido averiguar practicándosela?

—Supongo que identificar al chico con más seguridad, porque imagino que estaría irreconocible. Con la prueba del ADN…

—Pero Sebastián era adoptado y según le oí decir después a su madre no había ido al dentista en su vida, así que esa prueba que suele utilizarse había que descartarla. De todas formas, íbamos a declararle ausente por el transcurso de siete años desde su desaparición. Con el hallazgo de su cadáver nos hemos ahorrado los trámites de ese expediente y podrá expedirse sin más trámites el certificado de defunción con todas las consecuencias que conlleva.

La envolvió Alex en una comprensiva mirada.

—Lo has tenido que pasar mal, pero consuélate pensando que te has librado de llevar a cabo ese expediente. Llevas demasiados asuntos en el despacho y te mereces un respiro de cuando en cuando.

Meneó ella la cabeza en sentido negativo.

—No creas que he terminado con esos clientes, porque son los herederos forzosos del chico. Ahora tengo que ocuparme de que hereden el legado que le dejó a Sebastián una persona desconocida, probablemente su madre biológica. ¿Quieres ver las fotos que le he hecho?

Buscó en su móvil las que le había tomado en la bodega. En la que se le veía tumbado boca arriba y negro como el carbón y Alex las examinó atentamente.

—Qué raro— murmuró.

— ¿Qué es lo que te parece raro?

—La postura de ese chico. Supongo que no moveríais el esqueleto antes de que llegara el forense.

—Desde luego que no. ¿Por qué lo dices?

—Porque los cadáveres de las personas que mueren quemadas mantienen una postura característica. Comprimidos sobre sí mismos en la posición de un boxeador. Se diría que éste que has tomado en la fotografía estaba tomando el sol y que murió de una parada cardiorrespiratoria.

—No estaba tomando el sol— replicó ella—. Estaba en una bodega asquerosa que no tenía salida. Puede que del susto se le parara el corazón y que después se quemara su cuerpo. ¿Lo crees posible?

Dirigió Alex una nueva mirada a la fotografía.

—No— dijo al fin—. No lo creo posible.

Dos días más tarde tuvo lugar el entierro del muchacho en el cementerio de la Almudena. Había amanecido un día gris que desdibujaba entre la bruma los ensombrecidos semblantes del pequeño grupo que rodeaba la tumba donde fue depositado el féretro de zinc conteniendo los restos de Sebastián. Soplaba un viento helado que dispersaba el cabello de los presentes en todas direcciones y que obligó a Noelia a levantarse el cuello del abrigo. Había llamado a Lorena para comunicarle la fecha y la hora del sepelio y ésta había hecho lo mismo con los compañeros con los que aquél había salido de excursión por última vez. Aparte de unos parientes y de unos amigos de los padres, eran los únicos que habían acudido a la ceremonia y Noelia les analizó con curiosidad. Junto a Lorena vio a una chica de estatura media, tirando a baja, aunque bien proporcionada, con unos ojos negros, grandes y expresivos. Su rostro recordaba al de las princesas de los dibujos animados y la identificó inmediatamente como África, la buenaza del grupo que defendía siempre a Sebastián. A pesar del tiempo transcurrido tenía los ojos húmedos y de vez en cuando se llevaba un pañuelo a la nariz.

Tampoco le costó trabajo averiguar quién era Carol, una joven guapa y vistosa, con una larga melena cobriza y un entallado abrigo gris oscuro. Llevaba unos finos zapatos de tacón de bastantes centímetros y parecía sentirse muy cómoda con ellos. A su lado vio a un muchacho, un par de centímetro más alto que ella y prematuramente calvo. Estaba serio y en un par de ocasiones desvió la mirada de la tumba para volverse de espaldas y mirar a lo lejos. Lorena, que estaba junto a ella, le susurró al oído:

—Ese es Toño. Era muy guapo entonces, pero ha engordado, ha perdido el pelo y ahora no parece el mismo. Además, creo que se siente responsable por lo que pasó. Fue él quien mandó al sótano a Sebastián y por su culpa se incendió la casa. El pelirrojo que está junto a él es Jorge. Eran inseparables entonces y al parecer lo siguen siendo.

— ¿Y la chica alta?

—Esa es María. Era la primera de la clase, porque Sebastián desmerecía bastante cuando le preguntaban la lección y en los exámenes orales. Es ingeniero biogenético, aunque tiene pinta de maestra, ¿a que sí?

—Bueno, sí.

—Ya entonces era una empollona. Si se pusiera lentillas en lugar de esas gafas de cristales tan gruesos quedaría mejor, pero nunca le ha preocupado su aspecto.

La observó Noelia con disimulo y luego trató de imaginárselos a todos años atrás, cuando salieron de excursión y les alcanzó la tormenta. ¿Se sentirían culpables por lo que le ocurrió a Sebastián?

Como si hubiera adivinado sus pensamientos, oyó a Lorena cuchichearle al oído:

—Están todos impresionados por lo que pasó. Carol nos ha invitado a su casa el sábado para que cambiemos impresiones sobre aquel día. Creo que será… que será como una especie de duelo con muchos años de retraso, con la intención de descargar nuestras culpas. Eso al menos es lo que me ha dicho.

— ¿Se ha casado Carol?

—No, que va. Seguimos todos solteros y sin compromiso. Trabaja como relaciones públicas en un hotel y le va muy bien.

— ¿Y Toño?

—Toño era muy mal estudiante. Quería ser médico, pero no lo consiguió. Ahora es auxiliar de enfermería.

La ceremonia había terminado y el grupo empezó a dispersarse. Máximo y Teresa fueron los primeros en apartarse de los demás para dirigirse hacia su coche acompañados por unos parientes y Noelia hizo intención de encaminarse hacia el lugar donde había estacionado su coche. La niebla desdibujaba los contornos de los árboles que bordeaban el solitario paseo que llevaba hasta allí, pero de improviso le pareció ver a lo lejos a un hombre que estaba inmóvil y que la miraba fijamente. Fue solo durante una décima de segundo, porque a continuación desapareció tras el tronco de uno muy frondoso, que no había perdido la hoja, pese a la estación en la que se hallaban. Intentó ella aguzar la vista, pero la silueta que había entrevisto se había esfumado como si nunca hubiera existido.

Se dio cuenta de que Lorena la había seguido, cuando la sintió a su lado. Debía de haber reparado también en aquella figura borrosa, porque le preguntó:

—Se ha dado cuenta, ¿verdad?

— ¿De qué?

—De que ese hombre la miraba. No le ha quitado ojo durante todo el tiempo que ha durado el entierro. ¿Le conoce?

— ¿A quién?

—A ese hombre.

Aunque la visión de aquel extraño le había producido un escalofrío, trató Noelia de quitarle importancia

—Yo no he visto a nadie— mintió.

Lorena analizó su semblante con el ceño fruncido.

— ¿No? Bueno, es igual. Yo quería preguntarle una cosa. ¿Pudo acercarse usted al cadáver de Sebastián cuando lo encontraron?

Volvió Noelia la cabeza hacia ella preguntándose que a qué obedecería el interés de la otra al hacerle esa pregunta.

—Sí, fui con la Guardia Civil a la casa. Había una bodega debajo del sótano a la que se bajaba por una trampilla. Estaba allí, en el suelo, tumbado boca arriba.

— ¿Y quemado?

—Sí, totalmente calcinado.

— ¿Irreconocible entonces?

—Sí, claro. ¿Por qué?

La chica esbozó un gesto vago con la mano.

—No, por nada, pensará usted que veo visiones, pero es que ese hombre que la miraba...

Parpadeó ella desorientada, pero su sentido práctico se impuso.

— ¿Qué sucede? ¿Qué ese hombre le ha recordado a Sebastián? Desgraciadamente no está ya en este mundo. No creo que le resulte agradable ver las fotografías que le hice pensando en que quizás sus padres no conseguirían bajar hasta la bodega, porque la escalera era de madera y se había quemado. Las tengo en el móvil.

La había escuchado Lorena con los ojos muy abiertos y cuando terminó de hablar meneó afirmativamente la cabeza.

—Me gustaría verlas, si no le importa.

—Le advierto que no le van a gustar y que preferirá recordarle como era entonces.

—No se preocupe por mí y enséñemelas.

Extrajo Noelia el móvil de su bolso y buscó las fotografías en la correspondiente galería de su aparato. Luego se las mostró.

Las oscuras pupilas de la muchacha se dilataron al mirarlas y su atractivo semblante se contrajo en un rictus amargo. Luego murmuró como para sí misma:

—Es horrible, sí. Y recuerdo la medalla, aunque está deformada. Solía llevarla al cuello cuando íbamos al instituto. África me dijo que él creía que le daba suerte.

La observó Noelia condescendientemente y luego le preguntó:

— ¿Puede decirme ahora a qué obedece su interés por ver esas fotografías tan poco gratas?

Le pareció que la chica tenía un nudo en la garganta cuando hizo intención de responderle. Abrió la boca y la volvió a cerrar sin haber emitido ni una sola sílaba.

—Es que yo...— empezó con un esfuerzo. Se arrepintió enseguida de haber pronunciado esas palabras y comenzó de nuevo—. Prométame que no se reirá por lo que voy a decirle y que tampoco pensará que estoy loca.

Le sonrió Noelia.

—Le prometo que al menos lo intentaré. ¿Qué es lo que quiere contarme?

—No… nada. No me haga caso.

CAPÍTULO III

Unos días más tarde, al salir de la Audiencia Nacional, donde había tenido una vista por tráfico de drogas de la que su cliente había sido acusado injustamente, decidió Noelia acercarse al Registro de Actos de Últimas Voluntades a solicitar el certificado acreditativo del testamento otorgado por una tal Concepción Aranda a favor de Sebastián. Llevaba en su maletín el poder notarial de Máximo y el certificado de defunción del chico, por lo que pensó que no tendría ningún problema en obtener ese certificado. Sin embargo, la funcionaria que atendía en recepción se la quedó mirando desconfiadamente.

— ¿Es usted un familiar?

—No, pero…

— ¿Tiene usted entonces un interés legítimo? — la interrumpió sin dejarla terminar.

—Traigo un poder notarial del heredero— repuso sucintamente apoyándose en el mostrador—. Soy su abogado.

Volvió a mirarla de arriba abajo después de que ella le tendiera el documento y se lo leyera íntegramente.

— ¿Y por qué solicita por segunda vez ese mismo documento? Ya se lo entregamos hace unos días— objetó la funcionaria observándola suspicazmente.

Parpadeó Noelia desorientada.

— ¿A mí?

—No, a usted no. Al joven que vino a recogerlo. ¿Es que lo han perdido?

—No sé de qué me habla— protestó ella cuando se repuso de la sorpresa—. Necesito ese certificado para dirigirme a la notaría correspondiente y seguramente se confunde usted de expediente.

Ofendida, su interlocutora enarcó ambas cejas como si considerase inimaginable que ella pudiera cometer semejante torpeza. Era una mujer bajita, de unos cincuenta años, con el cutis reseco y el cabello corto y rizado formando una aureola alrededor de la cabeza.

—No señora. Recuerdo perfectamente al joven que vino a buscarlo. Un hombre de muy buena planta y muy educado.

—Que le mostraría su documento nacional de identidad para acreditar su interés en obtenerlo— insinuó ella con precaución.

—Naturalmente.

— ¿Y cómo se llamaba ese joven?

Ahora sí que se enfadó la funcionaria. Clavó en Noelia unos ojos chispeantes y masculló agriamente:

— ¿Cree que puedo recordar yo los nombres de todos los que vienen a solicitar el certificado, porque se les ha muerto un pariente? Y aunque me acordase, no se lo diría. ¿Ha oído usted hablar del derecho a la intimidad?

Inspiró aire Noelia para hacer acopio de paciencia, diciéndose que si se ponía a discutir con aquella bruja no le quedaría tiempo para acercarse después a la notaría que figurase en el documento y en la que debería tramitar la adjudicación del legado de Sebastián a favor de sus padres adoptivos. Con un esfuerzo ímprobo consiguió sonreírle.

—Sí, claro que sí. Sé que le está vedado revelar los datos personales de ese joven. ¿Podría darme por favor un duplicado del certificado?

Refunfuñó algo la otra por lo bajo, que afortunadamente Noelia no llegó a entender, y después se marchó por una puerta que había al fondo. Tardó mucho en volver o al menos a ella se le hizo eterna la espera. Traía un documento en la mano que le entregó de mala gana en cuanto Noelia pagó su importe.

—Y no vuelva a perderlo— le aconsejó mordiendo las palabras.

—Descuide— replicó ella, diciéndose que llevaría buen cuidado en no aparecer por el Registro en mucho tiempo y no tener así que entendérselas con semejante energúmeno.

Con el papel en la mano salió a la calle y en la primera esquina se detuvo para averiguar la notaría a la que debería dirigirse. Se hallaba en el centro, por lo que se encaminó hacia la boca del Metro y empezó a bajar las escaleras. En contra de lo que solía ser habitual, no había nadie en el largo pasillo que debía recorrer para acceder al andén y taconeó rápidamente en esa dirección reproduciendo en su mente la absurda conversación que había mantenido con la señora regañona en el Registro. Estaba tan absorta en sus pensamientos, que no oyó los pasos de alguien que venía corriendo desde la calle y que al llegar a su espalda atemperó la velocidad que traía para acomodarlos a los de ella y no adelantarla. Al doblar la esquina del pasillo desembocó Noelia en el andén, en el que no había un alma, y en el que se respiraba un aire denso y enrarecido que olía a humo. Lo asoció con el de la bodega de la casa abandonada, al tiempo que notaba a alguien detrás de ella y que un grupo de personas que venía corriendo se abalanzaba en el andén para subirse al tren que acababa de hacer su entrada con un pitido agudo, expandiendo más olor a humo. No llegó, por tanto, a distinguir con claridad al joven que la había seguido por el pasillo y que tomó el vagón contiguo al de ella. Le pareció que llevaba una gorra en la cabeza y unas gafas oscuras, pero no hubiera podido asegurarlo y lo olvidó inmediatamente, luchando por hacerse un hueco entre el abarrotamiento de los que como ella viajaban de pie en aquel vagón.

Se bajó en la parada de la Puerta del Sol. Desde allí se encaminó a la calle Arenal que recorrió casi en su totalidad, hasta que llegó a un ostentoso portal de paredes de mármol y el pavimento enmoquetado, en cuya planta baja vio una puerta con una placa en la que se indicaba la notaría que buscaba. El oficial que la atendió desde detrás del mostrador le sonrió amablemente cuando se le acercó, pero cuando comprobó en el certificado de defunción el nombre del fallecido cambió de expresión y la observó con perplejidad no exenta de condolencia.

—No es posible— articuló a duras penas—. Si hace unos días estaba perfectamente… ¿Qué le ha sucedido a este joven? ¿Un accidente de tráfico?

—Me parece que se confunde de persona— replicó ella absolutamente desorientada—. Este chico murió hace siete años, por lo que el legado que le ha dejado en herencia esta señora, que se llama Concepción Aranda, debe de ser heredado a su vez por los padres del muchacho. Soy su abogado y he venido a iniciar los trámites para formalizar la escritura de adjudicación de esa herencia a su favor.

Le dio la impresión de que el oficial no la había oído. O al menos que no la había entendido. Era un hombre de mediana edad con un espeso cabello grisáceo y los ojos cubiertos con unas gafas que le resbalaron hasta la punta de la nariz.

—Pero es que no puede ser— repitió aturdido.

— ¿Por qué no puede ser? — empezó a irritarse ella.

—Porque esa escritura ya la formalizamos la semana pasada a favor del legatario, que hizo también efectivo el importe que le había dejado esa señora. Una cantidad fabulosa que había depositado ella en un banco. ¿Y dice usted que murió hace siete años? ¿Quién es el que murió hace siete años? ¿Esa señora? Tenía entendido que el óbito había tenido lugar hace dos meses.

¿De qué me está hablando? —se impacientó Noelia.

—De doña Concepción Aranda. Dejó su fortuna a un muchacho que, al parecer, no era pariente suyo. La semana pasada recogió él la escritura de adjudicación de su legado y seguidamente fue al banco donde esa señora había depositado la cantidad de dinero que le legaba. El banco nos llamó para confirmarlo antes de abonársela.

Se le quedó mirando Noelia con la boca abierta.

—Pero eso no es posible.

— ¿Qué es lo que no es posible?

—Que ese muchacho viniera a esta notaría y que después fuera al banco.

— ¿Por qué no?

—Porque murió hace siete años— repitió con impaciencia—. ¿Comprobaron que el chico se llamaba Sebastián Armada?

Consultó el oficial el dato en el ordenador y luego lo afirmó rotundamente.

—Efectivamente, se llamaba Sebastián Armada Arroyo.

— ¿Y era un joven de unos veinticinco años, rubio y con los ojos azules?

Frunció el hombre el ceño intentando recordarlo, pero terminó por asentir.

—Sí, un joven muy educado, de buena planta y bien vestido.

— ¿Qué tartamudeaba?

Tardó el hombre en asimilar la pregunta, luego se mordió los labios y finalmente meneó la cabeza en sentido negativo.

—No lo sé, porque se entendió directamente con don Francisco, con el notario, pero cuando preguntó por él me pareció que hablaba de corrido y perfectamente. ¿Cuál es el problema?

Se acodó Noelia sobre el mostrador e hizo un esfuerzo por expresarse con claridad.

—Pasa que Sebastián Armada murió en un incendio hace siete años, ya se lo he dicho. Era hijo adoptivo de mis clientes. Encontró su cadáver la Guardia Civil a primeros de este mes y estuve en su entierro hace una semana. Otra persona ha tenido que hacerse pasar por él adoptando unas características físicas similares a las de Sebastián y ha cobrado indebidamente un legado que le corresponde a mis clientes como herederos forzosos de su hijo. ¿Qué podemos hacer ahora?

El hombre volvió a morderse los labios.

—No lo sé, la abogado es usted.

—Podría demandar a ese joven por apropiación indebida de un dinero que pertenece a mis clientes o, mejor aún, podría querellarme por suplantación de la identidad de Sebastián Armada, por falsedad en documento público y por muchos delitos más, ¿pero contra quién? Tanto las demandas como las querellas se interponen contra una persona concreta y con un domicilio conocido e ignoro las dos cosas.

El semblante del oficial dejó traslucir su confusión. Luego apuntó tímidamente:

— ¿Y si contratara a un detective?

—Es una idea magnífica— replicó sarcásticamente—. ¿Y a quien le digo que busque? A un joven del que no tengo ninguna fotografía, que probablemente lleve el pelo teñido de rubio y que puede que simule tartamudear. Aunque también es posible que lleve ya el pelo de otro color y que hable correctamente. Con esos datos lo encontraría en un santiamén. Sería como buscar una aguja en un pajar.

El oficial se encogió de hombros sin saber qué más añadir y Noelia, comprendiendo que no iba a sacar nada en limpio si seguía hablando con él, se despidió y salió a la calle para volver a tomar el Metro y volver al despacho. Flor estaba en su mesa, en la antesala, escribiendo en el ordenador y se acercó a ella para preguntarle:

— ¿Está Daniela ocupada?

Le señalaba las dos puertas que la secretaria tenía enfrente y ésta negó con la cabeza.

—Está sola en este momento. ¿Quieres hablar con ella?

—Sí, pregúntale si puedo pasar.

La llamó Flor por el teléfono interior y le transmitió luego la respuesta a Noelia.

—Dice que sí, que pases, pero solo un momento porque tiene mucho trabajo.

Atravesó Noelia la antesala y llamó a la puerta con los nudillos abriéndola a continuación. Su jefe estaba sentada tras su mesa con un traje de chaqueta azul turquesa que entonaba con el color de sus ojos. Su ondulada melena rubia le resbalaba sobre los hombros y se la retiró de la frente cuando levantó la cabeza hacia ella. Su actitud podría asimilarse a la de una estrella de cine que, como un favor, hubiese concedido una entrevista a un periodista novato. Con un elegante ademán de su mano le indicó a ella una de las butaquitas que tenía enfrente y pestañeó.

— ¿Querías verme? — inquirió como si la respuesta no fuese obvia.

—Sí, vengo de una notaría y me ha sucedido una cosa inexplicable.

Esbozó la otra un gesto desdeñoso como si dudara de que algo de lo que le informara pudiera sorprenderla y Noelia la refirió lo ocurrido, empezando por el hallazgo del cadáver y su entierro, para seguir con la actitud de la funcionaria del Registro de Actos de Últimas Voluntades y terminar con lo ocurrido en la notaría. En contra de lo que Daniela había dado por hecho, sí le impactó el relato de Noelia y parpadeó perpleja.

— ¿Viste tú el cadáver? — le preguntó inclinándose hacia ella interesada.

—Sí, tengo una foto en el móvil. ¿Quieres verla?

Le apetecía a Noelia ver a su jefe, siempre impasible, horrorizada ante el macabro espectáculo de lo que habían hallado en el sótano, pero Daniela apenas lo demostró. Se limitó a arquear delicadamente una ceja y luego la otra, antes de devolverle el teléfono extendiendo elegantemente la mano hacia ella y a preguntarle:

— ¿Y estáis seguros de que era el hijo de tus clientes?

—Ellos dijeron que sí cuando bajaron a la bodega, porque llevaba al cuello una medalla que le habían regalado las monjas del convento y que llevaba siempre al cuello. Por lo demás y como habrás advertido, el chico estaba irreconocible y la medalla ennegrecida y deformada, aunque en el reverso podía aún leerse su nombre. Otro muchacho, supongo que, de una edad similar, se ha hecho pasar por él y lo ha suplantado en la notaría firmando en su lugar la escritura de adjudicación de ese legado, que también ha cobrado en el banco. El legado que debía ocuparme yo de que fuera adjudicado a mis clientes. Ahora no sé qué hacer.

Clavó Daniela en ella sus ojos fríos como el hielo, al tiempo que tamborileaba sobre la superficie de la mesa con unos dedos con las uñas cuidadas y largas, pintadas de rojo intenso.

—Lo primero, es llamar a sus padres e informarles de lo sucedido. Después, si ellos están de acuerdo, denunciarlo a la policía. Es complicado en este caso conseguir información sobre la familia biológica del chico porque la ley no permite que tus clientes realicen una investigación para averiguar quiénes son los padres del niño que adoptaron. Solamente tienen derecho a averiguarlo los hijos adoptivos, y probablemente por la señora que le ha dejado el legado a ese chico podría empezar a sacarse algo en limpio. ¿Le hicieron la autopsia al cadáver?

—No, se negó su padre, porque dijo que estaba suficientemente clara la causa de la muerte del muchacho.

—No le harían tampoco las pruebas de ADN— afirmó Daniela más que preguntó.

—No, claro, ¿para qué? No había con quién contrastarlas.

—Pues haz lo que te he dicho, llama a sus padres. Después puedes estudiar la posibilidad de interponer una querella contra el banco por haber satisfecho el importe de ese legado a un muchacho que se ha presentado con una documentación identificativa falsa. Hay bastantes sentencias sobre ese particular, pero requieren que haya habido negligencia por parte del banco.

—Pero en este caso no la ha habido, puesto que, como ya he te he dicho, el empleado llamó a la notaría para asegurarse de que la adjudicación a su favor del legado, formalizada en escritura pública, era correcta. Tendría entonces que querellarme también contra la notaría.

—Sí, también. Tendrías que aportar una certificación literal del certificado de defunción del auténtico legatario expedida por el Registro Civil para acreditar que este había fallecido con anterioridad a la causante. No sé si prosperaría la querella, pero debes intentarlo. Podrías también...

Dejó la frase en el aire y Noelia se rebulló inquieta en su butaquita esperando a que terminara.

—Podrías también solicitar ante el juzgado que conozca de la denuncia el levantamiento del secreto bancario de la entidad mercantil donde la fallecida tenía depositado el dinero que ha cobrado indebidamente ese otro joven— concluyó apartándose del rostro la onda de cabello que le caía sobre la frente— De ese modo averiguarías quién ha cometido esa suplantación de identidad, ¿has entendido? Después no tendrías dificultad alguna en denunciarle, querellarte contra él y contra el banco. Lo más práctico es que arremetas contra todos a la vez.

Había dado su jefe la reunión por terminada, por lo que Noelia se levantó de la butaca y, después de darle las gracias salió a la antesala con el maletín en la mano para encaminarse hacia el largo pasillo en el que se ubicaba su nuevo y ostentoso despacho, que no le produjo como en otras ocasiones la placentera sensación de haber progresado mucho y en muy poco tiempo en el bufete. Notaba la cabeza pesada y la impresión de haber caído en un ardid urdido por alguien que había previsto todas las posibilidades y que la había dejado en muy mal lugar.

Esa sensación se le acrecentó cuando llamó a Máximo Armada por teléfono y le refirió lo que le había sucedido en el Registro y en la notaría. Al hombre le costó entenderlo y cuando lo hizo le supuso un esfuerzo aún mayor asimilarlo.

—Así que un joven, que usted no sabe quién es, ha suplantado la identidad de mi hijo y ha cobrado mi herencia, ¿cómo se lo explica?

Parecía creer que por ser abogado era también adivina y que en cualquier caso era la culpable de lo sucedido, por lo que reaccionó inmediatamente.

—No me lo explico ni tengo por qué— replicó furibunda—. No soy un policía. Quizás si usted no se hubiera negado a que le hicieran la autopsia a su hijo y le hubieran practicado las pruebas del ADN, pudiéramos pedir ahora la exhumación de doña Concepción Aranda y adquirir la certeza de que el cuerpo que encontramos en aquella casa era el de Sebastián.

— ¿Qué quiere decir? — gritó irritadísimo.

—Lo que ha oído. Supongo que esa señora sería su madre o su tía, porque nadie deja en herencia una gran cantidad de dinero a una persona a la que no conoce y que no es pariente suyo. En mi opinión deberíamos denunciar lo ocurrido a la policía. ¿Quiere que lo denunciemos? A continuación, podríamos solicitar al juez el levantamiento del secreto bancario para conocer quién fue la persona que cobró la cantidad que constituía el legado que heredó su hijo.

Se hizo un silencio al otro lado del hilo.

—De acuerdo— repuso tras un lapso de tiempo que a ella se le hizo interminable—. ¿Nos pediría el juez que solicitáramos también la exhumación del cuerpo de Sebastián y del de esa señora gallega que falleció antes de concedernos la autorización?

—No lo sé. Es posible que lo hiciera para tener la seguridad de que los restos que halló la Guardia Civil en aquella casa eran los de Sebastián, Quizás su hijo tuviera un hermano o un pariente cercano de una edad similar que se le pareciera y que hubiera decidido que era el más indicado para heredar el legado que les correspondía a ustedes. ¿No lo cree posible?

—Posible sí ¿pero y la documentación que identificaba a mi hijo? El que le ha suplantado ha tenido que presentarla para cobrar la herencia.

—Ha podido falsificarla.

Hubo otro silencio en la línea telefónica, también eterno.

—Déjeme pensarlo. No sabe lo duro que ha sido para mí mujer y para mí tener que reconocer su cadáver en el estado en el que se hallaba y no quisiera tener que repetir la experiencia si hay otra opción. Supongo que lo comprende.

—Por supuesto. He pensado también que podríamos querellarnos contra el banco y exigirle responsabilidad por haber satisfecho ese depósito que le han legado a su hijo a un extraño que se ha hecho pasar por él, pero probablemente también en ese caso ordenara el juez la exhumación de los restos de Sebastián y los de doña Concepción Aranda.

—Claro— murmuró Máximo—. Pero si el tribunal estimara la querella condenaría al banco a entregarme la cantidad de dinero de ese legado que ha entregado indebidamente, ¿no es así?

—Es lo más probable, aunque nunca se puede asegurar.

—Estudie entonces las posibilidades que tenemos de ganar y llámeme en cuanto haya alguna novedad— dijo al fin.

—De acuerdo. Le llamaré.

Colgó Noelia el auricular y se acodó pensativa sobre la mesa. Sin saber por qué le vino a la memoria la difusa silueta del joven que desde lejos la observaba fijamente en el cementerio y que se había escondido detrás de un árbol cuando sus miradas se cruzaron. Creía recordar que llevaba una gorra en la cabeza que le ocultaba el color de su cabello y unas gafas oscuras, pese a que la mañana estaba muy nublada. Un segundo más tarde y como un fogonazo cruzó por su mente la figura del muchacho que dos horas antes la había empujado en el andén del Metro para subirse al vagón contiguo al suyo. También llevaba una gorra y unas gafas oscuras. Un escalofrío la recorrió entera.

CAPÍTULO IV

Carol vivía en un elegante piso en la plaza de Quevedo. Llovía esa tarde y soplaba un viento helado que no animaba a salir a la calle, pero ninguno de sus antiguos compañeros faltó a la cita. Llegaron uno tras otro y les fue acomodando en un modernista salón decorado en blanco y amarillo, con un sofá blanco de esquina abarrotado de cojines de todos los colores, frente a otros dos, también blancos, con más cojines. En el centro y en una mesita cuadrada de cristal había colocado Carol unos platos con canapés y en una consola adosada a la pared había dispuesto la chica las bebidas y los vasos, por lo que cada uno se fue sirviendo conforme se fue presentando en el piso. Carol tenía el don de ser la perfecta anfitriona y de conseguir que todos se sintieran a gusto en las reuniones que organizaba, lo mismo que antaño.

Lorena, que había tomado asiento en el sofá de esquina entre Andrés y África, sintió de improviso la sensación de que el tiempo no había transcurrido y que eran aún aquellos estudiantes que se angustiaban cuando se aproximaban los exámenes y que en vacaciones salían al campo de excursión.

Pero había transcurrido mucho tiempo desde entonces y ya no eran los mismos, se dijo. Toño, que a los diecisiete años era un chico espigado con un abundante cabello castaño que solía resbalarle hasta las cejas, era ahora un joven sobrado de peso con un pelo ralo que le nacía lejos de la frente. Seguía siendo tan bravucón como entonces, pero carecía en el presente del atractivo con el que ella le veía. El único que había mejorado con el paso del tiempo había sido Andrés. Seguía siendo delgado y no le afeaba ya la erupción de granos que le cubría el rostro. Se corrigió en sus apreciaciones al mirar a Carol. Tampoco se había estropeado ésta al hacerse mayor. Llevaba suelta la melena cobriza y una blusa verde que entonaba con el color de sus ojos sobre el pantalón gris oscuro. Parecía una modelo y alborotó como siempre al elemento masculino. Al menos a Toño y a Jorge, que se habían sentado a ambos lados de ella en el sofá de enfrente. Éste último no había cambiado mucho. Con el cabello color zanahoria y el rostro cubierto de pecas, seguía siendo el eco de Toño y se reía de las tonterías que el otro decía como si fuesen genialidades, a la par que Carol giraba la cabeza hacia el uno y hacia el otro tonteando por igual con los dos y bamboleando al tiempo su melena, a la que la lámpara de mesa encendida arrancaba reflejos dorados.

María también celebraba las bobadas de Toño y apuntaba alguna de cuando en cuando y Andrés les recordaba anécdotas de su época de estudiantes, coreado por Lorena. Con una copa que les desinhibía, celebraban todos el reencuentro como si verdaderamente se hubieran echado de menos en los años que habían transcurrido desde que salieron del instituto. Todos menos África. Solo había tomado ésta un refresco y, sin advertir que se había producido un momentáneo silencio entre las carcajadas de los otros, se inclinó en el sofá hacia Lorena para murmurar:

—Falta él. ¿No notas su ausencia?

Lo dijo en voz baja, pero todos la oyeron y sus palabras produjeron el efecto de un jarro de agua fría sobre las cabezas de los presentes. Incluso Toño dejó de decir tonterías para apurar de un trago su cubalibre.

—Sí, falta Sebastián— admitió a continuación dejando el vaso sobre la mesita—. Aquello fue una desgracia, pero no creo que debamos sentirnos culpables. Pienso que el destino de cada uno está escrito y que no hay nada que podamos hacer para evitarlo.

—No estoy tan segura de eso—objetó África apartándose del rostro su lisa melena y clavando en él sus oscurísimos ojos—. ¿Estaba escrito que se incendiaría la casa y que le pillaría a Sebastián en el sótano? Estoy segura de que no. Le pilló en el sótano porque fue a donde le mandasteis que fuera a buscar maderas y no solía oponerse a lo que le decíais.

—No se oponía, porque no quería peleas ni discusiones— contemporizó Carol, que, como siempre, trató de limar el tono áspero con el que África se expresaba para que nadie se sintiera incómodo—. Era un buen chico, pero muy tímido.

—Y bastante simple— apostilló Toño—. ¿A quién se le ocurre bajarse a una bodega que no tenía salida cuando sintió la humareda que invadiría aquel antro, en lugar de salir huyendo por el tragaluz del sótano?

—Con el humo puede que no viera el tragaluz— consideró África pensativa— Es difícil saber cómo hubiéramos reaccionado cada uno de nosotros de habernos encontrado en su caso.

—Aquí tenemos el ejemplo de Lorena y de Andrés— la contradijo Toño desdeñosamente—. Reaccionaron con lógica, volviendo a subir a la planta de arriba para salir a escape por la puerta. ¿A que no se os ocurrió bajar a esa bodega? — les preguntó con un guiño de inteligencia.

—No— admitió Lorena—. Pero a decir verdad ni siquiera vimos la trampilla ni llegamos a darnos cuenta de su existencia.

—Ocurrió todo muy deprisa— continuó Andrés—. Yo diría que advertimos que la casa se había incendiado nada más poner el pie en el sótano y echar una ojeada.

Desde luego a Sebastián no le vimos. Es posible que hubiera bajado ya a curiosear a esa especie de bodega sin botellas y que el humo le asfixiara.

Se hizo un silencio denso que se expandió por el saloncito durante el cual cada uno volvió con la mente a la casa abandonada y se preguntó si su actuación habría sido la correcta. Lo rompió Lorena con un esfuerzo:

—La abogado de sus padres me enseñó la foto que le había tomado cuando la Guardia Civil y ella le hallaron— murmuró con un rictus amargo en su bonito semblante—. Y… a veces no puedo dormir recordándolo. Estaba allí tumbado boca arriba, en el suelo…

— ¿Tumbado boca arriba? — se extrañó Toño—. Como sabéis, soy auxiliar de enfermería y he visto muchos cadáveres carbonizados. ¿No estaba contraído sobre sí mismo con la postura de un boxeador?

—No— repuso ella sin necesidad de meditarlo—. Estaba acostado, con los brazos y las piernas separados del cuerpo, igual que si se hubiera echado sobre la arena de la playa a tomar el sol. No debería haberme empeñado en que esa abogado me enseñara la foto.

—Pues es muy raro. Yo diría que entonces no murió quemado por el fuego— consideró el chico con el ceño fruncido—, pero si no le han hecho la autopsia… ¿Por qué no le hicieron la autopsia?

—Porque el padre opinó que la causa de la muerte estaba suficientemente clara— repuso Lorena.

—Sí, moriría entonces por inhalación de humo— siguió Toño—Al padre le conocía yo anteriormente, de cruzármelo en el hospital. Es médico y da clases de antropología además en la facultad de medicina. Me parecía antes un tipo bastante prepotente, pero ahora da pena verle. En el cementerio me saludó y hasta me dio el número de su móvil por si quería comentarle alguna cosa de Sebastián de los años del instituto. ¿Pero qué podría decirle? ¿Que tartamudeaba lamentablemente y que todos nos reíamos de él?

—Yo no me reía— le contradijo África con expresión adusta— Y no creo que tuviera ninguna gracia que tartamudeara.

—No, claro que no. Tú siempre has sido una hermanita de la caridad— se burló el otro—. Lo que no sé es por qué no te has metido monja.

—Ni yo como no te has metido tú a payaso— replicó la chica agriamente.

—Vaya por Dios— se rio el chico—. Ya está África saliendo en defensa de los desamparados. África, América y Oceanía— canturreó—. Un nombre precioso. ¿Por cuál de los tres prefieres que te llame?

Era esa la invariable forma de Toño de meterse con ella. La de ridiculizar su nombre, añadiéndole el de otras partes del mundo, lo que a ella le molestaba profundamente ya que había sido también el de su madre.

Al ver el cariz que tomaba la conversación entre los dos, Carol intervino inmediatamente cogiendo un plato de canapés de la mesita de cristal y poniéndose en pie para ir ofreciéndoles a todos.

—No me habéis alabado todavía como cocinera. Los he hecho yo misma y no estaría bien que me los despreciarais. Estos de jamón y huevo hilado son mi especialidad. ¿A que están buenísimos?

Se explayó seguidamente sobre sus habilidades culinarias y luego pasó a contarles anécdotas de su trabajo que todos corearon con risas. Toño y África aparentaron participar en la conversación, pero ambos intercambiaron miradas desdeñosas cuando los demás no les miraban. Andrés debió advertirlo y se inclinó al oído de Lorena para susurrarle:

—La verdad es que Toño ha estado bastante inoportuno, ¿no te parece? Se supone que todos lamentamos o deberíamos lamentar lo que le sucedió a Sebastián, no reírnos de la dificultad que tenía para hablar.

—Yo sí lo lamento— reconoció ella—. Y me gustaría haberme portado con él de otra manera. Como África, que siempre le defendía, pero por aquel entonces no me atreví porque Toño me hubiera hecho blanco de sus iras. Tenía una habilidad especial para descubrir los defectos de los demás y ridiculizarlos.

— ¿Y qué defectos tenías tú? — le preguntó él con expresión de despiste.

Se preguntó Lorena si alguna vez se habría molestado Andrés en aquellos tiempos en mirarla de frente. Probablemente estaba tan encandilado con Carol como el resto de los chicos de la clase y no le interesaba ninguna más. Desde luego no recordaba que le hubiera prestado a ella la menor atención en clase, ni en los recreos ni en las excursiones del mes de julio. Los demás se habían enzarzado en ese momento en una discusión sobre futbol y no les prestaban atención, por lo que Lorena pudo continuar hablando con Andrés en tono bajo sin que los otros se dieran cuenta.

—Tuve un acné juvenil muy intenso— le aclaró— ¿no te acuerdas?, y Toño se metía conmigo a la primera oportunidad que le daba Sebastián. Quiero decir que cuando éste no estaba presente o permanecía callado y no tenía motivo para reírse de él, aprovechaba la oportunidad para meterse conmigo.

Andrés parpadeó mirándola como si nunca hubiera imaginado lo que le estaba contando.

— ¿De veras tuviste granos? Te recordaba igual que ahora. Tan bonita, con los ojos grandes… como ahora.

—Pues no— protestó enrojeciendo ante el piropo con el que acababa de describirla—. Tú también tuviste unos cuantos.

—Sí— reconoció sin darle importancia—. Me desaparecieron en la facultad cuando mi madre me llevó al dermatólogo. Me mandó una pócima que me produjo una sequedad imponente, pero se esfumaron como por encanto.

—Y Toño también se metía contigo y te decía que llevabas una paella en la cara, ¿es que lo has olvidado?

—No, pero tampoco creo que haya olvidado él los tortazos que le di en la mayoría de esas ocasiones. Es lo que deberías de haber hecho tú.

— ¿Me estás diciendo que debería de haberme liado a mamporros con Toño cada vez que él se pitorreaba de mí?— le preguntó asombrada—. Era el doble de alto y el doble de ancho que yo. Me hubiera mandado a la luna de un sopapo. Lo que hacía era callarme cuando la tomaba con Sebastián para que no continuara haciendo lo mismo conmigo. Por eso me siento mal cuando me acuerdo de él y de cómo murió. Quizás si le hubiéramos buscado mejor por el sótano… pero salimos de pira.

—Si le hubiéramos buscado mejor, tampoco hubiéramos salido nosotros del sótano. Nos hubiéramos asfixiado con el humo igual que él.

—Sí— musitó ella reflexivamente—. Y el caso es que el otro día en el cementerio…

Se giró Andrés en el sofá para mirarla de frente.

— ¿Qué te pasó en el cementerio?

—No, vas a pensar que es una bobada.

—No sé lo que voy a pensar si no me lo dices.

Abatió ella los párpados para concentrarse mejor.

—Fue al finalizar el entierro, cuando ya nos marchábamos. La abogado de sus padres se despidió de éstos y empezó a andar hacia su coche. Yo la seguí porque quería hablar con ella. Entonces fue cuando le vi.

— ¿A quién viste?

—A él. Estaba lejos, pero miraba fijamente a Noelia. Cuando ésta se dio cuenta, se escondió él detrás de un árbol.

— ¿Pero de quien me estás hablando? — le preguntó Andrés con impaciencia.

—De Sebastián. Aseguraría que era él, aunque sé que no puede ser.

—Por supuesto que no puede ser.

—Pues, aunque no pueda ser, tenía su misma cara, el mismo pelo rubio debajo de una gorra. Los ojos no pude vérselos porque llevaba gafas oscuras. Y me pregunto… me pregunto si habrá vuelto del más allá para vengarse de los que le hicieron la vida imposible mientras estuvo vivo.

—Tranquilízate, porque nadie vuelve del más allá— le aseguró él—. Viste visiones.

Debía de haber levantando Andrés la voz al decirlo, porque María interrumpió a Jorge que era un furibundo aficionado al Real Madrid para preguntarles:

— ¿Quién ve visiones?

—No, nadie— replicó el chico—. Discutíamos sobre si es o no posible volver del más allá.

— ¿Y tú qué opinas? — insistió María.

—Que no, yo opino que no.

— ¿Y Lorena cree que sí es posible?

Todos se habían vuelto a mirarla y esperaban su respuesta, por lo que la chica se sintió intimidada y se encogió de hombros.

—No lo sé, ¿cómo lo voy a saber?

—Pues a mí me gustaría que fueran ciertas esas historietas que cuentan en los pueblos— consideró Toño con el semblante iluminado por las imágenes que veía en su mente—. En las noches frías del invierno se reúnen unas cuantas familias alrededor de la chimenea encendida y se cuentan las llorosas apariciones de sus tías bisabuelas. Casi siempre esas antepasadas tuvieron un amor imposible y vuelven a este mundo a informar a sus descendientes de lo que sufrieron por culpa del tatarabuelo, que era un tirano.

Jorge se echó a reír.

—Eso te lo estás inventando.

—Qué va. ¿Queréis que juguemos a algo que nos sirva para contactar con los muertos? A la güija, por ejemplo.

Carol se apresuró a negarse.

—No, no me gustan los juegos de ultratumba y no tengo además ese siniestro tablero.

—Pues es una pena— consideró Toño con expresión doliente—. Podríamos haber conectado con Sebastián para preguntarle qué fue lo que le pasó en aquella casa abandonada. El motivo por el que no se escapó y de qué murió.

—Murió a causa del fuego— repuso Carol estremecida.

—No, por la postura que tenía cuando le hallaron no pudo ser el fuego la que lo motivó— dictaminó Toño como si fuese un experto.

—Pues preguntádselo a su padre, que es médico— le aconsejó Jorge.

—Ni se te ocurra— protestó África interviniendo—. Sería una falta de delicadeza y además ¿qué más te da?

—Siento curiosidad. También quiero preguntarle a Sebastián si nos guarda rencor, porque la verdad es que le hicimos la vida imposible.

—Que tú le hiciste la vida imposible— puntualizó África— Y también Jorge, aunque en menor medida, porque se limitaba a reírte las gracias.

Toño paseó su mirada por todos los presentes.

—No recuerdo que ninguno de vosotros saliera en su defensa. Bueno, sí. África sí le protegía como si fuese su cachorro, pero los demás…

Tenía razón en lo que estaba diciendo, se dijo Lorena. Alguna vez había dado Andrés la cara por él, porque cuando eran unos chiquillos era el más fuerte y no le importaba liarse a guantazos con el que se ponía muy pesado, pero ella no se había atrevido. Toño era su ídolo entonces y además no hubiera tardado ni un segundo en ridiculizarla.

Una fuerte ráfaga de viento estampó la lluvia contra los cristales de los dos ventanales de la estancia y todos enmudecieron a la vez, quizás preocupados por lo que les aguardaba en la calle cuando se marcharan. Fue África la primera que miró el reloj.

—Hace una noche de perros, pero es tarde y tengo que volver a casa. Podemos repetir otro día esta reunión tan agradable en la que nos hemos reencontrado al cabo de tanto tiempo. Siete años nada menos.

Pensó Lorena que lo decía porque era una chica muy educada, ya que estaba segura, por la trifulca que había mantenido con Toño, que no lo había pasado bien. Se dijo que era hora de que ella se marchara también e imitó a la otra poniéndose en pie.

—Yo también tengo que irme.

—Esperad— les pidió María, que al parecer no había captado la tensión que latía en el ambiente y no sentía ninguna prisa por regresar a su piso, en la que vivía sola, por lo que no la esperaba nadie—. Si os parece el próximo día podemos quedar en mi casa. No es tan bonita como ésta y está un poco desordenada, pero tengo un tablero de güija y podemos jugar a los espíritus, como ha propuesto Toño—. Se volvió hacia Carol para decirle—: Y tú no te preocupes. Es un juego tonto en el que los más avispados hacen trampa. Los muertos no vuelven del más allá por mucho que los llames, te lo puedo asegurar, porque he jugado con ese tablero muchas veces y en algunas ocasiones hasta la que ha hecho trampa he sido yo.

Aunque era obvio que a Carol no le apetecía lo que la otra había propuesto, no se atrevió a contradecirla porque, pese a que el aspecto de María seguía sin ser agraciado e incluso se había incrementado con los años su similitud con una maestra de escuela, había demostrado ser la más inteligente del grupo femenino. Toño, por el contrario, expresó ruidosamente su satisfacción.

—Estupendo. ¿Os viene bien el sábado próximo? Estoy seguro de que lograré establecer conexión con Sebastián.

— ¿Y le vas a pedir perdón? — inquirió ácidamente África.

El chico acusó el golpe y parpadeó confuso.

—Pues… no se me había ocurrido. Porque no tengo yo la culpa de que tartamudeara de una forma tan cómica.

—No te vas a disculpar entonces— dedujo ella envolviéndole en una mirada asesina.

Toño no era de los que se amilanaban cuando alguien se metía con él, sino al contrario. Recorrió de arriba abajo con los ojos la menuda figurilla de África y farfulló mordiendo las palabras.

—Yo no, pero puedes hacerlo tú, ya que sientes tantos remordimientos. Así dormirás bien por las noches.

—Yo duermo estupendamente. Eres tú el que deberías padecer insomnio crónico.

Tratando de evitar que volvieran a enzarzarse, Lorena cogió a África del brazo y la empujó delante de ella para dirigirse hacia el vestíbulo, similar a un corto pasillo, donde habían dejado los abrigos. A su vez Andrés se levantó del sofá haciendo intención de seguirlas, a la par que María, y Jorge puso una mano sobre el brazo de Toño para indicarle que no le contestara. La reunión se había roto definitivamente de una forma bastante desagradable y todos se disculparon con Carol, alegando que ya era muy tarde. Fueron saliendo del piso uno tras otro. Los primeros en tomar el ascensor fueron Lorena, África y Andrés. Cuando llegaron a la calle, África se despidió, y cruzó la acera y Andrés se metió debajo del paraguas de Lorena y se encaminaron los dos en dirección al autobús. María y Jorge echaron a correr hacia la calle de San Bernardo y Toño apretó el paso y se dirigió hacia la boca del Metro.

Llovía con fuerza y el viento racheaba el agua empapándole la cara, por lo que el chico maldijo el tiempecito que se padecía ese día y a esas horas de la noche. Estaba de malhumor. Había esperado pasar una tarde muy agradable con Carol y la tonta de África se la había fastidiado bien. Le diría a María que no la invitara a su casa el sábado próximo. La muy boba se enteraría por Lorena de que la habían excluido de la siguiente reunión y así aprendería a no sermonearle cuando gastaba una broma. Acostumbraba a hacerlo desde que tenía uso de razón y los demás le coreaban riéndose siempre. Solo ella se ofendía y ponía cara de funeral, sobre todo cuando la broma tenía que ver con Sebastián. Como si tuviera él la culpa de que éste hubiera muerto en aquella casa abandonada. La verdad era que ni siquiera se le había ocurrido que eso pudiera suceder. Ni tampoco que la chispas que saltaban de la chimenea encendida pudieran prender en la carcomida tarima del pavimento y hacer arder a su vez a los restos del empapelado de las paredes que colgaban de éstas convertidos en pingajos. No se le había ocurrido y ahora que recordaba lo que les había explicado Lorena sobre la posición en la que le habían hallado en la bodega, dudaba de que Sebastián hubiera muerto en el incendio. Quizás…

Se detuvo para guarecerse en un portal de la lluvia e hizo una llamada por el móvil que no le sacó de dudas, sino más bien al contrario. Luego volvió a salir a la calle y con la cabeza baja echó a correr hacia la boca del Metro, que ya veía próxima. Bajó lo más rápidamente que pudo los escalones entre una multitud compacta que se abría paso con dificultad hacia las profundidades del suburbano y echó a andar entre empujones por el amplio pasillo que conducía al andén. Se respiraba un aire denso y enrarecido, pero al menos allí dentro no se mojaba. Tenía los pies helados por haberse metido en un charco. En cuanto llegara a casa se cambiaría de ropa y llamaría a Carol para charlar un rato y de paso despotricar contra África, a la que la otra tampoco tenía mucha simpatía.

El gentío que le rodeaba no le permitía avanzar con toda la velocidad que hubiera deseado y tuvo que soportar los codazos de los que tenían tanta prisa como él, lo que incrementó su malhumor. Repartió él también unos cuantos empellones y al doblar la última esquina del pasillo aspiró el olor característico del andén antes de verlo. Olía a humo, a carbonilla y a falta de ventilación. ¿A cuántos metros estaría debajo de la calle? Sintió una repentina claustrofobia y trató de pensar en otra cosa. En la estúpida de África y en lo que le dolería enterarse de que no la habían llamado para participar en la reunión en la casa de María. La chica era una aguafiestas y más valía que se percatase cuanto antes de que lo era.

No se dio cuenta de que había alguien a su espalda a quien conocía ni de que éste no se había apartado de él desde que alcanzara la boca del Metro y con un par de empellones más logró colocarse en primera fila en el andén para esperar la entrada del tren en la estación. No tardó en oírse el estruendoso pitido de éste y la máquina avanzó por el oscuro túnel a toda marcha para aparecer en la zona iluminada donde le aguardaba la multitud. Entonces sí notó algo a su espalda. Unas manos que le empujaron hacia la vía en la que cayó pesadamente y luego como el convoy se le echaba encima.

CAPÍTULO V

El lunes siguiente estaba Noelia leyendo la noticia en el periódico, cuando oyó que alguien propinaba unos golpecitos en la puerta de su despacho. Unos segundos más tarde entró Miriam, que le preguntó sonriente:

— ¿Puedo interrumpirte o prefieres que vuelva más tarde?

—No, pasa, pasa. Es terrible lo que le ha sucedido a ese chico.

— ¿De qué hablas?

Con un gesto le indicó Noelia el diario que había dejado sobre la mesa,

—De un chico que el sábado por la noche fue atropellado por el Metro. Había mucha gente en el andén empujándose y él estaba en primera línea. Cayó a la vía justamente cuando el tren entraba en la estación.

— ¿Y ha muerto?

—Sí. Le conocí el otro día en el entierro de otro muchacho que había sido compañero suyo. Se llamaba Sebastián. Habían ido los dos al mismo instituto y éste último había muerto hace siete años en una excursión que hicieron por los alrededores del rio Alberche.

— ¿Murió hace siete años y le enterraron el otro día? — inquirió Miriam con sus ojos azules muy abiertos por el asombro.

Ocupaba la recién llegada en el bufete el despacho contiguo al suyo y solían comentar los asuntos que llevaban entre manos, porque se compenetraban bien y eran además muy amigas. El caso de Sebastián no había tenido sin embargo Noelia tiempo de referírselo, porque por el exceso de trabajo en los últimos días apenas si se habían visto.

—Sí, desapareció entonces en una casa abandonada que se incendió, pero los bomberos no hallaron su cuerpo— le aclaró—. El juez autorizó la entrada y registro de esa casa y yo fui con dos agentes de la Guardia Civil, que lo encontraron en una especie de bodega, a la que se bajaba por una trampilla que había en el sótano. No sabes la impresión que me produjo verle allí, en el suelo.

Se había sentado Miriam al otro lado de la mesa y se acodó en ella apoyando la barbilla en una mano.

— ¿Por qué? ¿Porque el espectáculo era horrible?

Lo consideró Noelia reflexivamente con la mirada perdida.

—No lo sé. El espectáculo era horrible, porque murió quemado, pero es que yo, tontamente, me había hecho la ilusión de que le encontraríamos vivo. Una estupidez por mi parte.

—Muy impropia de ti— farfulló la otra por lo bajo—. Eres fundamentalmente práctica. ¿Cómo le ibais a encontrar vivo si había desaparecido en un incendio hace una pila de años?

Meneó Noelia ambas manos en un ademán que parecía querer decir que también ella era un ser humano, tan complejo como la inmensa mayoría de los demás.

—Tienes razón, pero es que sus padres vinieron a encargarme que instara un expediente de jurisdicción voluntaria para que se le declarara fallecido y pudiera serles adjudicada a ellos una herencia que una señora desconocida le había dejado al chico— empezó a explicarle—. Solo habían transcurrido siete años desde que desapareció por lo que la solicitud de ese expediente no habría prosperado. Cité entonces a dos de sus compañeros de clase que estaban con él cuando la casa ardió por si pudiera utilizarlos como testigos y me hablaron tanto de cómo era el muchacho que llegó a parecerme que le conocía. Y luego… cuando vi lo que quedaba de él… allí en el suelo…

Miriam le dio unas consoladoras palmaditas en la mano que Noelia tenía sobre la mesa.

—Vale, vale. Vamos a hablar de otra cosa.

—Y ahora lo de este otro chico— continuó Noelia como si no la hubiera oído—. De tu edad y con muy pocos años menos que yo. Y cuando solo había transcurrido una semana desde el entierro de Sebastián…

Pensó Miriam que debía cambiar de conversación para distraer a la otra, pero como no se le ocurrió nada, le preguntó:

— ¿Y cuándo le encontrasteis en esa bodega habías instado ya el expediente para que el juez le declarara desaparecido?

—No, por fortuna, la Guardia Civil le halló en aquella casa antes de que yo comenzara con el papeleo.

—Y sus padres pudieron adjudicarse su herencia.

—No.

— ¿Por qué no?

—Porque alguien se presentó antes que ellos en la notaría, otorgó la escritura e hizo efectivo el legado que consistía en un depósito bastante elevado de dinero en efectivo.

— ¿Alguien? ¿Quién?

—Según el oficial de la notaria, el propio Sebastián que presentó la correspondiente documentación para acreditarlo.

Escrutó Miriam su semblante sin acabar de entenderla.

— ¿Pues no me habías dicho que había muerto?

Dejó escapar Noelia un imperceptible suspiro de impotencia.

—Sí, sí te lo había dicho. La Guardia Civil encontró su cadáver carbonizado, me lo enseñó y hasta lo fotografié, pero anda por ahí un joven que se hace pasar por Sebastián.

Se quedó Miriam pensativa mirando sin ver el trozo de calle que podía distinguir desde el lugar en el que estaba sentada. Luego le preguntó:

— ¿Y estás segura de que el cadáver que encontrasteis era el de ese tal Sebastián? ¿Se le hicieron las pruebas de ADN?

—No, porque era adoptado y se desconocía quien pudiera ser su familia biológica. ¿Pero de quién podrían haber sido esos restos humanos más que los de ese chico?

Miriam se encogió de hombros.

— ¿Cómo voy a saberlo? Quizás fue el propio Sebastián el que quiso fingir que había muerto y llevó a esa casa abandonada el cadáver de otro muchacho carbonizado.

— ¿Y para qué había de hacer eso? Era menor de edad cuando se produjo el incendio y no tenía a dónde ir.

—Yo qué sé por qué habría de haberlo hecho— protestó Miriam, fastidiada de que rebatiera todos sus argumentos.

Meneó Noelia la cabeza y comentó como si hablara consigo misma:

— ¿Qué puede hacer un menor que finge haber muerto para marcharse de su casa? ¿Pedir limosna en la calle? Cabe dentro de lo posible, porque con sus padres adoptivos no se llevaba bien. Podría ser. Al cabo de los años se entera, no sé cómo, de que le han dejado en herencia una buena suma de dinero y aparece en la notaría para cobrarla. ¿Pero de dónde sacó el cadáver que hallamos en la bodega? Los cadáveres no andan por ahí sueltos para que los pueda coger cualquiera cuando le convenga.

—No, claro— admitió Miriam confusa—. ¿Y era muy amigo de ese otro que se ha caído a la vía del Metro?

—Por lo visto, no. El que ha muerto en el Metro se llamaba Toño y se reía de Sebastián porque tartamudeaba al hablar. Al parecer le hacía la vida imposible.

—Ya— musitó la otra.

Su tono no tenía nada de particular, pero la palabra se quedó flotando en el aire como si tuviera un oculto significado y Noelia dejó de condolerse por la noticia del periódico para fijar recelosamente sus ojos oscuros en ella.

— ¿Qué has querido decir con ese "ya"?

—No, nada. Estaba pensando en las cámaras de seguridad del Metro. Supongo que si alguien le hubiera empujado habría quedado grabado y la policía lo estaría investigando.

Se apartó maquinalmente Noelia su rizada melena del rostro que le llegaba hasta más abajo del hombro y pestañeó perpleja.

— ¿Por qué piensas que le han empujado?

—No lo pienso, porque no lo sé. Te encuentro muy quisquillosa esta mañana y yo he venido a verte por otro motivo. Me ha citado Flor a un labriego de Villalcampo para mañana. Imagino que viene a verme para que le defienda en un juicio de faltas porque se habrá peleado con otro vecino de nuestro pueblo o por alguna otra simpleza semejante y he venido a preguntarte si crees que puedo aceptar el caso y si, en caso negativo, querrías ocuparte tú.

— ¿Y por qué no habrías de poder aceptar el caso?

—Porque el fiscal es mi novio, ya lo sabes.

Lo meditó Noelia durante unos segundos y luego se enrolló en un dedo el rizo que la caía sobre la frente, gesto habitual en ella cuando se ponía nerviosa o cuando razonaba intensamente.

—Pues no lo sé— reconoció—. El Código Deontológico de la Abogacía no prevé que haya conflicto de intereses entre los abogados y los fiscales por ese motivo. Exige, eso sí, el deber de independencia en el abogado, de manera que, si Adrián puede de alguna manera ejercer alguna clase de injerencia en tu defensa del labriego, no deberías aceptar.

— ¿Y te ocuparías tú?

Volvió a considerarlo ella con el ceño fruncido.

—No sé si a la jefa le haría gracia que nos dedicáramos a defender labriegos. Sabes que es una elitista que pretende dar lustre a este bufete a base de clientes importantes.

— ¿Entonces qué hago? No puedo decirle a ese hombre que no es lo bastante distinguido como para que nos ocupemos de su caso.

—No, claro que no. Recíbele, pero adviértele que quizás tenga que defenderle en el juicio una compañera tuya y si no le importa, te sustituiré en la vista. Todos los abogados nos sustituimos unos a otros cuando nos coinciden dos juicios. Es lo normal.

—Gracias Noelia. Eres una amiga de verdad.

—Eso es muy cierto— replicó Noelia, que añadió en broma—: Pero no te hagas ilusiones, porque no te voy a hacer gratuitamente ese favor. El día en el que me encuentre en tu caso, te endilgaré yo a mi cliente.

— ¿Te fiarías de mí? — inquirió Miriam incrédulamente—. Tengo aún poca experiencia.

— ¿Y qué? Los suples con lo mucho que te empollas los asuntos que te encargan.

Aquello era muy cierto, pero a Miriam se le humedecieron los ojos al oírla y se marchó a su despacho emocionada por la confianza que Noelia le había demostrado.

Esa misma tarde recibió ésta a África. Había llamado esa mañana pidiéndole una cita a la secretaria y la esperaba ella impaciente, preguntándose si la visita de la chica tendría algo que ver con el enigma de Sebastián o con la muerte de Toño.

La muchacha se presentó puntualmente en compañía de un joven, que estrechó su mano con desenvoltura y que tomó asiento junto a África en la otra butaca reservada a los clientes sin pronunciar una sola palabra. Mediría cerca de un metro con ochenta centímetros y era delgado, con el cabello y los ojos muy oscuros. Se preguntó Noelia si sería algún pariente, porque la chica no se lo había presentado. No recordaba haberle visto en el entierro de Sebastián, pero parecía sentirse cómodo en el entorno en el que se hallaba, retrepado en el respaldo de la butaca y con las piernas cruzadas y aguardó a que fuera la otra chica la que le aclarara su identidad.

—Nos conocimos usted y yo en el cementerio— empezó África—. En el entierro de Sebastián—. Nos saludamos, pero no sé si me recuerda.

—Por supuesto que sí—le aseguró Noelia, analizando disimuladamente su aspecto, porque en la ocasión anterior apenas había tenido tiempo de fijarse en ella. Aunque de corta estatura, la figura de África era proporcionada y armónica. También lo era su rostro, enmarcado en una melena oscura que no le llegaba al hombro y en el que destacaban sus ojos muy negros—. Me han hablado mucho de usted además sus compañeros de instituto— continuó diciéndole— y sé que era la mejor amiga de Sebastián, o mejor dicho, su única amiga.

El agraciado semblante de la muchacha se iluminó por un segundo.

—Eso es cierto. Sebastián era un muchacho estupendo y muy inteligente. Lástima que, como le habrán contado, tenía una enorme inseguridad en sí mismo. Algunas veces, en la época en la que íbamos al instituto, fui a su casa a estudiar con él y conocí a sus padres. Le habían adoptado cuando era un bebé, pero a mí me dio la impresión de que se habían arrepentido de esa decisión y de que estaban cansados de la atadura que les suponía.

Se acodó Noelia en la mesa y disimuló como pudo el interés que sentía por lo que le estaba contando. Impasible le preguntó:

— ¿Y por qué piensa que se habían arrepentido de haberle adoptado?

—Porque no le manifestaban el menor cariño. Le trataban con mucho despego, pese a que era un chico guapo. Parecía extranjero. Tenía el pelo tan rubio que casi parecía blanco y los ojos de un azul porcelana que llamaba la atención. Sacaba además unas calificaciones estupendas. Yo creo que por la falta de cariño en la que había crecido era por lo que tartamudeaba al hablar. Soy logopeda y sé lo que le estoy diciendo. En una ocasión le comenté a su madre que quizás convendría que a Sebastián le tratase un psicólogo, pero no me hizo ningún caso. Ahora, por mi profesión, pienso que ayudarle a expresarse bien no hubiera sido difícil si sus padres se hubieran comportado con un mínimo de interés.

—Y en el instituto tampoco tenía acogida entre sus compañeros— añadió Noelia, con la intención de que continuase hablando sobre él.

—No, tampoco. Como era muy tímido y encima tenía ese problema, se reían en cuanto abría la boca. El peor era Toño, pero...— se interrumpió sin acabar la frase y luego levantó los ojos hacia ella—. No está bien hablar mal de los muertos, ¿verdad?

—Por regla general, no, porque no se pueden defender, pero hay ocasiones en que se lo merecen.

Pesarosamente meneó África la cabeza en sentido afirmativo.

—Es verdad. Sentí muchísimo lo que sucedió aquella tarde en la casa abandonada a orillas del Alberche y no he podido quitarme de la cabeza que, aunque todos fuimos responsables de su muerte, el que más culpa tuvo fue Toño, que le mandó a él solo al sótano y luego arrojó un montón de leños a la chimenea y no paró hasta que se incendió la casa. Creo recordar que fue el primero que salió de pira, huyendo del fuego, sin preocuparse por los demás y mucho menos por Sebastián.

—He leído en el periódico la noticia del accidente que sufrió el sábado en el Metro— murmuró Noelia.

—Sí, ahora ha muerto también— musitó apenas la chica en tono monocorde—. Debería lamentarlo, ¿verdad?

Parecía querer decir al preguntárselo que ella no lo había sentido en absoluto y Noelia se encogió de hombros sin saber qué contestarle. África esbozó un gesto dubitativo.

—Toño nunca me cayó bien, pero quizás debería sentirme culpable, porque esa tarde nos reunimos todos en casa de Carol y él y yo estuvimos peleándonos. No sé si sabe quién es Carol.

—Sí, claro que lo sé. Una chica guapa y muy llamativa con el pelo cobrizo.

—Eso es. Bueno, pues Toño estuvo muy inoportuno. Siguió pitorreándose de Sebastián en cuanto éste salía en la conversación y yo me metí con él y él conmigo. Le hubiera arañado de haber podido, pero claro, nos hemos hecho mayores y ya no podemos pegarnos, ya no estamos en el instituto. Lo que sí hice fue desearle todos los males del mundo y por eso… cuando me di cuenta de lo que le había pasado en el Metro… pues… No sé si me comprende.

— ¿Qué quiere decir?

—Que no sé si por desear algo puede llegar a ocurrir.

Permaneció Noelia imperturbable, preguntándose por el motivo por el que muchos de sus clientes confundirían su despacho con un confesionario. Luego inquirió suavemente:

— ¿Lo que me está diciendo es que deseaba que ese chico muriera?

El semblante de la chica expresó alarma.

—No lo sé, desde luego no con tanta claridad. No se me ocurrió. En casa de Carol sentí que le odiaba y que daría algo por no volver a verle en mi vida, pero luego…

—Usted no tiene la culpa de que el Metro le atropellara.

La chica la miró como alucinada

—Pero es que yo estaba allí.

— ¿Allí? ¿Dónde? — inquirió Noelia sin comprender.

—Allí, en el Metro. Le vi caer a la vía. Salí de la casa de Carol en esa dirección y como la calle estaba oscura y diluviaba, me adelantó sin verme y llegó a nuestro destino antes que yo. Bajé la escalera comprimida entre el gentío, pero le distinguí a él unos metros más adelante, avanzando a empellones por el pasillo. Era muy corpulento y su cabeza sobresalía sobre la multitud Alcancé el andén al tiempo que la máquina hacia su entrada en la estación y oí el alboroto que se organizó. Todos corrían y gritaban y… bueno ya puede imaginarse lo que sentí.

La observó Noelia con curiosidad, preguntándose por qué habría pedido África a la secretaria una cita con ella para contarle todo aquello. ¿Temería que la acusaran de haber sido ella la que le empujara para que cayera a la vía después del enfrentamiento que había tenido con Toño en casa de Carol? Como si le hubiera adivinado el pensamiento, la chica se apresuró a continuación a explicárselo.

—Perdone. La estoy entreteniendo y usted tendrá mucho que hacer. Yo he venido a verla, perdón, hemos venido a verla— se corrigió incluyendo al joven que estaba sentado a su lado— por otro motivo. Le he presentado ya a Héctor, ¿verdad?

Señalaba a su acompañante y Noelia negó con la cabeza, apartándose después la melena que le había caído sobre su rostro.

—No, aún no.

—Pues perdone. Mi novio se llama Héctor Zúñiga y López de Quiñones. No sé si le suenan los apellidos.

Como Noelia esbozó un gesto ambiguo que no significaba nada, la chica continuó:

—Su padre es conde y Héctor es hijo único. Llevamos un tiempo saliendo y cuando él fue a decirle a su padre que éramos novios y que teníamos intención de casarnos montó en cólera. Es un hombre de los que se creen que los que poseen títulos de nobleza pertenecen a una raza especial y que no deben mezclarse con lo que él denomina chusma, en la que me incluye. Mi madre era costurera. Se quedó viuda cuando yo era una niña y me sacó adelante gracias a que cosía bien. Cuando se enteró de que Héctor pretendía casarse con la hija de una costurera le amenazó con desheredarle. Al parecer tiene un patrimonio importante, porque no ha trabajado nunca y vive como un prócer. Hemos venido a consultarle si efectivamente le puede desheredar.

Él que hasta ese momento había permanecido en silencio, se echó a reír, mostrando una dentadura perfecta. Se le había iluminado el rostro y Noelia le analizó sorprendida. Se había dado cuenta cuando había entrado en el despacho de que era bien parecido y de que vestía elegantemente un traje gris oscuro sobre una impoluta camisa blanca, pero no se había percatado del tremendo magnetismo que irradiaba.

—No crea que me importa su dinero— le aseguró a Noelia como si lo que acababa de referirle África fuera cómico—. Pienso casarme con África tanto si le gusta a mi padre como si no. Estudié telecomunicaciones cuando salí del instituto y tengo un buen puesto de trabajo y una posición económica muy desahogada, así que lo que decida hacer mi padre con su fortuna me trae al fresco.

—Héctor es dueño y director de una empresa de electrónica— le explicó África—Fabrican robots de todo tipo.

—Pero sí queremos saber si lo puede hacer— continuó Héctor—. Sobre todo, porque algunas de sus actuales propiedades eran de mi madre, que murió cuando yo tenía doce años. Me molestaría mucho que las heredara Tania.

—Tania es la pareja actual de su padre— continuó aclarándole África—. Vive con él últimamente. Antes ha tenido otras.

—En casos muy específicos pueden privar los padres a los hijos de su derecho a la legítima estricta, que es la tercera parte de sus bienes— repuso Noelia sonriéndole tranquilizadoramente— Pero no es lo habitual. Y por lo que me acaba de contar, los bienes que eran privativos de su madre, o al menos parte de ellos, tuvo que heredarlos usted a su muerte. ¿Sabe si hizo testamento o si se llevó a cabo la testamentaría?

Movió él negativamente la cabeza y al hacerlo un mechón de cabello oscuro le cayó sobre la frente. Cuando la levantó para clavar sus ojos en ella, volvió a sorprenderle a Noelia la enorme vitalidad que derrochaba.

—No, no lo sé. La verdad es que no me ha preocupado el tema hasta ahora, en que me ha amenazado con dejarle también esos bienes que eran de ella a Tania. Me emancipé hace un par de años y me fui a vivir a un piso yo solo cuando empezó a traerla a casa. A las anteriores las veía él por ahí, pero a ésta se la ha tomado muy en serio. Si me dice usted que tengo derecho a que se me adjudique lo que dejó mi madre a su muerte, se lo exigiré a él y le diré que con el resto de los bienes puede hacer lo que le dé la gana.

—Primero tendríamos que saber si su madre otorgó testamento y en caso positivo en qué términos lo hizo— le informó ella, contagiada por la energía con la que se expresaba, que manifestaba una gran seguridad en sí mismo—. ¿Puede averiguarlo usted?

—Por supuesto que sí. No haga nada hasta que le traiga ese testamento, si es que existe. Sé dónde guarda mi padre los papeles importantes y tiene proyectado marcharse de viaje con Tania a las Malvinas la semana que viene. Tengo llave de su casa, así que lo buscaré entonces y se lo traeré. Si puede usted hacerse cargo de la testamentaría de mi madre, me gustaría que se ocupara de ese asunto.

—Lo haré encantada y tampoco tendría ningún inconveniente en ponerme en contacto con su padre para hacerle comprender los derechos que le asisten a usted, entre el que se encuentra el de casarse con quien tenga por conveniente sin que por ello pueda él privarle de su legítima. ¿Me comprende?

—Sí, perfectamente, pero de momento no haga nada hasta que encuentre esos papeles.

Le sonrió de nuevo y Noelia le observó preguntándose en qué radicaría la seducción que ejercía. Era guapo, pero no más que otros muchos y sin embargo era en su opinión el tipo de hombre que atrae todas las miradas allá donde se encuentre. No le extrañaba que África estuviera tan embobada por él, lo que saltaba a la vista.

Se habían levantado los dos y la chica antes de despedirse, le dijo:

—Me gustaría que me informase de todo lo que pudiera atañer a Sebastián, si es que hay alguna novedad. Usted es la abogado de sus padres—. Se mordió los labios, quizás pensando que había cometido alguna inconveniencia—. Me refiero a lo que pueda contarme que no está afectado por el secreto profesional que tiene obligación de guardar. Lorena me dijo que creía haberle visto en el cementerio escondido detrás de un árbol y yo… ¿Está segura de que murió en aquella casa?

Esbozó ella un ademán evasivo.

—Estoy segura de que la Guardia Civil y yo encontramos un cadáver carbonizado en la bodega. Lo que no le puedo asegurar es que el cadáver fuera de ese chico. Llevaba al cuello una medalla que reconocieron sus padres, pero es el único dato identificativo en el que se basaron porque no se le practicó la autopsia.

—Recuerdo esa medalla— murmuró África—. La llevaba siempre cuando íbamos a clase. Pero ese día estuvimos bañándonos en el Alberche y… yo aseguraría…

— ¿Qué?

—No, nada. Llamaré a Jorge a preguntárselo, porque hizo el sábado un comentario sobre esa medalla del que ahora no me acuerdo. Sí sé que era importante.

—Quisiera que me informara sobre lo que le diga ese joven—le manifestó Noelia—. Cuantos más datos reúna sobre Sebastián más fácil me resultará llevar a término el asunto que me han encomendado sus padres.

—La llamaré, descuide.

Se despidieron los dos y cuando salieron del despacho cerrando la puerta tras ellos, Noelia se acodó pensativa sobre la mesa, preguntándose en qué radicaría la nota distintiva que individualizaba tanto a Héctor y que había llamado tan poderosamente su atención.

*   *   *

La tarde siguiente recibió Noelia a una señora muy alhajada, que quería demandar al constructor por los daños que le había causado en su vivienda al realizarle una reforma y cuando ésta se marchó entró Miriam precipitadamente en su despacho.

— ¿Tienes un momento para atender a mi labriego? Cuando le he dicho que no podría defenderle en el juicio que tiene señalado para el lunes próximo y que me sustituirías tú, me ha contestado que en ese caso prefiere hablar contigo directamente. Al parecer te conoció o al menos te vio en la Audiencia Provincial en el juicio de mi padre y le causaste una buena impresión.

Tenía citada Noelia la siguiente visita media hora más tarde, por lo que hizo un gesto de asentimiento.

—Sí, en este momento estoy libre, así que dile que pase. ¿El asunto es otra pelea de pueblo?

—No. Es un tema de mojones. ¿Sabes algo de eso?

—Claro. Son señales, generalmente de piedra, con los que se delimitan las propiedades. Dile que pase.

Salió Miriam del despacho y regresó un minuto más tarde acompañada de un hombre bajito, con el rostro surcado de profundas arrugas, que vestía un pantalón de pana y una pelliza y llevaba una gorra en la cabeza. Se la quitó al entrar y le tendió una callosa mano que ella estrechó.

—Te presento a Casimiro García— le dijo Miriam, que a continuación le indicó al hombre una butaca—. A ella ya la conoce. Se llama Noelia Villarroel y le va a defender en el juicio. Es una magnífica abogado.

—Ya la vi en el juicio del Genaro— manifestó el hombre con una voz muy ronca de fumador empedernido—. Y gracias por recibirme.

Se marchó Miriam silenciosamente y Noelia se inclinó hacia él sobre la mesa.

—Cuénteme qué le ha sucedido.

El hombre parpadeó y luego se la quedó mirando con unos ojillos lacrimosos.

—A mí nada.

— ¿No le ha sucedido nada? ¿Por qué motivo tiene entonces un juicio la semana que viene?

Casimiro sacó un pañuelo enorme del bolsillo y se sonó sonoramente. Luego se encogió de hombros.

—Ha sido cosa del Ginés. Sus tierras están pegadas a las mías y me ha denunciado en el puesto de la Guardia Civil del pueblo por el asunto de los pedruscos.

—Los pedruscos son los mojones que separan su finca de la de Ginés, ¿verdad? — inquirió Noelia traduciendo al castellano el pintoresco lenguaje de su visitante.

—Eso es. El Ginés me ha denunciado, porque dice que he corrido de sitio los pedruscos para que mis tierras sean más grandes y las suyas más pequeñas.

—Ya— murmuró Noelia imaginando lo que vendría a continuación—. ¿Y las ha corrido usted?

Casimiro levantó ambas manos, como queriendo decir que la respuesta era obvia.

—Claro, pero los corrí por la noche como hacemos todos.

— ¿Todos ustedes modifican de lugar durante las noches los mojones de sus fincas? — insistió ella incrédulamente.

—Sí, ya se lo he dicho. El Ginés me había quitado un palmo y la otra noche yo le quité dos.

—Y se ha enfadado y por eso le ha denunciado.

—Eso es.

Se retrepó ella en el asiento de su butaca e inspiró aire para disimular su irritación.

— ¿Sabe que eso está prohibido? Puede ser un delito o una falta según el beneficio que haya obtenido usted al hacerlo. Si no los ha corrido más que dos palmos, no creo que su finca se haya incrementado de valor más de 400 euros, por lo que probablemente será una falta, o sea, un delito menor. ¿Por qué no se acuesta a dormir por las noches en lugar de perjudicar a su vecino?

Casimiro se la quedó mirando como si no entendiera que pudiera hacerle una pregunta tan obvia.

—Todos los del pueblo cambiamos de sitio los mojones. Así, si el otro no se da cuenta, agrandamos nuestras tierras, ¿no lo entiende?

—Perfectamente. Entenderlo lo entiendo perfectamente. Ahora Ginés le ha denunciado a usted por la comisión de esa falta, supondremos que es una falta y que no adquiere la entidad de delito, y el juez le obligará a usted a reponer los mojones a su lugar y le impondrá una multa de uno a tres meses.

Se quedó callado con la mirada fija en la ventana como si lo estuviera asimilando con dificultad. Luego protestó.

—Pues por eso he venido a ver a la Miriam que me ha mandado a usted. Para que me solucione el problema.

Se armó Noelia de paciencia y le señaló con un dedo.

—Pero es que usted no puede cambiar los mojones de sitio. Están en el lugar en el que están para delimitar su propiedad de la de Ginés. ¿Lo comprende? Y deberían comprenderlo sus vecinos también.

La envolvió en una mirada vacua, como si considerara que vivía ella en un mundo aparte, sin relación alguna con el que habitaba él. Luego le dijo condescendientemente.

—Eso tendría que explicárselo también al Ginés. No voy a ser yo el único primo del pueblo.

—Pues tráigame a Ginés y se lo explicaré.

Hizo Casimiro un ademán con las manos con el que parecía querer decir que traer al otro hasta ese despacho era una cuestión harto difícil. Luego carraspeó y dijo:

—Bueno, vamos a ver si puede solucionármelo. Dígame lo que tengo que hacer para que el juez no me ponga esa multa y tenga que aflojarle el dinero de la pensión. Me concedieron la mínima porque estoy jubilado. Antes era cerrajero y cultivaba la tierra cuando terminaba el trabajo.

—No le quedaría entonces tiempo para modificar las lindes de su finca— aventuró ella.

Se echó a reír él mostrando que le faltaban muchos dientes.

—Bueno, para eso siempre había tiempo. Pero dígame ahora qué tengo que hacer para resolverlo.

Carraspeó Noelia y repuso con voz clara:

—Lo que tiene que hacer esta noche es reponer los mojones a su lugar procurando que no le vea Ginés.

—Perderé entonces dos palmos de terreno.

—No perderá nada, porque esos dos palmos no son suyos.

—Vale ¿y en el juicio qué digo?

—Normalmente será el juez el que le haga las preguntas. Después, cuando lo haga yo, tiene que contestarme que está arrepentido y que no sabía que eso no se podía hacer, porque Ginés agranda por las noches su propiedad por ese medio y le estaba quitando mucha tierra. ¿Me ha entendido?

—Vale, sí. ¿Y no me pondrán esa multa?

—Eso dependerá de lo que decida el juez a la vista de cómo se desarrolle el juicio.

—De acuerdo, haré lo que usted dice, pero no se le olvide explicárselo al Ginés.

Disimuló Noelia las ganas de reír.

—Descuide. Le echaré un sermoncito el próximo lunes y le amenazaré además con las penas del infierno, quiero decir con denunciarle ante el juzgado como vuelva a las andadas.

Le acompañó hasta la puerta y cuando regresaba a su despacho tropezó con Miriam que iba en su busca.

— ¿Cómo ha ido todo? — le preguntó ésta última.

— ¿Cómo quieres que haya ido? Dentro de las posibilidades que había, bastante bien. Y por cierto, que la gente de ese pueblo tuyo es bastante particular. ¿También tus padres y tú os pasabais las noches en vela para correr de sitio los mojones y agrandar así vuestra finca?

Miriam se echó a reír con ganas.

—No, nosotros dormíamos a pierna suelta, porque, como el coto del que mi padre era el guarda no era nuestro, no teníamos ningún terreno que agrandar.

—Me alegro— manifestó Noelia—. Tengo otra visita dentro de unos minutos, pero me gustaría comentarte una cosa que se me ha ocurrido. Ven a mi despacho para que me digas qué te parece.

La siguió Miriam hasta la estancia indicada y cuando tomó asiento frente a la otra que había ido a ocupar la butaca tras su mesa comenzó a explicárselo.

—Verás, sigo dándole vueltas al asunto de ese chico, de Sebastián. Sus padres adoptivos me dijeron que quien le abandonó le dejó, cuando tenía alrededor de dos meses, en el torno del convento de Santa María, aquí, en Madrid. También le comunicaron recientemente a esas monjas y mediante una carta, que había fallecido una señora que se llamaba Concepción Aranda, la cual había dejado en su testamento un importante legado a Sebastián. Esas monjas deben saber, por tanto, algo sobre la familia biológica del chico que me interesaría que me aclararan.

La observó Miriam sonriendo con sorna.

— ¿Has decidido meterte a detective? Te recuerdo que ese debería ser el trabajo de la policía, no el tuyo.

—Pero es que…

—También te recuerdo que tus clientes y consiguientemente tú, no tenéis derecho a averiguar quién es la familia biológica de Sebastián— la interrumpió la otra—. Tenía derecho él a investigarlo, porque así lo establece la ley, pero ese chico ya no está en este mundo y además no ha sido nunca tu cliente.

—No sabemos si está en este mundo— musitó Noelia en voz baja—, Además sus padres adoptivos sí son mis clientes y no han podido adjudicarse el legado que deberían haber heredado por haber fallecido su hijo. No han podido hacerlo, porque otra persona se les ha adelantado. Tengo que saber quién ha sido esa otra persona.

— ¿Y crees que esas monjas te lo van a aclarar? Estarán metidas en su convento, reza que te reza, y sin contacto con el mundo exterior.

—Eso tampoco lo sabemos. Puede que alguna fuera pariente de su madre o amiga suya y que ése fuera el motivo de que lo abandonaran en el torno de la portería, confiando en que le buscarían al bebé una familia que le quisiera. Por ir a verlas no pierdo nada.

—No, solamente el tiempo. De todas formas, si quieres que te acompañe... podemos perder el tiempo juntas.

—Pues te lo agradecería, sí. ¿Te vendría bien mañana por la mañana? Tengo una visita a última hora, pero si vamos temprano podríamos estar de vuelta a tiempo de que yo la reciba. ¿Qué te parece?

—Bien. Tendremos que prevenir a Flor para que si nos llama Daniela le diga que hemos salido para tratar de conseguir unas pruebas para hacerlas valer en un juicio. Después de todo, lo que vamos a hacer es muy parecido.

—Mucho— replicó Noelia con ironía—. Un juzgado y un convento deben de tener muchos puntos en común.

Recordaba ésta ese comentario a la mañana siguiente mientras, en el locutorio del convento, aguardaban las dos a que se presentarse la monja a la que había ido a buscar la portera después de que le hubieran informado del motivo de su visita. El locutorio era una enorme estancia de techo y paredes de piedra, que apenas distinguían pues los postigos de las ventanas estaban entornados y la habitación en penumbra. Hacía frío. Pero no el frío de cualquier otro edificio sin calefacción y en invierno. El frio que sentían y por el que se arrebujaban en sus respectivos abrigos era el propio de los conventos, lo mismo que el absoluto silencio que reinaba en las estancias que habían atravesado hasta ese momento. No guardaba similitud alguna con el ambiente que se respiraba en los juzgados, siempre ruidosos y rebosantes de papeles. Sentadas en un duro sofá de rígido respaldo consultaron varias veces el reloj hasta que al fin se destacó entre las sombras que envolvían una puerta una monja muy alta, enjuta y de mediana edad que se les acercó sin prisas y que tomó asiento frente a ellas en el borde de una butaca de aspecto tan incómodo como el sofá que ocupaban.

—Me llamo sor Consolación y me ocupo de recibir a los visitantes de este convento, que, como sabrán, no es de clausura— les dijo con una voz apenas audible—. Ustedes me dirán.

—Somos abogados y venimos a verla por un asunto de nuestros clientes— empezó Noelia—. Hace veinticinco años dejaron en el torno de la portería de este convento a un bebé de pocos meses con una carta en la que les solicitaban que se ocuparan de que el organismo competente le buscara una familia que quisiera adoptarle.

La monja las contempló impasible.

— ¿Sí? — se limitó a decir.

—Sí— repitió Noelia en tono afirmativo, pero amable— ¿Recuerda a ese bebé?

Continuó la monja mirándolas imperturbable.

— ¿Por qué?

—Porque necesitamos hacerle unas preguntas. Sabemos que recibieron ustedes recientemente otra carta, suponemos que de su familia biológica, en la que les comunicaban que había fallecido una señora que le había dejado un importante legado a Sebastián. Sebastián fue el nombre que le pusieron al niño sus padres adoptivos.

—Ya— pronunció la monja sin entonación alguna.

—Creemos que Sebastián murió hace siete años en un incendio— siguió Miriam— Correspondía por tanto heredar ese legado a sus padres adoptivos, pero incomprensiblemente cuando nos presentamos en la notaria a iniciar los trámites para formalizar la escritura de adjudicación de esa herencia nos dijeron que ya la habían otorgado a favor de un joven que les había dicho llamarse Sebastián Armada. Nos lo describieron y su aspecto físico se correspondía con el del muchacho fallecido. Queremos saber si ustedes tienen algún tipo de información que nos sirva para aclarar lo sucedido. Estuvimos en su entierro, pero no tenemos la seguridad de que el muchacho que se quemó en el incendio fuera él.

—Ya— repitió la monja, inmóvil como una esfinge.

No parecía dispuesta a añadir ni una sola palabra más y Noelia empezó a impacientarse. No obstante, procuró que la urgencia que sentía por obtener una respuesta concreta no aflorara a su semblante y le preguntó amablemente:

— ¿Estaba usted en este convento cuando abandonaron a ese niño?

Tardó sor Consolación en contestar y había llegado ella ya a la conclusión de que no pensaba responderle, cuando la vio rebullirse en su duro butacón y oyó su voz.

—Sí, sí estaba. Le crié yo. Los trámites de la adopción son lentos y cuando se lo llevaron Jesús tenía ya más de dos años.

— ¿Jesús?

—Nosotras le pusimos de nombre Jesús. Le bautizó nuestro capellán y el niño era tan bonito que pensamos que ningún otro nombre le cuadraría mejor. Sus padres adoptivos se lo cambiaron por el de Sebastián.

— ¿Y usted no le ha vuelto a ver?

Clavó en ellas unos ojos fríos como el hielo.

— ¿Por qué había de haberle vuelto a ver? Yo no salgo del convento y sus padres adoptivos no volvieron por aquí. No creo que el niño recordara que había pasado aquí sus dos primeros años ni que le había cuidado yo.

—Sí, claro, pero quizás la visitó en alguna ocasión o le escribió. O quizás sepa quién era su familia biológica y si tenía algún hermano que se le pareciera.

— ¿Que se le pareciera? — repitió sor Consolación como un eco, en tono interrogante.

—Sí. Tenemos entendido que era muy rubio y que tenía los ojos azules.

Se quedó callada y desvió la cabeza hacia la puerta por la que había entrado para que no se dieran cuenta de que le había resbalado una lágrima por la mejilla. Se la enjugó con un pañuelo y cuando se volvió hacia ellas había recobrado su aire impasible.

—Sí, de bebé era así— dijo sin expresión.

—Y seguía siéndolo a los diecisiete años en los que murió. Según nos han dicho tartamudeaba, quizás porque no encajó bien con su familia adoptiva, pero esto último lo sabemos solo de oídas.

Se mordió la monja los labios y su aire severo se acrecentó. No las miraba cuando replicó:

—No sé qué esperan que les diga yo. Cuando empezó a hablar, aunque como todos los bebés lo hacía a media lengua, no tartamudeaba. Era un niño feliz y muy cariñoso y aquí estábamos todas locas con él. Nos lo hubiéramos quedado de haber podido, pero no podíamos. Le adoptaron y se lo llevaron. Eso es todo lo que sé.

No parecía dispuesta a continuar contestando a sus preguntas y Noelia y Miriam intercambiaron una mirada pidiéndose mutuamente ayuda para tratar de vencer aquella especie de muro de hormigón que tenían enfrente. Miriam era la más dulce y la más paciente de las dos, por lo que fue ella la que insistió:

—¿Y la carta que recibieron comunicándoles que Sebastián era el destinatario de una herencia? ¿No puede decirnos algo sobre ese tema?

—No puedo decirles quién era su familia biológica— repuso con cierta acritud—. Si son ustedes abogados deberían saberlo.

—Es que sería la única forma de estar seguras de que el chico, cuyo esqueleto encontramos carbonizado en una casa abandonada, que había ardido, era de él—. Le explicó Noelia—. Podríamos solicitar su exhumación y comparar su ADN con el de su pariente. Pero es que además el día de su entierro una de sus compañeras de instituto creyó verle en el cementerio. ¿No podría decirnos algo?

Se quedó callada la monja y le pareció a Noelia que un rictus amargo endurecía sus facciones. Quizás antes de entrar en el convento su expresión hubiera sido dulce, pero en la presente era dura y destilaba desconfianza.

—Que la sugestión es muy común— replicó al fin sor Consolación, tiesa como un huso— Y ahora si me perdonan… Tengo que acudir al rezo en la capilla. Ya llego tarde.

Se había puesto en pie y las dos le imitaron. Noelia seguía resistiéndose a marcharse sin haber aclarado nada y rebuscó en su bolso hasta que encontró una tarjeta de visita que le tendió a la monja.

—Si recuerda algo que nos pueda servir para averiguar la identidad de ese otro chico que se está haciendo pasar por él o… o cualquier otra cosa que nos sea de utilidad, llámenos por favor. No tenemos intención de causarle a Sebastián ningún perjuicio, sino todo lo contrario.

Hizo sor Consolación un imperceptible ademán con la cabeza.

—Las acompañaré hasta la salida. Este convento es muy grande y para los que no lo conocen puede parecer un laberinto.

Sin intercambiar una sola palabra más las precedió hasta la portería y allí les abrió la puerta. Noelia experimentó la sensación de que las había lanzado fuera de un empujón y cuando las dos se encontraron en la calle fuera de su vista se volvió hacia Miriam.

—Tenías razón en lo que me dijiste ayer.

— ¿Qué te dije? — inquirió la otra

—Que si veníamos a este convento íbamos a perder miserablemente el tiempo.

CAPÍTULO VI

También el sábado siguiente llovía y el agua caía racheada por el viento con un rumor sordo y acompasado. Solo algún perro callejero se había atrevido a salir de su refugio para buscar algo que comer y las calles se hallaban inusualmente solitarias. No obstante, ninguno de sus compañeros de instituto faltó a la cita en casa de María. Se habían reencontrado nuevamente en el entierro de Toño, en el que no se había presentado Noelia, ya que apenas le había conocido, y durante el sepelio confirmaron los jóvenes que deseaban reunirse de nuevo en la vivienda de aquélla para dedicar un recuerdo al compañero de estudios, al que no volverían a ver en este mundo.

María vivía en un piso pequeño y desordenado en el barrio de Prosperidad. El saloncito en el que todos fueron tomando asiento no guardaba similitud alguna con el de la casa de Carol. La chica tenía un gato, que huyó aterrorizado a la cocina en cuanto les vio aparecer, pero que había ido dejando su huella por toda la casa. En la tapicería del sofá y en la de las butacas, que ostentaban arañazos de todos los tamaños, así como en los visillos que cubrían la ventana, que incluso ostentaban algún que otro agujerillo. También se había hecho las uñas en la estantería de madera de pino, que, adosada a una de las paredes, rebosaba de papeles y de los chismes más variados. En la alfombra que cubría el pavimento de terrazo podían verse unas manchas que delataban también que el animalito no siempre desahogaba sus necesidades primarias en el lugar que le había destinado María para ello. El saloncito olía a gato como toda la casa, tan desastrada, como desaliñada era su dueña. Les recibió con un pantalón vaquero que se caía de viejo sobre el que llevaba un jersey de color gris naval que le quedaba grande. A María toda la ropa parecía quedarle grande. Seguía siendo demasiado delgada y demasiado alta. No se pintaba en absoluto y llevaba el cabello recogido en la nuca con una goma. Ni siquiera había tenido la coquetería al hacerse mayor de usar lentillas en lugar de las gafas de gruesos cristales que le achicaban los ojos. Vivía exclusivamente para trabajar y no había mantenido en todos esos años una sola relación masculina, pero no parecía que le importara. Era una intelectual en estado puro y aparentaba no necesitar nada más de lo que tenía y no sentir el peso de la soledad que debería abrumarla, sobre todo al término de la jornada cuando llegaba a su casa. Sabía que era muy inteligente, más que el resto de los compañeros que se habían reunido en su saloncito aquella tarde, y era esa cualidad la que valoraba en grado sumo en ella y en los demás.

— ¿Habéis venido en coche? — les preguntó cuándo, tras servirles a todos unos refrescos, se dejó caer en una butaca, provocando el crujido de sus muelles. En su barrio se aparcaba con facilidad y se hallaba además bastante alejado del centro, por lo que supuso que todos habrían optado por ese medio de transporte.

—Yo sí— repuso Jorge sin levantar la cabeza y hundido en otro sillón, tan deslucido como el que ocupaba su anfitriona. Había sido inseparable de Toño, cuando dejaron atrás el instituto, y se le veía taciturno y apagado. Aunque nunca se habían reunido anteriormente en casa de María, se notaba que añoraba la presencia de su amigo, cuando añadió—: Solía recogerme él con su viejo cacharro cuando salíamos de Madrid— recordó nostálgicamente y aunque no dijo su nombre todos supieron a quién se refería—. Su sueldo no le permitía comprarse el que hubiera querido— añadió.

—No, claro— corroboró Carol, que poseía un Audi rojo, último modelo, olvidando por esa vez agitar coquetonamente su melena, al sentir húmedos los ojos. Vestía un modelito color cereza que acentuaba su esbelta figura y había cruzado provocativamente las piernas, aunque ninguno de los presentes estaba en esa ocasión con el estado anímico necesario para fijarse en la exhibición que realizaba inadvertidamente—. Quizás hubiera podido adquirirlo con el tiempo— consideró.

—No lo ha tenido para prosperar en su trabajo ni para nada— continuó Jorge bajando el tono de su voz como si careciera de las energías necesarias para hablar con fluidez—. Y todo por no llevar cuidado y empeñarse en situarse en primera línea en el Metro entre una avalancha de viajeros. Tú también tomaste esa línea, ¿verdad?

Se dirigía a África que, sentada en un sillón junto a la butaca de Lorena, se apresuró a asentir.

—Sí, su cabeza sobresalía sobre los demás. Le vi abrirse paso a empujones hasta el mismo borde del andén y luego, cuando la locomotora entró en la estación, oí el griterío de la gente. Varias personas se tiraron después a la vía y otras llamaron al Samur, pero ya no había nada que hacer.

Jorge asintió con la cabeza como si en su mente hubiera podido reconstruir la escena con todos sus detalles.

—Estaba preocupado esa tarde— continuó diciendo— le daba vueltas en la cabeza a lo que había dicho Lorena y me preguntó si me parecía conveniente que tratáramos de ponernos en contacto con los padres de Sebastián o con su abogado. Ella se llama Noelia Villarroel.

—Yo también la conozco— corroboró África—. Es muy agradable y creo que muy capaz. ¿Para qué quería hablar Toño con ella?

—Porque había llegado a la conclusión de que no podía ser el cadáver de Sebastián el que habían encontrado en la bodega de la casa abandonada. Me dijo que la postura de sus restos no era la propia de una persona que muere quemada. Yo entonces le comenté que había también otra cosa que me había chocado, aunque en ese momento no podía recordar lo que era, pero he caído después en ese detalle.

— ¿A qué te refieres? — le preguntó Andrés intrigado.

—A la medalla. A la medalla que llevaba al cuello el cadáver.

— ¿Qué es lo que te extrañó? — inquirió África inclinándose hacia él con la curiosidad reflejada en su semblante. Llevaba un pantalón vaquero y un jersey color blanco que estrenaba. A diferencia de María y pese a que su figura era menuda, solía sentarle bien la ropa que vestía, aunque, como en esa ocasión fuera ésta completamente informal. Le tenía sentado enfrente y musitó con os ojos entrecerrados para precisar mejor ese detalle—: Recuerdo que llevaba esa medalla colgada al cuello cuando íbamos al instituto. Creo que era un regalo de las monjas de un convento y él decía que le daba suerte.

—Probablemente tenía razón— corroboró Jorge— Quizás si ese día no hubiera olvidado ponérsela no se hubiera quemado en la bodega.

—Eso es una tontería— objetó Andrés que era el más racional del grupo—. Si se quemó, fue porque la bodega no tenía salida, no porque olvidara ponerse la medalla. ¿Y cómo sabes además que no la llevaba?

—Porque hice varias fotos con el móvil, cuando nos bañábamos en el río y también después, cuando nos apiñábamos en el porche de aquella casa para no mojarnos. Lorena y él fueron los últimos en guarecerse bajo el tejadillo. Cuando la puerta cedió bajo el peso de Carol, inmortalicé a los que se cayeron al suelo en el vestíbulo, entre los que me encontraba yo, en cuanto conseguí ponerme de rodillas y tomé otra foto desde el suelo a esos dos, que entraron después. Las hice con flash, porque como recordareis estaba bastante oscuro. Sebastián llevaba ese día un niki amarillo con el cuello entreabierto y en la foto se ve perfectamente que no le colgaba del cuello esa medalla.

—Pero el cadáver si la llevaba— susurró Lorena como para sí misma.

—Sí— admitió Jorge sin expresión— El cadáver sí.

—Pero entonces… empezó a decir Lorena.

Enmudeció sin acabar la frase y la duda que expresaba se quedó flotando en el aire. El viento que se filtró por las maderas de la ventana pareció zarandearla por el salón y llevársela luego camino de la cocina. Todos se miraron con el mismo recelo en sus semblantes.

—Pero entonces habría que exhumar los restos humanos a cuyo entierro asistimos— continuó Jorge—. Sus padres le identificaron por la medalla que el esqueleto llevaba al cuello, pero está claro que no era el de Sebastián. Alguien le colocó allí para que la Guardia Civil le encontrara y creyéramos que había muerto.

Se quedaron mirándose en silencio sin saber qué añadir, aunque barajando la misma idea. Fuera, el viento volvió a agitar los cristales de la ventana con un rumor sordo que les sobrecogió. Lo rompió África enfáticamente.

—Eso no puede ser. Estáis pensando que fue el propio Sebastián el que quiso fingir así su muerte, ¿verdad? Eso no tiene sentido. Por lo que he sabido después, hace unos días se presentó él en la notaría con su documento nacional de identidad a formalizar la escritura de adjudicación de la herencia que le había dejado una desconocida.

— ¿Y qué? Pudo después cambiar de opinión— objetó Carol—. Pudo haber querido desaparecer hasta que siete años después se enteró de que tenía pendiente una herencia y reapareció para poder adjudicársela.

—Yo le vi— musitó Lorena como alucinada.

— ¿Le viste?, ¿dónde le viste? — trató de puntualizar su interlocutora.

—En el cementerio. Estaba mirando fijamente a la abogado de sus padres y cuando sus miradas se cruzaron se escondió. Pero si regresó del mundo de los muertos para cobrar la herencia, ¿dónde está ahora? No es tan fácil desaparecer. En alguna parte tiene que vivir, en algún sitio tiene que trabajar y en algún banco tiene que depositar el dinero y retirarlo cuando lo necesite. Tendríamos que contratar a un detective.

— ¿Para qué? — protestó África—. Si él ha querido desaparecer, debemos dejar que cumpla su voluntad.

—De eso nada— la rebatió Jorge—. Sus padres tienen derecho a saber quién es el que está enterrado en el cementerio y si es o no su hijo el que ha cobrado la herencia, que en otro caso les pertenecería. Alguien debería informarles de lo que sabemos.

—De lo que crees saber— le contradijo África.

—No, puedo demostrarlo—le aseguró el chico llevándose la mano al bolsillo para extraer su móvil— Tengo aquí las fotos de las que os he hablado. Podréis comprobar que Sebastián no llevaba al cuello la medalla de plata con la que le hallaron calcinado en la bodega. ¿Quién quiere verlas?

Todos manifestaron su interés en comprobarlo y fueron pasándose el móvil de mano en mano. África sintió un nudo en la garganta cuando le llegó el turno y vio la imagen del chico en el porche, empapado por la lluvia, con el cabello rubio convertido en unas greñas que le caían sobre la frente y con aquella mirada desvalida, tan suya, y que tanto le caracterizaba. En el porche había intentado abrirse un hueco entre los demás para que no le cayera en la cabeza el hilillo de agua que resbalaba del tejado, pero o los demás no se habían molestado en apretarse los unos contra los otros para permitírselo o no había espacio suficiente para que todos quedaran a cubierto, porque en la fotografía se veía al chico calado de arriba abajo como si se hubiera bañado en una fuente. Recordaba que en una ocasión en la que también llovía, se había encontrado ella al salir de su casa a un perro callejero que tiritaba de frio y probablemente de hambre y que se le arrimó. Su expresión era la misma que la de Sebastián en la fotografía. Traslucía que estaba solo y que no le importaba a nadie. ¿Y por qué?, se preguntó. ¿Por qué le había tratado tan mal el mundo? ¿Era motivo suficiente que tartamudeara al hablar? Se enjugó un lagrimón que le había resbalado por la mejilla y se fijó ahora en su cuello. Efectivamente no colgaba de él la medalla de plata con la que había sido encontrado. Pero entonces…

—Déjame el móvil, África— le pidió Lorena.

—África, América y Oceanía— canturreó Jorge como un eco póstumo de Toño.

La imitación de la voz del otro era tan perfecta, que todos enmudecieron a la vez sintiendo tangiblemente la ausencia del muchacho. Fue Lorena la primera que rompió aquel silencio tan pesado, tan nostálgico.

— ¿Os parece que sea yo la que llame a Noelia Villarroel y la ponga al corriente de lo que nos ha contado Jorge? Ella decidirá de acuerdo con los padres de Sebastián lo que conviene hacer. Tengo entendido que para exhumar un cadáver es necesaria la orden de un juez.

—Efectivamente— convino Jorge, que había estudiado Derecho, aunque no ejercía esa profesión, ya que en su lugar había obtenido un trabajo en un supermercado como encargado de los pedidos—Pero no sé si sus padres estarán de acuerdo. Solo hace quince días que ha tenido lugar su entierro, lo que ya de por sí es bastante desagradable, como para que ahora pretendan desenterrarle. Creo que podríamos averiguar si pertenecía a Sebastián ese cadáver de otra forma más sencilla.

— ¿Cómo? — inquirió Carol meneando cadenciosamente su cobriza melena.

—Con un tablero de güija. María dijo el sábado pasado que tenía uno.

—No quiero jugar a eso— protestó Carol— ¿Y si se nos aparece de pronto todo quemado y nos da un susto espantoso?

—Los muertos no vuelven del más allá para asustar a los vivos— sentenció rotundamente Andrés con un gesto desdeñoso.

— ¿Pero no habíamos quedado en que no había muerto? — objetó Lorena, a quien tampoco le seducía lo más mínimo realizar el experimento—. Si Sebastián no murió aquella tarde será inútil que le llamemos con el tablero de güija o sin el tablero, porque no nos responderá.

—Podemos probar— insistió Jorge—. Si no contesta, puede que sea porque escapó de aquella casa antes de que el fuego le alcanzara.

—O porque ese tablero y los poderes que se le atribuyen son una filfa— concluyó África—. Creer en esas tonterías es propio de adolescentes, pero nosotros somos ya muy mayores.

—Y alguna de las que están aquí, es además muy miedosa— se rio Jorge, que se inclinó a continuación hacia ella con aire burlón— ¿A que eres muy miedosa, África, América y Oceanía? — repitió imitando nuevamente a Toño.

—Eso no tiene gracia— replicó ella.

— ¿No? Pues a mí me parece que sí la tiene. ¿Por qué te pusieron África en la pila en lugar de Argentina o de Salamanca?

Se contuvo ella para no soltarle un exabrupto, aunque los ojos le echaban chispas.

—Creo que a Toño y a ti os he repetido hasta el aburrimiento que me lo pusieron porque era el nombre de mi madre.

—Y a mí me parece muy bonito— dijo Lorena saliendo en defensa de su amiga.

— ¿De verdad? Pues vaya un gusto que tienes.

María se apresuró a cortar la discusión. No le caía muy bien África, pero no deseaba que se pelearan los dos y enrarecieran el ambiente.

—Bueno, ¿queréis que saque el tablero de güija o preferís seguir diciendo estupideces? En lugar de intentar contactar con Sebastián del que no sabemos con seguridad qué le pasó y donde está, podemos intentar establecer conexión con Toño.

—Me parece bien— admitió Jorge—. Quiero saber si sufrió un mareo y por eso se cayó a la vía o qué le pasó.

—Ya he dicho que no quiero hacer esa clase de experimentos— protestó Carol—. A los muertos hay que dejarles que descansen en paz.

—Seguirá descansando en paz, no te preocupes— le aseguró Jorge que en los últimos minutos había perdido su aire taciturno y quizás por mimetismo se comportaba ahora de una forma muy similar a la de Toño—. Trae ese tablero, María y un par de velas. ¿Tienes velas?

—Supongo que sí— repuso la aludida—. Lo que no sé es donde.

— ¿Quieres que te ayude a buscarlas? — se ofreció Andrés— Yo también soy bastante desordenado, pero dejo las cosas tiradas siempre en los mismos sitios. Por eso las vuelvo a encontrar cuando las necesito.

—Supongo que estarán en el cajón de la mesa de la cocina, así que no hace falta que te molestes. Sentaos todos alrededor de la mesa del comedor, que ahora vuelvo.

No existía en la casa un comedor propiamente dicho. A espaldas del sofá cumplía esa función una mesa redonda de madera de pino barnizada, rodeada de seis sillas y todos fueron tomando asiento en las mismas, a excepción de Carol que siguió refunfuñando por lo bajo. Fuera era ya noche cerrada, por lo que no se molestaron en bajar la persiana y cuando regresó María con el tablero y con las velas encendieron éstas sobre unos platitos que recogieran la cera al derretirse. En la calle arreciaba el viento y la ventana cerraba mal, por lo que estuvo a punto de apagarles la llama. Jorge las protegió con sus manos al tiempo que llamaba a la chica que faltaba.

—Carol, ¿quieres venir de una vez?

La aludida obedeció tomando asiento a su lado.

— ¿Y ahora qué tengo que hacer?

María había apagado la luz del techo y Jorge le indicó el puntero triangular y movible que había en el centro del tablero.

—Tenemos que poner todos el dedo índice sobre este puntero— le explicó—. Para comenzar el juego cada uno tenemos que hacer una pregunta y esperar a que el puntero se mueva hasta una letra de esas que ves formando un círculo en el tablero y que continúe luego de letra en letra, hasta formar una palabra coherente. ¿Lo has entendido?

—Sí, ¿quién empieza?

—Empiezo yo— replicó Jorge, que en voz muy baja susurró—: Toño, ¿estás ahí?

El silencio más absoluto pareció responder a su pregunta y el chico insistió:

—Toño, ¿estás ahí?

De improviso el puntero comenzó a moverse hacia su izquierda, donde en letras grandes estaba escrita la palabra "Sí" y se detuvo sobre ella.

Carol dejó escapar un gritito de susto. Lorena contuvo el aliento y África observó esa palabra con los ojos muy abiertos. De las jóvenes, solo María, desde las alturas de la superior inteligencia de que disfrutaba, permaneció impasible, lo mismo que Andrés. Jorge insistió:

— ¿Estás ahí, Toño?

El puntero permaneció inmóvil sobre esa palabra y el chico le preguntó:

— ¿Estás con Sebastián? ¿Estáis los dos juntos en el más allá?

De momento no sucedió nada. Todos continuaron inmóviles con los ojos fijos en el tablero conteniendo la respiración y de pronto el puntero comenzó a moverse de nuevo, ahora hacia su derecha, donde se detuvo sobre la palabra "No".

— ¿No estás con Sebastián? ¿No murió él en el incendio de aquella casa?

Al ver que el puntero seguía señalando la misma palabra y que no se apartaba de ella, Carol dejó escapar un asustado hipido.

—No quiero seguir jugando a esto. Enciende la luz, María y apagad las velas.

—No, no, espera— le pidió Jorge muy excitado— Quiero hacerle otra pregunta o mejor aún, pedirle algo—. Bajó la voz y una vez que comprobó que los demás tenían también el dedo índice sobre el puntero, susurró—: Toño, dinos algo que debamos saber.

El puntero continuó inmóvil, pero de improviso y a la parpadeante luz de las velas se puso en movimiento en dirección a una letra y luego a otra y a otra que Jorge fue anotando mientras el resto de los presentes seguía con los ojos su errática trayectoria en un silencio absoluto. Luego deletreó el chico lo que había ido escribiendo:

—t— e— e—s— t—o— y— e—s-p—e—r—a—
n—d—o—j—o—r—g—e v—e—n—c—o—n—m—i—
g—o

"Te estoy esperando, Jorge, ven conmigo"— leyó
después de corrido y enmudeció a continuación.

—Pero... — consiguió articular con la voz
estrangulada de sorpresa—. Seguidamente le dio un
manotazo al tablero y les ordenó—: Encended la luz. Ya
hemos jugado bastante a hacer el idiota.

María se había levantado para cumplir lo que Jorge
había pedido y cuando la lámpara del techo iluminó la
estancia, todos pudieron percatarse de que el rostro del
chico estaba desencajado y de que oscuras ojeras
sombreaban ahora sus pupilas.

— ¿Quién ha hecho trampa y ha empujado el
puntero para que señalara esa estupidez? — tronó
analizando los semblantes de cada uno de los que le
rodeaban— Si os creéis que ha tenido gracia, estáis muy
equivocados.

Al no obtener respuesta repitió su escrutinio y sus
ojos se detuvieron en África, que, sobrecogida, le devolvió
la mirada.

—Has sido tú— la acusó furioso— Te ha molestado
lo que he dicho de tu nombre y has querido devolverme la
broma, pero conviene que sepas que solo deben gastarlas
los que son graciosos y tú no lo eres.

—No he sido yo— protestó intimidada—. El
puntero se ha movido solo.

—Empujado por los dedos de todos nosotros—
sentenció la sapiente María—. Ya os dije el otro día que
este dichoso tablero no tiene poderes extrasensoriales.
Señala lo que señala porque alguno de los jugadores empuja
el puntero en la dirección que le conviene.

—Y ella ha pretendido asustarme— insistió Jorge
levantando la voz—. Desde que íbamos al instituto se sentía

obligada a defender a Sebastián y nos lanzaba puyas a Toño y a mí. Yo no tengo la culpa de que además de tartamudo, Sebastián fuera idiota y por eso se quemara en el incendio.

—Déjala en paz— la defendió Andrés— si vosotros dos no le hubierais hecho la vida imposible al pobre chico no se hubiera visto obligada ella a defenderle. Debería darnos vergüenza habernos portado tan mal con él solo porque tenía un defecto físico.

— ¿Estás acusando a Toño de lo que le pasó a aquel estúpido esa tarde? Te recuerdo que ya no está y que no se debe hablar mal de los muertos— le gritó Jorge.

—No he dicho nada más que la verdad. Acabas de decir que solo deben de gastar bromas los que son graciosos y ni Toño ni tú lo habéis sido nunca.

—Ya he oído más que suficiente— se engalló el otro— así que me marcho—. Gracias María por haber organizado esta reunión y espero que lo sigáis pasando bien sin mí.

Como una exhalación se dirigió al vestíbulo, donde recuperó su abrigo y su paraguas y salió dando un portazo. Los restantes se miraron sin saber qué decir.

—Lo siento— musitó África—. Os he estropeado la tarde, pero os aseguro que no he empujado el puntero para que deletreara ese mensaje. Creo que lo mejor será que me marche yo también y os deje recomponer la velada.

—No tienes por qué marcharte— le aseguró María con poca convicción— Jorge ha perdido los estribos porque se ha asustado. Parecía que… parecía que Toño le decía que fuera a reunirse con él en el más allá, pero os he repetido más de mil veces que el juego de la güija no tiene base científica ninguna.

—De todas formas, estaréis mejor sin mí— repitió África a punto de llorar—. Otro día… otro día en el que volvamos a vernos saldrán las cosas mejor.

En el vestíbulo cogió también su abrigo y se marchó a continuación. Tomó el ascensor y una vez que llegó a la calle, sin abrir el paraguas se dirigió en línea recta hacia su Opel gris que había dejado aparcado unos metros más allá del edificio en el que vivía María.

Chispeaba intermitentemente y tampoco Jorge que caminaba ya por la calle había hecho intención de abrir el suyo, sino que, por el contrario, pensó que el agua que caía le refrescaría las ideas y calmaría el furor que le hervía por dentro. Pero más que furioso, lo que estaba era asustado. Había estado convencido cuando María había sacado el tablero que obtendrían de él alguna información importante, porque sí creía que por medio de él podía establecerse conexión con el más allá. Había participado en otras sesiones de espiritismo y comprobado estupefacto que la médium llegaba a establecer contacto con otras dimensiones y averiguados datos que solo podían ofrecer los que ya no vivían y vagaban por lugares ignotos. ¿Habrían conectado realmente ellos con Toño? Quizás no hubiera sido culpa de África después de todo que su amigo le hubiera alertado por medio del tablero de que no tardaría en reunirse con él, que le quedaban días o minutos de vida. Pero en ese caso…

La calle estaba oscura. A lo lejos una farola solitaria esparcía una luz azulada y fantasmal sobre un trecho de la acera, pero el resto quedaba en sombras. Se subió el cuello del abrigo y miró a uno y otro lado antes de cruzarla. No había nadie ni ningún vehículo que transitara por la calzada. El semáforo quedaba lejos, por lo que se decidió a atravesarla desde el lugar en el que se hallaba en lugar de caminar para hacerlo hasta el paso de peatones. Iba tan absorto en sus pensamientos que no llegó a ver el automóvil que pareció surgir de la nada y que durante el lapso de un segundo le deslumbró con sus faros para después echársele encima.

CAPÍTULO VII

El juez había dado con el mazo sobre la mesa dando la vista por terminada tras pronunciar el veredicto, por el que le imponía la sanción mínima a Casimiro y a Ginés y Noelia se levantó de su mesa para devolver la toga y salir a la calle, donde se le reunieron las partes litigantes, así como otros vecinos de Villalcampo, que no estaban conformes con el veredicto.

—Este juez no entiende nada— protestó Pío, que era un hombretón coloradote con unas manazas increíblemente grandes y callosas—. Se nota que es un hombre de ciudad y que no sabe que correr los mojones sin que nadie te vea es una práctica habitual en todas las zonas rurales. Faltaría más. ¿No está de acuerdo, señora abogado?

Se volvió Noelia hacia él para envolverle en una mirada recriminatoria.

—No, no estoy de acuerdo. Puede que sea una práctica habitual, pero es ilegal. También suele ser práctica habitual en el campo robarle la fruta al vecino y tampoco está bien.

— ¿Y qué es lo que cree usted que deberíamos hacer? — se sorprendió Pío— Si no tenemos perales en nuestra huerta y queremos comer peras, de algún sitio las tendremos que coger.

—Sí, desde luego que sí. Del supermercado, donde las venden por kilos— replicó ella, evocando a la madre de Miriam y su empeño en que su hija se casara con uno de los lugareños de Villalcampo, a lo que se había negado

141

rotundamente ella. La chica, con muy buen criterio en su opinión, se había decidido por Adrián, que era el fiscal del juzgado en el que se hallaba. Trató de imaginar a su compañera de despacho, rubia, delgadita y delicada, en el caso de que le hubiera hecho caso a su madre y hubiera accedido a casarse con alguno de los jóvenes que la rodeaban y mostraban su disconformidad con la decisión del juez. En ese caso probablemente pasaría las noches en vela moviendo los mojones para agrandar la finca de su marido. Le dedicó un silencioso exabrupto a la progenitora de su compañera de despacho, que sin duda había opinado que cualquiera de ellos era el mejor esposo al que podía aspirar, pese a que a que se había licenciado ya en Derecho y tenía un futuro ejerciendo esa profesión.

En ese momento sonó su móvil y se apartó del grupo de furibundos lugareños para llevárselo al oído. Reconoció la voz de Lorena, que sonaba muy alterada.

—Noelia, la llamo porque ha sucedido algo terrible. El sábado por la noche un coche atropelló a uno de mis compañeros de instituto, a Jorge, y luego se dio a la fuga. Jorge ha muerto.

Le costó entender lo que la otra acababa de decirle. Aunque Lorena le había transmitido escuetamente y con claridad la noticia, le supuso un esfuerzo procesarla. Jorge debía ser el pecoso pelirrojo que era inseparable de Toño y, por lo que la chica le refería, un coche le había atropellado una semana después del entierro de su amigo.

—Se lo advirtió el tablero de güija— siguió incoherentemente Lorena—. Nos habíamos reunido en casa de María y él se empeñó en que utilizáramos el tablero para contactar con Sebastián y con Toño. Éste último nos contestó y le advirtió que se iban a reunir los dos en breve, por lo que nos llevamos un susto tremendo. Luego se enfadó Jorge porque pensó que alguno de nosotros habíamos hecho trampa para gastarle una broma, pero no habíamos hecho trampa. Fue un aviso auténtico de Toño. Él sabía que solo le quedaban unos minutos de vida.

Inspiró aire Noelia para no contestarle con aspereza, diciéndose que era increíble que personas con cierto nivel de estudios creyeran en lo que ella consideraba supercherías.

—El tablero de güija no pudo avisarles de nada, porque no es más que un tablero sin ninguna clase de poderes— replicó con acritud— A esos efectos es como el de la Oca o como el del ajedrez. Alguno de ustedes intentaría gastarle esa broma a su amigo, nada graciosa, por cierto. ¿Se sabe quién fue el conductor del automóvil que le atropelló?

—No. Una señora que estaba en su casa y lo vio por la ventana ha informado a la policía de que se trataba de un Opel gris. La policía ha llamado a declarar a la comisaría a Andrés y a África y les ha citado para dentro de unos días, por lo que no creo que tarde en llamarme a mí. Y… y quería hablar con usted antes. ¿Podría recibirme en su despacho esta tarde? Estoy asustada.

—Por supuesto que sí. Creo que tengo concertadas unas cuantas visitas, la última a las siete, así que podría verla a eso de las siete y media. ¿Le viene bien?

—Sí, sí. A esa hora ya habré terminado de impartir mis clases en el colegio. A las siete y media estaré en su despacho.

Cortó Noelia la comunicación y se quedó luego mirando pensativa el aparato, diciéndose que a raíz del entierro de Sebastián parecía que la mala suerte se estuviera cebando con sus antiguos compañeros de instituto. O el mal fario, como se decía en Andalucía, donde también se comentaba en esos casos que quien lo padecía estaban sufriendo el mal de ojo. Era ella demasiado racional y demasiada práctica para creer que en cualquiera de las circunstancias que estaban viviendo esos muchachos hubiera influido otra cosa que la casualidad y así trató de hacérselo entender esa tarde a Lorena que sentada en su despacho frente a ella la miraba con sus grandes ojos verdes agrandados por el miedo.

— ¿Está segura entonces de que el tablero de güija no tuvo nada que ver? — le preguntó la chica una vez más—. Apenas si transcurrieron unos minutos desde que Toño le avisó a través de ese medio y el coche se le echó encima. Habían discutido África y él, como siempre, y entonces Jorge se enfadó mucho y se marchó dando un portazo. África pensó que nos había estropeado la reunión y se despidió también. Los demás nos sentimos muy incómodos y levantamos el campo a continuación. Salimos a la calle a tiempo de ver cómo el coche que había arrollado a Jorge se daba a la fuga, pero solo nos preocupamos por intentar reanimar al chico, que estaba caído en el suelo, boca arriba, y no respiraba ya. Alguno de mis compañeros dijo que había que avisar al juez para que procediera a levantar el cadáver, pero Andrés decidió que había que llevarle a un hospital, así que le cogió en brazos y le metió en su coche. Los demás le seguimos en los nuestros, exceptuando a María que estaba en su casa y que no se enteró de lo que había sucedido. En el hospital, en urgencias, nos dijeron que no había nada que hacer, que Jorge había fallecido instantáneamente. Ayer fuimos a su entierro.

Se enjugó la chica un lagrimón cuando terminó de referírselo y se quedó mirando a después fijamente a Noelia.

— ¿Qué es lo que está pasando? — le preguntó con un hilo de voz.

— ¿Qué quiere decir?

— ¿Que qué es lo que está sucediendo? En apenas tres semanas han muerto tres de mis antiguos compañeros. ¿Cuál será el siguiente?

Le sonrió comprensivamente Noelia inclinándose hacia ella sobre la mesa.

—No diga tonterías, Lorena. Sebastián no murió hace tres semanas, aunque fue cuando se celebró su entierro. Murió hace siete años o eso es lo que parece que ocurrió. Lo de su amigo Toño fue un accidente. Había demasiada gente en el andén del Metro y él se empeñó en colocarse en primera línea para entrar el primero en el vagón cuando entrara el convoy en la estación. En cuanto a Jorge, el tablero güija no tuvo nada que ver. No es posible, que yo sepa, contactar con el más allá. No ha sucedido nunca más que en la mente calenturienta de algunas personas, así que no se caliente más la cabeza. Si la policía la llama para que refiera lo que me acaba de contar, hágalo así.

— ¿Pero no debería en ese caso ir acompañada de un abogado?, ¿de usted? — objetó angustiada la chica.

—No, claro que no. Solo es necesaria la presencia del abogado cuando la policía detiene a una persona por la comisión de un delito, pero a usted la llamarán como testigo presencial de un accidente de tráfico. De momento y a falta de otras consideraciones de las que no tenemos constancia, lo calificaremos así.

—Yo vi claramente ese accidente, si es como quiere llamarlo —. El coche estaba estacionado junto a la acera y arrancó sin encender los faros. Luego le arrolló y se alejó como una exhalación para doblar después la esquina de la calle. Ahí le perdí de vista.

— ¿Llegó a distinguir la marca de ese coche? — le preguntó suavemente Noelia.

—Sí, estaba oscuro, pero lo vi cuando pasó por debajo de una farola. Era un Opel gris.

— ¿Y estaban juntos todos ustedes cuando ese coche se perdió en la lejanía?

Frunció el ceño Lorena para concentrarse mejor y se apartó maquinalmente la melena castaña de su rostro, que le ocultaba parcialmente la mejilla.

—Pues... no. Estábamos Carol, Andrés y yo. María se había quedado en su casa y no se había enterado de nada y África se había marchado ya en su coche. Ya le he dicho que se había peleado con Jorge, porque éste la había acusado de haber manipulado el tablero güija para asustarle.

—O sea que no estaba África.

—No.

— ¿Y qué coche tiene esa chica?

Lorena abrió la boca y la volvió a cerrar sin haber llegado a pronunciar una sola palabra. Luego se la quedó mirando como alelada.

—Pues tiene... tiene un Opel gris bastante viejo. Lo compró de segunda mano porque no le sobra el dinero, pero ella no... ¿Es que está pensando que le atropelló ella?— protestó levantando la voz.

—No, no estoy pensando nada. Solamente me estoy poniendo en el lugar de la policía. Tengo entendido que también estaba África en el andén del Metro, cuando su otro amigo, Toño, se cayó a la vía, ¿no fue así?

Tardó Lorena en contestar. Parecía medir cuidadosamente las palabras cuando le dijo:

—Sí, pero ella no tuvo nada que ver.

—Pero se había peleado con los dos que han fallecido unos minutos antes de que sufrieran el percance que les mató.

—Sí, pero eso fue una casualidad. África no es violenta ni es capaz de tomarse la justicia por su mano, aunque creo que cuando íbamos al instituto en más de una ocasión hubiera arremetido contra esos dos, porque le hacían a Sebastián la vida imposible. Toño tenía alma de líder y se creía muy gracioso y Jorge era su eco. Estoy segura de que si no llegó a hacerlo entonces fue porque era muy menudita y ellos, dos tiarrones. Ha crecido después, pero tampoco demasiado. En cualquier caso, a tortas con un chico no hubiera tenido nada que hacer.

La observaba ahora recelosamente, de medio lado y con los ojos entrecerrados y Noelia trató de vencer su desconfianza.

—No estoy pensando que su amiga haya tenido intervención en esos accidentes, sino que, como le he dicho antes, me estoy poniendo en el lugar de la policía. Esa chica tiene un coche de la misma marca que la del tipo que arrolló a Jorge y había bajado a la calle a la vez que él. Estaba en el andén del Metro cuando Toño se cayó a la vía y se había peleado con los dos unos minutos antes de que se accidentaran. Si encuentran alguna prueba más o creen encontrarla, puede que la detengan.

— ¿Y la defendería usted? — inquirió ansiosamente Lorena— África no tiene a nadie ni tampoco dinero. Solo el sueldo que cobra al mes por su trabajo en un centro de logopedia. Desde que hace un par de años murió su madre, está muy sola. ¿La defendería usted, aunque probablemente no pudiera pagarle su minuta?

No tuvo Noelia necesidad de planteárselo y repuso en el acto:

—Por supuesto, si ella me lo pidiera. ¿Pero por qué dice usted que no tiene a nadie? Tiene un novio muy adinerado que está deseando casarse con ella.

La sorpresa más absoluta se reflejó en el agraciado semblante de Lorena.

— ¿Un novio adinerado? ¿De dónde se ha sacado eso?

No podía aclararle Noelia que había estado con el tal Héctor en su despacho, porque el secreto profesional se lo impedía, por lo que optó por encogerse de hombros.

—Lo he oído por ahí. ¿No tiene un novio bastante guapo con un nombre muy pomposo, con el que espera pasar por el altar en breve?

Parpadeó ahora Lorena con la expresión de un búho al que hubieran cambiado de hábitat y no consiguiera orientarse.

—Claro que no. No tenemos novio ninguna de las dos y salimos juntas los fines de semana. ¿De dónde se lo ha sacado?

Se llevó Noelia un dedo al rizo de la frente y se lo enrolló nerviosamente en él buscando una salida airosa.

—No, no lo sé. He debido confundirla con otra persona o quizás lo haya leído en alguna revista del corazón y lo he malinterpretado— mintió finalmente, porque no había hojeado en su vida una de esas revistas—. Dígale a su amiga que no se preocupe por mi minuta. Que me ocuparé encantada de su caso si tiene problemas con la policía o si, aunque no los tenga, me necesita.

— ¿Pase lo que pase? — insistió Lorena denotando cierta incredulidad en el gesto con el que se lo preguntó.

— ¿Quiere decir que, aunque tenga algo que ocultar?

—Sí, eso es.

—Todos tenemos algo que ocultar— manifestó Noelia con expresión de mujer de mundo—. Si los abogados defendiéramos solamente a los que son absolutamente inocentes de los hechos que se les imputan, estaríamos perpetuamente en huelga de brazos caídos. Todo el mundo tiene derecho a una defensa. La mejor posible en mi opinión.

—La llamaré en cuanto salga de aquí para tranquilizarla y le diré que usted la recibirá enseguida si es necesario. ¿Puedo decirle eso?

—Por supuesto. Pueden venir las dos juntas si lo prefieren y aconséjele que lo haga antes de que la llamen a declarar en la comisaría.

—Muchas gracias— repuso Lorena poniéndose en pie—. Es usted muy comprensiva y muy humana.

Esbozó Noelia un gesto vago luchando por no enrojecer, porque las alabanzas sobre su persona la hacían sentirse incómoda. Luego la acompañó hasta la puerta y cuando la otra desapareció pasillo adelante en dirección a la antesala regresó a su mesa para poner en marcha el ordenador que tenía sobre su superficie.

En el buscador que utilizaba habitualmente escribió el nombre del supuesto novio de África y fue consultando luego lo que se reseñaba sobre él. Lo leyó y lo releyó estupefacta. Con mayor o menor amplitud la noticia era la misma en todos los artículos que encontró. Don Héctor Zúñiga y López de Quiñones, hijo único del conde de Salvatierra, había fallecido ahogado dos años antes al volcar el velero en el que navegaba compitiendo en una regata. ¿Quién era entonces el joven que había venido a su despacho acompañando a África y al que ésta contemplaba embobada?

Miriam la encontró con los ojos fijos en la pantalla del ordenador cuando unos segundos más tarde entró en su despacho tras llamar con los nudillos.

— ¡Hola! — la saludó, intentando hacerse notar.

— ¡Hola! — repitió Noelia mecánicamente sin apartar los ojos del monitor.

— ¿Qué miras?

—Esto.

—Que miras eso ya lo he notado— comentó la otra con ironía—. Vengo a que me cuentes cómo ha ido el juicio de esta mañana, el de Casimiro.

Levantó Noelia unos ojos con los que no parecían verla.

— ¿El de Casimiro? Bien— repuso con la mente en otra parte.

— ¿Pero quieres hacerme caso? — protestó Miriam sentándose enfrente de ella en una butaca—. ¿Qué es lo que estás mirando como alelada?

—Una noticia que me ha dejado descolocada— repuso Noelia retrepándose en su sillón. Pasó una mano por sus ojos y parpadeó para enfocar bien a Miriam—. ¿Te comenté que la otra tarde recibí la visita de una de las compañeras de instituto de Sebastián? Precisamente de la única que le defendía siempre.

—Sí, si me lo comentaste. Me dijiste que venía acompañada de un novio que estaba como un tren y que tenía un nombre muy solemne, porque era hijo de un conde ricachón que le quería desheredar. ¿Me estás hablando de ese?

—Sí.

— ¿Y qué le pasa a ese chico tan imponente?

Se echó mano Noelia al rizo que le caía sobre la frente y se lo enrolló en el dedo índice buscando con ese gesto que se le aclararan las ideas.

—Pasa que, según me acabo de enterar por Internet ese chico tan guapo murió hace dos años.

Abrió Miriam la boca hasta formar un círculo con ella.

—Eso no es posible.

—No debería serlo, no— admitió Noelia en tono monocorde— Pero últimamente nada de lo que sucede a mi alrededor parece tener lógica. He recibido hace un momento a una tal Lorena, compañera de estudios de Sebastián y ha sido ella la que me ha informado de que África, que era otra compañera de estudios de él, no era novia del hijo del conde ni de nadie.

Trató Miriam de seguir el hilo de las elucubraciones de la otra y se aventuró a decir:

—Bueno, parece lógico. Si el hijo del conde del nombre ostentoso se ahogó hace dos años, es natural que ya no sea el novio de esa chica.

—No entiendes nada— protestó Noelia alteándose por su incomprensión—. Te he dicho que vino con él a verme.

— ¿Con el chico ahogado?

—Me lo presentó como Héctor Zúñiga y López de Quiñones, cuyo padre le había amenazado con desheredarle si se casaba con ella.

— ¿Y había pensado entonces dejarla?

—No. Había venido a enterarse de si podía privarle su padre de su herencia, aunque no estaba dispuesto a dejar a África en ningún caso. Quedó en traerme el testamento de su madre, a quien legalmente debería haber heredado en su día.

—Pero no ha vuelto.

—No.

—Y te acabas de enterar de que el verdadero Héctor Zúñiga y López de Quiñones se ahogó hace dos años. No cabe duda entonces de que el que te vino a ver es otro.

Sonrió sarcásticamente Noelia.

—Eres un lince, Miriam. Has dado en el clavo. Lo que me gustaría saber es por qué se hizo pasar el chico imponente por el hijo del conde de Salvatierra y por qué vino a contarme esa sarta de embustes. Hace un momento me acabo de enterar de que ni siquiera es novio de África.

Pestañeó Miriam sin acabar de entenderla.

—Pero sale con ella, ¿no? A lo mejor con el tiempo…

—No digas más estupideces, África no está saliendo con él ni con nadie.

—Pues vaya por Dios— se condolió Miriam—. ¿Y qué pinta tiene? ¿Es mona?

—Sí, sí lo es. Es más baja que tú y que yo, pero tiene una figura muy proporcionada y unos ojos negros muy bonitos. Lo importante no es si tiene posibilidad de encontrar un novio pronto. Lo importante es que dos de sus compañeros de estudios han muerto en los últimos quince días y que en los dos casos estaba ella en el lugar en el que se produjo el accidente.

— ¿El accidente? — repitió Miriam en tono interrogante—. ¿Han muerto por accidente?

—Parece que sí, el último de los dos amigos, atropellado por un coche que se dio a la fuga y que es de la misma marca que el de esa chica.

—Ya— musitó Miriam comprendiendo—. Y tú te estás preguntando si todo eso ha sido por casualidad y si la chica bajita ha tenido algo que ver.

—Eso es.

—Pero tú no eres su abogado ¿o sí?

—Va a venir a verme, de modo que supongo que pretenderá que lo sea.

— ¿Y vas a aceptar?

—Tenía esa intención, pero antes tendrá que aclararme el motivo por el que me contó el otro día esa sarta de patrañas. Me refiero a su noviazgo con el hijo del conde. Solo si me lo explica con suficiente verosimilitud me haré cargo de su caso, si es que llega a serlo. De momento son coincidencias nada más.

En ese momento oyeron unos golpecitos en la puerta del despacho y unos segundos más tarde entraba la secretaria en la estancia y se les acercaba con aire misterioso.

— ¡Hola!, ¿interrumpo algo?

—No— contestaron las otras dos al mismo tiempo.

Flor tomó asiento en la otra butaca de los clientes y se inclinó hacia ellas como si fuera a hacerles partícipes de algo importante.

—Acaba de llamar la chica bajita que vino el otro día con un chico imponente. África Molina me ha dicho que se llama. Me ha pedido que le dé una cita contigo, Noelia, y cuando se la he dado para la semana que viene, me ha contestado que no podía esperar tanto y que necesitaba verte mañana, como muy tarde. Le he contestado que tenía que hablar antes contigo y que la llamaría después. ¿Qué hago?

Se lo comentaba a las dos risueñamente sin imaginar los términos en los que se había desarrollado la conversación entre ellas minutos antes y arqueó las cejas sorprendida cuando las vio intercambiar una mirada de complicidad.

— ¿Qué pasa?, ¿me he perdido algo? — inquirió perpleja.

Aunque les llevaba bastantes años y Daniela la trataba como si perteneciese a un nivel inferior al de los abogados del bufete, que consecuentemente no podían confraternizar con ella, para Noelia y para Miriam Flor era una amiga más, por lo que la pusieron inmediatamente al corriente de lo que habían estado comentando anteriormente.

—Así que ese chico tan guapo no es el hijo del conde ni se ha ahogado— resumió la secretaria en pocas palabras—. Tampoco importa que no lo sea, porque seguirá estando imponente y disfrutaré viéndole recorrer el pasillo en dirección a este despacho. Me gustaría saber en qué reside el atractivo que derrocha, porque he visto a otros muchos con unas facciones más perfectas que las suyas y que sin embargo llamaban mucho menos la atención. Puede que radique su apostura en la seguridad con la que se mueve. Da la impresión de que está acostumbrado a comerse el mundo y de que no hay nada que se le ponga por delante. Tienes que averiguar con disimulo, Noelia, si ha sido modelo de alta costura. Ahora que sabemos que no es hijo de ningún conde, es posible que se gane la vida en las pasarelas o en el cine. A mí desde luego me suena su cara de algo.

— ¿De qué? — quiso saber Miriam intrigada— ¿No puedes hacer memoria?

—Pues no. Puede que haya leído algo sobre él en una revista y haya visto una foto. No es fácil olvidar esos ojos tan oscuros que tiene ni ese pelo tan negro. Además, y aunque estemos en invierno, por el color de su piel parece que viniera de la playa. ¿No os habéis fijado?

— Yo no he llegado a verle, por lo que no puedo contestarte— le recordó Miriam—. No sabemos además si la chica bajita, que no es su novia, vendrá con él— Se volvió hacia Noelia para hacerle partícipe de lo que le pasaba por la cabeza—: Si la acompaña ese chico, puedes preguntarle a él por el conde que no es su padre, como si no te hubieras enterado de las supercherías que te contó el otro día.

—Sí, pero probablemente se presentará sola— adujo Noelia, a la que no le parecía el asunto tan gracioso como las otras dos.

—No, si Flor le dice a África al darle la cita que puede traerse a Héctor para que solucionéis al mismo tiempo el problema de ese chico— sugirió Miriam con los ojos brillantes— Yo os interrumpiré y entraré en este despacho con cualquier excusa y así le echaré una ojeada. Entre las tres podremos averiguar dónde le hemos visto antes.

—No estoy segura de haberle visto antes en ninguna parte— rezongó Noelia con voz fúnebre.

—Tú no, pero Flor sí y puede que yo también. Será divertido.

Esbozó Noelia un gesto de escepticismo.

—Si vosotras lo decís…. Puede que lo sea después, cuando me sonría de esa forma tan cautivadora con la que lo hace y yo le pregunte por su padre y por la regata en la que se ahogó. Seguramente se le quedará helada la sonrisa en la boca—. Se volvió luego decidida hacia Flor para decirle—: Llama a esa chica y cítala para mañana a última hora de la tarde, en la que habrá terminado de trabajar. Y pídele que se traiga también a Héctor para que matemos dos pájaros de un tiro. Sí, puede que a pesar de todo esto resulte divertido.

CAPÍTULO VIII

A la tarde siguiente se presentó puntualmente África en el despacho en compañía de Héctor. Flor les hizo pasar a la sala de espera y echó a correr luego hacia el despacho de Noelia para comunicárselo.

—Ya han llegado. La pequeñita ha venido con él y también me ha parecido hoy que el chico está como un camión. ¿Sabes lo que he pensado? Hacerle una foto con el móvil sin que se dé cuenta. Luego, cuando se haya marchado el último de los visitantes, compararé esa foto con las de los miembros de la jet que vienen en las revistas que leen vuestros clientes mientras aguardan a que los recibáis. Estoy segura de que aunque no sea hijo de ningún conde es una persona conocida. De esas que dan entrevistas a los periodistas y cobran una millonada por la exclusiva.

—Si le haces esa foto, procura que no se dé cuenta—le advirtió Noelia sin poder disimular la impaciencia que sentía por recibirles cuanto antes—. Y ahora haz el favor de decirles que pasen.

Se atusó inconscientemente su larga y rizada melena en cuanto se quedó sola y adoptó una actitud solemne, diciéndose que debería darles a sus visitantes la impresión de que, pese a su juventud, era una abogado importante, no una chica inexperta a la que se le podía hacer creer cualquier historia sobre condes y duques por bien articulada que estuviese. Oyó poco después el taconeo de Flor por el pasillo precediéndoles e instantes más tarde los consabidos golpecitos en la puerta. África entró la primera, seguida de

Héctor y ambos tomaron asiento frente a ella. La chica con aire cohibido y él con la expresión de encontrarse en terreno conocido y en el que espera ser bien recibido.

—Lorena me ha dicho que podía venir a verla y por eso la he llamado y he hablado con su secretaria— empezó África—. Siempre hemos sido muy amigas y no hemos perdido el contacto al salir del instituto. Si le parece bien, empezaremos por el asunto que me preocupa y dejaremos el caso de Héctor para después.

—Me parece bien— repuso Noelia muy seria, sin permitirse ni tan siquiera esbozar una media sonrisa—. Usted me dirá.

—Verá. Sé que sabe que a Jorge le atropelló un coche el sábado pasado y también que habíamos estado jugando con el tablero de güija y que éste le avisó de que no tardaría en reunirse con Toño, el otro amigo que falleció la semana pasada. Jorge creyó que había sido yo la que había empujado el puntero manipulando la respuesta que recibió y se enfadó mucho conmigo. Me dijo unas cuantas groserías y yo le contesté con otras tantas. Entonces se puso como una fiera y se marchó dando un portazo.

—Sí, todo eso ya lo sé— la interrumpió Noelia—. Y que usted le siguió poco después. ¿Qué pasó cuando llegó a la calle?

—Que fui a buscar mi coche. Lo había aparcado junto a la acera unos metros más allá del edificio donde vive María. Jorge debió ir a buscar el suyo, porque le vi caminando por la acera en esa dirección. Lo había estacionado enfrente, bastante más allá, en la acera contraria. Arranqué el motor y puse en marcha el coche. Habría recorrido unos cincuenta metros cuando por el espejo retrovisor le vi cruzar la calzada sin dirigirse previamente para hacerlo al paso de peatones. Entonces, un automóvil que venía a toda velocidad le arrolló y me adelantó, perdiéndose a lo lejos sin detenerse. Era un Opel gris, igual que el mío.

—¿Y usted dónde estaba cuando sucedió todo eso?

—Como a unos cincuenta metros más allá de la casa de María, ya se lo he dicho. Al ver lo que le había sucedido a Jorge, paré el motor, dejé el coche en medio de la calle y volví corriendo. Andrés, Lorena y Carol acababan de salir del portal y estaban inclinados sobre su cuerpo cuando yo llegué. Lo demás creo que ya lo sabe.

—Sí— admitió inexpresivamente ella—. ¿La policía se ha presentado en su casa?

—El portero me ha dicho que sí, pero yo estaba en el centro de logopedia donde trabajo y le han dejado a él una citación para que me presente mañana en la comisaría del barrio donde vive María, para hacerme unas preguntas. Y he venido a verla porque estoy asustada.

—¿Por qué está asustada?

—Porque esos dos compañeros de instituto han muerto accidentalmente con una semana de diferencia y en los dos casos estaba yo muy cerca del lugar donde sucedió todo. Casualmente me había peleado con los dos.

Cogió Noelia un bolígrafo y empezó a tabalear con él sobre la mesa.

—Tranquilícese. En el coche que atropella a una persona queda por regla general una abolladura en el parachoques, así como restos de sangre. Es lo primero que comprueba la policía y en el suyo…

—En el mío sí está el parachoques hecho una pena— la interrumpió África—. Me di un golpe contra una farola la semana pasada. Es un automóvil que compré de segunda mano hace unos años y tiene rozaduras por todas partes.

—¿Y no ha dado parte al seguro cuando ha sufrido su coche esos pequeños desperfectos?

—No, el seguro que concerté solo cubre los daños a terceros. En cada ocasión he pensado llevar el coche a reparar a un taller, pero la verdad es que no me sobra el dinero. Llego a fin de mes con dificultad. La casa en la que vivo era de mi madre y la heredé cuando murió, pero también tiene muchos años y consecuentemente muchos gastos. De eso también quería hablarle.

— ¿De su casa? — inquirió Noelia enarcando las cejas.

—No, de su minuta. Me gustaría que se ocupara usted de defender mis intereses si llegara el caso, pero no estoy segura de poder pagarle lo que acostumbre a cobrar. Este bufete es muy prestigioso y yo tengo un sueldo bastante bajo. Ya sé que existen los abogados de oficio, pero no me ofrecen la confianza que me ofrece usted.

Fue Noelia a contestarle que por el asunto de su minuta no se preocupase, pero Héctor se le adelantó.

—Ya le he dicho a África que por ese tema no se preocupe, porque me haré cargo yo. De ese tema y de todo lo que sea necesario en el supuesto de que las cosas se compliquen.

Se había vuelto hacia su supuesta novia al decir esas palabras y le sonreía de esa forma tan particular que le iluminaba el rostro y que le hacía parecer tan atrayente. Le hubiera gustado a Noelia tomarle en ese instante una fotografía con el móvil, pero no se atrevió. En su lugar comentó disimulando su sarcasmo:

—Es una suerte que su novio sea un hombre tan adinerado—. Y dirigiéndose hacia él le preguntó—: Y por cierto ¿encontró usted el testamento de su madre?

Se la quedó mirando sin perder la sonrisa y terminó por menear negativamente la cabeza. Un negro mechón de cabello le resbaló sobre la frente, bronceada por el sol y en ese momento experimentó Noelia la impresión de que le había visto anteriormente en alguna parte. ¿Sería en algún programa de televisión o sería él actor de cine y hubiera actuado en alguna película española?

—No, no lo encontré, porque mi madre no llegó a testar. Fui a comprobarlo al Registro de Actos de últimas Voluntades y allí me dijeron que no constaba que mi madre hubiera otorgado testamento. Me atendió una funcionaria muy amable y muy competente.

Se dijo Noelia que ella la hubiera calificado más bien de bruja malhumorada, pero se abstuvo de darle su opinión a ese respecto. Probablemente él le hubiera dedicado la más cautivadora de sus sonrisas al hacerle su solicitud y a la bruja se le hubiera pasado de golpe el mal humor y se hubiera sentido como una jovencita en la flor de la vida.

—Eso implica que sea usted el heredero universal de su madre, a excepción de la cuota viudal usufructuaria que correspondería a su padre— consideró ella en tono igualmente impersonal. El mismo con el que hubiera recitado esa lección en la facultad de habérselo pedido el catedrático de esa asignatura—. Supongo que para usted será una buena noticia.

Se había quedado él mirándola con una chispita de diversión en sus ojos oscuros, como si fuera capaz de leer en su mente lo que estaba pensando y le hiciera gracia, por lo que hizo Noelia un esfuerzo para que el tono de su voz no denotara la ironía con la que a continuación efectuó la pregunta.

— ¿Y cómo sigue su padre? Me dijo que su título era el de conde de Salvatierra, ¿verdad?

Meneó él la cabeza en sentido negativo sin apartar la mirada de ella y sus pupilas relucieron al hacerlo como las de un gato a punto de cazar un ratón.

—No, el conde de Salvatierra es mi tío— repuso con voz clara—. Es el hermano mayor de mi padre. El título de mi padre es el de conde de Pajares. ¿Por qué?

Se mordió Noelia los labios pensando que había estado a punto de meter la pata. Quizás fuera verdad entonces la historieta que le había contado en su anterior visita. Lo comprobaría en el ordenador en cuanto el chico se marchara.

—Quizás le suene el nombre de mi tío por lo que le sucedió a su hijo— continuó él con naturalidad— Lo publicaron todos los periódicos. Mi primo Héctor era un poco tarambana y murió ahogado cuando su velero volcó en una regata. Se ahogaron tanto él como el proel con el que participaba en la competición y eso que los dos eran buenos nadadores. Mi tío nunca se repuso del golpe. Era su único hijo y su heredero, ¿comprende?

—Claro, claro— murmuró ella como si nunca hubiera dudado de la versión que le había dado Héctor la vez anterior— ¿Y quién es ahora el heredero de su tío? El padre de usted, supongo.

—No, no, los dos hermanos no se llevan bien. Me dijo hace un par de meses que había otorgado testamento y que me dejaba a mí todos sus bienes. Mi padre se enfadó mucho al enterarse.

—Y decidió desheredarle entonces— aventuró ella.

—No, eso sucedió después.

—Cuando le comunicó usted que iba a casarse con África— volvió a arriesgar Noelia—. ¿Hace mucho que se conocen ustedes dos?

Intercambiaron sus visitantes una mirada y en ese momento sonaron unos golpecitos en la puerta del despacho. Un segundo más tarde entró Miriam con un papel en la mano. Aparentó sorprenderse al verla reunida con unos clientes y susurró un imperceptible "perdón" antes de aproximarse a la mesa y entregarle un papel a Noelia. Llevaba también la chica un bolígrafo que le tendió y aguardó sin expresión a que la otra lo firmara. De una ojeada comprobó Noelia que el folio que le había dado

Miriam contenía una reseña impresa de la guerra de África y procedió sin inmutarse a estampar su firma en él y a devolvérselo. Su compañera de profesión observó durante una décima de segundo a la pareja que ocupaba los dos sillones reservados a los clientes y con un nuevo "perdón" se marchó silenciosamente.

— ¿Dónde estábamos? — les preguntó Noelia a éstos cuando Miriam desapareció.

—Habíamos divagado hacia mi parentela— repuso él—. Hacia mi tío Gerardo y la regata en la que murió mi primo, que se llamaba igual que yo. Pero lo importante y el motivo por el que hemos venido es por la preocupación que siente África a consecuencia de la muerte de esos jóvenes. Teme que la policía piense que ella ha tenido algo que ver. ¿La acompañará usted a la comisaría cuando comparezca mañana para que la interroguen? El tema de mi herencia podemos dejarlo para otro día.

O para nunca, se dijo ella estudiándole con absoluta frialdad. Aparentaba tanta sinceridad y encontrarse tan cómodo sentado enfrente de ella, con las piernas cruzadas y la espalda apoyada en el respaldo de la butaca, que llegó a preguntarse si le habría dicho la verdad sobre sus progenitores, su tío y su primo y las herencias a las que se había referido. Tenía la impresión de que se había inventado todo eso y que lo había utilizado como excusa para tener un motivo con el que presentarse en su despacho. ¿Pero para qué?, volvió a preguntarse. Le hubiera bastado acudir como acompañante de África, que sí tenía un problema real.

—Ya le he dicho antes a su novia que solo es preceptiva la presencia del abogado cuando se toma declaración a un detenido— repuso ella, posponiendo el análisis de los pensamientos que ocupaban su mente al momento en el que se hubieran marchado sus visitantes y se encontrara en condiciones de reflexionar con claridad—. De momento la han llamado solo como testigo presencial de lo que le ocurrió a su amigo.

—A pesar de todo me sentiría más tranquila si estuviera usted presente— replicó África.

—De acuerdo entonces, pero no creo que en principio tenga de qué preocuparse. Le preguntarán qué vio y si distinguió la cara del conductor y el número de la matrícula del automóvil, porque no hay razón alguna para que sospechen de usted ni para que relacionen el atropello que sufrió su amigo Jorge con el accidente en el Metro de ese tal Toño. ¿O es que esas dos muertes podrían atribuírselas a usted por alguna razón? ¿Sabe si en el Metro la grabaron cerca de ese chico las cámaras de seguridad?

África clavó en ella sus angustiados y oscurísimos ojos.

—Vi esa grabación en la televisión. La tomaron en el instante en el que entraba la máquina en el andén.

— ¿Y se la ve a usted?

—No, pero estaba allí. No se me ve por quien no me conozca, porque soy bajita y estaba apretujada entre el tumulto. Estaba precisamente detrás de un hombre que se interponía entre Toño y yo y que yo diría que fue el que le empujó a la vía.

Se olvidó momentáneamente Noelia del recelo que le había producido la historia que le había contado Héctor para centrarse en lo que la chica le acababa de decir. Se acodó sobre la mesa y se inclinó hacia África al inquirir:

— ¿Lo vio usted? ¿Está segura?

Lo consideró la otra sin apartar las pupilas de su rostro y terminó por denegar con la cabeza.

—No estoy segura de que le empujara, pero sí de que conocía de algo a ese hombre.

— ¿Y cómo era?

—No lo sé, porque estaba de espaldas a mí. Recuerdo que llevaba un abrigo marrón, un sombrero en la cabeza, gafas oscuras y una bufanda al cuello.

—O sea, que no le vio la cara.

—No.

— ¿Por qué cree entonces que le conocía?

Se mordió la chica los labios y permaneció unos segundos en silencio, como si se lo estuviera preguntando a sí misma.

—No lo sé— dijo al fin en voz muy baja—. Me pareció que había en él algo familiar, pero seguramente lo que le estoy diciendo es una tontería. No le vi la cara, no podría describirle y tampoco estoy segura de que empujara a Toño.

—Pero le ha visto después, en la grabación de las cámaras del Metro que han televisado. ¿No ha podido precisar entonces lo que en su momento llamó su atención? — insistió Noelia.

—No y probablemente esa noche no noté lo que le acabo de decir. Ha sido después. Cuando ese coche atropelló a Jorge…pensé…

— ¿Qué es lo que pensó? — se impacientó Noelia.

—Pensé que Jorge era el segundo y me pregunté quién sería el siguiente.

—Eso es una tontería— protestó Héctor, que hasta ese momento había permanecido en silencio como un simple espectador—. ¿Por qué habría de haber un siguiente? Las muertes de tus dos amigos no tienen por qué guardar ninguna relación. Puede tratarse de dos desgraciados accidentes que han tenido lugar en un lapso de tiempo muy corto.

—Ojalá sea así— musitó África no muy convencida.

—No tengo ningún inconveniente en estar presente mañana en la comisaría cuando la interroguen— intervino Noelia— Pero no sé cuál es el contenido de mi agenda ni qué visitas me habrá citado la secretaria para mañana, pero en el caso de que me coincidiera alguna con su declaración en la comisaría podría asistirla esa compañera que acaba de marcharse del despacho. Nos sustituimos mutuamente en esos casos.

En el agraciado semblante de África se pintó una expresión de desconfianza.

— ¿Es tan buena como usted?

—Desde luego. Es una extraordinaria profesional.

—De acuerdo entonces. Cuento con que mañana irá una de las dos a la comisaría.

Afirmó Noelia con un gesto.

—Sí, pero antes quisiera saber una cosa.

—Dígame.

—Se refiere al juego de la güija del que me ha hablado antes. Según me ha comentado, el puntero del tablero fue señalando letra a letra un mensaje para el amigo que ha muerto, enviado por el otro amigo que falleció la semana anterior. ¿Es así?

—Sí.

—Los punteros y los tableros no mandan mensajes por sí solos, no son tan listos. ¿Fue usted la que manipuló ese puntero?

Mantuvo África su mirada por unos segundos en la suya. Luego abatió los párpados y con la cabeza baja lo reconoció.

—Sí, fui yo. Pensé que se merecía que le diéramos un buen susto, porque era un estúpido. Mientras vivieron los dos se comportaba como si fuera el eco de Toño y se burlaba de Sebastián tanto o más que él. Y después se le acentuó ese comportamiento hasta el extremo de que daba la impresión de que el espíritu de Toño se le hubiese reencarnado. Por eso decidí darle un buen susto.

Sonrió Noelia a su pesar.

—Bien, no se le ocurra admitirlo en comisaría si le preguntan por el dichoso jueguecito. Sucedió así, pero usted no sabe por qué.

—Bien, ¿qué más?

—En lo referente al atropello tiene que decir que vio por el espejo retrovisor y como una exhalación al coche gris que atropelló a su amigo. No es necesario que les aclare cuál era la marca del coche. Haga hincapié en que estaba usted como unos cincuenta metros más allá del lugar del atropello y en que detuvo su automóvil en la calzada cuando se percató de que ese coche había arrollado a su amigo para acudir en su ayuda. ¿Me ha entendido?

—Sí, claro que sí.

—Recuérdelo bien, porque tanto si puedo acompañarla mañana como si lo hace Miriam ninguna de las dos podremos aconsejarle sobre lo que debe responder cuando la interroguen.

—Me acordaré.

Les escoltó hasta la puerta del despacho y regresó inmediatamente a su mesa para buscar en el ordenador al conde de Pajares. No encontró sobre él ni una breve reseña. La interrumpió Miriam que entró muy sonriente y que se le acercó.

—Lo he hecho muy bien, ¿verdad? ¿A que he representado muy bien mi papel? Se han quedado convencidos de que necesitaba urgentemente una firma tuya y ni por asomo se les ha ocurrido que solo pretendía echarle una ojeada a ese joven. Y por cierto, me ha parecido que es un tipo muy atractivo, pero estoy segura de no haberle visto en mi vida.

— ¿No?

—No. Y también lo estoy de otra cosa.

— ¿De qué?

— ¿Estás plenamente convencida de que no son novios?

—Sí, es lo que me ha dicho una íntima amiga de África que se llama Lorena.

—Pues si no lo son, no tardarán en serlo. Él la mira embobado.

—Es ella la que le mira embobada— la corrigió Noelia.

—También. Están los dos en el bote.

Lo decía ilusionada, como si que se emparejasen los dos que acababan de irse fuera una de sus mayores apetencias y la otra se echó a reír.

—Eres una casamentera.

—Me gusta que la gente encuentre a su media naranja y que sea feliz— reconoció riéndose— ¿A ti no?

—Sí, claro— admitió Noelia distraídamente—. Pero quiero comentarte otra cosa. No recuerdo en este momento si mañana tengo que ir a algún juzgado o si tengo citadas varias visitas por la mañana y…

—Tienes la ratificación de un convenio de divorcio en un juzgado de familia a eso de las diez— le recordó Miriam interrumpiéndola.

—Pues entonces me va a coincidir esa ratificación con el interrogatorio de África en una comisaría y vas a tener que sustituirme en uno de los dos. ¿Cuál prefieres?

—Si va a ir él también, prefiero ir a la comisaría— repuso Miriam sin dudarlo.

Le dirigió Noelia una sorprendida mirada.

— ¿Es que te ha flechado de repente? Te recuerdo que tienes un novio muy guapo que es fiscal, con el que piensas casarte en breve y que se llama Adrián.

Volvió a reír la otra.

—Tranquila, que no me ha flechado ese chico. Es que me he dado cuenta de que para algunas cosas soy más perspicaz que tú y quiero analizarles en su salsa. ¿Has comprobado qué hay de verdad en lo que te ha contado sobre su padre, el conde?

—No sé si existe el conde de Pajares, porque en el ordenador no viene ninguna referencia sobre él. Lo que no se me alcanza en absoluto es qué puede pretender al referirme esa historia, en el caso de que no sea cierta. ¿Se te ocurre a ti, ya que me dices que eres tan perspicaz?

—No. Ten en cuenta que solo les he visto durante un segundo, en el que por cierto habéis enmudecido de repente. Ni siquiera sé qué voz tienen. Pero mañana puedo invitarles a tomar un café cuando finalice el interrogatorio en la comisaría y hacerles cantar. Yo sonsacando soy única.

Esbozó Noelia un gesto de duda.

—Si tú lo dices…

*   *   *

El interrogatorio de África en la comisaría se desarrolló en los términos que Noelia había supuesto. El comisario se interesó por averiguar dónde se hallaba ella en el momento en el que Jorge había sido atropellado y si había visto quien conducía el automóvil y cuál era su matrícula. La chica contestó sin vacilar a todas las cuestiones que le plantearon y una media hora más tarde salía a la calle con Miriam, que disimuló su decepción cuando la otra se presentó sola, sin que la acompañara Héctor. Decidió que en cualquier caso intentaría sonsacar a la chica sobre éste cuando se detuvieron las dos en la acera para despedirse.

— ¿Tienes prisa? — inquirió, buscando una excusa para retenerla. Habían decidido las dos tutearse y prescindir de formalismos innecesarios y temía que África se marchara apresuradamente sin darle oportunidad de intentar al menos informarse sobre lo que se había propuesto. África consultó su reloj

—Tengo que ir al centro de logopedia donde trabajo. He pedido permiso para llegar más tarde esta mañana, ya que me habían citado en la comisaría. Un compañero me está sustituyendo, pero no voy a aprovecharme de esa circunstancia para pasearme por Madrid a estas horas y no cumplir con mis alumnos.

— ¿Tienes muchos?

—Unos quince. La mayoría con síndrome de Down, pero también enseño a hablar mejor a varios profesores que se quedan afónicos por el esfuerzo de disertar durante horas forzando la voz, en lugar de apoyarla en el diafragma. También viene de vez en cuando algún cantante por el mismo problema.

— ¿Y aprenden?

—La mayoría sí. Es una técnica como otra cualquiera que en mi caso requiere mucha paciencia.

—Claro, claro— contemporizó Miriam—. Yo también tengo que volver al despacho, pero a estas horas suelo bajar a la calle a tomar un café. ¿Te parece bien que entremos en aquella cafetería y cambiemos impresiones sobre tu interrogatorio? — le preguntó señalándole una cercana—. Será solo un momento.

— ¿Solo un momento? — se preocupó África mirando de nuevo su reloj de pulsera.

—Sí, así de paso comentaremos también algunos de los temas que más te preocupan para buscarles solución.

—Bueno… si es así— se dejó convencer África siguiéndola hasta el establecimiento que Miriam le había señalado.

La cafetería estaba desierta a esas horas y tomaron asiento en una mesa donde un camarero las atendió en el acto y les sirvió unos cafés bien calientes, en cuya taza ambas se calentaron las manos, ateridas por el frio invernal que se había adueñado de las calles.

— ¿Cómo es que no te ha acompañado a la comisaría tu novio? — inquirió Miriam para dirigir la conversación al punto que le interesaba—. Pensé que vendría contigo para que te sintieras más acompañada.

Pestañeó África como si no la hubiera entendido y cuando comprendió lo que la otra le preguntaba se encogió de hombros evasivamente.

— ¿Héctor?

—Sí, claro, ¿cuántos novios tienes? — insistió riéndose.

Enrojeció África y se rebulló incómoda en la silla que ocupaba.

—Bueno... es que... todavía no me he acostumbrado.

— ¿Porque hace poco que salís?

—No, no es eso, es que...— parecía estar buscando las palabras sin encontrarlas y terminó por mirar de frente a la otra.

—Bueno, verás. Héctor se lo va a explicar a Noelia el próximo día, así que no creo que le importe que te lo cuente a ti yo. Eso sí, tienes que prometerme que no le dirás nada a ella, porque quiere ser él el primero que se lo aclare.

Se preguntó Miriam a dónde querría ir a parar África, pero se limitó a asegurarle que no le adelantaría a Noelia ni una sola palabra.

—De acuerdo, te prometo que no le diré nada, puedes contármelo.

—Pues es que...— empezó la otra que seguía sin encontrar la forma de expresarse—. Es que Noelia se va a enfadar con él cuando se entere y él la necesita y mucho.

— ¿La necesita? — inquirió Miriam embarullada, sin acabar de coger el hilo de lo que la otra le refería.

—La necesita como abogado. Me preguntó a mí si yo sabía de alguno que fuera de confianza y que supiera lo que se traía entre manos y yo le respondí que sí, que había conocido a una en el cementerio el día del entierro de Sebastián que me había parecido competente, aunque solo había intercambiado tres palabras con ella. Quedamos entonces en que le pediríamos cita para que él pudiera evaluar si la consideraba capacitada para resolver su caso. Es un asunto delicado. Muy delicado.

Había abierto Miriam la boca hasta formar con ella un círculo, pero la volvió a cerrar al comprender el asunto.

—Y entonces le contó a Noelia la batalla de los condes y de su herencia— continuó ella.

—Bueno, sí— admitió África— A mi me pareció una historieta bastante rocambolesca, pero es que Héctor es así, posee una imaginación desbordante. Es una lástima que no escriba novelas de ciencia ficción, porque superaría a Julio Verne que en su época rompió todos los moldes.

—Entonces no es el hijo de un conde ni es tu novio— dedujo Miriam.

—No— reconoció la otra—. No es mi novio. Es un compañero de trabajo.

— ¿Un logopeda?

—Sí, eso es.

—Pues vaya— musitó decepcionada. Lo que más sentía era que no fueran novios ni hubiera entre ellos ninguna relación sentimental. También África parecía sentirlo. Había desviado sus ojos oscuros hacia el trozo de calle que se veía desde la ventana con algo que se asemejaba mucho a la nostalgia. Se preguntó Miriam cómo podría indagar sobre el tema con naturalidad sin que la otra pudiera pensar que era una cotilla.

— ¿Y le conoces desde hace mucho? — le preguntó tanteando cuidadosamente el terreno.

—Pues… pues sí, desde que acabé los estudios y empecé a trabajar.

— ¿Y no salís ni hay nada entre vosotros?

—No, nada.

No sería por falta de ganas de ella, pensó Miriam. Como también África parecía lamentarlo, le pareció oportuno dedicarle algunas alabanzas al chico.

—Le vi solo un segundo, pero me pareció un chico muy guapo.

—No es exactamente guapo— la contradijo África con expresión soñadora—. Es… es distinto. Cuando sonríe es… es como si iluminara el mundo. Y es tan listo y tan capaz… Yo diría que su personalidad es arrolladora.

— Parece muy seguro de sí mismo— convino ella.

Lo consideró África reflexionando sobre ello tras tomar un sorbo de café.

—Bueno, tiene sus carencias como todo ser humano. Ahora no sabe cómo resolver el problema que quiere encomendarle a Noelia y es por naturaleza muy desconfiado. Esa ha sido la causa de que inventara esa patraña del conde y de su herencia. Su padre no es conde, pero sí es muy adinerado.

—O sea, que parcialmente le dijo a ella la verdad— aventuró Miriam.

—Sí, podría decirse que sí.

—Pues menos mal, porque Noelia tiene un carácter bastante fuerte y soporta muy mal que le mientan. Cuando él le diga que el otro conde no es su tío y que su primo no se ahogó en una regata…

—Sí se ahogó— la contradijo África—. Se ahogó, solo que no es su primo ni tiene con Héctor el menor parentesco.

—Aunque se llama igual que él— adujo la otra.

—Sí, pero eso es solamente una casualidad. Antes se llamaban todos los chicos José o Juan y ahora se llaman Héctor, Borja o Daniel. No puedo contarte el asunto sin que Héctor me autorice. De todas formas y como le urge resolverlo, pediremos cita esta tarde a vuestra secretaria y puedes estar presente si lo deseas cuando Noelia nos reciba.

— ¿Vas a venir tú también ese día?

—Sí. Estoy preocupada por lo que les ha ocurrido a esos dos amigos que han muerto, porque estoy segura de que no ha sido accidentalmente y ella puede aconsejarme sobre lo que puedo hacer. También está asustada Carol. Es una chica muy guapa. Siempre lo ha sido, pero últimamente se ha empeñado en creer que está engordando. Yo la veo como siempre, pero se ha apuntado a un gimnasio que, según dice, no es muy caro, y nada todos los días una hora. Me ha llamado, porque quiere enseñármelo para que me anime a ir también. He quedado con ella mañana por la tarde, cuando salga del centro de logopedia y voy a llevarme el bañador.

— ¿Estás engordando? —se extrañó Miriam recorriendo con la mirada la menuda figurilla de la otra.

—No, pero me duele la espalda cuando trabajo durante muchas horas seguidas. Me ha dicho ella que nadar me fortalecería esos músculos—. Volvió a consultar el reloj y se rebulló nerviosamente en la silla—. Tengo que marcharme, pero antes dime. ¿Crees que Noelia se enfadará con Héctor y le mandará a hacer gárgaras por haberle mentido sin dejarle que se explique?

Lo consideró Miriam con sus ojos azules entrecerrados.

—Me temo que sí, que le dirá que se largue a contarle cuentos a quien los quiera escuchar. Es que me parece que se pasó Héctor con la historia del conde y de su herencia. ¿Por qué no le dijo la verdad desde el primer momento? Los abogados tenemos obligación de guardar en secreto lo que nos dicen nuestros clientes.

—Ya te he dicho que Héctor no se fía de nadie. Yo le comprendo. Por esa razón me acompañó como espectador cuando me citó ella. Quería comprobar por sí mismo si era digna de su confianza.

—Y una vez que lo ha comprobado, ¿qué? Noelia no aceptará su caso y hará muy bien. Yo tengo un carácter más suave que el de ella y también me sentaría muy mal lo que ha hecho él si estuviera en su caso, porque pensaría igualmente que Héctor me había querido tomar el pelo. Lo único que puedo hacer en su favor es pedirle a ella que le escuche, que le deje explicarse, pero no puedo garantizarte nada.

—Te lo agradezco— musitó África poniéndose en pie—. Pídele a tu compañera que le dé al menos esa oportunidad. Cuando sepa los motivos de Héctor, creo que lo comprenderá.

— ¿Es una persona famosa? — inquirió con curiosidad Miriam.

—¿Famosa? — repitió África en tono interrogante como si no se le alcanzara el significado exacto de esa palabra.

—Sí. Me comentó ella que la cara de Héctor le sonaba conocida. Que creía haberle visto antes, pero no conseguía recordar donde. No le estará buscando la policía, ¿verdad?

—No, que yo sepa— repuso África, pero su voz le sonó a Miriam poco convincente—. Y ahora me marcho. Voy a pagar en la barra.

—No, no, déjame que te invite.

—Gracias entonces, adiós. Ya nos veremos en tu despacho.

La siguió Miriam con la vista hasta que la otra salió de la cafetería y se alejó por la calle y entonces se acercó a la barra y una vez que pagó el café de las dos se dirigió hacia la oficina, donde saludó a Flor, que la informó de que Noelia ya había regresado, por lo que se acercó a su despacho a hablar con ella. Estaba sentada esta tras su mesa ordenando unos papeles y cuando la vio entrar le sonrió.

— ¿Cómo te ha ido en el juzgado? — le preguntó Miriam.

—Bien. Era una pareja joven que llevaban poco tiempo casada. Dos años escasos.

—Y se han divorciado.

—Sí, de mutuo acuerdo. Últimamente la gente tiene poco aguante. Se han ratificado en el convenio y luego se ha marchado cada uno por su lado.

—Por eso tú no te quieres casar—comentó irónicamente Miriam— ¿Cuánto tiempo llevas viviendo con Alex?

Lo calculó mentalmente Noelia y finalmente se encogió de hombros.

—Poco, llevamos poco. Mi madre sigue empeñada en que fijemos una fecha para la boda, pero no hay ninguna prisa. Quiero estar segura de no arrepentirme después.

— ¿Y por qué habrías de arrepentirte? Alex es un gran tipo, que te entiende a la perfección y que…

—Y al que le hacen gracia mis rabietas, lo que es muy meritorio— la interrumpió Noelia—. Las vísperas de los juicios que temo perder me pongo muy nerviosa y aguanta con santa paciencia las tonterías que ensarto. Como te he dicho, hasta le divierten. A mí también me parece un gran tipo y estoy segura de que le querré toda la vida.

— ¿Entonces…?

Esbozó Noelia un gesto vago con ambas manos.

—No sé. También la pareja de esta mañana pensaría cuando se casaron que su matrimonio duraría toda la vida y mira cómo ha acabado, en un juzgado de familia por el que pasa un montón de fracasos todos los días y delante de un juez que disimulaba cómo podía que estaba muy aburrido. Te cedo la vez. Cásate tú primero y después lo haré yo.

Se echó a reír Miriam y se sentó frente a la otra.

—Supongo que te interesará saber cómo me ha ido en la comisaría. Todo ha salido bien. El comisario se ha limitado a preguntarle a África qué había visto del atropello y luego nos ha despedido muy amablemente. Hemos entrado después en una cafetería a tomar un café.

— ¿Y qué has averiguado?

—Nada. Le he prometido a África que no te lo diría.

Se quedó Noelia mirándola sorprendida con sus grandes ojos oscuros muy abiertos.

— ¿Y eso por qué?

—Porque me lo ha hecho prometer. Me ha dicho que Héctor y ella iban a pedirle a Flor cita contigo y que entonces te lo explicarían los dos.

— ¿Es que se van a casar y me quieren invitar a la boda?

Miriam volvió a reírse.

—Creo que no. Al menos a mí no me ha hablado de que vayan a casarse, pero ya te explicará Héctor su problema. África iba mañana un gimnasio a nadar con una amiga suya que se llama Carol, ¿te suena?

—Sí, Carolina. Es una chica muy vistosa, alta, con el pelo cobrizo y los ojos verdes. La más guapa del grupo que conocí en el cementerio y que eran compañeros de Sebastián.

—Pues por lo visto esa Carolina está preocupada porque cree que está engordando y ha convencido a África para que vaya a nadar una hora con ella por las tardes. Bueno, todavía no la ha convencido. África va a darse un baño mañana en la piscina y si le gusta se apuntará a ese gimnasio.

CAPÍTULO IX

—¿Has cerrado bien todas las puertas? — le preguntó Teresa a Máximo, al tiempo que se metía en la cama y dirigía una temoerosa mirada en torno.

Soplaba un viento helado que se filtraba por las rendijas de las maderas de la ventana del amplio dormitorio y hacía retemblar los cristales. Resonaba en el silencio de la casa como el presagio lúgubre de que algo iba a suceder de un instante a otro. Llevaba Teresa varios días presintiéndolo, aunque no se basaba en ningún hecho concreto. Quizás obedeciera esa impresión a la intuición femenina que poseía ella y de la que Máximo carecía por completo, porque se estaba poniendo él en ese momento el pijama, aparentemente tranquilo, sin percibir lo enrarecido que estaba el ambiente. La sensación de peligro era palpable en opinión de ella, por lo que se arrebujó bajo las mantas, al tiempo que él se dirigía cachazudamente hacia el lecho con el teléfono móvil en la mano.

—Sí, sí las he cerrado— repuso Máximo ahogando un bostezo, sin captar que en la semi oscuridad de la alcoba, iluminada tan solo por las dos lamparitas de las mesillas, las sombras danzaban de un lado para otro invadiendo los rincones de la estancia ni que el aire de la habitación se había tornado denso, cari irrespirable—. Hace una nochecita de cuidado, pero no te preocupes. Además de echar la llave a la puerta principal y a la de la cocina, he conectado la alarma. Nadie podría entrar sin que le oyéramos. ¿De qué tienes miedo?

Se encogió Teresa de hombros sin acertar a explicarse.

—No lo sé. Desde que la Guardia Civil halló el cuerpo de Sebastián y le enterramos, tengo la sensación de que alguien nos vigila. La he sentido a menudo últimamente al salir a la calle, pero también dentro de esta casa. Ayer, al volver del hospital sonó el teléfono tres veces sin que me contestara nadie cuando atendía las llamadas. Solo se oía la respiración entrecortada del que estaba al otro lado de la línea como escuchando. ¿No crees que deberíamos llamar a la policía?

Se sentó Máximo en la cama y mientras se quitaba los calcetines esbozó un gesto de escepticismo.

—¡Bah!, son aprensiones tuyas. ¿Qué podríamos decirle a la policía? ¿Qué ayer nos llamaron por teléfono y que dieron la callada por respuesta cuando descolgamos el aparato? Además, ¿quién nos iba a vigilar?

—Pues no lo sé— reconoció ella— pero he notado también en pequeños detalles que entra alguien en esta casa cuando no estamos. Sabes que soy un poco maniática y que tengo un sentido del orden un poco excesivo.

—Bastante excesivo— rezongó él.

—Como quieras considerarlo— admitió magnánimamente Teresa— pero puedo asegurarte que no lo he imaginado. Por lo menos en dos ocasiones he visto al regresar del hospital que estaban desplazados los sillones de orejas del salón, los que encuadran la chimenea. Yo los dejo antes de irme muy bien colocados. Otro día encontré la toalla del lavabo del baño de la planta baja arrugada en el toallero.

—Imposible que la hubieras dejado tú así— se burló él—. Tú dejas estirada hasta la última arruga de las toallas, de las sábanas… de todo.

—¿Pero quién podría ser ese intruso que se cuela aquí en nuestra ausencia?, se preguntó Teresa, — Quizás el mismo indeseable que se apropió la herencia de Sebastián. Tuvo que ser un muchacho joven para haber podido hacerse pasar por él. ¿Crees que podría tratarse de algún pariente que se le pareciese? ¿Algún hermano o algún primo que viviese en Galicia y hubiese conocido a la difunta, a Concepción Aranda, y se hubiese enterado del contenido de su testamento? No tenemos la menor idea de quién era su familia biológica.

Se introdujo Máximo dentro del lecho boca arriba y mientras se cubría hasta el cuello con la ropa de cama le sonrió con suficiencia.

—No, claro, la ley no lo permite.

—Pues deberían modificarla— decidió ella con énfasis—. Deberíamos poder averiguar quién era esa Concepción Aranda que testó a su favor y cual era su parentesco con Sebastián. Quizás fuera su madre y tuviera otro hijo de una estatura similar y con pinta de extranjero, como Sebastián, el chico hubiera podido pasar por nórdico. De no haber sido tan retraído y tan tímido se le podría haber considerado un muchacho guapo, pero en cuanto abría la boca lo estropeaba. Si el estafador que cobró el dinero fuera algún pariente suyo, podríamos reclamarle a él que nos lo devolviera en lugar de pleitear contra el banco. Tengo entendido que los bancos ganan siempre todos los juicios.

—Siempre no— la contradijo bostezando—. Tienen más medios económicos que los simples mortales, pero no siempre les dan los jueces la razón.

Una ráfaga del vendaval que recorría el jardín se filtró por la ventana aventando las sábanas de la cama y Teresa se encogió sobre sí misma.

—¿Pero no crees que sería posible que hubiera sucedido todo como te estoy diciendo? — insistió para romper con su voz el silencio que reinaba en el dormitorio y no oir el rugido del viento entre los árboles—. Es que tú eres muy tranquilo. Solo piensas en tus pacientes y en las clases que impartes en la facultad de medicina y cuando te escamotean delante de tus narices el dinero que nos pertenece solo se te ocurre ir a ver a una abogado que no tiene ningún interés en interponer esa querella.

—Según Daniela Rivero es muy buena— objetó él apoyando la cabeza en la almohada y estirándose placenteramente cuán largo era.

—¿Y qué te iba a decir Daniela? Cacarea mucho dándose importancia y presume de que todos los que trabajan con ella lo son. Me pregunto por el motivo por el que no nos lleva ella directamente este asunto. Seguramente porque no lo ve muy claro.

—En todos los juicios se corre un riesgo— dictaminó parsimoniosamente él. Fue a añadir algo, pero lo pensó mejor y desistió, aunque un segundo más tarde se decidió a comunicárselo—: No te he dicho nada hasta ahora para no preocuparte, pero he contratado a un detective.

—¿A un detective? — se emocionó ella abriendo desmesuradamente sus ojos castaños, pequeños y un poco juntos—. ¿Cómo en las películas?

—En algunas películas tambien contratan detectives? — admitió él con la condescendencia que solía adoptar con ella, propia de un hombre sesudo con una niña pequeña no demasiado lista— pero existen en la vida real y suelen ser eficaces. Tienes razón en lo que has dicho antes. Esa abogado de la que me ha hablado tan bien Daniela se resiste a interponer la querella contra el banco que abonó indebidamente nuestra herencia a un extraño. La he convencido o eso creo, pero no está de más que hagamos otras averiguaciones por nuestra cuenta.

—¿Y te ha informado de algo nuevo ese detective?

—De no mucho hasta ahora. De que Concepción Aranda era una señora muy acaudalada que vivía en una mansión imponente en Barco de Valdeorras, en la provincia de Orense. Al parecer enviudó muy joven y el matrimonio solo tuvo una hija que se metió monja hace muchos años y que ingresó en el convento de Santa María, aquí en Madrid. La conocemos los dos, aunque como es natural no teníamos ningún motivo para sospechar que la difunta fuera su madre.

—¿Y cómo se llama esa monja?

—Ahora se llama sor Consolación y tendrá unos cincuenta años. Se ocupó de Sebastián cuando era un bebé y probablemente sea pariente del niño. El joven que se hizo pasar por Sebastián en la notaría y en el banco tiene que ser primo suyo, porque doña Concepción Aranda no tuvo otra descendencia directa que su hija.

—Sí, ¿pero todo eso de qué nos sirve?

—Nos sirve para, tirando del hilo, llegar a desenmarañar la madeja. He pensado y el detective lo está también investigando que el joven que nos ha estafado ha podido ser también alguno de los compañeros del instituto de Sebastián. Sabes que era muy distraído y es posible que dejara su mochila en la planta superior cuando bajó al sótano de aquella casa que se incendió. Si la recogió alguno de sus compañeros cuando escaparon del incendio, pudo quedarse con su documentación y utilizarla para hacerse pasar por él al enterarse de que había heredado un importante legado.

Lo consideró Teresa en silencio y luego meneó dubitativamente la cabeza.

—Me parece absurdo que, si se llevó la mochila cuando salió huyendo del fuego, hubiera guardado durante siete años esa documentación. Son demasiados para haberla conservado sin un propósito determinado, porque lo natural sería que nos la hubiera entregado a nosotros junto con el resto de sus pertenencias. Tendría además que haberse teñido el pelo para hacerse pasar por él, porque Sebastián lo tenía casi blanco de lo rubio que era y eso es poco frecuente. Además, todos los chicos varones que participaron en aquella excursión han muerto poco después del entierro de Sebastián, ¿o no?

Lo consideró Máximo con el ceño fruncido y terminó por negarlo.

—No, queda uno. Uno que se llama Andrés. Lo verías ese día en el cementerio.

—Puede que sí, pero no me fijé. ¿Qué aspecto tiene?

—Es muy alto y bastante estilizado, con el pelo y los ojos castaños. Físicamente está bien.

Le envolvió Teresa en una mirada desdeñosa.

—No te estoy preguntando si es guapo o feo. Lo que quiero saber es si podría hacerse pasar por un doble de nuestro hijo.

—Pues... es más alto de lo que era Sebastián— recordó Máximo mesándose pensativamente su ralo cabello y quitándose las gafas para depositarlas sobre la mesilla—. Pero no creo que eso sea un inconveniente. De haber sobrevivido nuestro hijo al incendio probablemente habría seguido creciendo y en cualquier caso ni en la notaría ni en el banco le habían conocido con anterioridad y no sabían cual era su estatura, por lo que darían por buena la del chico que se presentara alegando ser el heredero y acreditándolo con la documentación de él, ¿comprendes?

—¿Y qué ha averiguado el detective de ese tal Andrés?

—Poca cosa. Que vive solo en un piso del barrio de Chamberí, que es químico y que tiene un buen puesto en una empresa de productos de limpieza. No parece por signos externos que haya mejorado de posición económica en los últimos tiempos, lo que probablemente habría hecho de haber cobrado él el legado de Sebastián. Quiero decir que lo probable en ese caso es que se hubiera comprado una casa o un coche de alta gama.

— ¿Y no? — inquirió ella esperanzada.

—Y no— repuso él, ahogando otro bostezo—. Y ahora vamos a dormir, porque mañana tenemos que madrugar los dos.

Apagó la luz de la lamparita que tenía sobre la mesilla y se dio una vuelta en la cama disponiéndose a conciliar el sueño. Teresa hizo lo mismo dándole la espalda. Una heladora racha de viento fue a chocar contra los cristales de la ventana, los sacudió violentamente y giró luego en derredor de la casa con un sonido agudo, que se asemejaba a un quejido. Seguidamente se alejó, agitando los álamos del jardín que gimieron a su paso. Un silencio denso se adueñó después del dormitorio. Le pareció a Teresa que el viento se replegaba sobre sí mismo para recuperar el ímpetu que había perdido y arremeter de nuevo contra todo lo que encontrara a su paso.

Fue solo un instante. Ahora, en las ramas de los árboles empezaron a tintinear las hojas con una cadencia musical, al tiempo que percibía ella el casi inaudible crujido del pavimento del vestíbulo, en la planta baja. Era el levísimo sonido de unas pisadas, que aterrorizada creyó oír amplificado al expandirse por todas las estancias de la casa.

— ¿Qué ha sido eso? — se alarmó incorporándose sobre un codo.

— ¿El qué? — refunfuñó él medio adormilado.

—Eso. He oído pasos abajo. Ha entrado alguien en la casa.

—No seas pesada—protestó Máximo tapándose la cabeza con la almohada—. Eres tan miedosa que crees ver visiones por todas partes. Ya te he dicho que he cerrado con llave las dos puertas y que he conectado la alarma. La tarima del pavimento chirría como todas las tarimas por la carcoma o por lo que sea aunque no la pise nadie, así que duérmete y déjame dormir.

Se había dado él la vuelta en la cama y Teresa intentó hacer lo mismo en sentido contrario, para convencerse a sí misma de que lo había imaginado, pero no tardó en sentarse en el lecho aguzando el oído. Los peldaños de la escalera también eran de madera y había creído apreciar el sonido de unos pasos que subían. Se quedó estática, inmóvil como una estatua, y con los ojos muy abiertos. ¿Quién podía ser?, se preguntó. ¿El mismo que estaba liquidando uno tras otro a los compañeros de Sebastián que participaron con él en aquella excursión? ¿O sería el propio Sebastián que había regresado del más allá para vengarse de todos los que se habían burlado de él mientras vivió?

Aunque no gozaba de una inteligencia especialmente aguda, era capaz de reconocer que no se había comportado como una buena madre con el chico. Se había dado cuenta al poco de adoptarle que no le gustaban los niños ni soportaba la atadura que suponían. El mismo día en el que el crío había llegado a su casa le hubiera devuelto a las monjas, que incomprensiblemente estaba locas con él. Sobre todo, a sor Consolación, que le adoraba y con la que el chiquillo no enganchaba las rabietas con las que les atronaba los oídos a Máximo y a ella desde el mismo momento en el que pisó su casa. Aunque el bebé no levantaba dos palmos del suelo, parecía ser capaz de captar los sentimientos de rechazo que provocaba en ella y en Máximo y de reaccionar acorde contra esos sentimientos llorando, haciéndose encima sus necesidades y… y en una palabra, fastidiando todo lo que podía y estaba a su alcance. Y las cosas no fueron mejorando conforme fue creciendo. Por esa razón se había sentido tan culpable cuando tuvo conocimiento de que había muerto en el incendio de aquella casa abandonada. Culpable y al mismo tiempo liberada. Quizás si el niño hubiera sido un hijo suyo, un hijo de verdad, no se hubiera comportado con Sebastián de la misma manera, porque sabía que había sido cruel con él. No solo le había tratado con despego, sin una sola muestra de cariño. Le había recordado al chico día tras día que era adoptado y que Máximo y ella le habían recogido del convento de Santa María porque sus padres biológicos le habían abandonado al poco de nacer. Y que le habían abandonado porque no le querían. Se lo decía sin una intencionalidad clara, sin reflexionar sobre si podría dolerle. Constituía más bien un desahogo de su propia frustración, por el mismo motivo que se reía de él cuando tartamudeaba, pero ahora, al cabo de los años podía reconocer que le había hecho mucho daño.

¿Sería él el que seguía subiendo la escalera y no tardaría más que unos pocos segundos en llegar al dormitorio?

Máximo roncaba ya, ajeno por completo a lo que sucedía a su alrededor, por lo que le tapó la boca con la mano y le zarandeó.

—¿Qué pasa? — le preguntó despavorido incorporándose.

—Chist, calla— le susurró—. Sube alguien por la escalera.

Aguzó Máximo el oído y al comprobar que era cierto salió de un salto de la cama, mientras ella le imitaba y apresuradamente se ponía la bata de felpa guateada para retroceder luego hasta la ventana, que era el lugar más alejado de la puerta, con ambas manos sobre la boca para no gritar. Los dos permanecieron luego inmóviles, escuchando. El viento aullaba fuera y recorría el jardín zarandeándolo todo a su paso. No se oía en ese instante ningún otro sonido, pero como si gozara de un sexto sentido captó ella la cercanía de ese extraño y hasta fue capaz de ubicar el sentido de sus pisadas. Se había detenido al alcanzar el rellano de la escalera y avanzaba ahora hacia el que había sido el dormitorio de Sebastián. La tarima crujió bajo sus pasos al aproximarse más y abrió ella desmesuradamente los ojos, incapaz de realizar otro movimiento.

La puerta de una habitación cercana chirrió levemente al abrirse. Hacía tiempo que nadie entraba en ese cuarto. Con la persiana bajada y el radiador de la calefacción desconectado, había sido arrumbado junto con el lejano recuerdo del chico que lo había ocupado. Ni siquiera la señora de la limpieza entraba en ese dormitorio. Algunos objetos que le habían pertenecido seguían dentro, sobre la cómoda, porque los parientes y los amigos podían extrañarse de que no los conservaran para mantener viva la memoria del chiquillo que había pasado a mejor vida. El intruso buscaba algo en esa estancia, pero a oscuras no debió conseguir orientarse, porque el sonido de su cuerpo al chocar contra la cama resonó como un estallido que se sobrepuso al ulular del vendaval.

Lo vio Teresa en su imaginación como una sombra borrosa que se perfilaba a duras penas entre las sombras y que tenía un semblante cadavérico, el de Sebastián, que regresaba del más allá para recuperar su dormitorio. ¿Se habría acostado en el lecho, boca arriba, con aquellos ojos tan azules clavados en el techo? Quizás se incorporara lentamente, como los zombis en las películas, si Máximo y ella entraran en la habitación contigua para comprobar si era él el que había allanado la vivienda.

Creyó que por el pánico que sentía se le detendría el corazón, pero continuó golpeteándole incesantemente dentro del pecho, cada vez más acelerado como si el miedo se lo hubiera descompuesto. Máximo, por el contrario, se abalanzó sobre el conmutador de la lamparita de la mesilla de noche para encender la luz y coger a continuación su móvil para llamar a la policía y pedirle que acudiera inmediatamente a su casa porque había entrado un ladrón. Luego se puso en pie y gritó estentóreamente:

— ¿Quién anda ahí?

Quienquiera que fuese se detuvo en la habitación vecina. Sus pasos retrocedieron para salir al pasillo y alejarse, rechinando levemente sobre la tarima del pavimento.

Las pisadas sonaban ahora en la escalera, por lo que, envalentonado, se lanzó Máximo en su persecución cogiendo al pasar el florero que, sin flores y sin agua, estaba sobre la cómoda. Salió al corredor blandiéndolo en lo alto y Teresa se atrevió a seguirle tratando de controlar el castañeteo de sus dientes. Desde el umbral vio a su marido correr hacia la barandilla de hierro forjado que cercaba el rellano de la planta superior y desde la que se veía el vestíbulo. Había encendido Máximo al pasar todas las luces y asido a esa baranda intentaba atisbar lo que pudiera haber a sus pies y al intruso que debería estar cruzándolo en ese momento para alcanzar la puerta de la casa y salir al jardín.

Corrió también ella a reunirse con él en ese lugar y también trató de distinguir en la habitación que tenía a sus pies a la persona que debía de estar huyendo, pero no vio a nadie. Máximo se lanzaba ya escaleras abajo con el florero en alto y Teresa le imitó. La puerta de la casa estaba entreabierta, lo comprobaron los dos, pero la alarma continuaba conectada.

Se dirigieron ahora al salón. El vendaval que penetraba a través de la rendija del portón había volcado el tiesto que adornaba la mesita que se hallaba delante del sofá. O quizás hubiera sido el asaltante al huir. El helecho que cuidaba ella y que regaba todos los días estaba ahora en el suelo, con la planta pisoteada y la tierra esparcida en derredor sobre la alfombra. Se agachó Teresa con la intención de enmendar el estropicio, pensando que debería buscar una escoba y un recogedor, pero vio algo en el suelo que brillaba y lo cogió haciéndolo girar entre sus dedos. Era un mechero dorado que imitaba la forma del timón de un barco.

—Máximo— le llamó casi sin voz—. Es el mechero de él, de Sebastián. Ha sido él el que ha venido esta noche a recuperar su dormitorio. Está vivo.

Se volvió su marido al oírla y bajó la mirada hacia el objeto que tenía Teresa en la mano. Luego frunció luego el ceño y murmuró:

—No está tan claro, querida. Puede haber sido también el chico que cobró el dinero de la herencia, Puede que se quedara con ese mechero, además de con su documentación. De esto ni una palabra a nadie, ¿está claro?

CAPÍTULO X

Con un par de brazadas más Carol alcanzó la escalerilla de la piscina y se asió a ésta con ambas manos para recuperar el aliento. Su bonita melena le chorreaba sobre el rostro y se la apartó volviéndose hacia África que se le acercaba nadando y que cuando llegó junto a ella, se colgó de la misma barandilla.

Aún era de día, pero a través del techo de cristal se veía un cielo negro, como si fuera ya noche cerrada. En invierno anochecía pronto y hacía tiempo que el último bañista había salido del agua y se había marchado. Sin sol que a la caída de la tarde les caldease la piel cuando salían del agua, la mayoría de los que asiduamente acudían a la piscina se limitaban a cruzarla de extremo a extremo un par de veces y a salirse luego para envolverse en el albornoz y vestirse seguidamente en el vestuario, pero el caso de Carol era distinto. Quería perder los molestos michelines que habían engrosado últimamente su cintura, pese a que solo comía lo indispensable. Quería recuperar la esbelta silueta juvenil de sus dieciocho años, que, incomprensiblemente en su opinión, se le había ido redondeando. Por ese motivo nadaba y nadaba hasta la extenuación todos los días, pero no notaba que ese ejercicio surtiese el efecto apetecido. Cuando la sintió a su lado, se lo preguntó a África, que sí mantenía su figura aniñada sin que al parecer le supusiese ningún sacrificio.

— ¿Me ves más gorda? Me peso todas las mañanas en el cuarto de baño en cuanto me levanto y la báscula de mi casa no lo acusa, pero la ropa me está cada vez más estrecha.

Giró la cabeza la otra hacia el vigilante que permanecía sentado en una esquina con la cabeza recostada en el respaldo de la tumbona y al contestarle bajó la voz para que el hombre no la oyera.

— ¡Bah!, son manías tuyas— replicó la chica con sinceridad, tras recorrer con la mirada la estilizada figura de la joven, entreverada entre el agua azulada de la piscina. Llevaba Carol un bikini del mismo color y seguía siendo una chica espigada, con una abundante mata de pelo de color cobrizo y unos claros ojos verdes. No se había decidido a ir a la universidad al dejar el instituto, pero su físico le había ayudado mucho a salir adelante y desempeñaba por esa razón un puesto de relaciones públicas en un hotel de cinco estrellas, ya que a los huéspedes les parecía agradable contar con los servicios de una chica tan guapa y solía ser muy bien valorada por éstos en la encuesta que la mayoría encontraba en su habitación y que realizaba antes de marcharse del establecimiento.

—Es que en mi caso mi aspecto físico es muy importante—le aclaró preocupada.

Pensó África que siempre lo había sido y le extrañó que fuera tan plenamente consciente de que esa circunstancia la había ayudado tanto, porque no la consideraba demasiado lista. Al menos durante los años en los que habían sido compañeras de estudios no lo había demostrado. Acostumbraba a aprobar el curso porque los profesores tenían con ella una benevolencia especial y fingían no ver que copiaba en los exámenes. Después había sido la primera en obtener un puesto de trabajo bien remunerado porque era sumamente decorativa, no por su cultura ni por su eficiencia. Había pensado a menudo África en sus años de estudiante que era injusto, pero en ese momento decidió que no la envidiaba en absoluto. Ella no engordaba con facilidad, pero, de haber aumentado ostensiblemente de peso, la consideración que se había ganado a pulso en el centro en el que trabajaba hubiera sido la misma. Se la valoraba por su mente, no por su aspecto, que era atractivo, aunque su estatura fuese algo reducida. Sabía que no hubiera podido aspirar a ser una estrella de cine ni una modelo de alta costura, pero tampoco lo había pretendido. Sin ser una lumbrera como María, se consideraba inteligente y razonablemente atractiva, por lo que estaba satisfecha consigo misma. Parcialmente satisfecha al menos. Le faltaba que alguien que tenía cerca se fijase en ella, pero esperaba conseguirlo con el tiempo. Consecuentemente esbozó un gesto con el que le quitaba importancia a lo que a Carol tanto le inquietaba.

—No debes obsesionarte con tu físico, al que por otra parte no le sucede nada. Sigues estando en forma.

— ¿Me lo dices de verdad?

—Por supuesto que sí.

—Es que estoy pasando una mala temporada— le comunicó la otra volviéndose de espaldas a la escalerilla y con los ojos fijos en el agua que a esas horas se veía oscura, surcada tan solo por el reflejo de las luminarias de las paredes de la nave que culebreaban plateadas —. Nos están ocurriendo tantas cosas...

— ¿Te refieres a la muerte de Toño y de Jorge?

—Sí. Tengo la sensación de que con ellos no se ha acabado esto.

— ¿Qué quieres decir?

La envolvió Carol en una angustiosa mirada.

—No sé. A veces pienso que esto no ha hecho más que empezar. Que Toño ha sido el primero, pero que Jorge no será el último. Temo que vayamos desfilando uno tras otro.

Analizó África su bonito rostro. Una sombra de ansiedad distorsionaba sus facciones y denotaba claramente el miedo que sentía.

— ¿Y por qué se te ha ocurrido esa tontería?

—No es una tontería. Puede que Toño se cayera a la vía, porque se mareara o porque el gentío le empujara sin querer. Yo no estaba allí y no puedo por tanto analizar cómo pasó, pero cuando el coche atropelló a Jorge acababa de salir del portal de la casa de María. Recordarás que lloviznaba, por lo que Andrés, Lorena y yo nos detuvimos un instante para abrir nuestros paraguas resguardándonos mientras tanto de la lluvia bajo la cornisa de la terraza del primer piso del edificio.

—Sí, ¿y qué?

—Que en la calle no había nadie, solo Jorge, que, en lugar de caminar hasta el paso de peatones como todas las personas responsables, cruzó la calzada por un lugar no permitido, porque no venía ningún automóvil en ese momento. Tampoco el tuyo. Sin duda habrías arrancado unos minutos antes y habrías doblado la esquina de esa calle antes de que saliéramos nosotros. Y de pronto se puso en movimiento uno que estaba aparcado junto a la acera con los faros apagados y que se le echó encima. No fue un atropello casual, fue premeditado.

África se la quedó mirando sin acertar a reaccionar.

— ¿Estás segura?

—Sí. Cuando el Opel pasó por encima de Jorge, se largó a toda velocidad y desapareció de nuestra vista al doblar la misma esquina por la que supongo que habías doblado tú. Pasaría como una exhalación por tu lado, adelantándote. ¿No lo viste? Andrés echó a correr hacia el cuerpo de Jorge caído en el suelo y yo también corrí detrás de él, aunque como llevaba zapatos de tacón alto tardé unos segundos más en alcanzarle. Andrés lo levantó en brazos y lo llevó hasta su coche que estaba aparcado cerca. Lorena y yo nos miramos preguntándonos qué deberíamos hacer y después echamos a correr también hacia nuestros respectivos coches, pero yo antes recogí una cosa del suelo, el móvil de Jorge. Y seguí a Lorena con él en la mano. Debería entregárselo a sus padres, ¿verdad?

Asintió África sin necesidad de detenerse a reflexionar sobre ello.

—Por supuesto. ¿Por qué no lo hiciste en el entierro?

—Porque... porque en ese móvil está la foto que Jorge le hizo a Sebastián aquella tarde en que se quemó la casa abandonada. La que demuestra que el cadáver calcinado que está enterrado en el cementerio no era el de aquel pobre chico. No llevaba ese día la medalla de plata al cuello con la que le encontró la Guardia Civil, por lo que es evidente que ese esqueleto no era el de Sebastián. Por eso no sé qué debo hacer. Si entregárselo a los padres de Jorge o a los de Sebastián. O a la policía— terminó con un susurro—. ¿Qué opinas tú?

—No lo sé. Si estuviera en tu caso, se lo devolvería a los padres de Jorge para que ellos hablaran con los de Sebastián.

—Sí ¿pero no crees que para éstos sería un golpe demasiado duro? ¿Esa foto demuestra que fue Sebastián el que quiso fingir su propia muerte para...? No sé para qué. Para desaparecer de la casa de sus padres y quizás también para perdernos a todos de vista, porque ahora me doy cuenta de que nos portamos muy mal con él. No recuerdo que yo le lanzara nunca directamente una puya, pero sí me reía cuando lo hacían los demás y el resto del tiempo le ignoraba. Me parecía un chico patético, tan rubio, tan delgaducho, tan poca cosa... Y encima tartamudeaba cada vez que abría la boca. ¿Crees tú que se puede volver del más allá?

— ¿Después de muerto? No, no lo creo. Pero te estás contradiciendo. Si fingió Sebastián su muerte para librarse de todos nosotros, no tiene por qué volver del más allá. Simplemente estaría vivo. Igual que tú y que yo.

—Sí— musitó Carol pensativa— No sé, porque nunca hablé con él, si era una persona vengativa. ¿Qué crees tú?

Hizo un esfuerzo África por retroceder al pasado con la mente y rememorar las escasas conversaciones que había mantenido con el muchacho. Ni siquiera podían calificarse de conversaciones. Se había limitado ella a tratar de animarle cuando le veía hundido y a escuchar los monosílabos con los que le contestaba él.

—No lo sé, ¿pero es que estás pensando que ha sido Sebastián el que simulando un accidente se ha cargado a Toño y a Jorge? Eso es un disparate. Él nunca haría una cosa así. Yo creo más bien que, en el caso de que efectivamente hubiera simulado su muerte y reapareciera ahora para que le fuera adjudicada la herencia de esa señora gallega, se limitaría a ignorarnos a todos. Tenía alma de ermitaño, así que de ser ciertas tus elucubraciones, creo que se marcharía a una isla donde no le conociera nadie y allí escribiría un best seller.

La había escuchado Carol con sus claros ojos verdes muy abiertos.

— ¿Es que escribía bien?

—Creo recordar que sí.

El semblante de la otra reflejó las dudas que experimentaba.

—Me parece absurdo lo que dices. Fingir tu propia muerte es complicado, pero si fue lo que pasó y ha regresado ahora al mundo de los vivos puede que quiera aprovechar para resolver una asignatura pendiente.

— ¿Qué asignatura?

—La nuestra. Puede que quiera hacernos pagar por lo que le hicimos. He averiguado que le faltaban solamente unos días para cumplir los dieciocho. Probablemente se aprovechó de la circunstancia de que Toño incendió la casa para poner punto final a la vida que llevaba, que no debía ser fácil de soportar, y puede que ahora haya reaparecido al cabo de los años para llevar a cabo su macabra venganza, ¿no lo crees? A Toño se lo cargó el primero, porque se ensañó con él de mala manera y después a Jorge que le reía las gracias y se las coreaba. La que mejor te portaste con él fuiste tú, así que probablemente serás la última en desfilar.

Reprimió África un estremecimiento.

—Me parece una tontería lo que estás diciendo. Si las muertes de Toño y de Jorge obedecieran a una venganza, no habría esperado Sebastián siete años para ponerla en práctica. Después de tanto tiempo debe de ser difícil conservar incólume ese rencor. Además, ¿dónde se habría metido durante todo ese tiempo?

—No lo sé— reconoció la otra con un atemorizado suspiro.

—Tú además no te reías de él— le recordó África.

—No— admitió Carol—. Simplemente le ignoraba como si no existiera. Nunca bailé con Sebastián en las fiestas del instituto ni traté de ayudarle cuando los demás se burlaban de su dificultad para expresarse. Como te he dicho antes, le consideraba un ser patético y creo que no lo disimulaba. Lorena me dijo el otro día…

Enmudeció sin acabar la frase, por lo que África la animó a continuar.

— ¿Qué te dijo?

—Que creía haberle visto en el cementerio la mañana de su entierro. Dice que estaba a cierta distancia mirando fijamente a la abogado de sus padres.

— ¿A Noelia?

—Sí y que cuando ésta se dio cuenta desapareció detrás de un árbol.

— ¿Y por qué había de interesarle precisamente esa chica? — objetó África con sorna—. Que yo sepa, nunca le ha hecho nada ni se ha reído de él, así que no hay motivo alguno para que se la quiera cargar también.

—Creo que sus padres le han encargado a esa abogado que estudie el modo de querellarse contra el banco por haberle abonado el depósito de dinero que dejó esa tal Concepción Aranda a una persona legalmente muerta. O sea, a Sebastián. Fuimos a su entierro y en el Registro Civil consta su certificado de defunción. El banco debería de haber andado más espabilado.

— ¿Y haber detectado que el chico que se presentó a hacer efectiva la herencia de Sebastián era un zombi?

—Si te lo tomas a broma…— empezó a protestar Carol.

—No, pero creo que deberíamos salir del agua y marcharnos ya. Deben de estar a punto de cerrar el gimnasio.

—Sí, siempre soy yo la última que se va. El vigilante me llama al orden todos los días.

Volvió África a mirarle disimuladamente.

—Pues vámonos antes de que se enfade con nosotras.

—No, espera— le pidió Carol reteniéndola por un brazo con una mano helada que sacó del agua—. He estado estos días intentando recordar lo que pasó la noche que atropellaron a Jorge y analizando todos los detalles y hay algo que no me cuadra.

— ¿Qué es lo que no te cuadra?

— ¿Por qué volviste corriendo al lugar donde yacía Jorge, cuando aquel coche se le echó encima? Tú no pudiste ver el atropello, porque también tu Opel había doblado la esquina de esa calle segundos antes y sin embargo regresaste. Distinguirías en cambio al coche que le arrolló cuando al darse a la fuga pasara por tu lado y se perdiera luego como una exhalación. ¿Por qué volviste? ¿Tuviste una premonición?

Pestañeó confusa la otra.

—Lo vi todo por el espejo retrovisor.

—No, eso no pudo ser. Lo he pensado y desde el lugar en el que te hallabas cuando sucedió no pudiste verlo. ¿Se lo has dicho a la policía cuando te han llamado para interrogarte sobre lo que sabías?

—He contestado a todas sus preguntas, sí— replicó África— El comisario ha estado muy amable conmigo y me ha dicho que no cree que vuelva a necesitar molestarme. ¿Te han llamado a ti ya?

No le contestó Carol de momento. Tenía el ceño fruncido como si estuviera barajando algo en su mente que no acababa de entender.

—Sí, he ido a la comisaría esta mañana y les he aclarado lo que hicimos Andrés, Lorena y yo, pero…

— ¿Pero qué?

—Que creo que mi obligación es volver a esa comisaría para puntualizar esos detalles en los que no ha había caído. Iré mañana por la mañana si el director del hotel me lo permite.

— ¿Y qué les vas a decir? ¿Que volví a auxiliar a Jorge, aunque no pude ver el accidente? — se enfadó la otra—. Es obvio que si no lo hubiera visto no habría regresado. ¿Por qué habría de haberlo hecho?

—No lo sé— reconoció Carol—. Es lo que me estoy preguntando.

—Tenemos que marcharnos, chica— se impacientó África— Te repito que ya es muy tarde.

Nadó seguidamente la chica con largas brazadas hasta el otro extremo de la piscina y en cuanto salió del agua utilizando la escalerilla se envolvió en su toalla. Su ropa estaba colgada en el vestuario y antes de dirigirse hacia ese lugar para vestirse se volvió hacia Carol que no parecía dispuesta a imitarla y buceaba ahora con todo el cuerpo sumergido en el agua. Se encogió de hombros al comprobar que la otra seguía ignorando sus indicaciones y salió de la nave cerrando después la puerta a su espalda.

Al llegar al otro extremo de la piscina sacó Carol la cabeza del agua e inspiró oxígeno. Debería dejar por ese día el extenuante ejercicio e imitar a África antes de que el encargado le llamase la atención. Nada más marcharse África había oído el crujido de la tumbona al levantarse éste y ahora había percibido el leve sonido de la puerta de la nave al abrirse. Sin duda sería él quien, como todas las tardes, habría vuelto para ordenarle que cumpliese con el horario. A veces hasta se había enfadado con ella, a lo que no estaba acostumbrada, porque los hombres solían tolerar todos sus caprichos. Los desarmaba con un mohín pícaro, pero a ese hombre no parecían hacerle el mismo efecto que a los demás. Los goznes de la puerta de la nave debían de estar mal engrasados porque chirriaban levemente en el absoluto silencio que envolvía el recinto de la piscina. Ahora esa puerta había terminado de abrirse. Se dio cuenta por el sonido, porque esa zona quedaba en sombras a esas horas y solo logró distinguir una silueta que acababa de entrar y que se difuminaba en la oscuridad. Se había aproximado al borde del agua y se había detenido allí sin decir palabra.

—Ya sé que es tarde— le dijo ella a modo de disculpa—. Salgo ahora mismo para que usted pueda cerrar.

Nadó sin prisas en su dirección. Se asemejaba a una sirena a la que las mortecinas luces de los apliques de las paredes arrancaban reflejos dorados de su empapada melena. Con dos brazadas más alcanzó la escalerilla e hizo intención de empezar a subir por ella, pero no llegó a ascender más de un peldaño. De improviso la silueta borrosa fue tomando forma y sus contornos perfilándose en la negrura que la envolvía. Se había puesto de rodillas sobre el pavimento de gresite junto a ella y con las dos manos la obligó a descender ese peldaño y a sumergir su cabeza bajo el agua. Carol se resistió, intentando salir de nuevo a la superficie, arañó esas manos sintiendo que le faltaba el aire y finalmente se perdió en un espacio oscuro para terminar abismándose en la nada.

*   *   *

Al día siguiente había llamado África a Noelia para comunicarle lo que le había sucedido a Carol el día anterior. Al parecer la había encontrado ahogada y entre dos aguas el encargado de la piscina, minutos antes de abrirla al público, con una cadena de plata, de la que colgaba una medalla deformada del mismo metal enganchada en el tirante del bikini. Debía de haber tenido lugar el suceso la noche anterior, pero cuando el hombre había entrado en la nave a echar una última ojeada y a apagar las luces no la había visto. Había llamado al Samur, que había acudido inmediatamente, pero que no había podido hacer nada por ella. África había intentado localizar a su madre que, tras su reciente divorcio, había contraído un nuevo matrimonio y estaba de viaje. Por esa razón fue la chica quien se ocupó de avisar a sus parientes y a sus compañeros de instituto, así como de organizar todo lo referente al sepelio de Carol que no podría tener lugar hasta que se le practicara la autopsia.

Consiguientemente, Héctor se había presentado solo en el bufete y, después de observarle y admirar su porte con disimulo, Flor le había hecho pasar a la sala de espera para comunicarle su llegada a Noelia por el teléfono interior. Ésta acababa de despedir a la señora de las alhajas que, como siempre, le había contado una historia interminable sobre los desperfectos que el contratista le había ocasionado en su casa al hacerle la reforma, y le pidió a la secretaria que le hiciese pasar a su despacho. Como acostumbraba, le precedió Flor por el pasillo y le abrió la puerta para permitirle el paso, retirándose después, y él entró, impecablemente vestido como la vez anterior, pero con el semblante ensombrecido.

—África no ha podido acompañarme— empezó a decirle a Noelia en cuanto tomó asiento frente a ella—. No sé si se ha enterado de lo que le ha sucedido a una amiga suya con la que estuvo nadando ayer en la piscina de un gimnasio. Debió de ahogarse mientras África se cambiaba de ropa en el vestuario, porque el forense ha dictaminado esta mañana por el estado del cuerpo que llevaba más de doce horas muerta. África no se perdona haberla dejado sola y haberse marchado sin esperarla. Se le había hecho muy tarde y su amiga se resistía a salir de la piscina.

Arqueó Noelia las cejas sorprendida.

— ¿La que ha muerto es una chica alta, guapa, con el cabello rojizo que se llamaba Carol?

—Sí, África me ha dicho que se llamaba así y que habían sido compañeras en el instituto. Me ha dicho también que Carol era la tercera, pero estaba tan nerviosa cuando me ha llamado y se explicaba tan mal que no sé qué ha querido decirme con eso.

Pasó Noelia una mano por su frente mientras contaba mentalmente el número de las muertes de los amigos que se habían ido produciendo desde que había tenido lugar el entierro de Sebastián. De los ocho amigos que habían participado en aquella excursión al rio Alberche siete años antes solo quedaban cuatro.

— ¿Y se sabe cómo ha ocurrido? — le preguntó a su interlocutor, que también parecía estar afectado por la noticia.

—Aún no le han practicado la autopsia— repuso lacónicamente éste— pero parece claro que murió ahogada. Quizás sufrió un mareo cuando estaba sola en la piscina, porque África me ha dicho que era una buena nadadora.

—La llamaré luego— le comentó Noelia preocupada. Tres accidentes casuales parecían muchos para haber tenido lugar en tan escaso período de tiempo. Héctor la miraba serio, como si estuviera adivinando su proceso mental y con un esfuerzo regresó ella a su presente para preguntarle—: ¿Me trae algo nuevo que pueda ayudarnos a resolver el asunto que quiere encargarme?

Carraspeó él, bajó luego la mirada hacia sus bien planchados pantalones y volvió a carraspear. Estaba claro que no sabía por dónde empezar a explicarse.

—Verá. Yo quería en primer lugar disculparme por haber recurrido a una añagaza tan estúpida. No sé cómo se me ocurrió semejante tontería, pero tengo que aclararle en mi favor que soy sumamente desconfiado.

Volvió Noelia a arquear las cejas sin apartar los ojos de él. Parecía abochornado, lo que no parecía concordar con la seguridad con la que solía comportarse.

—De acuerdo. Es usted muy desconfiado y ha recurrido a una añagaza. ¿De qué me está hablando?

—De la historieta que le conté el otro día. África me había hablado de usted y yo necesitaba urgentemente un abogado, pero quería asegurarme de que además de tratarse de una persona competente, era responsable y consciente de su deber de guardar el secreto profesional, por lo que no denunciaría a las autoridades lo que le contara.

—Porque usted no se fía de los abogados.

Sonrió ahora él con aquella sonrisa tan particular, tan diferente, con la que atraía las miradas de todos los presentes.

—Tampoco de los abogados en general, en lo que no la incluyo a usted. Se trata de un asunto muy delicado.

Se preguntó Noelia si creería aquel joven que tenía enfrente que sus clientes venían a encomendarle asuntos sin trascendencia. Había oído de sus labios las cuestiones más variopintas y dudaba que hubiera algo nuevo que vinieran a referirle y que pudiera sorprenderla ya.

—No se preocupe por eso. Tengo la suficiente experiencia como para no asustarme por nada de lo que pueda decirme— replicó condescendientemente—. ¿Qué le ocurre? ¿Le está buscando la Interpol por haber montado una red internacional de tráfico de drogas? ¿Se dedica al trato de blancas o, mejor dicho, al de negras, porque últimamente la mayor parte de los clanes mafiosos las prefieren africanas para esa actividad? ¿O...?

Negó él con la cabeza y una chispita de diversión brilló en sus ojos negrísimos al interrumpirla, antes de que pudiera seguir especulando sobre los posibles delitos de que pudiera ser autor.

—No, pero no es cierto lo que le comenté el otro día. África no es mi novia y no soy hijo de un conde.

En el atractivo semblante de Noelia fue pintándose una expresión de incredulidad conforme le oía expresarse.

— ¿Y tampoco su padre, el conde, le iba a desheredar ni deseaba que le fueran adjudicados los bienes que dejó su madre al morir?

—No, tampoco.

—O sea, que vino a contarme un cuento.

—Algo así— reconoció él con expresión contrita.

— ¿Y cree usted que tengo tiempo yo de escuchar cuentos de condes y de duques? — farfulló irritada levantando la voz—. Hace tiempo ya que leí el de Caperucita y me sé de memoria el de La Bella Durmiente. Comprendo que usted que debe de tener una posición desahogada y probablemente mucho tiempo libre, pueda perderlo con simplezas, pero no es mi caso. No admito que nadie me tome el pelo. Tengo muchísimo trabajo, le recibí en cuanto me lo pidió en atención a África, a Lorena y a todas esas chicas que conocieron a Sebastián Armada, porque creí que usted tendría algo que ver con él y que podría ayudarme a aclarar lo que sucedió, pero, si no es así, lo mejor que puede hacer es marcharse ahora mismo.

Parpadeó él y su bronceado semblante palideció ostensiblemente.

—Le he pedido ya que me disculpe y le repito que lo siento. Si me deja que me explique, lo comprenderá.

— ¿Que se explique? — rugió furibunda—. ¿Qué cuento me quiere contar ahora? ¿El de la Cenicienta? Lo siento, pero no tengo tiempo ni ganas de oírle una sola palabra más. Hay cientos de abogados en Madrid que estarán encantados de resolverle el problema y a los que podrá referirle usted todas las tonterías que se le ocurran. Y ahora, si me hace el favor, le agradecería que se fuera.

Respingó imperceptiblemente Héctor en su butaca como si le hubieran abofeteado.

— ¿No va a permitirme que se lo aclare? Solo le pido eso, que me escuche. Después usted decidirá si se hace cargo de mi caso o si me despide definitivamente. Usted me inspira confianza, lo que en mí es muy infrecuente.

—Pues no sabe cómo lo siento— tronó ella—. A mí usted no me inspira ninguna. ¿Se va o llamo a la secretaria para que le acompañe hasta la puerta?

Se levantó él de la butaca y permaneció unos segundos asido a su respaldo como si aún esperara que ella cambiara de opinión. Cuando se convenció de que sus ojos relampagueaban al mirarle, se dirigió hacia la puerta y allí, asido al picaporte se volvió durante un último segundo. Después salió al pasillo cerrándola cuidadosamente.

Con un resoplido se preguntó ella si no debería haberle dejado hablar. Su madre le había repetido desde niña que debía controlar su carácter, que era demasiado irascible, y que debería ser más condescendiente con las debilidades de los demás, pero en su opinión la conducta de Héctor no podía calificarse precisamente de debilidad, sino que había demostrado poseer una cara dura impresionante. Probablemente estaba acostumbrado a desarmar con su sonrisa a todos los que le rodeaban y por esa razón había creído que podría contarle a ella la historieta que había inventado adornándola con condes, duques y otras personas de la nobleza, pero estaba muy equivocado. Y no entraba en sus cálculos mejorar de carácter. Le iba muy bien con el que había nacido y con el que había llegado a cumplir treinta y un años.

Lo comentó con Miriam cuando esta entró en su despacho poco después. En pie a su lado, la chica la escuchó en silencio y meneó luego desaprobadoramente la cabeza.

—Deberías haberle dejado que te expusiera el motivo. Si te ha dicho que su caso es muy delicado es natural que haya querido asegurarse de que estás a la altura de podérselo resolver.

—Y también es natural que yo no esté dispuesta a dejar que me evalúen mis posibles clientes antes de encargarme que defienda sus intereses— se enfadó ella—. Soy joven, pero no por esa razón puede la gente permitirse el lujo de poner en tela de juicio mi competencia. Si lo que quieren es un abogado sesudo que pase de los cincuenta, que lo busquen

—Bueno, bueno, tranquilízate— le recomendó la otra.

—Sé que tengo mucho genio— reconoció ella— Pero es que además estoy desazonada, aunque no sé exactamente por qué. Desde que los padres de Sebastián me plantearon el tema de la desaparición de su hijo, tengo la sensación de que algo que se me escapa me está envolviendo sin que yo me dé cuenta.

— ¿Algo? — repitió Miriam en tono interrogante—. ¿Algo cómo qué?

—No lo sé, pero me siento desbordada por los acontecimientos y... y por todo. Estoy estudiando la posibilidad de interponer una querella contra el banco que le abonó a un extraño el depósito del legado que debía ser satisfecho a mis clientes y no se me ocurre como fundamentarlo porque estoy segura de que el tribunal va a pedir la exhumación del cuerpo del chico y para los padres va a ser muy duro.

—Pues que renuncien a ese legado — replicó Miriam con lo que consideraba de una lógica aplastante— que dejen las cosas como están.

Noelia no pareció oírla. Con la mejilla apoyada en una de sus manos continuó hablando en voz alta, pero como si lo hiciera consigo misma.

—Y luego está el asunto de esos chicos, de los compañeros de instituto de Sebastián. Ya han muerto tres en menos de un mes y me pregunto...

— ¿Qué? — inquirió Miriam con sus ojos azules muy abiertos.

—No sé. No sé qué es lo que me pregunto, pero no es normal lo que está sucediendo. Esta mañana ha aparecido ahogada en la piscina del gimnasio a la que acudía a nadar todas las tardes la chica más guapa del grupo, Carol. Aún no se sabe el resultado de la autopsia, pero imagino que dictaminará el forense que murió accidentalmente, como los demás. Que sufriría un mareo y que como estaba sola nadie pudo auxiliarla. Y me está empezando a parecer demasiada casualidad.

Bordeó Miriam la mesa y tomó asiento en la butaca en la que minutos antes había estado sentado Héctor.

—Eran ocho y quedan cuatro entonces, ¿no es así?

—Eran ocho contando a Sebastián, pero sí.

—Y piensas... piensas que alguien los está liquidando uno tras otro. ¿Pero quién podría tener interés en borrarles del mapa? Económicamente no sacarían nada.

—No. Tampoco creo que la existencia de esos chicos perjudique a nadie y que por eso les vayan quitando del medio.

Se acarició Miriam pensativamente la barbilla mientras reflexionaba y finalmente apuntó:

— ¿Y por odio? Es también uno de los sentimientos que desde el comienzo de los tiempos más han influido en el comportamiento de la humanidad. ¿Puede haber alguna persona que les odie, porque por alguna razón que no se me alcanza le hayan hecho mucho daño y quiera vengarse?

Abrió la boca Noelia con la intención de decir algo, pero la volvió a cerrar sin haber llegado a emitir una sola palabra. Sería tan absurdo, pensó.

— ¿No crees que puedo tener razón? — insistió Miriam.

—No. Sebastián sí podía tener motivos para odiarles a todos porque se reían de él por ser tartamudo y porque al parecer físicamente era muy poquita cosa y no podía defenderse a tortas de los demás que eran más grandes y más fornidos que él. El peor en ese aspecto era Toño que se creía muy gracioso y que le hacía la vida imposible.

—Ese fue el que se cayó a la vía del Metro— recordó Miriam—. Fue el primero en morir, ¿verdad? Y el segundo fue el que coreaba a Toño en sus burlas a Sebastián, ¿no?

—Sí.

— ¿Pero y la chica que ha muerto ahogada?

Se encogió Noelia de hombros.

—No lo sé. Solo la he visto una vez en el cementerio la mañana en la que enterraron a Sebastián. Me pareció muy guapa y que ella lo sabía y lo utilizaba, pero...

—Y Sebastián tenía razones más que sobradas para odiarles a todos— concluyó Miriam en un susurro.

—Sí, pero él murió en el incendio.

—Suponemos que murió— la corrigió la otra.

En ese momento el sonido del teléfono interior las sobresaltó a ambas y las dos hicieron a la vez intención de descolgar el auricular. Fue Noelia la primera que lo consiguió y al llevárselo al oído oyó la voz de Flor.

—Oye, te acaban de llamar de un convento. Una monja que me ha dicho que se llama sor Consolación y que necesita hablar contigo. Me ha dicho que es muy urgente.

Dio un respingo la chica en la butaca.

— ¿Sor Consolación? Pásamela inmediatamente.

—No, no, ha colgado. Solo me ha dado ese mensaje. Que quiere hablar contigo y que cuando te sea posible te acerques al convento.

— ¿Y no te ha dicho para qué?

—No, no. Y por cierto, ¿qué le has dicho o qué le has hecho al chico imponente? Ha salido de tu despacho con una expresión muy rara y se ha marchado sin tan siquiera despedirse de mí. ¿Le has reñido? — le preguntó con guasa.

—No estoy para bromas, Flor— replicó impaciente.

—No, ni yo tampoco. Solo quería saber por qué has despedido con cajas destempladas a un posible cliente.

Esbozó Noelia un ademán evasivo sin advertir que la secretaria no podía verla.

—Eso te lo contaré otro día. Dime ahora cuál es el plan que me has organizado para mañana por la mañana.

—No te he citado a nadie. Me parece que se te ha olvidado que me dijiste expresamente que necesitabas todas esas horas para formalizar la querella contra el banco que ejecutó la manda del testamento de una señora de la Coruña y se la entregó a una persona que no era la destinataria. ¿Es que se te ha olvidado?

Nerviosamente se enrolló Noelia el rizo de su frente en un dedo.

—Tienes razón, pero mañana no voy a poder. Mañana voy a visitar a esa monja que quiere hablar conmigo con tanta urgencia. Espero que esta vez con esa visita no pierda miserablemente el tiempo.

*   *   *

En el locutorio reinaba un silencio tan absoluto que hubiera podido oírse el vuelo de una mosca de haberla habido. Pero no la había. Sentadas las dos en un duro sofá de estilo castellano de alto respaldo y estremecidas de frio, se arrebujaron en sus respectivos abrigos preguntándose qué estaría haciendo sor Consolación que no acudía a recibirlas, ya que hacía más de media hora que habían llegado al convento y habían preguntado por ella a la hermana portera. Sobre todo, porque había sido la monja la que les había pedido que fueran a verla urgentemente. ¿A qué obedecería entonces el plantón que les estaba dando?

—Estará en la capilla rezando— insinuó Miriam adivinando por donde discurrían los pensamientos de la otra—. En los conventos el tiempo transcurre de otra manera que en nuestro mundo y no hay prisa para nada.

— ¿Y que significará entonces para las monjas la palabra "urgente"? — rezongó Noelia consultando nuevamente el reloj— Debería haberle dicho en ese caso sor Consolación a Flor que viniéramos a verla el año próximo o el otro. Cuando nos viniera bien o cuando nos apeteciera. Mientras nosotras estamos aquí helándonos de frio, estará ella en la capilla, probablemente cantando en latín. ¿Tú sabes latín?

—Lo estudié— repuso Miriam— pero reconozco que no me acuerdo de casi nada. De alguna frase suelta que intercalamos en nuestros escritos y en nuestros alegatos para darnos pote como "in dubio pro reo" o "de lege ferenda". Podríamos decirlo igualmente en español, pero no quedaría la frase tan lucida, ¿no te parece?

—Chist, calla. He oído pasos y creo que ahí viene.

Efectivamente era sor Consolación quien acababa de abrir la puerta del locutorio y avanzaba pausadamente hacia ellas como si dispusiera de toda la mañana para atravesar los metros que mediaban desde esa puerta hasta el incómodo sofá que ellas ocupaban. Las dos se habían puesto en pie y aguardaron impacientes a que la monja se les reuniera. Ésta se sentó rígidamente en el borde del sillón de estilo castellano y ellas volvieron a tomar asiento en el mismo lugar que ocupaban segundos antes.

—Hemos venido en cuanto la secretaria del despacho nos ha dado su aviso— empezó Noelia—. Nos dijo que necesitaba vernos urgentemente.

—Sí— admitió sor Consolación—. Creo que me equivoqué el otro día al no haber respondido a sus preguntas y por eso las he llamado. Ustedes querían que les hablara de Sebastián y debí hacerlo, pero no las conocía ni sabía cuáles eran sus intenciones al interesarse por ese muchacho.

—Claro, claro.

—Ayer vinieron a visitarme don Máximo Armada y su mujer, Teresa— continuó sor Consolación—. Han mantenido siempre una estrecha relación con este convento y me comentaron que ustedes tienen intención de interponer una querella contra el banco que hizo efectiva la herencia de doña Concepción Aranda a un chico que se identificó como Sebastián Armada, pero que no estaba seguro el matrimonio de no verse obligado a desistir a mitad del procedimiento.

—¿Y por qué habrían de desistir? — inquirió Noelia sorprendida—. Entre otros muchos motivos para no hacerlo, porque le impondrían las costas.

La monja esbozó un gesto vago.

—Temen que el juez ordene que se proceda a la exhumación de su cadáver, después de que se realicen las comprobaciones oportunas con la finalidad de averiguar quién es su familia biológica. Esa exhumación serviría para acreditar con toda certeza si el cadáver del chico que se halla enterrado en el cementerio pertenece o no a ese joven.

—Efectivamente.

—Les parece demasiado duro volver a pasar por ese trance, ¿comprenden?

—Sí, claro— replicó Noelia perpleja ante la noticia que acababa de darle la monja y que desconocía por completo— pero no hay otra forma de saber si ese chico es o no Sebastián ni de que mis clientes perciban consecuentemente la herencia que le dejó a éste una desconocida.

La monja bajó la mirada hacia el rosario que mantenía entre sus manos al tiempo que el tono de su voz para murmurar:

—Me pidieron mi opinión y yo les contesté que deberían hablar con ustedes, ya que son sus abogados, pero que yo dejaría las cosas como están.

— ¿Quiere decir que no interpondría la querella?

—Eso es.

— ¿Y por qué?

Se retrepó sor Consolación en el duro respaldo de su butaca como si estuviera mortalmente cansada. Luego levantó los ojos hacia ellas y musitó:

—Porque el joven que cobró el importe del legado que le había dejado doña Concepción Aranda era Sebastián. Está vivo.

Tardaron las dos en reaccionar. En un lapso de tiempo interminable, permanecieron inmóviles con los ojos fijos en la monja. El silencio sepulcral del locutorio pareció agrandarse y fundirse con el frío que se desprendía de sus muros de piedras y que se calaba hasta los huesos. Estupefactas se estremecieron a la vez sin apartar la mirada de sor Consolación. La mano con la que sostenía el rosario temblaba ahora ostensiblemente.

— ¿Y se lo dijo así a sus padres?

—Sí.

— ¿Y cómo sabe que está vivo? — inquirió Noelia cuando consiguió recuperar el uso de su voz.

Las miró la religiosa con aire ausente.

—Porque no murió en el incendio. Él mismo me contó que escapó por el tragaluz del sótano cuando notó una luminosidad extraña en la planta superior de aquella casa y un humo espeso empezó a expandirse por la escalera obligándole a toser. Por lo que me dijo, había unos sacos adosados a la pared bajo el tragaluz y se encaramó a éstos. Entonces era muy delgado. Deslizó el cuerpo por la abertura de esa ventana que no tenía cristales y saltó al exterior. Luego echó a correr y no se detuvo hasta que llegó a la parada del autobús y regresó a Madrid en él. Sus compañeros debieron de tomar el siguiente.

— ¿Y por qué vino a contárselo a usted? —le preguntó Noelia sorprendida.

Tardó la monja en responder.

—Yo le crié— empezó con voz temblona—. Tenía solo unos días cuando lo dejaron en el torno de la portería y…

—La otra vez nos dijo usted que el bebé tenía dos meses— la interrumpió Miriam.

Con un ademán les dio a entender que eso daba lo mismo y prosiguió:

—Nos lo hubiéramos quedado en el convento si nos hubieran permitido adoptarlo, pero la Consejería de Asuntos Sociales consideraba que los niños debían crecer en una familia y por eso los Armada se lo llevaron cuando ultimaron los papeles de la adopción. Pensó la madre superiora que el niño sería feliz con ellos, pero no fue así. Al parecer doña Teresa le repetía al chiquillo, en cuanto este cometía alguna diablura, que sus padres biológicos no le habían querido y que le habían abandonado en este convento de donde ellos le habían sacado por caridad, por lo que debería estarles agradecido.

—Qué señora tan encantadora— masculló Miriam por lo bajo.

—Sí— admitió sor Consolación en un susurro—. Por la razón que fuera se cansaron del niño enseguida y éste, en cuanto cumplió unos años más, vino al convento, preguntó por mí y cuando nos dejaron solos quiso saber si era cierto que sus padres biológicos le habían abandonado en la portería al poco de nacer. No me dijo nada sobre los Armada ni sobre su vida actual, pero no era difícil adivinar que se sentía muy desgraciado. Era más bajo y más delgaducho de lo que correspondía a su edad y además tartamudeaba. Recordaba a un perrillo callejero que hubiera crecido solo y sin cariño. Aquí le queríamos todas y tomó la costumbre de venir a visitarnos casi todas las tardes a la salida del instituto.

Enmudeció al terminar de referírselo y las dos aguardaron, también en silencio, a que retomara el hilo de la historia. Como Noelia no se caracterizaba precisamente por su paciencia no tardó en animarla a continuar.

— ¿Y qué sucedió el día en el que escapó del incendio? ¿Vino a refugiarse en este convento y por eso no supieron sus padres ni sus amigos qué había sido de él?

Nuevamente tardó sor Consolación en responder. Las observaba ahora con recelo.

—He olvidado pedirles que me prometan que nada de lo que les he referido salga de estas paredes.

Las dos se apresuraron a asegurárselo.

—Pierda cuidado— replicó Noelia. No se preocupe—. Comprendemos sus motivos y los de la congregación, pero si el chico era menor de edad entonces, deberían haberlo puesto en conocimiento de sus padres, ya que era a ellos a quienes correspondía la patria potestad y su custodia.

—Puede que sí, pero no creo que sufrieran mucho por su pérdida. Cuando el muchacho se presentó aquí, sucio, mojado y tiznado de arriba abajo, su aspecto era lamentable. Y no solo porque estuviera esmirriado. Además de bajito y enclenque, su expresión era la de un chiquillo atemorizado que no se atreve a enfrentarse con nadie por miedo a que le apaleen. Nadie que haya crecido en un hogar puede traslucir en su mirada el maltrato que reflejaba él en la suya.

—Y decidieron entonces no comunicarle a sus padres que Sebastián había salido vivo del incendio— dedujo Miriam.

—Fui yo la que decidió no hacerlo. Seguramente no estuvo bien lo que resolví, pero pensé que los Armada merecían seguir en la incertidumbre y pagar así parte del daño que le habían hecho al chico. Si no eran capaces de comportarse como unos padres con él ¿por qué o para qué le habían adoptado? Además, Sebastián era aún menor de edad, por lo que le hubieran reclamado y habría tenido él que volver a vivir con ellos. Cumplía dieciocho años en septiembre, o sea, un mes y medio más tarde, por lo que convencí a la madre superiora de que esconderle en el convento era lo mejor que podíamos hacer por él.

—Pero…— empezó Noelia.

La monja se apresuró a interrumpirla.

—Ya sé que es un delito retener a un menor sin permiso de sus padres, pero entonces me dio igual. Sebastián me lo pidió y se quedó aquí con nosotras, en la casita de la huerta, sin que nadie lo sospechara. Había muerto poco antes el hombre que la habitaba y que se ocupaba de esas faenas agrícolas y contratamos a Sebastián para que las realizara cuando cumplió los dieciocho, con lo que también disponía de algún dinero. Le pagamos también los estudios. Cuando obtuvo el título alquiló un piso y se marchó.

— ¿Y no han vuelto a saber de él?

—Sí, claro que sí, viene a vernos muy a menudo. Hace poco nos llegaron noticias de la Coruña, de su familia biológica. Doña Concepción Aranda había fallecido y le había dejado a Sebastián un importante legado en su testamento.

— ¿Era su madre?

—No, era su abuela. Una señora de una familia de abolengo, muy adinerada, pero muy convencional, muy chapada a la antigua. Cuando la madre de Sebastián se quedó embarazada siendo soltera, doña Concepción la echó de casa. Una reacción bastante absurda, pero que todavía es bastante habitual en algunos pueblos atrasados. La madre del chico no había estudiado nada. Solo sabía tocar el piano y únicamente tenía el dinero que había reunido de los regalos de sus cumpleaños. Con ese dinero se vino a Madrid, donde nadie la conocía, y se colocó de cajera en un supermercado. Trajo al mundo al niño ella sola en la pensión en la que vivía y en cuanto pudo levantarse de la cama se vino a este convento y dejó al bebé en el torno con una carta en la que le pedía a las monjas que le buscaran una familia que le quisiera.

La había escuchado atentamente Noelia y cuando sor Consolación se interrumpió le hizo notar el detalle que había dejado traslucir y que había llamado su atención.

—Habla usted como si por aquel entonces no hubiera ingresado todavía en la congregación. ¿Profesó después?

Paseó la otra su mirada por los rostros de las dos chicas y luego se mordió los labios como si temiera haber hablado de más.

—Sí— admitió— profesé después. A los pocos días de haber sucedido lo que les he contado ingresé en este convento como novicia, pero eso no hace al caso.

Se hizo un silencio denso en el que parecían flotar las últimas palabras de la monja. Creyó verla Miriam, muy joven con sus hábitos blancos, caminando sobre las frías losas del claustro con el bebé en brazos. Lo rompió para inclinarse hacia ella para preguntarle en un susurro:

—Entró como novicia para cuidar de su hijo, ¿verdad?

Sostuvo sor Consolación su mirada sin pestañear. Se dio cuenta en ese momento la chica de que sus ojos eran azules. Quizás fuera también rubio su cabello, como el de Sebastián, pero la toca no permitía verlo.

— ¿Por qué supone tal cosa? — inquirió secamente.

—Se desprende de lo que nos ha contado. Es cierto, ¿verdad?

Pareció dudar la monja antes de responder.

—Ustedes me han prometido que no dirán una palabra a nadie de lo que les he referido.

—Puede estar segura de que guardaremos el secreto— afirmó Noelia rotundamente—. Nos haremos a la idea de que es usted nuestra cliente. Pero dígame, ¿cómo tuvo conocimiento doña Concepción Aranda de la existencia de su nieto?

—Se lo dije yo, le escribí una carta— repuso sor Consolación arreglándose pensativamente los pliegues de su hábito—. Le decía que Sebastián no tenía la culpa de las equivocaciones que hubiera podido cometer yo en mi juventud y debió entenderlo así, porque modificó su testamento y le dejó al chico las dos terceras partes de su herencia, consistentes en un depósito bancario muy cuantioso. A mí, la casa familiar, que se comprendía en la legítima estricta.

— ¿Y por qué entonces le comunicaron a sus padres adoptivos el fallecimiento de doña Concepción Aranda y la existencia de esa herencia? — se extrañó Noelia—. El heredero era Sebastián, no los Armada. Éstos, creyendo que su hijo había muerto, pensaron que eran los llamados a sucederle en esa herencia.

—Fue cosa de la hermana ecónoma— repuso apesadumbrada sor Consolación—. Solo la madre superiora y yo sabíamos quién era Sebastián. Esa hermana, que por cierto es muy mayor, creía que había muerto en el incendio, por lo que informó a sus padres adoptivos de que podían hacerse cargo del legado. Lo demás ya lo saben ustedes.

Intercambiaron Noelia y Miriam una mirada en la que se preguntaban mutuamente si en realidad lo sabían todo. Sabían ya lo que había sucedido hasta la mañana en la que habían sido enterrados los restos mortales hallados en la casa abandonada, pero no lo que había ido ocurriendo después con los compañeros de Sebastián que habían participado en aquella excursión. sor Consolación parecía ahora estar abstraída en sus recuerdos y Noelia se dirigió a ella para preguntarle:

— ¿Y dónde está Sebastián ahora? Nos gustaría hablar con él.

—Se fue— musitó la monja como si hablara consigo misma—. Ya les he dicho que dejó la casita de la huerta cuando terminó sus estudios y se marchó. No sé dónde vive ahora, pero si lo supiera tampoco se lo diría. Quiso él romper con su vida anterior y no seré yo quien se lo impida.

—Pero quizás él quiera saber lo que ha sido de sus compañeros del instituto— insistió ella—. Tres han muerto con muy pocos días de diferencia.

Se la quedó mirando sor Consolación como si fuera capaz de leer en su mente.

—Esos compañeros también se portaron muy mal con él— articuló en tono monocorde—. Estoy segura de que no siente ningún interés por ellos ni en conocer cómo les ha ido. Le buscamos un psicólogo cuando llegó al convento después de librarse del incendio. No sentía el menor aprecio por sí mismo, se consideraba una piltrafa, y de eso tuvieron también mucha culpa esos compañeros. Aquí se convirtió en otro. Dio de pronto un estirón, ensanchó y mejoró mucho en su forma de expresarse. Solo tartamudeaba ya cuando se ponía nervioso y eso solo le ocurría de tarde en tarde. No creo que tenga nada que agradecerles a esos compañeros de los que me habla, sino al contrario y tampoco creo que le interese saber qué ha sido de su vida.

—Pero había una chica con la que sí le unía cierta amistad— objetó Noelia—. Una chica que se llama África y que le recuerda con mucho cariño. ¿Querría decirle usted que ella se alegraría mucho de saber que está vivo y que a nosotras dos nos gustaría también ponernos en contacto con él?

— ¿Para qué? — inquirió secamente sor Consolación.

¿Cómo podrían hacerle entender a aquella mujer, que se asemejaba a un cancerbero, que habían quedado sin resolver un sinfín de cabos sueltos? Era palpable que le defendería en cualquier caso con uñas y dientes e incluso justificaría todos sus actos.

— ¿Cómo es Sebastián ahora? — inquirió persuasivamente Miriam siguiendo el hilo de los pensamientos de Noelia— ¿Es un resentido? No sería extraño que lo fuera por el trato que ha recibido de niño y en su primera juventud.

Se encogió de hombros sor Consolación.

—Como todo el mundo, trata de ser feliz. ¿Responde eso a su pregunta?

—Pues...

La interrumpió la monja poniéndose en pie.

—Nos hemos entretenido mucho y tengo que volver a la capilla— les dijo, dándoles claramente a entender que deberían marcharse—. Solo querían que supieran que no tiene sentido que interpongan esa querella contra el banco, como así se lo he insinuado a sus padres adoptivos. Sebastián se vería obligado a reaparecer para los que le creen muerto, tendrían que exhumar los restos de un desconocido que merece descansar en paz y perderían además la querella con la pertinente imposición de las costas del procedimiento a sus clientes. Déjenlo todo como está y que sus padres adoptivos y sus compañeros de instituto se olviden de él y de los lamentables incidentes que compartieron. Es lo mejor para todos.

—Pero...— empezó a decir Noelia, intentando retenerla.

— ¿Saben llegar hasta la portería? — le atajó ella como si no la hubiera oído—. Tomen ese pasillo— les dijo señalándoles una puerta— y síganlo hasta el final. Espero que cumplan su promesa y de lo que hemos hablado aquí no le digan una palabra a nadie.

Se marchó tan silenciosamente como había llegado poco antes y las dos se dirigieron hacia la portería para salir a continuación a la calle, solitaria bajo un cielo plomizo. Allí se detuvieron un instante a cambiar impresiones.

— ¿Qué te ha parecido lo que nos ha contado? — le preguntó Miriam a Noelia—. Explica dónde ha estado escondido Sebastián todos estos años y cómo pudo formalizar la escritura de adjudicación de la herencia de su abuela y hacerla efectiva en el banco, pero lo que yo quería saber es si ha rehecho su vida olvidándose del pasado o si se ha convertido en un hombre vengativo que quiera hacerles pagar su comportamiento a los que le trataron mal. ¿Qué opinas tú?

Esbozó Noelia una sonrisa pálida que parecía significar que no tenía la menor idea.

—Opino que esa monja es su madre y que por tanto justificará todo lo que pueda estar haciendo él en el presente. Cuando digo todo, quiero decir todo.

Parpadeó Miriam y la observó preocupada.

— Está claro que piensas que ha podido tener algo que ver Sebastián con la muerte de tres de sus compañeros de estudios. Dos le amargaron la vida y se ensañaron con él y la otra le ignoró como si no existiese. ¿Es eso lo que piensas?

Se apartó pensativamente Noelia la rizada melena de su rostro y echó a andar junto a la otra hacia la parada del autobús.

—No sé si es eso lo que pienso. Me lo pregunto simplemente. Por esa razón sería muy importante que esa monja nos permitiera contactar con él, pero me parece que esa es una aspiración que se va a quedar en eso, en aspiración.

Una ráfaga de viento alborotó sus cabellos y los arrojó sobre su cara, por lo que se giró en redondo sobre sí misma en contra de la corriente de aire para que esa misma brisa se los retirara del rostro. Fue entonces cuando le vio. O creyó verle, porque quienquiera que fuese se había ocultado rápidamente tras una farola. Tan rápidamente que se preguntó si no lo habría imaginado. Pero no, algo sobresalía tras la base de la misma, una ínfima porción de una gorra oscura y de unas gafas de sol.

Reprimió un estremecimiento y tomó del brazo a la otra.

—Vámonos— la apremió.

— ¿Adónde?

—A la parada del autobús.

—Pero si ya vamos hacia allí— se resistió Miriam sin comprender— ¿Por qué te ha entrado esa prisa tan repentina?

—No seas pesada. Es muy tarde y un tipo nos está siguiendo. Será mejor que echemos a correr.

— ¿A correr porque nos sigue un tipo? — protestó la otra—. No sería la primera vez, porque afortunadamente no somos feas precisamente. Además, yo llevo zapatos de tacón alto y me puedo matar si corro.

—Y yo, pero vamos a intentarlo.

Se lanzaron a la vez a la carrera, calle adelante, pero no habían avanzado más de unos metros cuando se vieron obligadas a detenerse en un semáforo. Giró entonces Noelia la cabeza con disimulo hacia su espalda y durante el lapso de un segundo le vio unos metros más atrás. A continuación, desapareció él entre unos transeúntes que caminaban por la acera.

*   *   *

—No estoy de acuerdo en absoluto con lo que me propone— objetaba Máximo Armada a Noelia esa misma tarde, sentado frente a ésta en el despacho de ella—. ¿Por qué está tan segura de que no sería admitida a trámite esa querella?

Buscó ella un motivo convincente. Ahora que sabía por sor Consolación que Sebastián no había muerto, estaba segura de que había sido él el que había hecho efectivo su legado. Lástima que no pudiera explicárselo así a su padre adoptivo, porque le había prometido a sor Consolación guardar silencio al respecto. La miraba él irritado con el ceño fruncido, por lo que intentó evadir una respuesta concreta.

—Ya le he dicho que hemos presentado la denuncia en el juzgado de guardia y que he solicitado del juez el levantamiento del secreto bancario de la entidad que le entregó el dinero a ese otro joven que se hizo pasar por su hijo. Solo tenemos que esperar unos días para que el juez nos lo conceda y después sabremos quién fue el que le suplantó y se llevó la cantidad que constituía el legado que deberían heredar ustedes. Es la vía más rápida y en mi opinión la más segura.

— ¿Y por qué no puede hacer las dos cosas a la vez? — insistió él.

—Porque solamente prosperaría esa querella si el banco hubiera incurrido en negligencia. Y no fue así. Le entregó el dinero a un joven que se identificó debidamente y que aportó la escritura de adjudicación de la herencia. Incluso llamó el banco a la notaría que confirmó que el chico había heredado la totalidad de ese depósito y que correspondía abonárselo exclusivamente a él.

Se retrepó Máximo en su butaca con cara de pocos amigos.

—Así que usted considera que debo dejar las cosas como están y dejar que ese estafador que me la ha jugado se vaya de rositas. Ya le he dicho que no estoy de acuerdo. En el Registro Civil figura al margen de la inscripción de nacimiento de mi hijo la de su defunción, por lo que la negligencia del banco es obvia.

—Ese chico no se va a ir de rositas— repitió ella por enésima vez—. La autorización del juzgado levantando el secreto bancario de la entidad que le entregó el dinero al suplantador de su hijo está al caer.

—¿Le dijeron en la notaría qué aspecto tenía el muchacho que nos ha estafado a mi mujer y a mí?— la interrumpió Máximo como si no la hubiera oído.

Rememoró ella la precisa descripción que le había dado el oficial con el que había hablado, cuando se presentó allí con el certificado del Registro de Actos de Últimas Voluntades después de discutir con la funcionaria de ese organismo.

—Sí. Me lo describieron como un joven muy educado, de cabello rubio y ojos azules.

— ¿Qué tartamudeaba al hablar? — le preguntó Máximo inclinándose hacia ella— Sebastián no conseguía hilar dos palabras seguidas sin balbucear repitiendo cada sílaba— le explicó pesarosamente—. Le llevamos a un psicólogo y a un logopeda sin el menor resultado positivo. El psicólogo nos dijo que el chico no conseguía adaptarse a su nueva familia, ¿qué le parece? — inquirió riéndose desdeñosamente— Le adoptamos cuando tenía dos años y a los diecisiete, según ese especialista, seguía sin adaptarse.

— ¿Y qué diagnosticó el logopeda?

—Otra simpleza por el estilo. Que no tenía frenillo ni ningún defecto congénito. Que su defecto del lenguaje radicaba en su ínfima autoestima. Que debíamos apoyarle mi mujer y yo y ensalzarle las cosas que hacía bien— Se acarició la barbilla pensativamente—. Lo intentamos, ¿sabe? Teresa y yo pusimos de nuestra parte todo lo que se nos ocurrió, pero fue inútil. Cuando ella le pedía que pusiera la mesa para cenar, se le caían los platos de las manos. Si alguien nos llamaba por teléfono estando nosotros ausentes, colgaba el auricular sin tomar el recado. Si le pedía mi mujer que la ayudara en la cocina, quemaba lo que intentaba freír en la sartén. Era una calamidad.

—Ya— murmuró ella recordando la versión de sor Consolación, que no guardaba punto de contacto con la de Máximo Armada y en la que consideraba a sus padres adoptivos responsables del pésimo desarrollo del chico, tanto físico como intelectual—. Usted es médico. Su profesión debería haberle ayudado a buscar el tratamiento adecuado para su hijo.

Se la quedó mirando él como si no la hubiera entendido.

— ¿El tratamiento adecuado? Me parece que no ha comprendido usted lo que le acabo de decir. El problema de Sebastián era genético. Como supondrá, no supimos nunca ni lo hubiéramos podido averiguar, quién era su familia biológica, pero debía tener alguna clase de tara y ese debió de ser el motivo de que entregara al niño en adopción. Desde que llegó a casa siendo un bebé lloraba constantemente. No nos dejaba dormir por la noche. De día al menos le perdíamos de vista Teresa y yo cuando nos íbamos a trabajar. Le dejábamos en casa con la señora que nos hacía las faenas domésticas.

— ¿Era siempre la misma? — inquirió Noelia, tratando de formarse una idea de la lamentable infancia de Sebastián a través del relato de su padre adoptivo.

—No, que va. Se despedían todas a los pocos días, hartas de oírle llorar. Entonces le llevamos a una guardería de donde le recogía Teresa cuando salía del hospital. Una tarde hasta se le olvidó ir a buscarle y esa noche dormimos como unos príncipes.

— ¿Y el niño se quedó toda la noche solo en la guardería? — se horrorizó ella.

—No, que va. Su cuidadora nos llamó varias veces al móvil, pero no lo teníamos operativo y no la oímos. A la mañana siguiente nos recibió furiosa y nos dijo que se lo había tenido que llevar a su casa, donde esa noche no había podido pegar ojo y que como la cosa se repitiera nos denunciaría a la Consejería de Asuntos Sociales para que nos quitaran al bebé.

— ¿Y qué hicieron ustedes?

—Llevar al crío a otra guardería, es elemental.

—¿Y ya no se les volvió a olvidar recoger al niño por la tarde?

—No, aunque llegamos a planteárnoslo. Que se hubieran quedado con Sebastián hubiera sido una liberación. Le adoptamos cuando nos enteramos de que no podríamos tener hijos propios, después de que le extirparan el útero a mi mujer. Se empeñó ella, pero no teníamos idea ninguno de los dos de la atadura que supone un bebé. Tanto a Teresa como a mí nos absorbe y nos llena nuestra profesión, pero como a todo el mundo nos cansa un día de trabajo. Pretendíamos cuando llegábamos por la noche a casa descansar tranquilos oyendo música o viendo la televisión, pero era imposible. El crío seguía llorando y llorando.

—Ya— musitó escuetamente Noelia, reprimiendo el deseo de manifestarle su opinión. Tuvo la suerte de que no se le ocurrió el calificativo con el que como padres, les hubiera obsequiado a él y a su mujer, porque en caso contrario quizás se le hubiera escapado.

—Fuimos a informarnos de si podíamos renunciar a la adopción y devolver al niño— continuó él— pero nos dijeron que no era posible.

—Ya— repitió ella cada vez más indignada.

Sin advertir que la muchacha que tenía enfrente le escuchaba disimulando a duras penas su irritación, Máximo continuó expresando los recuerdos que le afloraban a los labios sin que tuviera que hacer ningún esfuerzo por traerlos a la memoria. Pensó Noelia que se estaba comportando como si se hallara en la consulta de un psicólogo y que de alguna forma se estaba descargando del peso de no haber sabido encauzar la conducta de un niño al que no había sabido entender.

— Y luego, cuando fue creciendo, se comportaba como un ser huidizo— continuó diciéndole—. Se encerraba en su cuarto y no salía de él más que cuando le llamaba

Teresa para que bajara a la cocina a cenar, porque no hacíamos ninguna comida en común. Encontró en alguna parte un mechero que tenía la forma de timón de un barco y se pasaba las horas muertas mirándolo sin hacer nada. Lo sé, porque, por miedo a que hiciera algún disparate, le instalamos una cámara de vigilancia en su habitación sin que él se enterara.

— ¿Y no hacía otra cosa que mirar ese mechero? — se extrañó ella—. Tengo entendido que era un buen estudiante.

—Sí, pero porque poseía una facilidad sorprendente para retener lo que leía. Le bastaba con echar una ojeada al libro de texto de turno para repetirlo casi al pie de la letra. Y con las matemáticas le ocurría algo parecido. Resolvía las ecuaciones de segundo y de tercer grado al instante, como si el problema lo hubiera ideado él. Pese a lo que le estoy diciendo, tampoco era apreciado en el colegio. No tenía amigos. Únicamente una chica muy bajita venía a estudiar con él a veces. Creo recordar que se llamaba África.

Se quedó callado, como si estuviera reuniendo en su mente retazos del pasado y se preguntara qué podía haber motivado lo que le estaba refiriendo.

—No sé— murmuró al fin—. Quizás su padre biológico fuera un sabio excéntrico, un inadaptado. Una persona que destacara en determinadas disciplinas académicas, pero incapaz de comportarse con normalidad y de integrase en la sociedad, ¿comprende?

Se apresuró Noelia a afirmar, aunque por su gusto le hubiera soltado un sermón, haciéndole notar que tanto su mujer como él eran unos irresponsables, incapaces de cuidar de un niño, y que no merecían que les hubiesen permitido adoptar a un bebé. En su lugar trató de averiguar la clase de persona que había llegado a ser el chico por si pudiera estar detrás de las muertes de los compañeros de aquella excursión.

—Claro, claro que lo comprendo, pero dígame, ¿era Sebastián rencoroso o vengativo? ¿Maltrataba a los animales o se comportaba cruelmente con los seres que tenía cerca?

Enarcó Máximo las cejas preguntándoselo a sí mismo, al tiempo que desviaba la mirada hacia el vacío.

—Pues… pues no lo sé. No mantuvimos nunca una conversación sería sobre ningún tema ni él me dio nunca su opinión sobre ninguna cuestión. En casa no tuvimos mascotas. Creo recordar que en una ocasión manifestó su deseo de tener un perro. Vivo en un chalet con un pequeño jardín en una urbanización del Conde de Orgaz, por lo que no hubiera sido un problema acceder a su capricho, pero mi mujer se negó en redondo. Opinaba que los animales lo ensucian todo y que ya tenía ella suficiente trabajo en el hospital y con la casa. Es enfermera.

—Ya.

—Pero nos estamos desviando de la cuestión por la que me ha llamado y por la que he venido a visitarla— insistió Máximo volviendo a la carga—. No estoy dispuesto a renunciar a la herencia de Sebastián y el punto de vista que mantiene usted me parece bastante pusilánime. ¿Qué podemos perder si la querella no prospera?

Enfrentó ella su mirada y repuso secamente:

—Yo, el tiempo y usted, el dinero, porque lo probable es que nos impusieran las costas del procedimiento. Pero hay cientos de abogados en Madrid y puede usted dirigirse a cualquiera de ellos para encomendársela. Estoy segura de que aceptarán encantados el caso sin ponerle tantos inconvenientes como yo.

—No, no— replicó él recogiendo velas en el acto— Quiero que sea usted la que se ocupe. Solo le pido que lo reconsidere y que vuelva a estudiárselo a conciencia. No debe ser tan difícil demostrar que el hombre que cobró el dinero en el banco se hizo pasar por mi hijo, pero que no era él. Desgraciadamente Sebastián murió en aquel incendio.

Lo decía pesarosamente, pero se preguntó Noelia si su mujer y él no se habrían sentido liberados al enterarse de que el muchacho no volvería a su casa nunca más.

—Podría planteársenos otra cuestión que ya le he comentado repetidamente— objetó ella impasible—. En mi opinión la querella no sería admitida a trámite, pero en el caso de que me equivocara y el tribunal iniciara el procedimiento, cabría la posibilidad de que el tribunal ordenara la exhumación de los restos de Sebastián para comprobar si efectivamente pertenecen a su hijo y no hay duda alguna sobre su fallecimiento. En caso contrario no tendríamos la certeza de que no esté vivo.

— ¿Y con quién iban a contrastar su ADN? — objetó desdeñosamente Máximo— ¿Con la señora que le dejó el legado? Podría ser una pariente o también una persona ajena a su familia biológica.

—Podrían contrastarlo con algún objeto de él que hayan conservado ustedes en su casa— insinuó Noelia— como por ejemplo con el pelo del cepillo de su hijo o de su peine. ¿Conservan su dormitorio como él lo dejó?

Meneó él negativamente la cabeza.

—No, ya no. Hace tiempo que perdimos la esperanza de que se hubiera librado del incendio y reapareciera con unos años más. Hemos pintado el interior de la casa por lo menos dos veces desde entonces y su ropa y todas sus cosas las llevó mi mujer a la parroquia.

— ¿El llavero con la forma del timón de un barco también? ¿No conservan ustedes ningún recuerdo del chico?

—No, solo la fotografía que le enseñó mi mujer. El llavero no estaba en su cuarto cuando lo revisamos después de enterarnos lo que le había sucedido como hacía siempre. Para él debía ser algo así como un fetiche. No sabemos de dónde lo sacó, porque no pudo comprarlo, ya que le dábamos siempre el dinero justo para el medio de transporte que debía tomar. El caso es que no lo llevaba encima el día que se marchó de excursión a Aldea del Fresno y no regresó más. Era de metal dorado y, aunque deformado, hubiera resistido al incendio. Lo que sí se llevó colgada al cuello fue la medalla de plata con su nombre grabado en el reverso.

—¿Y qué ha sido de esa medalla? ¿La conservan ustedes?

—Nos la quedamos como recuerdo, sí, antes de su entierro, pero anteanoche entró un ladrón en nuestra casa cuando estábamos acostados ya y se la llevó.

—¿Se la llevó? — se sorprendió Noelia enarcando las cejas. ¿Tenía mucho valor?

—No, solo el sentimental. Y lo curioso es que no se llevó nada más.

Por unos instantes pareció abrumado por el recuerdo, pero reaccionó casi inmediatamente.

—La estoy entreteniendo y usted tendrá mucho que hacer. Le pido que estudie la manera de interponer esa querella en el plazo más breve posible. Y no se preocupe por las costas de las que me ha hablado y que si perdemos podrían imponerme. Afortunadamente disfruto de una posición desahogada y me puedo permitir el lujo de arriesgarme. ¿Cuánto cree que puede tardar en tenerla lista?

Esbozó ella un gesto vago.

—No lo sé, pero ya le avisaré.

—De acuerdo, pues ya me marcho. No se olvide de lo que hemos hablado y avíseme en cuanto el juez nos permita averiguar quién se embolsó el dinero que Teresa y yo deberíamos haber heredado.

Se puso en pie y con paso decidido se dirigió hacia la puerta y salió al pasillo sin volver la cabeza. Tenía ella mucho trabajo pendiente, pero se permitió el lujo de posponerlo para más adelante y de reflexionar durante unos minutos. Acodada en la mesa, y con la barbilla apoyada en una mano se preguntó cómo sería Sebastián en el presente. A los ojos de sor Consolación había sido un pobre muchacho maltratado psíquicamente por unos padres adoptivos que desconocían lo que suponía dar afecto a un chiquillo que también había sido acosado en el instituto por la crueldad de unos compañeros que se burlaban de su defecto físico. ¿O sería la tartamudez un defecto psíquico? No lo sabía, pero como consecuencia del comportamiento de todos ellos había crecido el chico en un ambiente hostil que le había impedido desarrollar su personalidad con un mínimo de seguridad en sí mismo. ¿Le habría producido también el deseo de vengarse de los culpables y estaría llevando a cabo ahora esa venganza?

Unos golpecitos en la puerta la distrajeron de sus elucubraciones y un segundo más tarde entraron Miriam y Flor en el despacho. Ésta última le dedicó un guiño significativo al tiempo que se sentaba en la butaca que Máximo había dejado libre.

— ¿Qué, te ha convencido ese señor que acaba de salir de aquí de que interpongas esa dichosa querella? — le preguntó—. Se ha metido ahora en el despacho de la jefa a saludarla. Ya sabes que él es uno de sus clientes preferidos.

—No me ha convencido, pero por esa razón tampoco me he negado— repuso Noelia—. Daniela pondría el grito en el cielo si Máximo Armada se buscara otro bufete para que le presentara esa querella y hasta es posible que a mí me pusiera de patitas en la calle. Él es un médico prestigioso, un cliente de los que dan lustre a esta oficina y eso para ella es muy importante. Los labriegos de Villalcampo y sus mojones la traen al fresco.

—No lo creo— la contradijo Miriam, que la admiraba ilimitadamente, observándola preocupada con sus ojos azules muy abiertos.

—¿No crees que los labriegos de Villalcampo la traen al fresco?

—No creo que te despidiera Daniela en ningún caso— puntualizó la otra—. Aunque no suele manifestarlo, te valora y mucho. Eso sí, te echaría una bronca monumental. Supongo que habrás adoptado ya alguna decisión al respecto.

—Sí, la de darle largas— replicó ella pensativa—. Salvo para sor Consolación y su convento, Sebastián desapareció hace siete años, o eso creen sus padres y sus compañeros, pero ya ha dado señales de que está vivo haciendo efectiva la herencia de su abuela biológica y no creo que tarde en reaparecer para el resto del mundo. También me pregunto…

Aunque se interrumpió sin acabar la frase, notó el estremecimiento que reprimió Miriam.

—Te estás preguntando si habrá tenido algo que ver él con la muerte de esos compañeros, ¿verdad? — le preguntó la chica—. Tampoco lo creo. sor Consolación le conoció bien y nos lo describió como un muchacho afectuoso que se reencontró a sí mismo cuando se escondió de sus padres adoptivos en el convento. Cuando encontró a una persona que le quería de verdad. O a muchas personas— se corrigió con expresión estática—. Puede que fueran afectuosas con él todas las monjas y deben de ser muchas.

—Y dado su parentesco, ¿de qué otra forma podría verlo ella? — objetó escépticamente Noelia, que consideraba a Miriam un alma de Dios, incapaz de pensar mal de nadie—. Y me pregunto también quién podrá ser ese joven que me sigue y al que ya me he tropezado en varios lugares. La primera vez en el cementerio cuando se estaba celebrando el entierro de los restos que se suponía que eran de Sebastián. Me lo hizo notar esa compañera suya que se llama Lorena. Recuerdo que me dijo que le había reconocido y que era él.

— ¿Sebastián?

—Sí.

— ¿Y piensas que podría estar siguiéndote él? ¿Para qué? No has tenido intervención alguna en su pasado.

—Pero sí la tengo en su presente— replicó rápidamente Noelia—. ¿Tú qué opinas, Flor?

La secretaria, que poseía grandes dotes de sentido común, hizo un gesto dubitativo.

—No lo sé, pero no me gusta nada lo que estáis comentando. Si a causa de una infancia y de una primera juventud tan desafortunada, ese muchacho se ha convertido en un psicópata, capaz de enviar al otro mundo a todos los que cree que le perjudicaron, lo mejor que podéis hacer las dos es manteneros lo más alejadas posible de él. Y también de su padre adoptivo— insistió tras meditarlo, dirigiéndose a Noelia—. ¿Por qué si la jefa le aprecia tanto no se ocupa ella personalmente de esa maldita querella?

—Porque no está dispuesta a perder prestigio profesional llevando un asunto que no se sostiene— replicó Miriam, como si lo viera claro de improviso, mientras tomaba asiento en la otra butaca— Piensa que es preferible conservar a un cliente importante, aunque sea a costa de que Noelia meta la pata en el foro. Daniela quiere conservar su aureola, cosa que entiendo. A mí también me gustaría que me rodeara el halo de la reputación que ha conseguido ella.

—A mí no me preocupa que Noelia pierda un juicio ni que le inadmitan ese procedimiento que se empeña el señor Armada en iniciar — manifestó Flor girando la cabeza hacia Miriam para hacerle comprender su razonamiento—. Lo que me preocupa es que cualquiera de las dos os pongáis a tiro de ese desalmado que se está cargando uno tras otro a los jóvenes que le hicieron la vida imposible a Sebastián. Me diréis que no está claro que no se haya tratado de accidentes casuales que desgraciadamente les ha costado la vida, pero a mí me parecen demasiadas casualidades. Alguien que debía de ser muy listo, pero que no recuerdo cómo se llamaba, dijo que la casualidad no existe y que todo lo que sucede tiene un propósito que creo que llamó sincronicidad.

—Te encuentro muy sapiente, Flor— le dijo Miriam riéndose.

—Puedes reírte todo lo que quieras— protestó la secretaria sin ofenderse—. Me da lo mismo si lo encuentras gracioso, pero repito que me quedaría mucho más tranquila si os olvidáis de ese pobre muchacho, de sus padres y de sus compañeros. ¿Me vais a hacer caso?

Intercambiaron Noelia y Miriam una mirada de complicidad y las dos respondieron al unísono:

—No.

CAPÍTULO XI

Un sol pálido se filtraba a través de los cristales de la ventana e iluminaba el moreno semblante de África, que, sentada frente a Noelia, al otro lado de su mesa, acababa de referirle lo acaecido en los últimos días sobre la muerte de Carol.

—Yo no me lo puedo explicar y además me siento culpable— le dijo con la mirada baja, fija en el pantalón azul marino que llevaba y que estilizaba aún más su menuda figura—. La dejé sola nadando, me vestí y me marché. En el gimnasio no quedaba nadie. Solo el encargado, que debió entrar en la nave de la piscina a continuación y que, como no la vio, hundida entre dos aguas y boca abajo, cerró la puerta con llave y se fue. No la encontró hasta la mañana siguiente y... entonces ya no había nada que hacer.

—Usted no tiene por qué sentirse culpable— intentó animarla Noelia—. No podía imaginar siquiera lo que le iba a suceder. Su amiga era una buena nadadora y no había razón alguna para sospechar que pudiera sufrir un mareo. ¿Se sabe ya el resultado de la autopsia?

Afirmó África con la cabeza.

—Sí, murió ahogada. Tenía los pulmones llenos de agua.

— ¿Y...? ¿Y no presentaba ningún signo de violencia?

Levantó África hacia ella sus ojos cargados de lágrimas.

—Pues eso es lo extraño. Según el forense, tenía marcas de dedos en el cuello. Como si alguien la hubiera mantenido agarrada por la garganta durante un rato, oprimiéndosela. Me ha preguntado si Carol salía con alguien últimamente que fuese un maltratador o con el que pudiera haber mantenido una fuerte discusión ese mismo día.

— ¿Y qué le ha contestado usted?

—Que no lo sabía. Ella y yo no nos llevábamos muy bien en el instituto. En realidad, no era amiga íntima de ninguna de nosotras. Prefería rodearse por los chicos, que la trataban como si fuese una diosa, porque verdaderamente era muy bonita, muy llamativa, y tenía un tipo estupendo. Nosotras la admirábamos por la capacidad que tenía de atraérselos a todos y de tontear con todos. Con todos, salvo con Sebastián. En realidad, la primera vez que me hizo alguna confidencia fue el otro día en la piscina. Le parecía que estaba engordando y por eso nadaba durante varias horas todos los días en la piscina del gimnasio. También me extrañó que me llamara por teléfono para proponerme que la acompañara ese día, porque nunca me había dirigido dos palabras seguidas. Actuaba cuando estaba yo presente como si no me viera, no sé si me entiende.

—Claro que la entiendo— le aseguró Noelia—. Me ha dicho que cuando salió del vestuario y se marchó del gimnasio no quedaba nadie más que Carol y el encargado, ¿no es así?

—Sí, imagino que éste la llamaría al orden nada más irme yo, porque ya era muy tarde, así que ese mareo debió sufrirlo cuando todavía estaba yo en el vestuario y...— Se interrumpió para pasar una mano sobre sus ojos como si pretendiera retirarse el velo de tristeza que los cubrían y luego continuó—: Y he venido a verla, porque, como ya le comenté, sigo preocupada. Ya le dije que casualmente estaba yo en el lugar de los hechos cuando se ha producido la muerte de cada uno de mis compañeros—. Clavó en Noelia unos ojos cargados de miedo y añadió—: El policía, esta mañana en la comisaría, ha recalcado varias veces la palabra "casualmente" y es cierto. En todas las ocasiones estaba yo allí. En el andén del Metro cuando Toño se cayó a la vía, en la misma calle conduciendo mi coche cuando atropellaron a Jorge y el otro día en la piscina cuando Carol se ahogó. Cuando la encontró el encargado del gimnasio notó que se le había enganchado en el tirante del bikini una cadena de plata con una medalla deformada. No puede ser, pero yo diría que era muy parecida a la que hallaron en la casa que se incendió, colgada del cuello del esqueleto que estaba en la bodega. Por eso he venido a verla.

— ¿Para referírmelo?

—Sí, esa medalla la tenían los Armada en su casa y…

—Se la robó anteanoche un ladrón que entró en su casa— la interrumpió.

—Ya— murmuró África, que rápidamente intentó cambiar de conversación—. Lo que quiero es que me ayude, porque estoy asustada. No sé si voy a ser la siguiente o si por el contrario va a terminar la policía por sospechar que he tenido algo que ver con esas muertes. Lorena también tiene miedo. Dice que es muy extraño lo que le está sucediendo a los compañeros que participaron con nosotras en aquella excursión y a mí me preocupa además que la policía sospeche de mí. Toño y Jorge no me caían bien. Eran estúpidamente crueles, sobre todo con Sebastián. Carol no era tampoco santo de mi devoción. Podría decirse que nos ignorábamos mutuamente, pero nunca le hubiera hecho daño. Ni a ella ni a nadie. ¿Pero si la policía llega a otra conclusión y me detiene? Sólo puedo contar con Lorena y…

—Y con Héctor, ¿no es así? — inquirió Noelia en tono impersonal.

—Héctor no es mi novio— le aclaró la chica—. Es solo un compañero de trabajo que se inventó una historieta absurda, porque no se le ocurría cómo entrar en contacto con usted y necesitaba que le resolviera un asunto grave.

—Podía haberse limitado a referirme ese asunto— replicó sarcásticamente ella—. Es lo que suelen hacer los clientes cuando acuden por primera vez a este despacho. No recuerdo que ninguno se haya inventado que era hijo de un conde que le quería desheredar por pretender casarse con una plebeya, en este caso con usted, para justificar su visita.

Analizó África el semblante de Noelia, que traslucía una irritación sorda.

—Pero venía con la intención de explicarle su caso la última vez que le citó usted aquí, en esta misma habitación, y me dijo que no le quiso ni escuchar y que le echó con cajas destempladas. Está muy fastidiado.

—Pues me alegro— farfulló con saña Noelia—. Es un tipo engreído que cree que puede ir haciendo perder el tiempo a los demás, a los que nos debe considerar que estamos a su servicio. Y por cierto, ¿cómo se llama de verdad?

Parpadeó África denotando ostensiblemente que la forma en la que le había calificado Noelia le había herido en lo más profundo.

—Se llama Héctor Zúñiga, pero no es un tipo engreído. Es una buena persona, que duda a veces de que los demás lo sean. Quería también pedirle él que le disculpe por las tonterías que vino a contarle y que le reciba. Su caso es complicado, pero este bufete tiene un enorme prestigio y usted también lo tiene por trabajar en él. ¿No podría hacerme ese favor?

Desvió su mirada Noelia hacia los bien alineados Aranzadis que tenía en la librería de nogal adosada a la pared para no tener que contestarle inmediatamente.

—Puedo ocuparme de defenderla a usted si le acusan de algún delito y la detiene la policía—admitió al fin.

— ¿Y de él?

—De él no. Hay muchos abogados en Madrid que, tal y como le dije, estarán encantados de resolverle ese problema tan grave, que dice tener.

Agachó África la cabeza como si acabara de recibir un golpe.

—Se lo diré— murmuró en un susurro—. Quería también preguntarle una cosa, aunque usted pensará que es una tontería. Como creo que le he comentado, la madre de Carol está de viaje y la policía aún no ha conseguido localizarla, por lo que me ha entregado a mí sus objetos personales. Me refiero a la ropa que llevaba ese día, su bolso y su paraguas, después de firmar un recibo. Se lo devolveré todo a su madre cuando aparezca, pero hay algo que tenía Carol desde que murió Jorge y que me comentó.

— ¿A qué se refiere?

—Al móvil de Jorge. Lo llevaba la tarde en la que nos reunimos en casa de María y nos enseñó unas fotos que había tomado con él siete años antes en la que se veía a Sebastián con el cuello del niqui abierto. No llevaba al cuello la medalla de plata con la que encontraron su esqueleto y por lo que le identificaron.

— ¿Y Jorge conservaba esa fotografía pese al tiempo que ha transcurrido desde entonces?

—Sí, quería ser fotógrafo entonces y las guardaba en un pendrive. La tarde en la que quedamos en vernos en casa de María introdujo de nuevo en su móvil para enseñárnosla la que aparecía Sebastián sin la medalla. ¿Quiere verla?

Asintió Noelia y extrajo África el aparato de su bolso y se lo tendió por encima de la mesa. Las buscó aquella en la galería de fotos y localizó una que debía de haber sido tomada desde el interior de la casa abandonada. En el porche se veía a Lorena y a Sebastián haciendo intención de entrar en el vestíbulo, éste último empapado, con el rubio cabello chorreándole sobre la frente y el cuello del jersey abierto. Efectivamente podía afirmarse con toda seguridad que no llevaba medalla alguna al cuello.

—Esa foto demuestra que el esqueleto que enterraron en el cementerio no eran el de Sebastián— musitó África en un susurro— Carol me preguntó qué debería hacer con el móvil. No sabía si entregárselo a los padres de Jorge, a los de Toño o a la policía. Ahora me ha trasladado a mí el problema. Quiero que me aconseje.

Inconscientemente se echó mano Noelia al rizo que le pendía sobre la frente y se enrolló el dedo en él. Al advertir que la otra seguía sus movimientos con la mirada soltó el rizo y escondió la mano debajo de la mesa para evitar la tentación, sintiéndose en ridículo.

—Déjeme pensarlo durante unos días— le pidió, rememorando la conversación que había mantenido con sor Consolación.

Que el chico que habían encontrado calcinado la Guardia Civil y ella en la casa abandonada y que estaba enterrado en el cementerio no era Sebastián no le ofrecía ninguna duda desde que hablara con la monja, pero no podía comunicárselo a nadie porque así se lo había prometido a ésta. Consiguientemente no había informado al matrimonio Armada de que su hijo adoptivo estaba vivo, pero quizás la fotografía de ese móvil le sirviese, sin faltar a su palabra, para convencerles de que renunciaran a interponer la querella contra el banco.

—Guárdelo usted y probablemente le pediré en breve que me lo preste—le respondió.

—Y ahora tengo que marcharme— le dijo África haciendo intención de levantarse—. He quedado con María, con Lorena y con Andrés en ir al cementerio a llevarle flores a los que fueron nuestros compañeros.

Se puso en pie y Noelia la siguió con la vista cuando cruzó la habitación y se encaminó hacia la puerta. Con la mano en el picaporte se volvió hacia ella con una chispita de esperanza en sus ojos oscuros.

— ¿No quiere replantearse el asunto de Héctor? — le preguntó tímidamente—. No se arrepentirá si lo hace. Algunas de las cosas que le dijo son verdad, entre otras que tiene mucho dinero.

— ¿Gana mucho cómo logopeda? — inquirió Noelia intentando disimular la ironía con la que formuló la pregunta.

—No, como logopeda no. Trabajamos mucho y estamos bastante mal pagados, pero su familia tiene mucho dinero y él también. ¿Puedo decirle que está usted considerando la posibilidad de olvidar la tontería que cometió cuando se presentó aquí la primera vez? Le aseguro que no se arrepentirá.

Se lo preguntaba con tanta ansiedad, que no fue capaz Noelia de decepcionarla.

—Dígale que lo pensaré. Si cambio de opinión la llamaré por teléfono y… y salude a sus compañeros de mi parte. Si la policía vuelve a molestarla, llámeme.

Salió África a la calle y se dirigió hacia el aparcamiento subterráneo donde había dejado su coche. Ensimismada en sus pensamientos no reparó en el individuo que la seguía a cierta distancia. Se cubría la cabeza con un sombrero de fieltro y los ojos con unas gafas oscuras, adecuadas para protegerlos del sol, pero no para deambular por la calle en un día tan gris. Empezaba a lloviznar y en el firmamento iban agolpándose los nubarrones presagiando un inminente chubasco. La tarde no podía ser más oscura ni más tristona y se sintió ella contagiada por la melancolía del ambiente que se respiraba mientras caminaba a paso ligero hacia la entrada del estacionamiento y descendía luego por la escalera hasta la primera planta.

¿Qué habría sentido Carol en sus últimos momentos?, se preguntó mientras bajaba uno a uno los peldaños. ¿Se habría encontrado mal de repente y la habría llamado para que la ayudase a salir de la piscina? Y mientras tanto ella, ignorante por completo de lo que le sucedía a la otra, se mudaba de ropa en el vestuario pensando tontamente en lo que se iba a preparar de cena en cuanto llegara a su casa, en lugar de preocuparse por su amiga. Por su amiga no, rectificó, nunca lo había sido, por su antigua compañera de estudios. ¿De haber regresado a buscarla a la piscina habría llegado a tiempo de salvarle la vida?

Pero también podía haberse ahogado porque alguien lo hubiera planeado así. Alguien que hubiera permanecido agazapado al otro lado de la puerta de la nave esperando a que ella y el socorrista salieran para entrar sigilosamente después y agredir a la otra. ¿Pero por qué? No sabía que Carol tuviese ningún enemigo. Era tal vez algo frívola e insustancial, pero no solía enfrentarse con nadie, sino más bien al contrario. ¿Se trataría quizás de un novio con el que hubiera terminado recientemente y que no se hubiera resignado a que ella le dejara?

Notó por primera vez algo extraño a su espalda cuando remató el descenso y pisó el pulido pavimento de cemento, aunque pensó que no tenía nada de particular que alguien bajara detrás de ella para recoger su coche. Lo raro era que esa persona no la alcanzara y continuara caminando a cierta distancia, siendo como era de corta estatura y consiguientemente con unas piernas más cortas que las de la mayoría. El desconocido seguía detrás, y acompasaba sus pasos a los suyos. Probó a andar más despacio y la sombra que la seguía hizo lo mismo. Aceleró ahora el ritmo de su marcha y oyó más rápidas también las pisadas de su perseguidor. ¿Habría tenido esa persona algo que ver con la muerte de sus compañeros y la habría elegido ahora a ella, porque había decidido que le había llegado el turno?

Aunque en el aparcamiento hacía frío, sintió la frente perlada de sudor. Sin pensarlo dos veces echó a correr entre las hileras de vehículos hasta que alcanzó su automóvil y se introdujo dentro. Echó el seguro de las puertas y dirigió una mirada a su alrededor. En la nave no había nadie. La iluminación era mortecina, pero se distinguían perfectamente los coches estacionados en filas rectas y el brillante pavimento de color rojo. Pero estaba segura de haber oído los rítmicos pasos de alguien que la seguía, no era posible que lo hubiera imaginado.

Introdujo la llave en el contacto y arrancó para dirigir su Opel hacia la rampa de salida y ascendió por ella hasta la calle, dirigiendo incesantes miradas al espejo retrovisor. Al salir al aire libre un aluvión de agua se estampó contra el parabrisas. Como era previsible que acabara por llover en un día tan gris, tan invernal, llevaba un paraguas en el maletero por lo que no se preocupó por el mal tiempo. Solo por comprobar si algún automóvil la seguía.

No atisbó a ninguno que le pareciera sospechoso cuando enfiló la calle de Alberto Aguilera ni más tarde, cuando tras callejear entre un tráfico intenso, tomó la de María de Molina. Tenía los nervios a flor de piel por lo que pensó que probablemente lo habría imaginado. La conversación que había mantenido con la abogado de los Armada la había tranquilizado un tanto, sobre todo le había servido para desahogar sus temores. Allí, en aquel despacho tan prestigioso, en el que se respiraba un aire de confort a la par que práctico, parecía absurdo todo lo que le había contado, pero ahora, al atravesar la puerta del cementerio de

La Almudena habían vuelto de improviso a tornarse tan vívidos sus temores como si acabara de salir de un cine en el que proyectaran una película de terror.

Condujo con cuidado por la amplia avenida, flanqueada a ambos lados por sepulcros y panteones, en su mayoría adornados con flores, y distinguió a lo lejos el grupo formado por sus tres compañeros junto a la tumba de Carol. Habían quedado allí para visitar luego la de Jorge y la de Toño y dejarles también sobre la lápida un ramito de crisantemos, que se había ofrecido a comprar María. Como le sucedía casi siempre a África, a esa distancia le pareció ésta más alta y más angulosa de como la recordaba, aunque hacía tan solo unos días que la había visto. Al contrario que los demás compañeros, no había mejorado con los años, sino al contrario, como si la naturaleza, al otorgarle una mente privilegiada, hubiera decidido que no le correspondía ser acreedora también de un físico agraciado. Con el abrigo marrón que vestía y que casi le llegaba a los tobillos, se asemejaba a una espingarda huesuda sobre la que asomaba la cabeza de Andrés, que se encontraba tras ella y que en ese momento hablaba con Lorena. Ésta sí que había mejorado desde que salieran del instituto. El acné que afeaba su rostro había desaparecido, había crecido un par de centímetros y su cabello, entonces lacio y sin brillo, había adquirido una consistencia nueva que le permitía a su melena agitarse cadenciosamente al compás de los movimientos de su cabeza. Y también Andrés parecía otro. Sin el acné que entonces le afeaba, resultaba ahora hasta atractivo. Había ensanchado, además, por lo que su silueta no era ya larguirucha y desgalichada.

Aparcó el coche junto a la acera y se reunió a pie con ellos, que la recibieron cabizbajos.

—Llevamos un rato esperándote—le dijo Lorena en tono bajo y recriminatorio—. No queríamos dejarle las flores a Carol antes de que llegaras tú. Ella tiene que saber que son un regalo de los cuatro. Que la recordamos y que la echamos de menos.

Al oírla, la envolvió María en una mirada desdeñosa.

—No creo que desde el lugar en el que se encuentre le importe mucho quién o quiénes le llevan flores a su tumba ni si la echamos de menos o no. Es una costumbre, pero me estoy preguntando en este momento si tiene algún fundamento que estemos aquí con ese propósito.

—Lo tiene para los que seguimos en este mundo— replicó África, molesta por el tono con el que se había dirigido a Lorena, acorde con la pobre consideración con la que valoraba a su amiga. Exceptuando a Carol, a la que admiraba por su aspecto físico y por la facilidad con la que atraía a los miembros del sexo masculino, no perdía ocasión María de manifestarles a los demás que en su opinión su inteligencia dejaba mucho que desear.

—En eso tienes razón— le concedió María condescendientemente—. La masa formada por individuos humanos ni entiende ni razona. Actúa siguiendo a la mayoría sin saber por qué lo hace, igual que si fuera la oveja de un rebaño.

Aunque Andrés no solía tomar en serio las impertinencias de la otra, en esa ocasión le irritó el tono con el que le había contestado a Lorena.

—Ya sabemos que tú eres un lince y que estás a la altura de Einstein y de otros fenómenos— le dijo sarcásticamente—. No podemos competir contigo, pero si a Lorena le satisface pensar que desde el más allá nos están viendo y agradecen nuestro gesto de traerles flores, me parece que deberías respetarlo. Me pregunto además que por qué si piensas lo que piensas has venido a secundarnos. Si te parece una tontería lo que estamos haciendo, podías haberte quedado en tu casa resolviendo ecuaciones de incógnitas infinitas, lo que ya sabemos que solo puedes hacer tú y alguna que otra mente prodigiosa.

No tenía costumbre María de que se metieran con ella ni de que le hablaran en ese tono tan corrosivo y durante unos segundos se quedó aturdida mirándole tras los gruesos cristales de sus gafas.

—Eso que me has dicho es una grosería— masculló al fin—. No he tenido intención de molestar a Lorena, pero si le ha caído mal lo que le he dicho, debe de ser ella la que se defienda, no que te utilice a ti de portavoz.

— ¿Qué le utilice? — protestó la aludida girando la cabeza del rostro de ella al de él— Yo no le estoy utilizando. Simplemente me ha leído el pensamiento y lo ha traducido en palabras. No pierdes ocasión de decirme que soy tontita, quizás porque no comprendo muy bien la teoría de la relatividad, pero te aseguro que mi caso no es único ni mucho menos y desde luego en mi profesión no he tenido que planteármela en ninguna circunstancia para explicársela a mis alumnos. Lo que ha hecho Andrés ha sido simplemente intentar hacértelo comprender.

—Ya—masculló desdeñosamente María—. Igual que cuando íbamos al instituto y corría detrás de ti sin que al parecer bajaras de las nubes y te dieras por enterada. ¿Te has decidido ya a decirle algo? —le preguntó a Andrés, que al oírla se puso rojo como un pimiento.

—No digas más tonterías— farfulló éste.

—No son tonterías y solo trato de hacerte un favor— se engalló ella, que estaba disfrutando abochornándolos a los dos—. Parece mentira que, a ti, al que se le daban tan bien las matemáticas y que resolvías en un santiamén los problemas que nos planteaba el profe en la pizarra, te resulte tan difícil decirle algo a una chica a la que conoces desde la infancia. Te advierto que Lorena no es de las que las cazan al vuelo.

Con su última frase pretendía meterse nuevamente con lo que consideraba falta de agudeza mental de ésta y

África saltó indignada, adelantándose a Andrés que también parecía dispuesto a decirle alguna barbaridad,

— ¿Por qué no te callas, María? — intervino la chica—. Hemos venido a dedicarles un recuerdo a los compañeros que ya no están, no a meternos los unos con los otros, ¿entiendes? Ya sabemos que tú eres la más lista de todos nosotros. Entonces eras la primera de la clase, igual que Sebastián, y además nos lo repites en cuanto tienes ocasión.

—Eso no es cierto— protestó la otra.

—Sí lo es y ya que posees un cerebro tan privilegiado podrías darme tu opinión sobre un asunto. La policía me ha entregado los objetos personales de Carol y entre ellos el móvil de Jorge, que recogió ella del suelo cuando le atropellaron. No sé qué debo hacer con él. Se lo he preguntado a Noelia Villarroel y me ha contestado que lo pensará. Demuestra por la foto del cadáver calcinado, que el que enterraron no pertenecía a Sebastián y que la medalla de plata que llevaba al cuello se la colgaron poco antes de que le encontrara la policía. ¿No crees que debo mostrársela a sus padres?

—Desde luego— repuso rápidamente María—. Pero déjame ver otra vez esa foto. No estoy segura de que se vea con absoluta claridad que Sebastián no llevaba ese día la medalla.

Extrajo África el móvil de su bolso, le buscó la fotografía y se lo pasó a la otra que la estudió detenidamente. En el interregno levantó aquella la mirada hacia lo lejos y entonces le pareció ver a un individuo que, inmóvil, les observaba y que se ocultó detrás de un árbol en cuanto sus ojos se cruzaron. ¿Sería el mismo tipo que la había seguido en el aparcamiento? Se preguntó reprimiendo un estremecimiento.

Ignorante por completo de lo que África sentía en esos momentos, retuvo en sus manos el móvil María.

—Reitero lo que he opinado hace un instante—le aconsejó con su acostumbrado tono doctoral—. Déjamelo si quieres y se lo enseñaré en primer término a los padres de Sebastián y después a la policía—. ¿Quién será entonces la persona que enterraron en esa tumba en la que acabamos de depositar un ramo de flores? Creo que deberíamos entonces recuperar ese ramo, ya que debe tratarse de un desconocido que acabó quemado también en la casa abandonada, pero que no era Sebastián. ¿No os parece?

—No, no nos lo parece— replicó secamente Andrés, que se había recuperado ya del sofocón que le había producido el desafortunado comentario de María—. Si en esa tumba está Sebastián, de lo que no estamos seguros, se merece ese gesto por nuestra parte y si es un desconocido, se merece también que alguien se interese por él después de su muerte. Ahora vamos a depositar un ramo de flores sobre la tumba de Carol y a seguir hasta la de Toño y a la de Jorge para hacer lo mismo. Si a ti te parece una tontería puedes sentarte en un banco y esperarnos.

—Pues mira, sí— gruñó María entregándole las flores— He venido con Lorena en su coche, por lo que esperaré a que terminéis de hacer esa pantomima. Como no veo ningún banco por los alrededores me daré un paseo mientras tanto entre esos panteones y luego volveré aquí para reunirme con vosotros. Hasta luego.

Se separó de ellos para encaminarse hacia las tumbas que había indicado y los otros tres intercambiaron una apesadumbrada mirada. En aquel día tan gris y en el melancólico lugar en el que se hallaban, el comportamiento de María adquiría unas proporciones lamentables, muy superiores a las que le habrían dado en otras circunstancias. También las alusiones de ésta a los sentimientos de Andrés hacia Lorena habían creado un clima incómodo entre éstos, que no se miraban y caminaban lo más alejados posible el uno de la otra. Pensó África que en ese momento constituía ella un estorbo para los dos y buscó una excusa para dejarles solos. Con esa finalidad le entregó a Lorena uno de los ramos.

—Llevadle estas flores a Toño. Yo depositaré este otro sobre la tumba de Jorge.

Colocó uno sobre el sepulcro de Carol y luego se alejó de Lorena y de Andrés para encaminarse hacia unos muros rojizos con innumerables nichos en su pared que formaban unos pasillos con otros similares. Creía recordar que hacia el final del corredor había sido enterrado Jorge y esperaba encontrar su sepultura sin demasiada dificultad, aunque en ese momento todos le parecían iguales.

Una gota de agua le cayó en la nariz y levantó la cabeza hacia un firmamento negro como el tizón, recriminándose por haber dejado el paraguas en el coche. Fue solo un instante, porque un segundo más tarde oyó algo que la alertó. El casi imperceptible sonido de unos pasos al otro lado del muro que formaba el pasillo por el que caminaba la obligó a encogerse sobre sí misma y a olvidarse de la preocupación por la previsible tromba de agua que no tardaría en abatirse sobre ella. Unos pasos casi inaudibles, como los que había percibido poco antes en el aparcamiento donde había estacionado su coche. ¿Sería el tipo que unos minutos antes observaba desde lejos el grupo que formaban María, Andrés, Lorena y ella? ¿Y por qué o para qué les estaría mirando con tanto interés? Le había dicho a Noelia un par de horas antes que estaba asustada, pero no había sabido expresar hasta qué punto tenía miedo. Claro que no estaba en manos de la otra ayudarla en situaciones como la que se hallaba en ese momento. Era una abogado, no un policía que pudiera protegerla del hombre que caminaba de puntillas por el pasillo paralelo al que ella recorría.

De improviso cesó el leve sonido de los pasos que la habían alarmado. El silencio más absoluto se cernió a su alrededor, si se exceptuaba el tintineo de alguna gota de agua suelta que se desprendía de unas nubes que no se decidían a dejar caer su carga sobre la tierra. Se giró en redondo temiendo que el desconocido se hubiera introducido en el corredor y se hallara ahora a su espalda, pero no. Su pasillo se extendía hacia lo lejos, brumoso y solitario.

¿Y si regresaba a reunirse con Andrés y con Lorena?, se preguntó. Juntos buscarían el nicho de Jorge, depositarían sobre su lápida el ramo de flores que llevaba en las manos, que le temblaban ostensiblemente, y en cuanto dieran con María se marcharían. Trató sin conseguirlo de dominar el temblequeo, que se había extendido también a sus piernas, tratando de precisar con claridad el motivo. Nunca le habían dado miedo los cementerios ni los muertos, era otra cosa lo que temía. Era la sensación de que algo horrible iba a suceder de un momento a otro. Había sentido a menudo algo parecido cuando en una sala de proyección y viendo una película de suspense la música desgranaba unos acordes tenebrosos y la cortina que cubría la ventana se movía unos centímetros denotando que el malo se ocultaba detrás de la misma. Pero ella no estaba en el cine en ese momento, se dijo. Estaba viviendo una realidad y lo que tenía que hacer era inspirar hondo, dejar de imaginar tonterías y regresar a buscar a sus amigos.

Había llegado al final del pasillo que iba recorriendo. Allí terminaban los paredones rojizos y se extendían hasta el infinito los panteones como manchones blancos. Algo llamó su atención al pie de uno próximo y al fijarse mejor vio a María sentada sobre la base de una de las dos columnas que flanqueaban uno de éstos. Estaba muy quieta, con la cabeza inclinada hacia el lado contrario y más alejado del lugar en el que ella se hallaba y se le acercó apresuradamente.

—Vámonos, María. Va a empezar a llover de un momento a otro y me he dejado el paraguas en el coche. No encuentro además la tumba de Jorge. Creía que daría con ella, pero mi sentido de la orientación deja mucho que desear y este cementerio además se parece a un laberinto. ¿Pero no me oyes?

Había intentado zarandearla por un hombro, pero desistió en el acto al notar que el cuerpo de la otra no ofrecía resistencia y que se desplomaba sobre el suelo. No presentaba ninguna herida que sangrara ni signo alguno de violencia. Una horrible premonición la asaltó y se inclinó sobre ella para tomarle el pulso en la carótida. Su piel estaba caliente pero no percibió el menor latido bajo sus dedos.

— ¡María! — le gritó.

Algo que tenía ésta a la altura del pecho se desprendió de su abrigo marrón y se cayó a su lado. Aturdida, lo recogió África. Era una jeringuilla hipodérmica, que observó entre sus dedos como alucinada y que luego arrojó a lo lejos. Después empezó a llorar histéricamente mientras intentaba levantar a la otra. Pesaba como el plomo por lo que terminó por desistir y se arrodilló a su lado hipando inconteniblemente. Así las encontraron Andrés y Lorena cuando doblaron la esquina del pasillo un par de minutos más tarde.

*   *   *

Ahogaba Noelia un bostezo mientras redactaba la contestación a una demanda, cuando sonó el teléfono interior. Al llevarse al oído el auricular, oyó la voz alterada de Flor, lo que en ella era sumamente infrecuente.

—Noelia, te llama don Héctor Zúñiga. Está muy nervioso y me ha dicho que es muy urgente que hable contigo. ¿Te lo paso?

Lo consideró ella durante unos segundos y concluyó diciéndose que nada de lo que ese joven pudiera referirle le interesaba lo más mínimo. Como le había repetido hasta la saciedad, había cientos de abogados en Madrid que estarían encantados de solucionarle ese problema tan grave que opinaba él que tenía y hasta era posible que esos compañeros se divirtieran escuchando las historietas de los condes y de los duques que el chico hilaba tan bien.

—No me lo pases, no— le replicó a la secretaria—. Dile que estoy reunida con unos clientes importantes y que no crees que termine en toda la tarde.

—Pero es que está al borde de la histeria—objetó la otra—. Me ha pedido que te pase la comunicación, primero educadamente, luego levantando el tono y finalmente a grito pelado. ¿Por qué no hablas con él? Nadie se pone así, si no es por un motivo serio.

—Es que sus motivos serios me importan un comino— refunfuñó—. Aconséjale que hable con Miriam, que es más paciente que yo y que seguramente le escuchará sin interrumpirle.

—Miriam no está— le recordó Flor— Tenía una vista esta mañana en los juzgados de la Plaza de Castilla y tardará en volver.

—Pues entonces inventa la excusa que se te ocurra, porque no me voy a poner al aparato. Faltaría más.

Colgó muy digna el auricular y trató de concentrarse nuevamente en el escrito que estaba formalizando, pero no lo consiguió. Por una vez pensó que quizás su madre tuviera razón al aconsejarle que dominara su mal genio. Claro que su progenitora era un ama de casa a quien probablemente nadie le hubiera tomado el pelo, como aquel muchacho la tarde en la que le había conocido. No sabía cómo habría reaccionado de haberse encontrado en un caso similar, pero suponía que tampoco se hubiera prestado a que aquel engreído repitiera su historieta en una segunda ocasión.

Con otro bostezo terminó de redactar la contestación a la demanda que tenía entre manos en el ordenador que tenía sobre la mesa y estaba a punto de imprimirla cuando oyó una algazara en el pasillo. Creyó entresacar del griterío la voz de Flor discutiendo a voces con alguien que se aproximaba a su despacho, cuando se abrió violentamente la puerta que tenía enfrente y apareció en el umbral el joven que había llamado por teléfono poco antes. Venía despeinado y sin abrigo, aunque esa mañana hacía un frio helador, con un pantalón vaquero y un deslucido jersey rojo de cuello alto. De un manotazo apartó a Flor que trataba inútilmente de impedirle el paso, avanzó como una fiera hasta su mesa y le atizó un puñetazo al tablero que retembló lastimosamente.

—Así que está usted reunida, ¿verdad? — le gritó Héctor furibundo— Podía al menos ponerse al teléfono cuando se la llama y enterarse del motivo. Puedo asegurarle que por mi gusto no habría recurrido a usted. Puede que sea una magnífica profesional, no lo dudo, pero como persona es usted inaguantable.

Parpadeó Noelia perpleja, retrepándose en el respaldo de la butaca para alejarse lo más posible de él.

—Vaya, pues muchas gracias. Tampoco me parece usted a mí una persona encantadora, aunque tengo que reconocer que posee una magnífica imaginación. Me alegro también de que no tenga el menor interés en encomendarme profesionalmente ningún asunto. Y ahora que ya se ha desahogado, ¿sería mucho pedirle que se largara? Estoy muy ocupada y...

La interrumpió él rojo de ira.

—Sí sería mucho pedirme. Vengo, muy a mi pesar, a informarla de que han detenido a África y de que ella me ha llamado al móvil para comunicármelo, después de intentarlo inútilmente con usted. Está en la comisaría de la Elipa y quiere que la saque de allí o que, si eso no es posible, la asista en su declaración ante la policía.

Había dado Noelia un respingo en la butaca al oírle.

— ¿Qué la han detenido? ¿Y por qué la han detenido?

—Al parecer han matado a otra chica que había sido compañera suya de estudios con la que había quedado en el cementerio para llevarle flores a los otros compañeros que también han muerto últimamente. Según me ha dicho, esa chica, que se llamaba María, se separó de ellos y África la encontró más tarde sentada a los pies de un panteón.

— ¿Muerta?

—Sí, no presentaba signos de violencia, pero la autopsia ha revelado que le inyectaron aire en vena con una jeringuilla hipodérmica, después de adormilarla con éter. África había recogido del suelo esa jeringuilla. La tenía María sobre el abrigo y, cómo puede usted suponer, dejó África sus huellas dactilares sobre la misma. Por esa razón la han detenido.

Tardó Noelia en reaccionar. La veía sentada frente a ella en el despacho días antes y su expresión cuando le decía que tenía miedo y que no entendía muy bien lo que estaba sucediendo a su alrededor. Y para colmo había muerto otra chica más del grupo que había participado en aquella excursión siete años antes, en la que aparentemente Sebastián había perdido la vida. Ahora que sabía que éste no había muerto, no acertaba a plantearse cuál debería ser el camino a seguir por ella, ya que le había prometido a sor Consolación guardar el secreto.

—Iré inmediatamente a esa comisaría— le dijo al joven que seguía inclinado sobre la mesa con sus negrísimos ojos chispeantes—. Gracias por haber venido a darme la noticia. Tenga por seguro que de haber sabido que se trataba de África habría cogido en el acto el teléfono.

Se había puesto en pie y Flor, que había asistido en silencio a la conversación entre los dos, retrocedió marcha atrás en cuanto ella descolgó su abrigo del armarito que se hallaba en la pared de enfrente, junto a la puerta. La secretaria ya había salido del despacho y Noelia, se dispuso a hacer lo mismo, pero él la retuvo antes de que terminara de bordear la mesa, donde había regresado para recoger su bolso.

—Tengo el coche aquí abajo, estacionado en una plaza reservada a minusválidos y puedo llevarla, si quiere.

Le dirigió ella una mirada de soslayo recorriendo su alta figura de arriba a abajo.

— ¿Es usted minusválido?

—No, pero no he encontrado otro sitio donde aparcar y me urgía informarla de lo ocurrido. ¿Quiere que la lleve en mi coche o prefiere tomar el Metro para perderme de vista cuanto antes? Porque supongo que habrá utilizado ese medio de transporte para venir a la oficina. En este barrio no hay quien aparque.

—Iré con usted— decidió magnánimamente Noelia, diciéndose que no tenía ningún sentido y resultaba poco práctico mantener en alto el hacha de guerra en unos momentos en los que lo urgente era acudir cuanto antes en la comisaría aludida—. No me dejarán entrevistarme con África antes de que la interrogue la policía, así que me vendrá bien que me cuente por el camino todo lo que sepa.

— ¿Y por qué no la van a dejar entrevistarse con ella? — inquirió él que la seguía apresuradamente por el pasillo—. ¿No es usted su abogado?

—Sí, pero no se nos permite hablar con nuestros clientes antes de que declaren. Solo después.

— ¿Y qué sentido tiene eso?

Noelia se encogió de hombros apretando el paso por el corredor.

—Pregúnteselo al legislador, que es el que tuvo la ocurrencia. Con nuestra asistencia se persigue que garanticemos sus derechos, o sea, que se le informe sobre qué delito que se le imputa ha motivado su detención, no que además les aconsejemos las respuestas que deben dar a la policía, ¿comprende?

—Sí, pero me parece absurdo. África está muy nerviosa y puede contestarles cualquier tontería. Es lista, pero controla mal sus emociones.

— ¿La conoce hace mucho tiempo?

Habían llegado a la antesala, donde Flor, ya sentada tras su mesa y algo despeinada por su forcejeo con Héctor, les dirigió una inquieta mirada, a la que correspondió Noelia con una tranquilizadora sonrisa. Cuando salieron del piso y llamaron al ascensor no había recibido aún la respuesta de él, por lo que levantó la cabeza hacia su rostro para analizar su expresión. Tenía el ceño fruncido y un aire ausente, como si se hallara muy lejos de allí.

— ¿Me ha oído? — insistió ella.

—Sí, estaba intentando precisar el tiempo que ha transcurrido desde entonces. Unos dos años, diría yo. La contrataron en el centro de logopedia unos meses antes que a mí. Es una persona estupenda, pero pierde los nervios con facilidad.

— ¿Y usted no? — le preguntó con sorna, ya dentro del ascensor, rememorando la entrada de él en su despacho minutos antes, emulando con absoluta perfección a la de un toro al que le hubieran dado suelta del toril.

—Por regla general, no—replicó Héctor— Me considero bastante calmado, pero también a mí me ha ido alterando los nervios todo lo que ha ido sucediendo en el entorno de ella. Me refiero a la muerte de sus amigos. Es incomprensible que uno tras otro hayan ido muriendo accidentalmente con pocos días de diferencia. África temía que hubiera alguien detrás de esas muertes y que hubieran sido intencionadas. Y lo que le ha sucedido a esta última, a María, parece confirmarlo. ¿No cree?

Se apartó Noelia los rizos de su frente para eludir la tentación de enrollarse uno en un dedo mientras reflexionaba sobre ello.

—No cabe duda de que el uso de la jeringuilla para inyectarle aire en vena denota claramente la intencionalidad de su autor, máxime cuando la había anestesiado antes con éter— admitió a media voz al tiempo que salía de la cabina del ascensor precediéndole—. Lo que me pregunto es el motivo.

—Sí, yo también— reconoció él—. Al principio no le di importancia a los temores de África, pero ahora pienso que hice mal. Son demasiadas casualidades. He hablado por el móvil mientras venía hacia su despacho con otra amiga suya que se llama Lorena, a la que también había llamado la policía para interrogarla. Me ha contado que África y María discutieron ese día y que terminaron por separarse. Que ella y otro amigo, Andrés, se encaminaron hacia la tumba de un tal Toño para dejarle un ramito de flores, que África se separó de ellos para hacer lo mismo sobre la de un tal Jorge y que María se marchó sola a darse un paseo, enfadada con África. Espero que Lorena no lo haya declarado así a la policía.

— ¿Que África y María habían discutido?

—Sí. Sería el colmo que la policía relacionara ahora a África con las muertes de los otros amigos, porque, según me contó en su momento ella misma, con todos ellos se había peleado instantes antes de que sufrieran el accidente en el que perdieran la vida. La policía puede darle otra interpretación a esos enfrentamientos. No la conoce y no sabe que ella sería incapaz de hacer daño a nadie.

Parecía estar absolutamente abrumado ante la perspectiva que acababa de apuntar y por primera vez sintió Noelia por él algo que se asemejaba mucho a la simpatía. No sería África su novia, como le había contado la tarde en la que le conoció en su despacho, pero no cabía duda de que le interesaba la chica de verdad. Se lo comentaría a Miriam, que era una casamentera y que se alegraría de tener a la vista un posible romance, pero sería un grave inconveniente para que la pareja llegara a tener un final feliz que a África la acusaran de asesinato y que el juez de instrucción decretara contra ella prisión provisional hasta que se celebrara el juicio. Y tampoco era eso lo peor que le podría suceder a la chica. El pronunciamiento del tribunal que la juzgara le parecía imprevisible en ese momento, ya que los magistrados considerarían también que era demasiada casualidad que se hallara ella en todas las ocasiones en el lugar de los crímenes, si es que lo habían sido, y que se hubiera peleado con cada una de las víctimas instantes antes de que encontraran la muerte.

Cruzaban la calle en ese momento por el semáforo y el joven que caminaba a su lado le dirigió una rápida mirada antes de comentarle:

—África me dijo que al amigo cuyo cadáver halló la Guardia Civil y que perdió la vida en un incendio le había dejado una considerable herencia en metálico una desconocida y que otro muchacho se había hecho pasar por el chico fallecido y la había cobrado. ¿Es eso cierto?

Dudó Noelia en contestarle la verdad, pero luego pensó que sería inútil negarlo, dado que la chica ya le había puesto al corriente de lo que había sucedido.

—Sí, es cierto.

— ¿Y quiénes deberían haber percibido el importe de esa herencia, dado que el tal Sebastián había muerto?

—Sus padres adoptivos.

—Imagino que estarán furiosos— conjeturó él. ¿No hay ningún procedimiento legal para que recuperen ese dinero?

—Lo más práctico es que la policía detenga al culpable y le haga devolverlo.

—¿Y si no consigue detenerle? ¿No hay ningún procedimiento judicial?

—Sí lo hay, pero tienen que concurrir una serie de requisitos que no siempre se dan. Es complicado.

— ¿Y cómo habrá podido ese estafador justificar su identidad haciéndose pasar por el muerto? Necesariamente tendría que haber falsificado la documentación que aportó en la notaría y en el banco.

—Sí, claro— repuso Noelia, preguntándose que a qué obedecería el interés con el que se lo preguntaba.

— ¿Y ese delito está muy penado? ¿Qué podría pasarle a ese chico si le localiza la policía y le detiene?

—Le caerían unos cuantos años— replicó ella sin ganas de explayarse—. ¿Por qué lo pregunta?

—No, por nada.

Se aproximaban en ese momento hacia un Audi de color gris perla, estacionado junto a la acera en una plaza destinada a minusválidos y se lo señaló él con un ademán.

—Ese es mi coche.

No entendía Noelia mucho de automóviles, pero le pareció un modelo caro y por el número de la matrícula recién adquirido y mientras se introducía en el asiento del copiloto se preguntó si habría algo de verdad en la historia que le había referido él el día en el que se presentó en su despacho por primera vez en compañía de África. ¿Sería realmente el hijo de un conde que pretendía desheredarle?

Como si le hubiera leído el pensamiento sonrió él con algo de ironía mientras arrancaba el motor y le dirigía una mirada de soslayo.

—No, no soy hijo de un conde. Cuando pase todo esto y estemos los dos tranquilos, si quiere escucharme, se lo referiré. Yo… la verdad es que no sé qué hacer.

Le observó ella en silencio mientras conducía él con la mirada fija en el trayecto que iban recorriendo y se preguntó que a quién le recordaba. Le había visto antes en alguna parte, pero no conseguía localizar el lugar ni su identidad. ¿Sería en alguna revista del corazón en la que los famosos cobraban por conceder una exclusiva? ¿O sería en un periódico en el que aparecía fotografiado por la comisión de un delito? Algo como un fogonazo se encendió en su cerebro de improviso. Ya sabía. Había sido en el cementerio la grisácea mañana en la que enterraron el cadáver calcinado que habían atribuido a Sebastián. Le vio a lo lejos borroso por la bruma y la estaba mirando fijamente. Cuando sus miradas se cruzaron desapareció entre la niebla.

— ¿Le busca la policía? — inquirió a media voz, preguntándose si la seguiría con intenciones poco claras y se habría valido de África para entablar con ella una relación más próxima y más preocupante. Quizás fuera un psicópata que odiara a las mujeres abogados o quizás fuera un delincuente que deseaba que le defendiera si llegara el caso.

Frunció él el ceño como si le costara asimilar la pregunta.

—Pues… pues la verdad es que no lo sé. Espero que no. Pero eso ahora no importa. Lo que importa es que África duerma en su casa esta noche. ¿Lo cree posible?

Lo consideró ella en silencio y terminó por esbozar un gesto negativo, que él no vio, por lo que tradujo su opinión en palabras.

—Me temo que no. La policía puede retenerla durante setenta y dos horas antes de ponerla a disposición del juez. Dependerá de lo que África declare, de las pruebas que tengan contra ella y de la convicción que se forme el juez. Es en las películas americanas en las que los abogados son todopoderosos y se presentan en la comisaria como si fueran dioses. Aquí no funcionan las cosas así y no podemos sacar a nuestros clientes del calabozo prestando una fianza. Son los jueces los que la fijan cuando lo creen conveniente, no los policías.

Se quedaron callados los dos y no volvieron a intercambiar una sola palabra hasta que llegaron a la comisaría. A Héctor no le dejaron pasar de la entrada, donde se quedó sentado en un banco, aunque protestó estentóreamente, y a Noelia la condujo el joven policía que se hallaba en la puerta hasta un despacho en el que la recibió amablemente el comisario, un hombre de mediana edad, alto y fornido, sentado en una butaca que parecía quedarle estrecha.

—Le agradezco que haya venido tan pronto— le dijo él con una sonrisa con la que mostró sus bien alineados dientes—. Una lástima lo de su cliente. Tan joven y ya involucrada en un delito tan serio. En uno o en varios, porque por la información que acabamos de recabar cabría considerar que se trate de una asesina en serie.

Intentó Noelia devolverle la sonrisa, pero solo consiguió emitir un gruñido.

—Me temo que están ustedes equivocados. ¿Me va a permitir hablar con ella antes de que le tomen declaración?

Sin perder su aire afable meneó él la cabeza en sentido negativo.

—No, ya sabe que no es posible, pero sí podrá hacerlo después. Supongo que usted tendrá prisa, todos los abogados la tienen, así que ordenaré que suban a esa chica ahora mismo del calabozo.

Minutos más tarde apareció África en el despacho flanqueada por dos policías que permanecieron en pie a su lado, a la par que otro funcionario uniformado entraba tras ellos y tomaba asiento en una mesita en la que había un ordenador. África se hubiera colgado del cuello de Noelia de habérselo permitido los dos policías que la escoltaban, pero tuvo que limitarse a dirigirle una mirada de socorro, a la que correspondió ella con una sonrisa tranquilizadora. Venía la chica con el cabello revuelto y el pantalón y el jersey que vestía sumamente arrugados. Aparentaba de esa guisa menos edad de la que realmente tenía y su aspecto resultaba tan patético que le sorprendió a Noelia que el comisario no se ablandase ante su vista y que al informarla del delito por el que se la había detenido le espetase de buenas a primeras que se la acusaba de asesinato en la persona de María Garrido. Pero no tenía de qué extrañarse, se dijo. Los delincuentes no respondían a una fisonomía determinada y el comisario que tenía enfrente les tomaba declaración a diario sin sentirse influenciado por su apariencia.

Dos lagrimones se desprendieron de los ojos de África al oírle y musitó con voz débil:

—Yo no he matado a María. Ni a María ni a nadie.

—Pero la conocía usted desde hace muchos años, ¿no es así?

—Sí. Fuimos juntas al instituto. Después no la había vuelto a ver hasta que hace un par de meses coincidimos en un entierro.

Hizo el comisario un gesto de asentimiento.

—En el entierro de otro compañero, si no me equivoco.

—No se equivoca. Ese chico había muerto siete años antes en un incendio, pero la Guardia Civil halló recientemente sus restos. En el entierro volvimos a encontrarnos sus compañeros más allegados.

—Eran ustedes ocho, ¿no es así?

—Sí.

—Y desde ese entierro han muerto cuatro.

—Sí.

—Y usted se hallaba precisamente en el lugar de autos cuando tuvo lugar el accidente, llamémoslo así, de cada uno de ellos.

Sostuvo África su mirada durante un segundo, pero la bajó casi inmediatamente.

—No sé por qué dice eso.

— ¿No? Hemos pedido las grabaciones de las cámaras de seguridad del Metro y se la ve a usted a espaldas de Antonio González Marín instantes antes de que el tren entrara en la estación. ¿Me va a negar que estaba detrás de él y que le empujó haciéndole caer a la vía?

Se quedó callada África con un lagrimón rodándole por la mejilla. De haber podido intervenir Noelia, le hubiera gritado que lo negara, pero no se le permitía pronunciar ni una sílaba en ese trámite en el que la otra parecía hallarse en trance y no acertaba a reaccionar.

—Yo no le empujé— susurró al fin—. No estaba tan cerca de él, además. Había por lo menos dos o tres personas entre Toño y yo.

— ¿Vio que le empujara otra persona?

—No, no. Estaba en ese momento apretujada entre un gentío, que me sacaba la cabeza, porque eran más altos que yo. No vi nada. Solo oí el griterío de los que estaban en primera línea y asistieron horrorizados a su caída a la vía en el momento en que el tren hacía su entrada en la estación.

Se acarició el comisario la barbilla mientras echaba una hojeada a unos papeles que tenía sobre la mesa.

—Tiene usted un Opel, ¿verdad?

—Sí. Lo compré hace un par de años con el dinero que heredé de mi madre, cuando ella murió.

— ¿Y recuerda lo que sucedió la tarde, en la que murió otro de sus compañeros, Jorge Sandoval?

Hizo África un gesto de asentimiento.

—Sí, esa tarde nos reunimos todos en casa de María y jugamos con un tablero de güija. Jorge creyó que yo había hecho trampa y se marchó muy enfadado.

—Y usted se marchó también. Se montó en su automóvil y le atropelló cuando cruzaba la calle.

—No, no. Aunque él había salido de la casa antes que yo, se entretuvo fuera del portal unos minutos en encender un cigarrillo. Estaba bastante oscuro, pero le vi cuando me dirigía hacia mi coche. Lo había arrancado ya y estaba a punto de doblar la esquina de la calle cuando le distinguí por el espejo retrovisor atravesando la calzada. No había un alma por las cercanías, pero de pronto un vehículo que estaba aparcado junto a la acera se puso en marcha y le arrolló. Luego se dio a la fuga, como una exhalación me adelantó y se perdió a lo lejos. Al darme cuenta de la que había sucedido frené en seco y volví corriendo al lugar donde estaba caído el cuerpo de Jorge, al tiempo que hacían lo mismo Andrés, Lorena y Carol, que acababan de salir del edificio de María. Andrés levantó en brazos a Jorge y le llevamos al hospital, pero no pudieron hacer nada por él.

—Ya— murmuró escépticamente el comisario.

—Es la verdad— protestó África, aunque sin la energía imprescindible para que su objeción resultase verosímil.

Noelia, que asistía en silencio a la declaración de la chica, se dijo que había asistido al interrogatorio de muchos delincuentes, culpables del delito que se les imputaba, que se habían declarado inocentes con una fingida sinceridad mucho más verosímil que la muchacha que tenía delante. Parecía sentirse abrumada por las acusaciones del comisario, como una niña cogida en falta a la que no se le ocurre qué alegar en su favor para justificarse. Incluso éste recibía sus respuestas con algo de extrañeza, como si no tuviera costumbre de que las personas que detenían en su comisaría confesasen sus crímenes con tanta facilidad. Se acodó sobre su mesa y le dijo en tono inquisitorio:

—Y unos días después fue a bañarse a la piscina de un gimnasio con otra de sus compañeras, con Carolina Vilaseca, y la ahogó. ¿Por qué lo hizo? Con esa chica no se había peleado esa tarde, ¿o sí?

—No, no. Yo no la ahogué. Era muy tarde e iban a cerrar el gimnasio, por lo que me fui al vestuario a cambiarme de ropa y Carol se quedó nadando un poco más.

Me enteré de lo que le había sucedido al día siguiente, cuando el encargado abrió el local y la encontró dentro del agua, boca abajo.

—¿Había alguien más en ese gimnasio cuando usted dice que se marchó?

—Creo que no, creo que solo debía de estar el encargado, pero no lo sé.

—Ya— repitió el comisario en un tono de incredulidad absoluta.

—Yo no le hice nada a Carol— insistió África con voz débil—. ¿Por qué habría de haber querido hacerle daño? Todas la admirábamos desde que éramos unas niñas, porque era muy guapa y traía de cabeza a los chicos de la clase. Si hubiera imaginado que iba a sufrir un mareo dentro del agua y que se ahogaría, no me habría marchado.

—Claro, claro— dijo el comisario como si la realidad fuese tan obvia que no mereciese que insistiera—. Pero antes de dirigirse al vestuario intentó estrangularla y le dejó los dedos marcados en el cuello.

—¿Yo?

—Sí, usted. Y supongo que tampoco tendría nada contra la última de las chicas que ha muerto, con María Garrido, aunque por lo que acaba de reconocer se había peleado con ella minutos antes. Y supongo también que se la encontró muerta en el cementerio, caída al pie de un panteón, y que inadvertidamente cogió la jeringuilla con la que un desconocido le había inyectado aire en vena. ¿Por qué la arrojó usted lo más lejos que pudo, si no había tenido nada que ver? ¿Para que no la encontráramos?

Se quedó mirándole África con sus ojos oscuros muy abiertos, como si ella también se lo estuviera preguntando en ese momento.

—Yo… musitó—. No lo sé.

—¿No sabe por qué la tiró?

—Creí que... No lo sé, fue un acto instintivo. Pensé que María estaría mareada o algo así y que por esa razón estaba en el suelo. La zarandeé para que se despertara y... tenía la jeringuilla sobre el abrigo y la cogí. No sé por qué la tiré.

—O sea que no sabe por qué lo hizo. No sabe tampoco el motivo por el que tres de sus otros compañeros murieron "accidentalmente" antes que ella. Tendrá que contárselo al juez y mucho me temo que tampoco la creerá.

Dio el comisario por finalizado el interrogatorio y el policía que había escrito la declaración de África en el ordenador la imprimió y se la entregó a Noelia para que la leyera. Había transcrito al pie de la letra las respuestas de África, por lo que aquella le indicó que la firmara y después lo hizo ella.

—Ahora, si lo desea, la dejaré sola con su cliente— le dijo a ésta magnánimamente el comisario.

—Sí— aceptó Noelia— pero quiero pedirle que permitan que suba también un pariente suyo que se ha quedado abajo, en la entrada.

—De acuerdo, pasen ustedes al despacho de enfrente, donde haremos pasar también a ese pariente. Encantado de haberla conocido.

Le dio un apretón de manos y las dos salieron al pasillo escoltadas por los policías que las dejaron solas en la estancia que el comisario les había indicado. Cuando la puerta se cerró tras los dos hombres, África se echó a llorar y Noelia la abrazó como si fuera una cría chica. Tan solo le llegaba al hombro, lo que incrementó la sensación que experimentó en ese sentido.

—Vamos, vamos— le dijo persuasivamente ella—. No es para ponerse así. Lo vamos a resolver.

— ¿Cómo? — hipó la otra—. Mi declaración ha sido un desastre. Me daba cuenta conforme le respondía al comisario, pero es que no era capaz de razonar con claridad. ¿Lo entiende?

—Claro que lo entiendo, pero lo que tenemos que hacer ahora es preparar lo que va a declarar delante del juez. Llorando no se soluciona nada.

—No, ya lo sé— admitió la chica secándose los ojos con un arrugado pañuelo que extrajo del bolsillo de su pantalón—. Pero es que no lo puedo evitar. Desde que asistí al entierro de Sebastián he sufrido lo que podría llamarse una premonición, la intuición de que estaba al borde de un precipicio y ya ve que tenía razón. No ha sido más que una casualidad que estuviera yo presente en cada una de las situaciones en la que mis compañeros de instituto han encontrado la muerte. Puedo asegurarle que no ha sido más que una casualidad.

Aunque era obvio que África necesitaba que la consolasen, pensó Noelia que no podía perder el tiempo en animarla. El comisario podía poner fin a la entrevista en cualquier momento y lo que urgía era aconsejarle lo que debería responder al juez de instrucción dentro de unas horas. Por esa razón la interrumpió.

—Por supuesto que no, pero vamos a lo práctico. Tiene que negar tajantemente delante del juez esas acusaciones. Sin llorar, sin dejar lugar a dudas. Daba la impresión al contestarle al comisario que estaba arrepentida de lo que había hecho, cuando lo que tiene que manifestar es que la han acusado injustamente.

—Sí, pero ¿cómo?

—De momento solo le imputan el asesinato de María. Las preguntas que le ha hecho el comisario sobre la muerte de sus otros compañeros no han sido más que elucubraciones. Haga hincapié en que por la diferencia de estatura le hubiera resultado a usted imposible aplicarle un pañuelo impregnado en éter a la nariz. Ella era muy alta, más de lo normal en una chica.

—Y yo muy bajita— terminó África la frase con los ojos brillantes, como si se estuviera imaginando la escena hasta en sus menores detalles—. ¿Pero y si hubiera estado sentada María al pie del panteón y me hubiera acercado a ella por detrás? Hubiera podido perfectamente cogerla de improviso, adormilarla con el éter y pincharla después en el brazo derecho con la aguja de la jeringuilla, levantándola la manga del abrigo y la del jersey que llevaba debajo. ¿Qué le digo entonces al juez cuando me lo haga notar?

Estudió su gesto Noelia disimulando su sorpresa. ¿Cómo sabía la chica que tenía enfrente dónde había recibido María la inyección de aire que le había costado la vida y qué ropa vestía debajo del abrigo? Averiguaría por medio del comisario en cuanto se la llevaran al calabozo cómo se habían producido los hechos.

—Dígale que usted no dispone de los conocimientos necesarios para practicar esa inyección— repuso con aparente aplomo— Porque supongo que efectivamente no los tiene, ¿o sí?

Se mordió África los labios y levantó hacia su rostro una mirada que a Noelia le pareció calculada.

—Pues verá… Fue después cuando decidí titularme en logopedia. Al principio me matriculé en enfermería y aprobé un curso entero. Después…

—O sea, que sí sabe poner inyecciones en vena— resumió Noelia con impaciencia.

—Sí, pero no le hice nada a María.

—Pues no se le ocurra informar al juez ni a nadie de que hizo ese curso. Puede que lo averigüe la policía, es lo más probable, pero por si acaso no haga el menor comentario sobre esos conocimientos que adquirió.

—Pero… quería también que supiera una cosa. Lo averiguamos después.

—¿A qué se refiere?

—Al móvil de Jorge. Me lo entregó a mí la policía con los objetos personales de Carol. Lo tenía ella cuando le atropellaron y en el cementerio se lo enseñé a María que decidió quedárselo para entregárselo a sus padres.

—Sí, ¿y qué?

—Que ya no lo tenía María en su bolso cuando después de su muerte me hice cargo de sus cosas. Debió de quitárselo el que la mató.

En ese momento se abrió la puerta del despacho y entró Héctor, que con el semblante demudado, se dirigió a África como si Noelia no se encontrara presente.

— ¿Qué?, ¿cómo estás? ¿Te van a soltar?

Pensó Noelia que estaba de más y se despidió de los dos, que no parecieron advertirlo. En cuanto cerró a su espalda la puerta del despacho, se aproximó a los policías que hacían guardia en el pasillo para preguntarles si podía el comisario volver a recibirla. Uno de ellos fue a preguntárselo y volvió segundos más tarde indicándole que podía pasar.

El comisario seguía tras su mesa y le sonrió al verla entrar.

— ¿Quiere preguntarme algo?

—Sí— admitió Noelia dejándose caer en el borde de la butaca que estaba al otro lado de la mesa—. Quería preguntarle una cosa, que de otro modo no averiguaría hasta que me den traslado del sumario, si es que llegan a imputarle el delito por el que han detenido a mi cliente. ¿Podría decirme en qué brazo recibió la víctima la inyección que le costó la vida?

El comisario revolvió los papeles que tenía sobre la mesa y luego levantó la mirada hacia ella.

—Sí, no tengo inconveniente. La recibió en el brazo derecho.

—Ya— musitó Noelia casi sin voz— Pues muchas gracias. Ya me marcho.

CAPÍTULO XII

El vendaval que había recorrido las calles la noche anterior soplaba también esa mañana en el parque de El Retiro sembrándolo de hojas secas, mientras Andrés y Lorena caminaban por un paseo enarenado, con la cabeza baja para defenderse del viento. Los árboles, desnudos de follaje, se alzaban hacia un cielo blanquecino en el que el sol se resistía a aparecer. Un invierno oscuro, frío y triste, pensó ella. Qué distinto de aquellos otros ya lejanos, que habían quedado atrás. Entonces eran estudiantes y en cuanto salían de clase aprovechaban para acercarse al estanque y alquilar unas barcas con las que remar hacia la fuente egipcia haciendo carreras. También entonces hacía frío en los inviernos y el viento zarandeaba también a menudo los árboles como si pretendiera arrancarlos de cuajo, pero era un frío distinto y el viento no gemía con tanta nostalgia como esa mañana. Parecía quejarse de que no fueran ya chiquillos y de que faltaran unos cuantos del grupo de amigos que acudían a ese parque al salir de clase.

Con un suspiro le indicó a Andrés un solitario banco en el que podían tomar asiento, ya que llevaban bastante rato paseando y estaba cansada. Se dejaron caer los dos en él y Lorena dejó vagar su mirada hacia lo lejos. Hacia el cercano estanque, en el que tampoco a esas horas se veía remar a ningún arriesgado navegante en las barcas que permanecían amarradas en el embarcadero. Era sábado, pero en contra de lo que solía ser habitual, no parecía que se hubiese animado nadie a salir de su casa para deambular por un parque que los fines de semana acostumbraba a estar más que concurrido.

Se levantó ella el cuello del abrigo y al ver su gesto le preguntó Andrés:

— ¿Tienes frío? Si lo prefieres, podemos meternos en una cafetería.

Meneó Lorena negativamente la cabeza.

—No, estoy bien aquí, dentro de lo que cabe. Sobre todo estoy preocupada por África, que sigue en el calabozo y a la que hasta el lunes no pondrá la policía a disposición judicial. Hablé ayer con su abogado que trató de tranquilizarme, pero noté que tampoco ella se sentía muy optimista, aunque intentó disimularlo. ¿Qué va a pasar ahora?

Le dirigió Andrés una rápida mirada y luego la bajó hacia sus manos, grandes y cuadradas.

— ¿Qué quieres decir? ¿Me preguntas si el juez la va a soltar?

—Sí, eso es lo que más me preocupa, aunque también…

Se interrumpió sin terminar la frase y él la animó a que continuara.

— ¿Qué? ¿Qué es lo que ibas a decir?

—Que qué nos va a pasar a los que quedamos. En el entierro de Sebastián éramos siete y solo quedamos tres.

Se acarició Andrés la barbilla y en sus ojos leyó ella un puntito de alarma.

—Sí, es bastante incomprensible lo que nos está ocurriendo, mejor dicho, lo que les ha ocurrido a nuestros compañeros. Uno tras otro y…

—Han ido cayendo como en una pesadilla absurda— continuó Lorena— ¿Crees que lo que está sucediendo puede obedecer al plan preconcebido de un chiflado? ¿De un tipo que nos odiara por habernos portado tan mal con Sebastián? Tú y yo nunca nos reímos de él, sino al contrario. Le defendimos como pudimos de las burlas de Toño y de Jorge, aunque quizás deberíamos haber dado la cara por él con más contundencia, pero éramos muy jóvenes y…

—Y estábamos plagados de granos— continuó él tratando de tomarlo a broma— Los humanos pretendemos ser aceptados por los demás en todas las edades, pero aún más en plena adolescencia y probablemente de habernos rebelado contra Toño y contra su eco, que era Jorge, no nos hubieran vuelto a admitir en el grupo. No hubiéramos perdido gran cosa, porque el que pretendía dirigirlo era un fanfarrón que dejaba mucho que desear. Tampoco Carol, tan guapa y tan pagada de sí misma, con una inagotable capacidad para tontear con todo el que llevase pantalones, era un modelo que imitar, ni María que se creía la reencarnación de Einstein, pero para nosotros era importante entonces sentirnos integrados en ese clan. La única que se atrevió a desafiar a sus líderes y a defender a Sebastián en todas las circunstancias fue África.

—Sí, aunque entonces era muy bajita, demostró ser la más valiente.

—Sigue siendo muy bajita— comentó él con sorna.

—Y aunque era una miedica, se ofreció a bajar al sótano a buscarle aquella tarde, cuando la tormenta amainó— recordó Lorena nostálgicamente—. No es justo lo que le está pasando. Que la hayan detenido precisamente a ella acusándola de haberse ido cargando a los demás carece de toda lógica, ¿no crees?

Al no oir su respuesta giró la cabeza hacia él. En silencio, parecía contemplar fijamente la rizada superficie del agua del estanque que se levantaba en minúsculas olas impulsada por las ráfagas de aire.

— ¿No te parece ilógico? — insistió.

—No lo sé, supongo que sí— repuso al fin.

—Está tarde tengo que ir a la comisaría donde la tienen retenida— continuó Lorena como si hablara en voz alta consigo misma—. Me han citado a las cinco para que declare lo que sucedió esa tarde en el cementerio.

—Sí, a mí también, pero a las cinco y media.

—O sea, que piensan interrogarme durante treinta minutos— dedujo ella—. No creo que invierta tanto tiempo en lo que les voy a decir. Les voy a decir que cuando doblamos la esquina del paredón de los nichos vi a María caída al pie de un panteón y a un hombre que se alejaba huyendo de allí con un maletín en la mano y al que no le vi la cara. Que segundos más tarde apareció África que venía por un pasillo paralelo que y al ver a la otra en el suelo intentó levantarla. Mientras nos acercábamos nosotros dos, reparó ella en la jeringuilla que tenía María sobre el abrigo y que sin duda había dejado caer con las prisas el hombre que había salido corriendo. Que la cogió y la tiró lejos para intentar nuevamente levantarla, a lo que la ayudamos nosotros cuando llegamos junto a las dos.

La había escuchado Andrés en silencio con una expresión de incredulidad que fue acentuándose conforme hablaba ella.

—Pero nada de eso es cierto— objetó—. Cuando doblamos la esquina de ese paredón no vimos a ningún hombre huyendo. Solo vimos a África sentada junto a María y cómo después tiraba esa jeringuilla a lo lejos.

—Ya lo sé, pero no voy a decir la verdad. En las comisarías no se jura y no se comete perjurio cuando se miente.

—Pero…— intentó interrumpirla él.

—Ya sé que no sucedió así y que no vimos salir huyendo a ningún tipo con un maletín ni tampoco sin él, pero es lo que voy a declarar. África no ha matado a María ni a nadie y no voy a permitir que la condenen por un asesinato del que es completamente inocente—. Levantó los ojos hacia el rostro de él para averiguar lo que pudiera estar pensando y añadió—: Pero no quiero comprometerte a tí. Si no quieres corroborar mi versión, puedes decir que nos separamos tú y yo unos metros antes y que cuando tú llegaste al pasillo de los panteones estábamos África y yo intentando reanimar a María, porque no sabíamos si seguía viva—. Reprimió un estremecimiento antes de continuar diciendo—: Aún estaba caliente cuando intenté tomarle el pulso. Ese tipo debía de haberle inyectado aire unos segundos antes.

— ¿De qué tipo hablas? Lo del hombre del maletín te lo has inventado.

—Bueno, sí, tienes razón, pero tuvo que ocurrir así.

Se acarició Andrés pensativamente la barbilla.

— ¿Por qué estás tan segura de que África es inocente? Tiene bastante genio y con todos los que han muerto se había peleado minutos antes.

—Lo sé porque la conozco bien — replicó tozuda—. Hemos sido amigas desde que éramos unas niñas.

—Sí, pero eso no es suficiente motivo. ¿Por qué estás dispuesta a arriesgarte contándole a la policía esa historieta del hombre del maletín?

Tardó ella en contestarle. Una pareja de jóvenes acababa de llegar al embarcadero y de subir a una barca y la siguió con la vista cuando comenzaron a remar en contra del viento que les salpicaba cuando levantaban los remos del agua.

—Creo habértelo comentado ya— repuso sin apartar su mirada de ellos—. Le vi a él la mañana en la que le enterraron.

— ¿De quién estás hablando? — le preguntó con un respingo de sorpresa.

—De Sebastián

—Si, ya nos lo dijiste en casa de Carol, pero supongo que te lo inventaste para hacerte la interesante. ¿Quieres decir que viste su féretro?

—No, quiero decir que le vi a lo lejos, detrás de un árbol, inmóvil, vigilándonos. Estaba asistiendo a su propio entierro. Llevaba gafas oscuras y una gorra en la cabeza y era también más alto de lo que le recordaba. Bastante más alto, pero era él. Le reconocí sin género de dudas y se lo comenté a Noelia.

—¿Y cómo lo sabes si no se le veía la cara y encima su estatura era muy superior a la que tenía la última vez que le vimos vivo? Cuando bajó al sótano aquella tarde debía medir un metro setenta y cinco centímetros. Tenía entonces diecisiete años por lo que efectivamente podía haber crecido algo después, si se hubiera salvado del incendio, pero desgraciadamente no se salvó. El ambiente que se respira en los cementerios ayuda a sufrir espejismos y mucha gente cree haber visto a sus seres queridos caminar entre las tumbas, porque es lo que les gustaría creer. Probablemente es lo que te ocurrió a ti la mañana de su entierro.

Meneó Lorena negativamente la cabeza agitando al mismo tiempo su melena.

—No sufrí ningún espejismo ni Sebastián era un chico por el que yo sintiera un cariño especial— protestó obstinada—. Simplemente me daba pena entonces y me parecía injusto y hasta cruel que Toño y Jorge se rieran de él y que no le permitieran jugar al fútbol con los demás en el patio del instituto. Es curioso que hayan sido los primeros en morir. ¿No te has dado cuenta de que han seguido el orden que merecían por su conducta de entonces? Inició la serie Toño, que fue el peor. Se creía gracioso y le amargó la vida al pobre chico, que probablemente necesitó la ayuda de un psicólogo para remontar su depresión, aunque no sé si sus padres se preocuparon lo bastante por él como para buscarle un especialista. Jorge fue siempre el eco de Toño y le atropellaron a continuación. En cuanto a Carol, Sebastián fue el único compañero de la clase al que ignoró como si no existiera, porque también a ti te ponía los ojos tiernos en cuanto tenía ocasión.

—¿A mí? — se extrañó Andrés riéndose—. No lo creo.

—Porque de chaval eras muy serio y muy distraído— insistió Lorena—. No te enterabas de nada.

—Ni tú tampoco— replicó él dirigiéndole una mirada de soslayo—. Corrías como una tonta detrás de Toño, que a su vez corría detrás de Carol. Y eso que opinas ahora que era un fanfarrón bastante estúpido.

Parpadeó aturdida al oírle. Salvo África que había sido y seguía siendo su confidente, nadie más sabía que Toño había sido en aquella época su ídolo. ¿Tanto se le notaría? ¿Y sería verdad lo que había dicho María la tarde en la que murió en el cementerio sobre Andrés y sobre ella? De ser cierto, tampoco se había dado cuenta entonces. Para disimular su embarazo arrancó a hablar precipitadamente.

—Y finalmente le llegó el turno a María, que nos hablaba desdeñosamente a todos, porque se consideraba un genio y a nosotros idiotas.

—Y probablemente era la más lista—admitió Andrés con sorna.

—Era la más lista de nosotras, pero no lo era más que Sebastián y ella lo sabía. Cuando se acercaban los exámenes, le pedía ayuda y después de superar brillantemente las pruebas no volvía a dirigirle la palabra y se reía a carcajadas con las puyas que le lanzaban Toño y Jorge. Se aliaba de nuevo con ellos en contra de Sebastián.

Una ráfaga de aire se abatió sobre ellos dispersándole la melena a Lorena en todas direcciones. También despeinó a Andrés, pese a que llevaba muy corto el cabello. Luego se alejó melancólicamente hacia el estanque levantando olitas de espuma y continuó luego hacia el monumento de Alfonso XII y hacia la fuente egipcia situados en una de sus orillas. La siguió él con la vista mientras le preguntaba escépticamente:

— ¿Y piensas entonces que todos esos contrasentidos son obra de Sebastián y que aquella mañana enterraron en su tumba a otro chico? No es posible. La Guardia Civil encontró sus restos carbonizados en la casa que Toño y Jorge incendiaron estúpidamente.

— ¿Y cómo sabes que eran sus restos y no las de otra persona cualquiera?

—El informe del forense que se presentó junto con la juez al levantamiento del cadáver dictaminó que pertenecían a un muchacho.

—Pero no necesariamente a Sebastián, porque no le practicaron la autopsia. Se negó su padre y con razón. Que había muerto quemado era obvio y no había con quien contrastar su ADN, porque había sido adoptado y se desconocía quién pudiera ser su familia biológica— alegó Lorena con énfasis.

Lo consideró Andrés en silencio y terminó por objetar:

—Pero no podían ser los restos de otro chico. Los dueños de la casa arreglaron las ventanas y la puerta a raíz de aquel suceso y la precintaron. Tengo entendido que nadie volvió a entrar desde entonces, así que, ¿de dónde pudo haber salido el esqueleto que hallaron en la bodega?

Se retiró Lorena del rostro la melena que el viento se empeñaba en echarle sobre el rostro y se encogió de hombros.

—No lo sé, pero imagina por un momento que Sebastián escapara por el tragaluz aquel día y que deseara desaparecer del entorno en el que había vivido hasta entonces para perder de vista a sus padres y a sus compañeros de curso. No sé dónde pudo esconderse, pero supongamos que consiguió hacerlo y que se ocultó de todos nosotros. Fue el último año en el que asistimos al instituto y después no nos habíamos vuelto a ver hasta la mañana de su entierro. Unos años después, ya mayor de edad y con la vida resuelta, se entera de que una señora gallega le ha dejado en herencia un montón de dinero y decide reaparecer para cobrarlo. Y ya de paso, como por lógica debía de estar resentido con todos los que formábamos parte de aquel grupo, se nos va cargando uno tras otros simulando un accidente. ¿No lo crees posible?

Frunció el ceño Andrés intentando concentrarse.

—Posible sí, pero en ese caso…

—En ese caso solo quedamos nosotros tres y quizás también sus padres adoptivos, quienes, por lo que me ha comentado África se portaron muy mal con él. O quizás quedemos solo tú y yo, porque África no mereció entonces que le hagan daño ahora.

Clavó su mirada en él aguardando su respuesta. Desde que recordaba, se había caracterizado Andrés por ser un chico sumamente cerebral, pero le consideraba incapaz de imaginar una posibilidad tan inusual, tan absurda como la que acababa de plantearle, porque esas cosas no ocurrían en la vida real. No acertó en esa ocasión sobre el concepto en el que tenía al joven que estaba sentado a su lado, porque ante su sorpresa le oyó decir algo que significaba que también él participaba de las conjeturas que acababa de exponerle:

—No creas que no me preocupa lo que pueda pasarte a ti. Cómo has dicho antes, estamos viviendo una pesadilla.

Se quedaron callados los dos escuchando el rumor del viento, entremezclado con el crujir de las hojas secas bajo los pies de alguien que se aproximaba y Lorena levantó la cabeza para comprobar quién producía ese sonido. Andrés no llegó a darse cuenta y continuó diciéndole:

—Quería comentarte también que lo he estado pensando y he decidido declarar esta tarde en la comisaría lo mismo que tú. Que vi a un hombre con un maletín salir huyendo y alejarse entre las tumbas del panteón junto al que estaba María caída en el suelo y que África se presentó allí unos segundos más tarde. Así tendrán que dejarla libre.

Al no recibir ningún tipo de comentario bajó la cabeza hacia ella, que no parecía haberle oído. Como alelada, miraba con las pupilas desmesuradamente abiertas hacia lo lejos, hacia los árboles que crecían arracimados al otro lado del paseo. Siguió él la dirección de su mirada, pero solo alcanzó a distinguir una alargada y enjuta silueta que permanecía inmóvil a bastante distancia recortándose bajo el cielo plomizo y que en ese momento se movió unos pasos para guarecerse tras el grueso tronco de un pino. Era un hombre, pero no llegó a ver con claridad sus facciones, ya que cubría sus ojos con unas gafas oscuras y llevaba la cabeza cubierta con una gorra.

—Es él— musitó Lorena.

— ¿Él? ¿Quién? ¿Sebastián?

—Sí, vámonos de aquí.

Guiñó Andrés los suyos para intentar enfocarle mejor y precisar las líneas de su rostro y esbozó un gesto negativo.

—No es él. Sebastián era más bajo y bastante más enclenque.

Paseó ella su mirada en derredor constatando que estaban completamente solos en aquel paseo. La pareja de la barca había recorrido ya todo el estanque y se les veía como un punto lejano en las proximidades de la otra orilla y el encargado del embarcadero había desaparecido dentro de la caseta. Si aquel hombre decidía agredirles con una navaja o con un instrumento similar no habría nadie que pudiera acudir en su ayuda.

—Sé que es él y que nos está vigilando— balbuceó apenas por el miedo que sentía—. Vámonos antes de que decida salir de detrás de ese árbol y se nos acerque con una jeringuilla o con un cuchillo.

Ante su estupefacción se resistió Andrés a marcharse. No recordaba Lorena que de chiquillo hubiera sido violento ni bravucón, aunque sí demasiado tranquilo. Podría decirse que cachazudo de más.

—Quiero asegurarme de que es Sebastián— le susurró al oído—. Si comprobamos que pretende acercársenos, nos largaremos.

— ¿Cómo? ¿Corriendo? Yo llevo tacones. Vámonos ya.

Aquella sombra se había movido, pero no parecía que tuviese intención de acercárseles, sino al contrario, aunque no pudieron verlo con claridad. El vendaval les había arrojado a los dos el cabello sobre los ojos cuando su silueta se desgajó del tronco del árbol y había levantado las hojas del suelo haciéndolas girar en espiral alrededor de ella, al tiempo que las ramas de los árboles danzaban frenéticamente al compás del viento. Cuando éste amainó, no quedaba nadie detrás del pino ni podía verse a ningún ser humano alejándose del entorno del estanque.

—No está— susurró Lorena.

—No, se ha marchado tan silenciosamente como ha venido— corroboró él—. Deberíamos decírselo a la abogado que le llevaba este asunto a los padres de Sebastián, ¿no te parece? Tal vez sepa ella algo que nosotros ignoramos.

Lo consideró Lorena durante unos segundos y asintió.

—Sí, pero también y lo más importante es que la hagamos partícipe de lo que hemos decidido hacer esta tarde en la comisaría y de lo que vamos a declarar. Me quedaría más tranquila si ella viniera con nosotros.

—Pues llámala a su despacho por el móvil—le aconsejó Andrés—. También yo preferiría conocer su opinión sobre la conveniencia de que le contemos al comisario la historieta que has inventado sobre el hombre del maletín.

—De acuerdo.

Se lo refirió Lorena a Noelia instantes más tarde y estuvo ésta conforme en lo que pretendían declarar y en acompañarles.

Por fortuna se desarrolló el interrogatorio de los dos sin el menor tropiezo. El comisario les escuchó sin interrumpirles y cuando Andrés, que fue el último, finalizó su relato y salió del despacho se dirigió a Noelia que, sentada en una silla, había asistido al acto sin pronunciar palabra.

—Bueno, parece que su cliente tiene una buena coartada. Podría poner en duda el testimonio de esos dos chicos, ya que al parecer son amigos suyos de toda la vida, pero tampoco tengo un motivo serio para no creerles y lo probable es que el juez considere que hemos retenido a la chica setenta y dos horas sin una justificación clara. Voy a ordenar que la suban del calabozo y la vamos a dejar en libertad. Pero le advierto que voy a seguir investigando este caso y a todos esos chicos. Hay algo aquí que no encaja y le aseguro que voy a descubrirlo.

Hubiera dado ella saltos de alegría al oírle, pero debía comportarse como una profesional seria y se limitó a admitir impasible lo que él le decía.

—Me parece bien que lo investigue y que compruebe que ninguno de ellos ha tenido nada que ver con el asesinato de María Garrido.

La observó el comisario con la cabeza ladeada.

— ¿Eran todos ellos sus clientes?

—Pues…— empezó Noelia vacilante.

La interrumpió él antes de que hubiera podido terminar la frase.

—Se lo pregunto, porque es un asunto bastante extraño. Puede que todo haya ocurrido por casualidad, pero no deja de ser raro que a raíz del entierro de uno de ellos hayan ido muriendo uno tras otro cuatro más, accidentalmente al parecer. ¿No le parece a usted bastante inusual?

Esbozó Noelia otro gesto de duda y el comisario intercambió jovialmente con ella un apretón de manos.

—Me alegro de haberla visto de nuevo. Llévese a la chiquilla y cuide de los tres que quedan. Verdaderamente este es un caso muy extraño.

CAPÍTULO XIII

Reunidos todos los abogados del bufete en la sala de juntas, Damián, que era la mano derecha de Daniela y su colaborador más veterano, acababa de exponerles el motivo por el que les había convocado y que no era otro que decidir cuál sería el regalo más adecuado que comprarle a Daniela, ya que el lunes siguiente era su cumpleaños. Faltaba Flor, que tenía que atender al teléfono en la antesala y como era natural, porque se trataba de darle una sorpresa, tampoco estaba la jefe. Los presentes parecían hallarse faltos de ideas. Damián había propuesto comprarle una caja de bombones, a lo que se había opuesto Nieves, que era también uno de los miembros más antiguos del bufete y a la que Daniela tenía en gran aprecio.

—Una caja de bombones es un regalo muy impersonal. Es el típico regalo que se hace a un desconocido para salir del paso y hasta es posible que ella se molestara—protestó la chica bostezando, ya que desde su reciente maternidad parecía tener sueño a todas horas. También desde que se había reincorporado al trabajo había perdido el aire desdeñoso con el que solía tratar a los que consideraba novatos en la profesión entre las que podía incluirse a Miriam, que era la más joven y la que poseía menos experiencia y después de ésta a Noelia. Últimamente y sin un motivo claro que justificase ese cambio, las trataba con una indulgencia inimaginable en épocas anteriores e incluso les pedía opinión.

— ¿Y si le compráramos un bolígrafo de marca? — apuntó Isaac, un joven zanquilargo, experto en Derecho Civil, que apenas si salía de su despacho y que no solía por tanto contemporizar con los demás.

—Tiene por lo menos cinco— replicó Nieves meneando negativamente la cabeza y con ella su cuidada melena castaña con mechas doradas.

Gerardo y Amador se habían incorporado al bufete recientemente. Ambos habían rebasado la cincuentena y escuchaban en ese momento a los demás disimulando el aburrimiento que les producía el tema. Sin embargo, fue al primero de los dos al que se le ocurrió una idea salvadora.

— ¿Y se le preguntáramos a Florencia? — propuso— Las secretarias suelen estar al tanto de los gustos de sus jefes. En el despacho en el que trabajaba yo anteriormente era Paquita la que nos los compraba siempre a todos cuando teníamos algo que celebrar y solía acertar.

—Me parece que has dado en el clavo— aprobó Damián—. Florencia conoce los gustos de Daniela mejor que ninguno de nosotros. Habrá que ir a buscarla.

Lo había sentenciado categóricamente, pero no se movió de su butaca en la que estaba repanchingado y con las piernas cruzadas. Probablemente pensó que, siendo el segundo en la jerarquía del despacho por antigüedad y por prestigio después de Daniela, no debía ser él el que se tomara la molestia de recorrer el pasillo para avisarla, sino que por esas razones le correspondía el privilegio de permanecer inactivo impartiendo órdenes a los demás. Nieves debió considerar algo similar, ya que era la tercera, y los dos recién llegados, aunque en el rango del bufete deberían ser los últimos, opinaron sin duda que esa tarea le correspondía por derecho propio a Noelia o a Miriam, puesto que eran con mucho las más jóvenes. Fue ésta última la que se ofreció a avisarla.

—Iré yo.

Vestía esa tarde un traje pantalón color arena y calzaba unos zapatos de tacón alto, pero hacía tiempo ya que había aprendido a caminar con ellos y se puso en pie para dirigirse ágilmente y sin pérdida de tiempo hacia la antesala por el largo pasillo en el que se ubicaban los seis despachos y la sala de juntas. Al de Daniela se accedía desde la antesala, en la que en una mesa bajo la ventana se hallaba Flor, que en ese momento estaba recibiendo unos documentos por el fax, que iba leyendo conforme se imprimían. Le extrañó a Miriam su expresión. Estaba más pálida que de costumbre, del moño de su nuca, habitualmente impoluto, se escapaban algunos mechones y su rostro traslucía una tremenda consternación al enterarse del texto del papel que tenía en la mano.

—Tienes que venir conmigo a la sala de juntas, Flor— le dijo Miriam en cuanto llegó taconeando junto a su mesa—. Te necesitamos para que nos des ideas, porque no se nos ocurre qué podríamos regalarle a Daniela por su cumpleaños.

Flor le dirigió una mirada ausente con la que no pareció verla.

—Esto es una catástrofe— musitó.

Miriam parpadeó aturdida.

—Bueno, no es para tanto. Es una lata cumplir un año más cuando ya se tienen unos cuantos, pero peor sería no cumplirlos, ¿no crees?

Sin hacerle caso, la secretaria releyó el papel que había recibido por fax y su gesto de preocupación se acentuó.

—Dile a Noelia que venga— articuló en voz muy baja—. No sé cómo va a reaccionar cuando se entere de esto.

— ¿De qué? — intentó averiguar Miriam con una sonrisa que fue desapareciendo de su rostro conforme se fijaba mejor en lo que reflejaba el semblante de la secretaria.

—De esto, de lo que le acaban de comunicar. Acabamos de recibir la autorización del juzgado para que el banco ponga en conocimiento de Noelia los datos correspondientes al cobro del legado que debía de haber heredado Sebastián Armada.

—Sí ¿y qué?

—Que, en cumplimiento de esa autorización, el banco nos ha remitido esos datos.

—Pero eso es estupendo— se alegró Miriam—. Así podrá Noelia reenviárselos a los Armada y desistirán estos de interponer la querella contra el banco, que probablemente no sería admitida a trámite. ¿Y quién fue el que cobró el dinero? — inquirió la chica sin disimular su curiosidad,

—Un muchacho que dijo y acreditó que se llamaba Sebastián Armada.

Miriam se encogió de hombros, quitándole importancia a lo que la otra le acababa de decir.

—Eso ya lo sabíamos, no sé por qué pones esa cara de desconcierto.

—Lo extraño es lo que el banco nos dice a continuación— replicó la secretaria con un gesto con el que parecía expresar que Miriam vivía en el limbo—. Al parecer, el joven que dijo ser Sebastián Armada no tenía una cuenta corriente a su nombre y dio orden de que se ingresara el dinero del legado en la de Héctor Zúñiga.

Estupefacta, abrió Miriam la boca y dibujó con ella un círculo, antes de deducir:

—Así que ese joven al que Noelia le ha cogido tanta manía es amigo de Sebastián y le ha hecho ese favor al chico.

Dejó escapar Flor un resoplido de impaciencia, intentando inútilmente recoger dentro del moño los mechones que se habían escapado de él.

—O es un chorizo, que le ha birlado la herencia a Sebastián. Con lo guapo que es y con lo distinguido que parecía…— se lamentó— Con razón vino angustiado a este despacho con la pretensión de que Noelia aceptara su caso. Necesitaba su ayuda con urgencia temiendo sin duda que se descubriera en breve que había suplantado al verdadero Sebastián y que se había embolsado la pasta. Anda, llámala. Ya pensaré después en el regalo de doña Daniela, que por el momento puede esperar.

El agraciado semblante de Miriam fue reflejando las impresiones que le iban produciendo la noticia que Flor acababa de darle y que iba asimilando con lentitud, a la par que se apoyaba en la mesa de la otra como si la noticia le hubiera privado de las energías necesarias para regresar a la sala de juntas a cumplir lo que la otra le pedía.

—Así que crees que Héctor se hizo pasar por Sebastián, cobró el dinero y lo ingresó en su propia cuenta. ¿Es eso lo que piensas?

—Pues sí, ¿qué otra cosa podría pensar? Si Sebastián viviera, tendría unos veinticinco años. ¿Qué persona de esa edad, que sabe que va a recibir un montón de dinero de una herencia, no tiene abierta una cuenta corriente a su nombre y lo ingresa en la de otro, por muy amigo suyo que sea? Tendría que ser idiota. ¿No crees que tendría que ser idiota? Con una fortuna por el medio no se debe uno fiar de nadie.

Lo consideró Miriam con el ceño fruncido y llegó a la conclusión de que Flor, con la aplastante dosis de sentido común de que disfrutaba, tenía razón, como siempre. Pese a ello, alegó:

—Pero sor Consolación nos dijo que ese chico no había muerto en el incendio. Que escapó y que había vivido durante muchos años en el convento. Puede que fuera él el que se presentó en el banco y que, como consecuencia de la vida tan lamentable que había padecido, estuviera algo grillado y confiara ilimitadamente en Héctor Zúñiga.

—Pero hace tiempo que ya no vive en el convento y por lo que os refirió no está claro que sepa esa monja dónde se encuentra ahora. Me parece que ese tal Héctor se ha metido en un buen lío. No es extraño que haya insistido tanto en que le recibiera Noelia. Lo que no entiendo es por qué no le dijo la verdad en lugar de inventar una historieta absurda de condes y de duques.

— ¿Y qué tendrá que ver África en todo esto? — se preguntó a sí misma Miriam en voz alta—. Ayer la dejaron en libertad y salió de la comisaría después de que declararan a su favor sus antiguos compañeros de instituto. Los dos que quedan, además de ella— puntualizó—. Tal vez lo más práctico sería que la llamara Noelia para que le aclarara lo que ha sucedido de verdad. Ella conoció mucho a Sebastián. Tal vez se enterara éste por sor Consolación de que iba a recibir una herencia y, por una razón que no se me alcanza, animó a Héctor a que se hiciera pasar por él.

—Pero Héctor es muy moreno y el otro era rubio y con los ojos azules— objetó Flor entrecerrando los ojos para precisar mejor y rememorar en su mente la fisonomía de los dos aludidos.

—El tinte hace milagros y hay lentillas de todos los colores— replicó Miriam—. Hoy día no resulta demasiado difícil aparentar que tienes los ojos azules, aunque hayas nacido con ellos negros como el carbón, si tienes algún motivo para modificar tu aspecto.

—No creo que tardemos mucho en enterarnos de si Héctor es un ladrón— consideró Flor dubitativamente—. El banco nos dice que ha remitido también la información que nos ha enviado a Máximo Armada, ya que figura éste como principal interesado en la solicitud que formuló Noelia al juzgado. Imagino que ese señor habrá puesto el grito en el cielo en cuanto la haya recibido y que se habrá dirigido como un obús a la comisaría más próxima o al juzgado de guardia a presentar una denuncia contra Héctor por apropiación indebida, por suplantación de la personalidad de Sebastián y por muchos delitos más que en estos momentos no se me ocurren.

—Y lo probable es que Noelia no quiera saber nada más de él y decida que se las apañe solo por cuentista y por ladrón— opinó Miriam—. De todas formas, voy a volver a la sala de juntas a decírselo, porque conviene que se entere cuanto antes. Héctor la irrita profundamente, pero sí le importa todo lo que tiene que ver con Sebastián.

Se apartó de la mesa de la secretaria y se dio media vuelta dirigiéndose hacia el pasillo para encaminarse hacia la sala de juntas, donde sus compañeros continuaban discutiendo sobre los gustos de las mujeres.

— ¿Vuelves sola? — se extrañó Damián.

—Sí, Flor está ocupada y no puede dejar solo su puesto— repuso Miriam mientras se aproximaba a Noelia que había estado discutiendo con los hombres haciendo un frente común con Nieves y a la que le cuchicheó al oído—: Ven conmigo a la antesala. Tenemos algo muy importante que contarte Flor y yo.

Se puso la otra en pie en el acto y se excusó con los presentes.

—Perdonad, pero me llaman por teléfono por un tema urgente.

Salió de la estancia seguida de la otra y ya en el pasillo le preguntó:

— ¿Qué es lo que ocurre?

La apartó Miriam de la puerta de la sala de juntas y en cuanto se encontraron a una prudente distancia en la que sus voces no podían llegar ya a los oídos de sus compañeros de bufete, se lo refirió.

Noelia enarcó ambas cejas durante unos segundos y a continuación, como si no pudiera evitarlo, se enrolló en el pulgar el rizo que le caía sobre la frente.

—No lo entiendo. Tanto sor Consolación como sus compañeros consideraban a Sebastián muy inteligente y la monja nos dijo que había estudiado una carrera y que cuando finalizó sus estudios había empezado a trabajar y se había independizado. No es normal, si era tan inteligente, que no tuviera una cuenta corriente en un banco y que, si está vivo y fue él el que se presentó a cobrar el dinero de la herencia, lo ingresara en la cuenta de otro.

—Cabe también la posibilidad de que fuera Héctor el que acudiera al banco y se hiciera pasar por él— alegó Miriam reflexivamente—. Eso explicaría el interés tan desmesurado que tenía de que aceptaras su caso. Para que le defendieras si le acusaban de los dos o tres delitos que habría cometido. ¿Qué vas a hacer ahora? Probablemente no tardarán en detenerle, porque los Armada se habrán apresurado a presentar una denuncia contra él.

La cogió Noelia por el brazo empujándola delante de ella por el pasillo y al alcanzar la puerta de su despacho la abrió y empujó a la otra dentro. Luego lo atravesó para bordear la mesa y tomar asiento en su butaca.

—Héctor me tiene sin cuidado— reconoció en voz muy baja—. Pero tengo que averiguar si le ha robado su herencia a Sebastián. No he conocido a ese chico, que ahora será un hombre hecho y derecho, pero su vida me parece tan patética que me gustaría poder ayudarle y resarcirle en lo que esté en mi mano por las injusticias que ha tenido que padecer, si es que es inocente de las muertes de sus compañeros, lo cual no está tan claro. Ya sabes que ayer en la comisaría dejaron en libertad a África, así que podríamos llamarla a su móvil y decirle que urge que Héctor hable conmigo, porque Máximo Armada ha presentado una denuncia contra él. ¿Qué te parece?

Se quedó mirándola Miriam con los ojos muy abiertos.

—A mí bien, ¿pero has cambiado de opinión y has decidido defenderle si llegara el caso?

Se apartó Noelia de la cara los rizos que le caían sobre los ojos y que le estorbaban la visión y se encogió de hombros.

—No he decidido nada. Quiero saber lo que ha ocurrido y si Sebastián es una víctima de su infancia y de su adolescencia o un psicópata. Mis clientes son el matrimonio Armada y no puedo aceptar la defensa de Héctor sin incurrir en contraposición de intereses.

—No me parece ético entonces que le recibas y que le escuches— adujo Miriam—. Explícaselo o, mejor aún, no hables con él.

—Podría intentar convencerle de que le devolviera el dinero a Sebastián, si es que, como parece, se lo ha quedado — reflexionó ella—. Muchas veces actuamos los abogados como mediadores entre las partes y en ese caso no habría contraposición de intereses, ¿no crees?

—No, no la habría.

Se acodó Noelia pensativa sobre la mesa mientras murmuraba:

— Me estoy acordando de la otra tarde en la que se presentó Héctor aquí, en el despacho, como una fiera porque quería que asistiera a la declaración de África en la comisaría, ya que la habían detenido. Me llevó él en su coche y aunque no entiendo mucho de automóviles sí me di cuenta de que era un Audi de alta gama y de que, por el número de matrícula, lo acababa de adquirir. Puede que se haya gastado ya parte del dinero de la herencia de Sebastián en ese coche y en algún otro capricho caro, en cuyo caso no podré conseguir que recupere éste la cantidad íntegra en el supuesto de que se lo merezca y no termine en la cárcel, pero tengo que intentarlo.

— ¿Quieres que llame a África para que le diga a Héctor que quieres hablar con él? — se ofreció solícitamente Miriam.

—No, dile a Flor que le llame a él directamente y que le cite para mañana por la tarde. Que lo he reconsiderado y que estoy dispuesta a escucharle, ¿qué te parece?

Se echó a reír Miriam.

—A mí me parece bien. Y en el caso de que no esté dispuesto a devolver el dinero y le detenga la policía, ¿qué vas a hacer?

Esbozó ella un gesto de contrariedad.

—Aún no lo he pensado, Miriam, no seas pesada. Cada cosa a su tiempo.

La tarde siguiente se presentó puntualmente Héctor en el despacho a la hora en la que había sido citado y tomó asiento frente a Noelia sin que su expresión ni sus movimientos denotasen otra cosa que aplomo, lo que no dejó de extrañarle a ella. Vestía un elegante traje gris oscuro sobre una camisa blanca impoluta y la corbata le pareció que era de seda natural de rayas de dos tonos de azul. Una indumentaria cara sobre la que se preguntó ella si la habría adquirido también con el dinero que había ingresado en su cuenta procedente de la herencia del otro.

— ¿Puedo considerar que me ha perdonado y que está dispuesta a escucharme? — inquirió él cruzando cómodamente las piernas y sosteniendo su mirada con aparente franqueza—. Ya le dije la última vez que la vi que no sabía que hacer y que necesitaba que me aconsejara, pero tendría que aceptarme antes como cliente para que no pueda repetir nada de lo que voy a contarle.

Esbozó Noelia un imperceptible ademán afirmativo.

—Cuente con que la conversación que mantengamos no saldrá de este despacho, pero antes tengo que advertirle que mis clientes son don Máximo Armada y su mujer. Voy a intentar servirles de mediadora a ustedes, pero no puedo aceptar la defensa de sus intereses si al hacerlo les perjudicara a ellos. Lo entiende, ¿verdad?

—Con absoluta claridad— repuso Héctor con algo de ironía—. ¿Quiere que empiece yo a referirle el problema o prefiere que conteste a sus preguntas?

—Prefiero hacerle yo las preguntas y quiero que me conteste la verdad. Olvídese de las tonterías que inventó cuando vino con África a este despacho y dígame: ¿Fue usted el que se presentó en el banco a cobrar el legado que le habían dejado en herencia a Sebastián o fue él?

El moreno semblante de Héctor no expresó ninguna clase de sentimiento. Absolutamente impasible, repuso:

—Fui yo.

— ¿Y fue usted también el que formalizó en la notaría la escritura de adjudicación de ese legado?

—Sí

— ¿Firmó usted por él?

—Sí.

— ¿Por qué? ¿Tenía acaso un poder notarial que le autorizaba a hacerlo?

Meneó él negativamente la cabeza.

—No, le debía ese favor a él y me pareció lo más conveniente.

— ¿Y cómo lo hizo? ¿Se tiñó el pelo de rubio y se puso en los ojos unas lentillas azules?

Efectuó él un gesto evasivo encogiéndose de hombros.

—Tenemos una estatura y una complexión similar. Digamos que procuré que mi aspecto coincidiera lo más posible con el de él y me identifiqué en ambos lugares con su documento nacional de identidad.

—O sea, que usurpó su personalidad.

—Si quiere considerarlo así….

—Y cobró el dinero.

—Sí.

—Y ordenó al banco que lo ingresara en su cuenta corriente, ¿verdad?

—Sí.

— ¿Y por qué? ¿Es Sebastián medio tonto? ¿De qué le conoce?

Se acarició la barbilla pensativamente y guiñó sus ojos oscuros para protegerlos del rayo de sol que penetraba por la ventana y le daba de lleno en el rostro como si estuviera rememorando retazos de su pasado que iban acudiendo sucesivamente a su mente. Luego repuso con voz clara:

—Coincidimos en la universidad y nos doctoramos al mismo tiempo en ingeniería de telecomunicación. Sebastián era entonces un chico muy tímido y muy reservado.

— ¿Y lo sigue siendo?

—Yo diría que no. No es un tipo extrovertido, pero no tiene ya problemas de relación con los demás. La vida le había tratado muy mal y sentía un absoluto rechazo por sus padres adoptivos, así como también por sus antiguos compañeros de estudios. No quería volver a verlos ni que llegaran a enterarse siquiera de que había sobrevivido a un incendio en el que había estado a punto de morir, cuando era poco más de un chiquillo. Por lo que me dijo, había necesitado una terapia intensiva para recuperar su autoestima y había tenido asimismo que asistir a numerosas sesiones de logopedia para superar el tartamudeo con el que, como consecuencia, se expresaba al hablar. Ahora es un hombre normal, si se exceptúa su aversión a reencontrarse con esas personas que le hicieron la vida imposible. Es una aversión enfermiza, que no ha conseguido superar.

— ¿Contra sus padres y con sus antiguos compañeros de clase?

—Sí.

Se acodó Noelia en la mesa reprimiendo el deseo de enrollarse el rizo que le resbalaba sobre la frente en el dedo pulgar al tiempo que le preguntaba:

— ¿Y pensó que si se presentaba él mismo en la notaría a formalizar la escritura de adjudicación de la herencia y en el banco a hacerla efectiva descubrirían esas personas que seguía estando vivo?

—Sí.

—Pero eso es una tontería— objetó Noelia, que se había ido alterando conforme le escuchaba y a duras penas conseguía reprimir el deseo de desahogarse con una buena regañina dedicada a ambos, tanto al atractivo muchacho que tenía enfrente como al desconocido y acomplejado Sebastián—. Lo descubrirían de todos modos y encima se ha metido usted en un buen lío, ¿no lo entiende?

Se encogió de hombros él, evasivamente.

—Sí, pero ya le he dicho que es patológico el empeño que tiene de hacer creer a todos esos individuos que ha muerto. Es como si con eso pudiera convencerse a sí mismo de que es un ser distinto, sin relación alguna con aquel chiquillo, ¿comprende?

—No—masculló ella sumamente irritada—. Me parece una estupidez. Madrid es una ciudad muy grande y no es fácil encontrarse por la calle ni por ningún otro sitio con una persona con la que no te hayas citado previamente. Es sumamente improbable que en los lugares en los que usted se hizo pasar por él se hubiera tropezado con sus padres adoptivos ni con sus antiguos compañeros. Han actuado ustedes como unos irresponsables, dando lugar así a que la escritura de adjudicación de la herencia esté viciada de nulidad y que a usted le puedan acusar de haber suplantado la identidad de Sebastián para hacerse con su dinero, máxime cuando lo ha ingresado en su propia cuenta.

¿Se da cuenta de que le puede caer una pena de cárcel de entre seis meses y tres años?

La había escuchado sin interrumpirla con la barbilla levantada como si estuviera sopesando sus palabras y finalmente sonrió como si no hubiera caído ella en que lo habían planeado juntos y que habían encontrado de antemano la solución al problema.

—No me condenarían, porque Sebastián declararía que estábamos de acuerdo en que yo tomara su lugar en los trámites que habría que llevar a cabo para formalizar esa herencia y que yo no le he perjudicado, sino al contrario. Tengo entendido, porque consultamos antes la jurisprudencia existente sobre el caso, que el perjuicio para la persona suplantada es un requisito indispensable para que se estime como delito.

Le envolvió Noelia en una mirada que rebosaba escepticismo.

— En eso tiene razón, ¿pero está seguro de que si se diera el caso sería capaz él de superar sus complejos o sus manías y se presentaría ante un tribunal de justicia a declarar a su favor? Puede que le acometiera una crisis de ansiedad y que se escondiera en un rincón de su casa tapándose la cabeza con una manta sin querer saber nada de usted ni de la herencia.

La escuchó Héctor sin que ni un solo músculo de su rostro se distendiese e inquirió:

— ¿Lo cree posible?

—Por supuesto que sí. Imagino que le seguirá tratando a él un psicólogo— aventuró Noelia.

—Sí, una psicóloga.

— ¿Y esa psicóloga no le ha hecho comprender que ha adoptado una postura absurda y que debe de hacer frente a su pasado?

—Lo ha intentado, sí, pero él prefiere obviarlo en la medida de lo posible. En el presente no parece el mismo que el chico con el que intimé en la universidad, pero mantiene alguna de sus extravagancias. Concretamente esa a la que me acabo de referir. Ya no tartamudea. Solo se atranca al hablar cuando se pone muy nervioso, lo que no le suele ocurrir porque ha adquirido el suficiente aplomo para desenvolverse con soltura.

Dejó escapar Noelia un suspiro de impaciencia y tomó entre sus dedos un bolígrafo, aunque en realidad no tenía intención alguna de tomar notas. Se acordaba perfectamente de todo lo que su interlocutor le estaba relatando, pero el agitarlo en el aire le suponía en cierto modo un desahogo.

—Bien, hemos quedado en que usted fue al banco sustituyéndole y haciéndose pasar por él e ingresó el dinero que heredó Sebastián en su propia cuenta. ¿Ha abierto después él una a su propio nombre?

—No.

— ¿Y no lo va a hacer?

—No.

— ¿Por qué no?

—Ya le he dicho que confía en mí y que se encuentra muy a gusto en esta situación. El motivo por el que yo quería hablar con usted es obvio. Quería que me dijera qué debemos hacer en el presente para enmendar los errores que hemos cometido. A ninguno de los dos se nos ocurrió que sus padres adoptivos me pudieran denunciar.

— ¿No se les ocurrió? — se enfadó ella, incapaz de controlarse por más tiempo escuchando tantos disparates—. ¿Qué edad tiene usted?

Enarcó Héctor las cejas como si le hubiera sorprendido la pregunta.

—Veinticinco años, ¿por qué?

— ¿Y a los veinticinco años no sabe usted que suplantar la identidad de otro es un delito? — masculló levantando la voz—. ¿Qué también lo es suscribir por otro sin su autorización una escritura pública y que la adjudicación de la herencia que formalizó mediante esa escritura estaría viciada de nulidad y consecuentemente no produciría efectos? Cualquiera diría que son ustedes dos críos chicos.

Levantó él apaciguadoramente una mano.

—Bueno, bueno, no se altere. Estoy dispuesto a subsanar en lo posible las tonterías que hayamos cometido Sebastián y yo, pero puedo asegurarle que su dinero está a salvo. Afortunadamente tenemos los dos un buen puesto de trabajo y una posición económica muy desahogada. Lo que valora fundamentalmente él de ese legado es que se lo dejara su abuela, a la que como supondrá, no conoció. Sé que usted está al tanto de que doña Concepción Aranda era su abuela.

— ¿Y cómo lo sabe?

—Porque me lo ha dicho él, al que a su vez se lo aclaró sor Consolación. Sabemos que usted y una compañera suya estuvieron hablando con esa monja y la conversación que mantuvieron. Ha seguido Sebastián sus pasos muy de cerca temiendo que lo descubriera todo y que lo pusiera en conocimiento de Máximo Armada, porque África le había dicho que es usted muy hábil y que era la abogado de sus padres adoptivos.

— ¿Sigue en contacto él con África? Tenía entendido que pretendía mantenerse lo más alejado posible de sus antiguos compañeros de clase.

—Sí, pero con África no. La reencontró en el centro de logopedia al que tuvo que asistir para tratar su tartamudez y ha sido ella la que logrado milagros con él. Salen a menudo y…

Le brillaban los ojos al hablar de la chica y se preguntó Noelia si pretenderían los dos algo más serio con ella, lo que en ese caso podría acabar con la amistad que mantenían. Como si le hubiera leído el pensamiento y aunque se había abstenido ella de hacerle la menor pregunta a ese respecto, se la aclaró Héctor:

—Sí, África nos interesa a los dos, pero no vamos a pelearnos por ese motivo. Ella decidirá en su momento y aceptaremos lo que resuelva.

Se dijo Noelia que la relación que mantenían los dos chicos no podía ser más particular, pero no efectuó el menor comentario, aunque le hubiera gustado insistir sobre el tema. Fue él el que se lo explicó con una chispita de diversión en sus ojos oscuros.

—Sebastián y yo compartimos el piso que se ha comprado con la herencia de su abuela, aunque por el motivo que ya le he expuesto lo hemos puesto a mi nombre.

Respingó Noelia en la butaca incapaz de contener más su indignación.

— Pero, ¿cómo se les ha ocurrido? Para cualquier tribunal que conozca de la posible denuncia que presente Máximo Armada, se ha quedado usted con el dinero que ha heredado Sebastián y se ha comprado una casa con él—. Frunció el ceño antes de hacerle la siguiente pregunta—: ¿Y el Audi que conduce también se lo ha comprado con ese dinero?

Se mordió él los labios. Le dio a ella la impresión de que luchaba con el deseo de decirle algo, pero finalmente se limitó a asentir:

—Sí. Me lo regaló Sebastián. ¿Cree que no debí aceptar ese regalo?

Se revolvió ella inquieta en su butaca diciéndose que se había extralimitado al recibirle. No debía ser ella quien le aconsejara defendiendo como defendía los intereses de Máximo Armada y de su mujer.

—No puedo ayudarle— murmuró—. Comprenda que no sería ético que les ayudara a ustedes a enmendar sus chiquilladas perjudicando con ello a mis clientes. Lo siento.

Se había puesto en pie tras su mesa y Héctor se levantó también, vacilante.

— ¿Y no podría…? — se interrumpió para preguntarle con aire tímido como si temiera un exabrupto por su parte—. ¿Y no podría pedirle a los Armada que se buscaran a otro abogado? En ese caso podría aceptarnos a nosotros como clientes.

Le pareció a ella el colmo de la frescura lo que le estaba proponiendo.

—Poder, lo que se dice poder, sí podría, pero no se me ocurre ninguna razón para hacerlo. Búsquense ustedes dos otro abogado, que hay muchos y muy buenos en Madrid y que tengan suerte. La próxima vez que se les ocurra hacer algo al alimón plantéense previamente todos los pros y los contras, pero sobre todo convenza a su amigo de que ni sus padres adoptivos ni sus antiguos compañeros podrían en el presente reírse de él. Que debe superar ese problema e incluso presumir ante ellos de la suerte que ha tenido. Ha heredado una buena cantidad de dinero, tiene una monja… unas monjas— se corrigió— que le quieren como a un hijo y un amigo excepcional en todos los sentidos— terminó con sorna.

—Eso último no suena muy halagüeño— replicó irónicamente Héctor observándola con la cabeza ladeada—. Me ha sonado bastante despectivo.

—No ha sido mi intención— mintió ella—. Y repito que les deseo suerte.

Salió él del despacho sin apresurarse y en cuanto se quedó sola se mesó Noelia la melena como si con ese gesto pudiera poner también en orden sus ideas, alteradas por el cúmulo de sinrazones que acababa de oír. Intentó después acometer el estudio de alguno de los asuntos que tenía pendientes hasta que se convenció de que no conseguía concentrarse y de que lo mejor que podía hacer era dar la jornada de trabajo por finalizada y marcharse a su casa.

Recogió la mesa y se puso el abrigo colgándose el bolso en el hombro en bandolera, pero no llegó a pasar de la antesala, porque cuando se detuvo junto a la mesa de la secretaria para despedirse de Flor sonó su móvil y al llevárselo al oído reconoció la voz de África, más aguda que la suya habitual y en la que latían trémolos histéricos.

—Noelia, tiene que ayudarnos. Ya sé que le ha dicho a Héctor que le es imposible aceptar su caso, porque sus clientes son los Armada e incurriría usted en contraposición de intereses si se prestara a aconsejarles a ellos, pero es que le acaban de detener.

— ¿A quién? ¿A Sebastián?

—No, a Héctor. ¿No podría usted hacernos ese favor? Le aseguro que se lo merece él mucho más que Máximo y que Teresa, que se portaron con Sebastián como dos arpías. Tengo entendido que bastaría con que le diera usted la venia a otro abogado para que pudiera ocuparse de defender a Héctor. ¿No es así?

Pensó Noelia en la bronca que se ganaría de Daniela si le hiciera caso a su interlocutora y prescindiera de los que había calificado de arpías, pero en lugar de explicárselo se limitó a murmurar:

—Sí, sí es así, pero antes tendría que hablar con el matrimonio Armada y motivarles esa decisión.

—Pues por favor, hágalo. Tiene que sacar a esos dos del lío en el que se han metido. En el fondo son como dos críos chicos, sobre todo Sebastián. Tiene que ayudarnos.

Por la mente de Noelia cruzó en una rápida sucesión el rostro de Máximo Armada en su despacho, cuando le refería lo difícil que había sido para Teresa y para él atender a Sebastián en su infancia y en su adolescencia, y seguidamente el de Héctor pidiéndole ayuda para el caso de que tuviera consecuencias graves lo que habían hecho Sebastián y él. ¿Acudiría a la comisaría éste último para ayudar a su amigo en lo que estuviera en su mano y de animarle? Se reconoció a sí misma que sentía verdadera curiosidad por conocerle y comprobar hasta qué punto había superado la absoluta timidez que reflejaba el chico en la fotografía que le había enseñado Teresa y que había fotocopiado.

África aguardaba su contestación e, indecisa, decidió evadirla y posponerla para cuando hubiera aclarado sus ideas.

—Vamos a llamar a la comisaría para averiguar cuándo tienen previsto tomarle declaración— le dijo, sin poder controlar la imperiosa necesidad de enrollarse en el dedo índice el rizo que le caía sobre la frente, ya que necesitaba imperiosamente una válvula de escape—. Dudo mucho que sea antes de pasado mañana, así que aprovecharé para pensar mientras tanto si puedo o no romper mi compromiso con los Armada. Comprenda África que no tengo ningún motivo que alegar para justificarme.

Se produjo un silencio al otro lado de la línea y Noelia imaginó la angustia que sin duda traslucriría el moreno semblante de la otra.

— ¿Me promete que lo intentará? — insistió con un hilo de voz—. Yo... no sé lo que Héctor le habrá contado. Estoy casi segura de que habrá omitido un tema esencial y a mí... a mí me gustaría aclarárselo a usted, antes de que le acusen de otro delito mucho más grave, pero antes tendrían que autorizarme ellos.

Se le quebró la voz y Noelia se dio cuenta de que estaba a punto de echarse a llorar. Las lágrimas de cualquiera la hacían sentirse incómoda y torpe y trató por ese motivo de cortar la conversación.

—Hablaremos más tarde, África. Pregúntele a Sebastián si le autoriza a revelármelo y si él está de acuerdo y le da permiso para que me lo cuente, llámeme al móvil.

—Pero es que usted no se hace cargo de lo grave que es la situación para Héctor— insistió la chica—. Me ha llamado cuando le han detenido y me ha dicho que el motivo de esa detención no ha sido únicamente la posible suplantación de Sebastián en el asunto de la herencia. Que le han tomado también una muestra de ADN para contrastarlo con el que han obtenido de la medalla de plata que tenía Carol enganchada en el tirante del bikini cuando se ahogó. Que al parecer la policía sospecha que pudiera ser él el autor de su muerte—. Dejó escapar un hipido y añadió—: Y no solo de la de Carol, sino también de la de todos los demás, de la de los cuatro que faltan.

La escuchó Noelia escépticamente.

—Bueno, eso es irrelevante. No importa lo que sospeche la policía, sino lo que pueda probar y sería absurdo que le acusara de esos asesinatos. No creo que Héctor haya conocido a los antiguos compañeros de instituto de usted y de Sebastián. ¿Por qué razón habría él de haberles asesinado?

La voz de África llegó ahora a sus oídos tímida, casi inaudible.

—Está equivocada. Héctor les conoció y mucho a todos ellos y para colmo estaba conmigo en el andén del Metro cuando Toño se cayó a la vía la noche en la que murió. Me había recogido cuando salí de casa de Carol y me acompañó a mi casa.

—Le habrán grabado entonces las cámaras de seguridad del Metro— se dijo a sí misma Noelia en voz alta.

—Probablemente sí. Ahora la policía examinará esas grabaciones y contrastará la muestra del ADN de Héctor con el de la medalla de plata.

— ¿Y qué? — objetó ella perpleja—. ¿Qué tiene que ver Héctor con la medalla que colgaba del cuello de aquel esqueleto que no pertenecía a Sebastián y con Carol? ¿Es que fue él el que se la robó a los Armada, introduciéndose en su casa por la noche?

Como respuesta, solo oyó el sollozo que dejó escapar África y luego su angustiosa petición:

—Ayúdele, por favor. Yo... creo que podré explicárselo todo si ellos me dejan.

Se apartó Noelia el aparato del oído para mirarlo desconcertada. Luego se volvió hacia Flor que la observaba fijamente con la preocupación reflejada en su semblante y le pidió que averiguara a qué comisaría habían llevado a Héctor y qué preguntara cuando tenían previsto tomarle declaración. Se despidió luego de ella, bajó al portal en el ascensor y salió a la calle preguntándose qué le había ocultado Héctor esa misma tarde y qué habría querido decirle África con todo lo que se había visto obligada a callar. Luego se planteó cómo podría renunciar a seguir llevando la defensa de los intereses de los Armada. Sin duda Daniela pondría el grito en el cielo.

Se lo comentó a Alex cuando llegó a su casa. Estaba él en la sala de estar leyendo el periódico y lo dejó caer cuando la vio entrar con su maletín de trabajo en la mano y cara de pocos amigos.

— ¿Qué pasa? — le preguntó, cuándo Noelia se dejó caer en el sofá enfrente de él—. ¿Con quién te has peleado hoy? ¿O no te has peleado con nadie y has perdido un juicio que esperabas ganas?

—Nada de eso— repuso ella como si tuviera la mente en otra parte y hablara consigo misma en voz alta—. Es que no sé qué hacer. Los causantes son dos chicos que razonan bastante poco y que están empeñados en que sea su abogado. A uno de los dos le acaban de detener y me ha llamado su novia para que le defienda. Bueno, aún no es su novia, pero no tardará en serlo. Es un tipo muy atractivo, pero a mí me parece un frescales, porque tonto no es. Y el otro, no sé si es un infeliz o un psicópata.

— ¿Y a ese le han detenido también? — se interesó Alex inclinándose intrigado hacia ella.

—No, a ese todavía no.

— ¿Pero también quiere que le defiendas?

—A ese no le conozco. Es el frescales, que se llama Héctor, el que quiere que les defienda a los dos, pero para poder aceptar su caso tendría que darles previamente la boleta a los Armada, porque tendría incompatibilidad para llevar los asuntos de ambos y si les diera la boleta, Daniela pondría el grito en el cielo.

Parpadeó Alex sin acabar de comprenderlo.

— ¿Y por qué pondría el grito en el cielo? ¿No puedes tú elegir a tus clientes?

—Claro que puedo, pero ten en cuenta que ella es mi jefe y la titular del bufete. Máximo Armada es un médico prestigioso y a ella le interesa que sus clientes sean personas importantes que den notoriedad al despacho.

—Ya— murmuró él—. Pues lo único que se me ocurre es que consigas endosarle a tu jefa a ese médico como cliente. Las mujeres para esa clase de jugarretas sois muy hábiles— terminó con ironía.

Lo consideró Noelia en silencio durante unos segundos.

— ¿Tú crees? — inquirió dudosa.

— ¿Que si serías capaz de liar a tu jefa para que cargue con los problemas de ese médico sin que se dé cuenta de que ha sido una estratagema? Por supuesto que sí. Todas las mujeres tenéis la mente bastante retorcida, pero yo diría que tú te llevas la palma.

—Vaya, pues muchas gracias— replicó sin acabar de decidir si debería ofenderse por el comentario de él o si por el contrario debería sentirse halagada—. Pero el problema no es ese. Al menos no es solamente ese. La cuestión está en que no sé qué es lo que quiero hacer.

—Eso también es muy típico de las mujeres— bromeó él— Y en eso no te puedo ayudar.

Se agachó para eludir el cojín que acababa de arrojarle ella a la cabeza desde el sofá y se lo devolvió con certera puntería.

*   *   *

Cuando llegó Noelia al despacho a la mañana siguiente no había tomado aún una decisión al respecto. Flor estaba ya en su puesto tecleando en el ordenador y en el momento en el que se acercó a saludarla sonó el teléfono que ésta tenía sobre su mesa. Al atender la llamada fueron asomando al rostro de la secretaria las impresiones que iba experimentando conforme escuchaba a su interlocutora, entre las que preponderaba la perplejidad. Le tendió seguidamente el auricular a Noelia que había escuchado en silencio las respuestas que le daba a su invisible oyente.

—Te llaman del convento, Noelia— le dijo, cubriendo previamente con la mano el micrófono—. Esa monja que se llama sor Consolación. Te advierto que está muy nerviosa.

Le tomó ella el teléfono de la mano diciéndose que no podía imaginar que esa religiosa se pusiese nerviosa en ninguna circunstancia. En las dos ocasiones en las que se habían visto le había dado la impresión de que era una persona inconmovible, capaz de soportar en silencio y sin pestañear un terremoto que asolara el convento, pero cambió de opinión en cuanto cruzó las primeras palabras con ella.

—Noelia. ¿Puedo llamarla así?

—Sí, por supuesto que sí. Dígame.

—Me llamó anoche África para decirme lo que había sucedido y...— se interrumpió ahogando lo que a Noelia le pareció un sollozo, lo que provocó un respingo en ella y que sintiera por mimetismo que un lagrimón le asomaba a los ojos, como solía sucederle siempre que persona cercana enganchaba una llantina.

—Sí, también me llamó a mí para decirme que habían detenido a un amigo de Sebastián que se llama Héctor y al que no sé si usted conoce.

La voz de sor Consolación le sonó extraña, como si viniera de muy lejos y se la quebrara el llanto, impidiéndole pronunciar una frase seguida.

—Sí, sí le conozco y mucho. La llamo para pedirle encarecidamente que le defienda, que haga todo lo que esté en su mano para que no vaya a la cárcel, que me haga ese favor.

—Pero es que yo...— intentó Noelia interrumpirla.

—Sí, ya me lo ha comentado África— la atajó a su vez la monja—. Debí sincerarme completamente con usted el último día en el que estuvo aquí, pero tenía que haberle pedido permiso primero a Sebastián, ¿comprende?

Aunque Noelia no comprendía nada, se apresuró a asegurarle lo contrario.

—Por supuesto que la entiendo. Conoce también y mucho a Héctor Zúñiga y me está pidiendo que le defienda del delito de suplantación de personalidad de que a ese joven le acusa la policía.

—No, no me entiende— objetó la monja—. No puede hacerse una idea de lo importante que es para mí que ese chico quede libre, porque...

Dejó la frase en el aire y ella trató de ayudarla a que la terminara.

— ¿Es tan importante para usted Héctor cómo Sebastián?

Un sollozo fue la única contestación y Noelia se rebulló inquieta, de pie y junto a la mesa de Flor que, preocupada, la observaba en silencio, porque las lágrimas de cualquiera la hacían sentirse torpe y más las de aquella monja que tenía que haber sufrido mucho.

¿Sería también Héctor hijo de la sor Consolación?, se preguntó. En ese caso tendrían que ser mellizos, ya que ambos tenían la misma edad.

—Bueno, bueno, no llore usted— le recomendó sin que se le ocurriese otra cosa más oportuna que decir— Haré todo lo posible por arreglar las cosas y poder ocuparme del caso de esos dos jóvenes. Voy a hablar ahora con mi jefe y después la llamaré a usted para decirle lo que hayamos resuelto. No se preocupe.

Una sola palabra casi inaudible le llegó a través del hilo.

—Gracias.

Había colgado y Noelia se quedó con el auricular en la mano sin acabar de reaccionar. Luego se estiró la chaqueta de su traje pantalón azul marino, se atusó los rizos de la melena y le preguntó a Flor:

— ¿Estoy bien?

—Sí, ¿por qué?

—Porque quiero que llames a Daniela y le preguntes si puedo pasar a su despacho.

—Estás muy bien. No te preocupes por tu aspecto porque la jefa no encontrará ningún pero que oponerte. ¿Me contarás luego lo que le ocurre a esa monja y lo que te haya dicho doña Daniela?

—Sí, luego te lo contaré. Llámala ahora, por favor.

Daniela puso efectivamente el grito en el cielo cuando unos minutos más tarde y en el despacho de ésta puso Noelia en su conocimiento que pretendía darle la venia a otro abogado para que se ocupara de los asuntos del matrimonio Armada.

— ¿Pero te has vuelto loca? — la increpó, congestionada por el enfado—. ¿A cuento de qué quieres quedar mal con esos clientes para defender al impresentable chiquillo que adoptaron? ¿O ese chiquillo se murió y se trata de otro chiquillo?

—No voy a defender a Sebastián, sino a un amigo suyo que se llama Héctor— trató de objetar ella.

Pestañeó Daniela con sus ojos azules, fríos como el hielo.

—No veo entonces que haya una contraposición de intereses entre ese asunto y los de los Armada— se extrañó— Defiende a ese tal Héctor, que no sé quién es, y arremete contra el que les arrebató con malas artes la herencia a nuestros clientes.

Se armó Noelia de paciencia para explicárselo.

—Es que la policía cree que ha sido Héctor el que se ha embolsado esa herencia haciéndose pasar por el chiquillo que adoptaron— trató de hacerle entender—. No puedo defender a las dos partes al mismo tiempo, ya que pretendo demostrar que Héctor es inocente.

— ¿Héctor es el chiquillo, amigo del niño adoptado?

Sonrió Noelia a su pesar.

—Bueno, ya no son unos chiquillos ninguno de los dos, pero sí, es un amigo de Sebastián. La policía le ha detenido y le va a tomar declaración mañana y pasado mañana le pondrá a disposición judicial, así que tengo que tomar una decisión de inmediato. ¿Por qué no te ocupas tú de los asuntos de los Armada y yo de los de Héctor? — le sugirió recordando el consejo de Alex— Son amigos tuyos y te admiran ilimitadamente.

Esperaba halagarla con ese comentario, pero no pareció que le hiciera el menor efecto y meneó la cabeza en sentido negativo.

—Porque pertenecemos al mismo bufete. Además te daría un baño en el foro. Actuaría yo como acusación particular contra tu chiquillo y te dejaría a los pies de los caballos— afirmó con petulancia—. No creo que te interese.

Al oírla, pensó Noelia que al fin había encontrado el punto flaco de su jefe por el que podría atacarla e hizo un ademán de suficiencia, copia exacta del de la otra.

—Bueno, eso está por ver— fanfarroneó.

— ¿Qué es lo que está por ver?

—Que me dieras ese baño. He aprendido mucho de ti y creo que podríamos medir fuerzas en un juicio desde bandos opuestos

Las pupilas de la otra relampaguearon indignadas.

— ¿Cómo te atreves? No eres más que una novata con muy poquita experiencia, que has tenido que recurrir a mí en la mayoría de los casos que has llevado para que te ayudara a enfocarlos adecuadamente. Comprenderás que en el asunto que me propones no te ayudaría, sino al contrario. Utilizaría todas mis armas contra ti y contra tu chiquillo.

Sintió Noelia que un sudor frio empezaba a correrle por la espalda. Sabía que Daniela no era un enemigo desdeñable y que lo probable era que le diera el baño que le había anunciado y que la dejara en ridículo, pero su orgullo no le permitía agachar la cabeza ahora que había encontrado la vía para llevar a cabo sus propósitos, por lo que levantó retadoramente la barbilla.

—Me has enseñado mucho, Daniela. ¿No crees que sería divertido contrastar cuanto he aprendido gracias a tí?— la desafió, notando que empezaban a temblarle las piernas— Los Armada además estarían encantados con el cambio.

Lo meditó la otra con el ceño fruncido y una onda de su bonita melena rubia ocultándole la frente. Se la retiró con un ademán elegantísimo y replicó:

—De acuerdo, pero que conste que, puesto que me has retado, no te echaré una mano en ninguna circunstancia.

—De acuerdo. Te demostraré que soy una alumna aplicada. ¿Te doy la venia por escrito?

Esbozó ella un ademán con la mano con el que parecía querer decir que la cosa no merecía la pena de que realizara ese esfuerzo.

—No es necesario. Le explicaré yo a los Armada el cambio de planes en cuanto Florencia me ponga en contacto con ellos, así que puedes decírselo ya a ese chiquillo que adoptaron los Armada y que te has empeñado en defender. ¿O me has dicho que tu nuevo cliente no es ese chiquillo?

—No, no es ese chiquillo— le aclaró pacientemente ella.

—Y no será ya menor de edad, ¿verdad? — se preocupó Daniela—. No me gustan nada los tribunales de menores.

—Tiene veinticinco años— puntualizó Noelia.

— ¡Ah!, bueno. Más o menos como tú.

—Yo tengo treinta y uno— le aclaró ella sin alterarse— La que tiene veinticinco es Miriam.

—Sí, una chica muy mona y muy competente— comentó distraídamente Daniela empezando a revolver los papeles que tenía sobre su mesa, dando así la reunión por terminada— Para subrayar que debería irse y dejarla trabajar tranquila, le señaló la puerta diciéndole como colofón—: Dile a Florencia cuando salgas que llame a Máximo por teléfono, porque quiero hablar con él.

Se apresuró Noelia a seguir sus indicaciones y fue a sentarse de lado en la mesa de la secretaria a la que puso al corriente de lo que había hablado con la jefe común. Flor la observó preocupada con sus ojos castaños muy abiertos.

— ¿Vas a enfrentarte en un juicio con doña Daniela? ¿Lo has pensado bien?

—Sí, claro— afirmó ella fingiendo una seguridad que estaba lejos de sentir, a la par que luchaba por controlar el temblequeo de sus piernas—. ¿Por qué lo dices?

—Porque suele aplastar a sus contrincantes y no me gustaría verte apabullada por ella. ¿No has encontrado otro medio de quitarte de encima a los Armada?

—No, Alex me aconsejó anoche que se los endosara y me ha dado resultado. Ahora estoy libre como un pájaro para defender a Héctor o a Sebastián o a los dos a la vez. No sé si este último estaría dispuesto a declarar a favor de su amigo, porque de testificar que estaba de acuerdo en que éste le suplantara en la notaria y en el banco y que no le ha ocasionado perjuicio económico alguno, absolverían de ese delito a Héctor. Hay muchas sentencias del tribunal supremo en ese sentido. Quedarían como dos idiotas o como dos ignorantes, pero a Héctor le absolverían.

Hizo Flor un gesto de asentimiento, pero parecía tener la mente en otra parte, por lo que añadió Noelia:

—Para convencerme, ha aludido la monja que me acaba de llamar a algo que no me comentó el otro día y que debe de ser trascendental, al menos para ella. También África quiere revelarme ese secreto que debe ser importante para lograr la absolución de Héctor, si la cosa llega a juicio. Estoy intrigada. ¿Crees tú que éste podría ser el hermano biológico del otro y que por esa razón son uña y carne?

— ¿Qué la monja hubiera tenido mellizos? — se preguntó a sí misma Flor elevando las cejas sobre su frente— Tienen la misma edad y no pueden ser gemelos porque el acomplejado es rubio y Héctor, moreno. No lo sé, pero de ser así me parece el colmo de la mala pata para una chica soltera que ha cometido un desliz. ¿Sabes quién es el padre de esos chicos?

—Claro que no— se enfadó Noelia— ¿Cómo lo voy a saber?

Se encogió la otra de hombros.

—Y yo qué sé. Si en el convento te dijo la monja que era su madre también habría podido decirte quién es el progenitor de los dos.

—Es que no nos lo aclaró— objetó Noelia—. Lo insinuó Miriam y no la contradijo. Ahora me voy a mi despacho a buscar sentencias del Tribunal Supremo sobre suplantación de personalidad. Mañana no me dejarán en la comisaría que vea a Héctor antes de que declare, por lo que no podré aconsejarle lo que debe decir, pero sí podré entrevistarme con él después y preparar su declaración ante el juez para el día siguiente.

Tal y como había dado por hecho, no le permitieron ver a Héctor antes de que le subieran a éste al despacho del comisario entre dos policías. Vestía un chándal en vez del elegante traje con el que había ido a verla a su despacho el día anterior y al entrar le dirigió una rápida mirada a Noelia, que estaba sentada bajo la ventana, junto a otro funcionario que iba a transcribir la declaración del joven en el ordenador, pero no llegaron a intercambiar ni una sola palabra, porque el comisario, apoltronado en una butaca tras su mesa, comenzó el trámite en el acto y le ordenó que dijera su nombre.

—Me llamo Héctor Zúñiga y López de Quiñones— repuso éste con voz clara.

Le oyó Noelia con cierta sorpresa, porque hasta ese momento había dado por supuesto que se había inventado esos apellidos tan rimbombantes para dar verosimilitud a la historia que había inventado en la que él era hijo de un conde que pretendía desheredarle, pero al parecer eran los auténticos. Seguidamente le informó el policía del delito por el que había sido detenido, que no era otro que el haber suplantado la personalidad de un muchacho ya fallecido, llamado Sebastián Armada, para apropiarse de la herencia que le había dejado a éste en su testamento doña Concepción Aranda y Linares. Le preguntó a continuación que qué tenía que decir al respecto, momento en el que intervino Noelia diciendo que su cliente se acogía a su derecho de no declarar. Héctor le dirigió una mirada de sorpresa y el comisario otra de aburrimiento y con un ademán le indicó a los dos policías que le flanqueaban que podrían llevárselo nuevamente al calabozo en cuanto firmara el documento que estaba imprimiendo el otro policía. Se opuso ella a que se lo llevaran solicitando que le fuera permitido mantener una entrevista con su cliente. Accedió el comisario como no podía ser de otro modo y los dos policías les acompañaron a otro despacho que tenía una ventana enrejada y salieron al pasillo apostándose al otro lado de la puerta.

— ¿Por qué no me ha dejado declarar? — se quejó él en cuanto les dejaron solos—. Ahora tendré que pasar otra noche en el calabozo hasta que mañana pueda explicarle al juez cómo sucedió todo.

— ¿Y cree que si le cuenta al juez la verdad le va a dejar libre? — se impacientó ella—. No sé en qué mundo viven usted y Sebastián, pero debe de ser en uno muy particular. Lo que tiene que decirle al juez es que Sebastián no murió en aquel incendio, pero que estaba en la cama enfermo con gripe cuando le citaron en la notaria y le pidió a usted que ocupara su lugar ese día. Que no sabían ninguno de los dos que era imprescindible un poder notarial para que usted se presentase a firmar la escritura de adjudicación de la herencia de él y creían que bastaba con haberlo acordado así, pero que en nada ha perjudicado usted a Sebastián, lo que ratificará éste, que tendrá que comparecer a continuación.

Se quedó mirándola Héctor con aquellos ojos tan oscuros y tan impenetrables y luego meneó negativamente la cabeza.

—Sebastián no puede venir.

— ¿Por qué no? ¿Se ha puesto enfermo de verdad?

—No, pero no le va a ser posible.

Intentó imaginar Noelia mil desgracias que hubieran podido ocurrirle. ¿Le habría atropellado un coche o se consideraría incapaz de declarar en un juzgado? ¿o le acometería de nuevo la discapacidad lingüística que padecía en su adolescencia y que era la causante de que no conseguiría hilar dos palabras seguidas sin tartamudear?

— ¿Quiere decirme por qué no le va a ser posible? — insistió— sor Consolación me llamó ayer para pedirme que le defendiera a usted y que le sacara absuelto del delito por el que se le acusa. Me dijo también que había algo que no me había contado sobre ustedes dos y que era trascendental para que sobreseyeran el caso, pero que necesitaba su permiso para referírmelo. ¿Por qué no me lo aclara usted y terminamos de una vez con tanto secretismo absurdo?

Desvió él los ojos hacia la ventana como si se estuviera preguntando si sería oportuno y si podría confiar en ella. Tradujo luego en palabras los pensamientos que traslucía su semblante.

— ¿Y usted no se lo diría a nadie? — le preguntó pausadamente, como si necesitara medir las palabras.

—Eso depende. Depende de que fuera necesario utilizar en su provecho lo que me vaya a contar. No puedo prometérselo de antemano.

—Es que para mí es muy importante— murmuró en un susurro.

—Pues no se lo puedo prometer, pero haga el favor de tomar rápidamente una decisión. No suelen permitir en las comisarías que la entrevista dure más de un cuarto de hora y está a punto de transcurrir ese lapso de tiempo.

Inspiró aire él. Parecía que le suponía realizar un tremendo esfuerzo lo que iba a decirle y finalmente articuló despacio y con desgana:

—Lo que sucede es que Sebastián no existe.

Creyó haberle entendido mal. Seguía mirándola fijamente como si quisiera cerciorarse de que había comprendido el significado de sus palabras y en ese preciso instante sintió ella como si un fogonazo iluminara su cerebro. Ya sabía dónde le había visto antes. En el cementerio, la mañana en la que enterraron a Sebastián. Era el mismo que la observaba esa mañana entre la bruma y que se había escondido tras un árbol cuando sus miradas se cruzaron. El mismo que las había seguido a Miriam y a ella el día en que fueron a ver a sor Consolación al convento. Llevaba entonces una gorra en la cabeza y unas gafas oscuras, pero estaba segura de que se trataba del mismo joven que tenía enfrente ahora.

— ¿Me está diciendo que Sebastián murió en aquel incendio y que usted le ha suplantado utilizando su documentación? — insistió.

Negó él con la cabeza y al hacerlo un mechón de cabello oscuro le resbaló sobre la frente. Hizo un intento de retirárselo hacia atrás y levantó hacia ella unos ojos que reflejaban una timidez extrema.

—No es eso, Noelia.

— ¿No murió?

—No.

— ¿Qué fue entonces lo que le pasó?

— ¿No lo adivina?

Se quedó sin habla. Creyó ver en su mente aquella fotografía que le enseñaron los Armada en la que un muchacho muy rubio y enclenque miraba angustiado a la cámara anhelando desaparecer de su ámbito de visión y desvanecerse en el aire, a la par que pedía ayuda con los ojos. Era el mismo gesto que Héctor expresaba en ese instante y le pareció a ella que sufría un vuelco y que le veía borroso a él y al despacho en el que se hallaban.

— ¡Sebastián! — susurró— Es usted Sebastián.

—Sí— admitió él sencillamente.

— ¿Y por qué nos ha estado engañando a todos?

—No les he engañado. Después de aquel incendio me cambié de nombre dos meses más tarde, en cuanto cumplí dieciocho años. No quería saber nada de mis padres adoptivos ni de mis compañeros de clase. Me escondí en el convento donde mi ma… — se corrigió en el acto—donde sor Consolación me dio todo el afecto que los Armada me habían negado. No sé por qué me adoptaron, porque lo cierto es que no me soportaban y estoy seguro de que se alegraron cuando los bomberos y la Guardia Civil les informaron de que no habían encontrado entre las pavesas del incendio a nadie con vida.

— ¿Y cambió su nombre por el de Héctor Zúñiga y López de Quiñones? ¿Por qué se puso unos apellidos tan rimbombantes?

—Eran los de mi padre— repuso en el mismo tono monocorde—. No llegó a reconocerme porque murió antes de que naciera yo. Era gallego lo mismo que mi madre y cuando supo por ella que se había quedado embarazada, cogió su coche para ir a verla a Barco de Valdeorras, que es un pueblo de la provincia de Orense. Él vivía en esa ciudad.

— ¿Y qué pasó?

—Que por la carretera se estampó contra un camión y murió en el acto. Lo demás creo que ya se lo contó sor Consolación.

—Sí, pero dígame, ¿qué hizo usted cuando se enteró de que su abuela le había dejado un importante legado a su fallecimiento?

Hizo él un gesto vago.

—En el testamento se citaba como su heredero a Sebastián Armada. Conservaba yo mi documento nacional de identidad con ese nombre porque lo había renovado pocos días antes de aquella fatídica excursión y lo había guardado durante todos los años que transcurrieron después. Pensé por esa razón que lo más sencillo sería recuperar mi antigua identidad para cobrarla y presentarme en la notaria y en el banco con ese documento.

—Pero usted no tenía abierta una cuenta corriente a nombre de Sebastián Armada, porque legalmente hacía tiempo que había dejado de existir con ese nombre.

—Efectivamente.

—Y el dinero que cobró lo ingresó en la cuenta de Héctor Zúñiga y López de Quiñones, que era la suya entonces.

—Sí.

— ¿Y por qué no me dijo la verdad cuando fue a verme a mi despacho? Usted no ha cometido ningún delito, aunque sí ha hecho una tontería que afortunadamente no implica responsabilidad penal.

Tardó él en contestarle.

—Ya se lo expliqué. He pretendido romper con mi pasado, ser otra persona. Pensará usted que es una estupidez. Ahora tengo otra vida. Una madre que me quiere, un trabajo que me gusta y una chica a la que… a la que un día de éstos… bueno, ya me entiende. No quiero saber nada de lo que fui ni de los Armada ni de Toño y sus amigos. Creí que lo más sencillo era hacer lo que hice y que a nadie se le ocurriría denunciarme por haber suplantado la identidad de Sebastián, porque Sebastián era yo mismo. ¿Me comprende?

—Entenderle, le entiendo, pero debería usted tratar de enterarse de lo que dicen las leyes. Debió presentarse en la notaría con su partida de nacimiento, en la que tiene que constar inscrita al margen de su nombre y apellidos iniciales, los actuales y la fecha en la que se los modificó. No hubiera tenido usted ningún problema. Y en el banco tampoco lo hubiera tenido y hubiera podido igualmente ingresar el dinero en la cuenta corriente en la que figura como titular con su identidad actual. Es elemental— terminó con suficiencia.

Sonrió Héctor con cierta ironía.

— ¿Está segura?

— ¿De si debió hacerlo así?

—No, de si es elemental.

—Por supuesto. ¿Cuál es su profesión?

—Ya se lo dije, ingeniero de telecomunicación.

—Pues en la próxima ocasión en la que se le presente un problema similar consulte con un abogado— le recomendó muy digna—. Y ahora vamos a preparar lo que tiene que declarar mañana ante el juez. Para empezar, ¿tiene usted documento nacional de identidad electrónico?

Afirmó él con la cabeza, echando mano al bolsillo de su chándal.

—Sí, el actual, en el que figuro como Héctor Zúñiga, sí. El anterior, el que me expidieron a nombre de Sebastián, no.

— ¿Le importa prestármelo hasta mañana? Se lo diré al comisario y mañana se lo devolveré en el juzgado.

— ¿Y para qué lo necesita?

—Para solicitar del Registro Civil su partida de nacimiento en la que, como le he dicho, constará que Sebastián Armada Arroyo se cambió ese nombre por el de Héctor Zúñiga y López de Quiñones. Necesitamos probar que los dos son la misma persona y que usted no ha suplantado a nadie, ¿comprende?

—Sí, pero...

No llegó a hacerle las recomendaciones que hubiera deseado, porque en ese instante se abrió la puerta y los dos policías que estaban apostados en el pasillo les dijeron que el tiempo de la entrevista había finalizado ya. Solo pudo Noelia susurrarle unas palabras a su oído.

—Declare mañana ante el juez lo que me ha explicado a mí y saldrá libre. Ánimo. Mañana nos veremos.

Le dedicó él una sonrisa pálida antes de que los dos agentes se lo llevaran y se preguntó ella cómo era posible que no se hubiera dado cuenta de que era el mismo muchacho de la fotografía que le había enseñado Teresa y que había fotocopiado Flor por indicación suya, cuando se presentó en su despacho por primera vez en compañía de África. Había crecido y ensanchado desde entonces, llevaba el cabello teñido de negro y lentillas oscuras en los ojos, pero quedaba algo en él del chiquillo que había sido, aunque su gesto no era tampoco ya tímido ni su aire huidizo. En su despacho, por el contrario, le había llamado la atención la seguridad que derrochaba y que instantes antes había perdido momentáneamente. Incluso se había puesto nervioso, aunque únicamente durante un segundo. Si llegaba a conocer al especialista que le había transformado en otro tras su desaparición del mundo de los vivos, le felicitaría, porque había logrado con el chico una metamorfosis asombrosa. ¿O sería África la que lo había conseguido?

La declaración de Héctor ante el juez en uno de los juzgados de instrucción de la plaza de Castilla se desarrolló a la mañana siguiente tal y como habían previsto. El juez era un hombre joven, bajito y sonrosado y cuando le preguntó su nombre repuso él con voz clara:

—Me llamo actualmente Héctor Zúñiga y López de Quiñones, pero antes de alcanzar la mayoría de edad mi nombre era Sebastián Armada Arroyo. Me lo cambié de en cuanto cumplí dieciocho años.

Pestañeó el juez bastante sorprendido.

—Podrá probar eso que me está diciendo.

Giró Héctor la cabeza hacia Noelia, que había permanecido en absoluto silencio y que se incorporó, apoyándose en la mesa tras la que estaba sentada, para entregarle al agente judicial un documento que a su vez le llevó éste al juez, que lo leyó atentamente. Luego levantó la cabeza hacia Héctor y le observó con curiosidad.

—No entiendo entonces lo qué hace usted aquí ni el motivo de que le hayan detenido. ¿No declaró ante la policía que no había suplantado a nadie, sino que se trataba simplemente de un cambio de nombre?

—No, señor, porque no tenía ese documento en mi poder. Me lo ha traído esta mañana mi abogado.

—Pero podía haberlo declarado así, para que la policía lo comprobara y no me hiciera perder el tiempo— protestó malhumorado—. Puede marcharse.

Salieron él y Noelia de la sala de vistas en cuanto firmaron al pie de la escueta declaración de Héctor y ya en el pasillo se encontraron con África que les aguardaba sentada en un duro banco de piedra y que se puso en pie en el acto.

— ¿Qué?, ¿qué ha pasado? — les preguntó sumamente inquieta.

—Nada— repuso Héctor sonriéndole tranquilizadoramente—. Yo no quería, pero Noelia me ha convencido de que era la única forma de salir de este aprieto y le he dicho al juez que yo era también, o que había sido, Sebastián Armada, así que me ha mandado a la calle. Tengo que agradecerle también a ella que se haya ocupado de conseguir mi partida de nacimiento en un tiempo record.

Se encogió Noelia modestamente de hombros.

—Lo solicité y lo obtuve on line introduciendo en el ordenador su documento nacional de identidad, así que no he hecho nada extraordinario. Me molesté también en pedir su partida de defunción y comprobé que Sebastián Armada sigue estando legalmente fallecido, así que tendremos que rectificar ese error del Registro Civil.

No le pareció que a Héctor le alegrara la sugerencia.

— ¿Y no podríamos dejarlo como está? Yo preferiría que la gente siguiera creyendo que Sebastián murió y que está enterrado en el cementerio de la Almudena. ¿No es posible mantener así mi inscripción de fallecimiento?

—No— repuso tajantemente Noelia—. No estoy dispuesta a sacarle de otro lío porque no tenga usted su documentación en regla en todas las Administraciones existentes. Mañana mismo me ocuparé de arreglarlo.

Dejó escapar Héctor un suspiro de resignación, mientras intercambiaba una mirada de complicidad con África, que le sonreía embobada.

—Si no hay otro remedio— murmuró.

CAPÍTULO XIV

Lorena recogió los exámenes de sus alumnos y formó un montoncito con ellos antes de introducirlos en la cartera de piel que seguidamente se colocó bajo el brazo, disponiéndose a salir del colegio y a marcharse a su casa. Allí podría corregirlos sin que nadie la molestara, pensó, ya que sus padres se habían apuntado a un viaje de una semana organizado para las personas de la tercera edad y no volverían hasta el próximo fin de semana.

No tenía intención de independizarse por el momento. Probablemente no podría pagar el alquiler de una vivienda medianamente decente y en el viejo chalet de sus padres se encontraba cómoda. Estaba enclavado en una urbanización de hotelitos adosados, en las afueras de Madrid, y disponía de toda la planta superior para ella sola, dado que aquellos habían habilitado como su dormitorio lo que antaño fuera el despacho de su padre, en la planta baja, por la dificultad que les suponía en el presente subir la escalera.

En el garaje del edificio guardaba además su coche, con el que habitualmente se desplazaba al colegio en el que impartía clase de historia a treinta alumnos de quince años y de ambos sexos, ya que se ubicaba éste en Aravaca, un municipio que distaba unos doce kilómetros de Madrid, pero esa mañana se había llevado la desagradable sorpresa de encontrar el vehículo con una rueda pinchada, por lo que había tenido que tomar dos autobuses para llegar al colegio.

Estaba cansada y no solo por el medio de transporte que había tenido que utilizar ese día y que le había supuesto recorrer andando un largo trecho hasta ambas paradas. Se sentía agotada sobre todo porque manejar a treinta adolescentes y hacerse respetar por ellos no era tarea fácil. Deseaba por consiguiente llegar pronto a su casa y tumbarse en el sofá de la sala de estar con la mente en blanco. Cenaría luego y si se sentía con fuerzas corregiría los exámenes.

Con un suspiro salió del aula y cerró la puerta tras ella para recorrer después el largo corredor que desembocaba en la portería. No debía de quedar ya nadie en el colegio, porque el silencio que a esas horas se había adueñado del edificio era absoluto. Sin la algazara de los alumnos ni los comentarios en voz baja de los profesores, los tacones de sus zapatos resonaban discordantemente por el pasillo, despertando ecos en los rincones más alejados. O esa al menos fue la impresión que experimentó conforme se aproximaba a la salida.

Allí se despidió del vigilante, que aún se encontraba en su mesa, recogiendo para cerrar, empujó las dos hojas de cristales y bajó a continuación los escalones por los que se descendía hasta la acera. Había anochecido ya y solo la luz intermitente de las farolas iluminaba de trecho en trecho con su luz mortecina y azulada el lugar por el que caminaba. Tampoco allí se oía el menor sonido, por lo que escudriñó con los ojos muy abiertos la soledad del lugar. Los chalets que se recortaban como negros manchones a ambos lados de la acera contra un firmamento igualmente negro, tenían las persianas de las ventanas bajadas, sin una sola luz que indicase que estaban habitados, por lo que apretó el paso con cierta aprensión. Una ráfaga de viento, que alborotó su corta melena y se la desparramó en todas direcciones, le hizo sentir un frío intenso y le trajo el aroma del bosquecillo de pinos que tendría que atravesar para llegar hasta la carretera y tomar el autobús, que tenía la parada en el arcén. También ese bosquecillo, que veía cada vez más próximo, se asemejaba a una masa de siluetas desdibujadas y oscuras que se agitaran al compás del vendaval meneando espectralmente sus brazos. No se veía un alma por los alrededores y sintió de pronto un miedo absurdo. Otras tardes en las que sus padres habían necesitado el coche, que era el único de que disponía la familia, había tenido que realizar ella a pie el mismo recorrido que esa tarde y no se había sentido tan mal, tan asustada.

Dejó atrás la calle, después de cruzarla y al subir a la acera contraria creyó notar algo a su espalda. Con un estremecimiento se giró de un salto ahogando un grito. Pero no, era su propia sombra, alargada por el resplandor de una farola próxima. Tenía que tranquilizarse, se dijo. No sucedía nada anormal y no había motivo alguno para que le acometiese aquel pánico tan irracional que le hacía temblar las rodillas y que había acelerado hasta límites insospechados su ritmo cardíaco.

Pero sí había un motivo, pensó, aunque pretendiese en ese momento negárselo a sí misma. Había intentado hacérselo notar en más de una ocasión a África y a Andrés y los dos habían procurado cambiar inmediatamente de conversación, quizás porque no querían aceptar el interrogante que encerraba que solamente quedaran tres. Los tres últimos de los ocho que habían salido de excursión siete años antes y que uno tras otro y sin una razón clara habían ido desfilando de este mundo.

El caso más preocupante era el de María, se dijo, mientras sorteaba los primeros árboles de la floresta por la que empezaba a caminar. Toño y Jorge habían podido morir por accidente y era posible también que Carol hubiera sufrido un mareo dentro del agua, por lo que no sería extraño que hubiera muerto ahogada al hallarse sola en la piscina y no tener cerca a nadie a quien pedir ayuda, pero

María no. María había sido asesinada y hasta la fecha la policía no tenía una pista clara sobre quién hubiera podido ser el autor de su muerte. Había sospechado de África y había llegado a detenerla, pero la había soltado ya al carecer de pruebas contra ella que pudieran incriminarla.

Pero quizás hubiera sido también un asesinato la muerte de Carol. La autopsia había revelado las huellas de unos dedos alrededor de su cuello, así como la existencia de una medalla de plata deformada enganchada en su bañador. La había hallado el encargado de la piscina cuando la sacó del agua, lo que efectuó sin llamar previamente al forense ni al juez ni a nadie. Había pensado que pudiera estar viva todavía y había tratado de reanimarla.

Esos detalles se los había contado África por teléfono la tarde anterior, después de que el juez dejara en libertad a Héctor. Estaba preocupada aquélla, porque en el reverso de esa medalla podía leerse aún el nombre de Sebastián y temía que ahora que sabía la policía que éste no había muerto y que se había cambiado ese nombre por el de Héctor Zúñiga, pudieran relacionarlo con la muerte de Carol. África había conocido la originaria identidad de él desde que apareciera en el centro de logopedia varios años antes con una seria dificultad lingüística, que había conseguido corregir ella con mucha paciencia y con la inestimable ayuda de un psicólogo, gracias a la cual había recuperado su autoestima.

Unos días antes de que la policía detuviera a Héctor le había conocido ella, porque se lo había presentado África, pero nunca habría sospechado que ese hombre tan seguro de sí mismo y que tenía embobada a su amiga, pudiera ser aquel chiquillo enclenque y asustadizo de entonces, que tartamudeaba en cuanto intentaba pronunciar dos palabras seguidas y del que todos se reían. Había llegado a preguntarse...

Pero no, era absurdo lo que estaba pensando. No le parecía tan absurdo cuando creía que Sebastián había muerto. Entonces, cuando había creído verle a lo lejos, envuelto entre la bruma que ascendía de las tumbas en el cementerio, había dado por hecho que se trataba del espectro del propio Sebastián, que regresaba de cuando en cuando del más allá para vengarse de los que le hicieran tanto daño en vida. El escenario era proclive a imaginar esa clase de desatinos, pero en un mundo real no parecía que Héctor fuese capaz de encarnar a ese ángel vengador. Era ahora un hombre tan fornido y tan atractivo... Ni siquiera encontraba en su actual apariencia un dato revelador de que fuera aquel mismo chiquillo con unos años más.

Y no porque no se pareciera, se dijo. Aún con el pelo teñido de negro y con lentillas oscuras en los ojos, sus facciones recordaban a las del otro, pero se trataba de un parecido muy relativo, que hacía pensar que éste pudiera ser un hermano o un primo de aquél. ¿Pero por qué habría de afirmar Héctor que era él el propio Sebastián si no fuera cierto? ¿Para cobrar la herencia que le habían dejado a éste? No sabía en qué consistirían los trámites que había tenido que cumplir él para modificar el nombre con el que le habían inscrito sus padres adoptivos en el Registro Civil, pero suponía que exigiría éste las suficientes garantías para que un pariente cercano del chico no hubiera podido asumir su personalidad.

La brisa le revolvió nuevamente el cabello cuando se adentró en el bosquecillo de pinos y fue sorteándolos, salvando las raíces de los árboles que sobresalían del terreno para no tropezar. Parecían susurrarle algo al agitar sus ramas. Parecía como si la estuvieran avisando de un peligro próximo que se cernía sobre ella y que estaba a punto de materializarse. Asustada, miró en derredor sintiendo que se le erizaba el vello de los brazos y que el corazón se le desbocaba. No vio más que las oscuras siluetas de esos árboles, recortándose sobe un cielo negro en el que aún no había asomado la luna.

—No hay nadie—, se repitió—. Tú no eres la próxima.

A lo lejos y entre los pinos podía distinguir ya las luces de la parada del autobús. Solo tenía que acabar de recorrer el bosquecillo, salir por el otro extremo y caminar unos trescientos metros más por una tierra yerma, sin ninguna vegetación ni edificación alguna, para alcanzar la carretera y un poco más allá, esa parada.

De improviso, el tintineo de las últimas hojas de un chopo al desprenderse de las ramas y deslizarse revoloteando hasta el suelo la sobresaltó y un escalofrío la recorrió entera, por lo que echó a correr a continuación en esa dirección. Lo importante era salir del bosquecillo y dejarlo atrás. En cuanto lo perdiera de vista, estaría a salvo, pensó.

Acabó de atravesarlo y empezaba a caminar por la inmensa llanura que mediaba sin asomo de vegetación entre el bosquecillo y la carretera, cuando sonó su móvil. Lo llevaba en el bolso, por lo que se detuvo un instante para extraerlo y llevárselo al oído.

—Lorena, soy Andrés.

Ya había reconocido su voz y se apresuró a responderle.

—Sí, sí, ya lo sé. He salido hace un rato del colegio y voy camino de mi casa. Bueno, quiero decir que voy camino de la parada del autobús— se corrigió con una risa floja—. He encontrado el coche esta mañana en el garaje de mi casa con una rueda pinchada y he tenido que tomar dos autobuses para venir al colegio, con lo cual he llegado tarde a la primera clase. Es que no sé cambiar las ruedas, ¿sabes? — añadió tratando de tomarlo a broma.

— ¿No sabes cambiar las ruedas? ¿Y tu padre?

—Mis padres están de viaje. Se han apuntado a un viaje del Inserso y en este momento estarán en Tenerife disfrutando del verano. Volverán el sábado próximo. Cuando llegue a casa llamaré al taller para que vengan a recogerme el coche y me cambien la rueda.

Se hizo un silencio al otro lado de la línea y mientras tanto ella siguió andando hacia la parada del autobús que iba viendo más próxima. Luego le oyó carraspear como si no acabara de decidirse a preguntarle algo. Andrés era tímido y retraído en el instituto, pero le pareció curioso a ella que siguiera siéndolo al cabo de los años. Al fin le oyó decir vacilante:

—Oye, he terminado también mi trabajo por hoy y he pensado…

— ¿Qué?, ¿qué has pensado?

—Que podría recogerte para que tomáramos algo por ahí.

Al escuchar su proposición vio Lorena el cielo abierto.

— ¿Estás muy lejos?

—No lo sé, porque no sé dónde estás tú. Yo, en la Moncloa. ¿Y tú, donde?

—En la carretera de la Coruña, a la altura del kilómetro trece. A punto de llegar a la parada del autobús.

—Podías esperarme ahí— sugirió Andrés— No tardaría más de diez minutos en llegar a esa parada.

—Estupendo— aprobó ella, a la que de pronto no le pareció su entorno tan oscuro ni tan solitario—. Te lo agradecería, pero preferiría que fuésemos a mi casa. ¿Sabes cambiar las ruedas de los coches?

Oyó su risa a través del hilo.

—Sí, claro.

—Pues si no te importa… Te agradecería que me hicieses ese favor. Tienes que enseñarme a hacerlo y luego podemos cenar en la cocina para no manchar el comedor. A mi madre le importa mucho la limpieza de la casa y yo no tengo tiempo de pasar el aspirador, porque salgo muy temprano y regreso muy tarde. Pero no te demores en comprar una botella de vino, que es la manía de todos los hombres. Ven cuanto antes, porque esto está bastante oscuro y solitario y estoy deseando ver a un ser humano, además de a los viajeros del autobús que no tardará en pasar.

—De acuerdo. Voy para allá.

Había cortado la comunicación y Lorena reanudó la caminata, ahora más animada. No solo le evitaría él tener que tomar dos autobuses para llegar a su casa. Le cambiaría también la rueda y a la mañana siguiente podría ir al colegio conduciendo su coche, lo que sería un auténtico alivio.

Se sentó en el banco de la parada en cuanto la alcanzó encogiéndose sobre sí misma por el frio. A lo lejos y como puntitos luminosos que brillaban en la noche, podía ver las luces de Madrid, que parecían llamarla, pero a su alrededor no había más que oscuridad. Un autobús llegó unos minutos más tarde y de él bajaron un hombre mayor que tosía y una señora que llevaba una gran cesta bajo el brazo. Ambos se perdieron de su vista, al tiempo que el vehículo reanudaba la marcha y desaparecía cuesta abajo, dejando en el ambiente su olor a humo y a aceite quemado.

Empezaba ya a inquietarse por la tardanza de Andrés, cuando vio venir un coche a su encuentro, que iba disminuyendo la velocidad y que se detuvo frente a ella. Reconoció su rostro a través de la ventanilla y se introdujo rápidamente en el asiento del copiloto del vehículo con un suspiro de satisfacción.

—Has tardado mucho— le riñó, aunque ese momento se hubiera colgado de su cuello para agradecerle que la hubiera recogido. A su lado y dentro del automóvil ya no sentía la angustiosa sensación de soledad que había padecido durante la espera, ni el miedo en la oscuridad de la carretera.

—Es que he tenido que cambiar de sentido en la carretera a la altura de La Florida— le explicó él— ¿Vamos ahora a tu casa a solucionar el gravísimo problema de la rueda de tu coche? — le preguntó con guasa.

—No sé por qué te lo tomas a broma, porque a mí sí me ha resultado gravísimo ese problema esta mañana. Pero sí, vamos a mi casa.

— ¿Y dónde vives?

Le pareció curioso a Lorena que conociéndose como se conocían de toda la vida, no lo supiera, pero se limitó a indicarle la dirección y luego le preguntó:

— ¿Y a ti cómo te ha ido hoy? Me dijiste que eras químico. ¿Trabajas en un laboratorio?

Con los ojos fijos en la carretera que iban recorriendo meneó él negativamente la cabeza.

—No, en una fábrica en la que, entre otras cosas, producimos productos de limpieza. ¿A que cuando éramos unos chiquillos no hubieras imaginado que mi principal afición consistiera en mezclar mejunjes?

—Pues no— reconoció ella—. Si me hubieran preguntado que a qué aspirabas a ser de mayor, hubiera contestado que cuando cumplieras años serías escritor. Entonces parecías estar siempre ensimismado en las ideas que te cruzaban por la cabeza. Hablabas poco y te bastaba con ensartar oportunamente en la conversación algún que otro monosílabo para poder continuar en las batuecas.

— ¿De veras? — se rio él—. No sé de dónde sacaste esa opinión sobre mí. No soy consciente de haber sido tan poco hablador, pero de lo que sí estoy seguro es de que no soy una persona imaginativa, por lo que a lo sumo hubiera podido escribir un folio por una cara. Tampoco hubiera supuesto yo que llegarías a ser tú una respetable maestra.

—No soy maestra— protestó Lorena—. Soy profesora de historia, después de licenciarme en esa materia, que no es lo mismo. Doy todos los días varias clases de una hora a grupos de treinta gamberros. Acabo muy cansada.

— ¿Por qué? — inquirió Andrés—. Darás esas clases sentada. ¿O no?

—Claro que doy las clases sentada— se sulfuró ella—. Pero ten en cuenta que son adolescentes. En cuanto me descuido, se tiran unos a otros aviones de papel, le pegan un chicle en la espalda al que tienen delante o le ponen la zancadilla al que se levanta y recorre el pasillo central entre los pupitres para acercarse a mi mesa a recitar la lección. Entonces les grito y si se ponen muy pesados les castigo,

— ¡Qué horror! — fingió asustarse él—. ¿Y con qué les castigas? ¿Les pones de cara a la pared con los brazos en cruz y un libro en cada mano?

Le dedicó ella un resoplido.

—Claro que no. Esos castigos son del siglo diecinueve. Les mando al pasillo y no les vuelvo a dejar a entrar en clase ese día. Si la cosa llega a más, les envío al despacho del director al que como es natural le tienen pánico. Sé hacerme respetar, no te vayas a creer que soy una pánfila.

—Nunca pensé que fueras una pánfila— murmuró él con una entonación especial que ella no captó.

— ¿Quieres decir que no lo pensabas cuando éramos estudiantes?— insistió Lorena—. Dudo mucho que ninguno de los chicos de nuestra clase se preocupara de averiguar cómo éramos nosotras. Me refiero a las demás alumnas. A todos os tenía Carol sorbido el seso y no teníais ojos para nadie más.

Sorprendido, le dirigió él una rápida mirada de soslayo.

— ¿De dónde te has sacado eso?

—Era bastante obvio. Se os caía la baba con ella.

—Era una chica guapa, pero nada más que eso, guapa. Y por cierto, ¿sabes algo sobre la investigación que está llevando a cabo la policía sobre su muerte?

Hizo Lorena un gesto de asentimiento.

—El forense que le practicó la autopsia ha dictaminado que murió ahogada, porque probablemente sufriera un mareo dentro de la piscina y no pudo llamar a nadie en su ayuda, ya que estaba sola. No sé si la policía se habrá conformado con la tesis de que fue un accidente, porque tenía enganchada una medalla en el tirante del bikini que en el reverso tenía grabado el nombre de Sebastián. Supongo que lo estarán investigando.

A la escasa luz de las farolas que iluminaban de trecho en trecho la carretera, le pareció que el semblante de Andrés se ensombrecía.

— ¿La medalla que el esqueleto carbonizado llevaba colgado al cuello cuando le encontró la Guardia Civil en aquella casa que incendió Toño? Creía que con esos restos había sido enterrada la medalla.

—Pues por lo visto, no. Se lo he preguntado a África, que es la única que estaba enterada de que Sebastián no había muerto en el incendio, y me ha contestado que por Noelia ha sabido que los padres adoptivos de Sebastián la recuperaron antes del sepelio y que la guardaron como recuerdo del hijo que habían perdido. La habían colocado sobre la cómoda del dormitorio del chico junto con una fotografía de éste, pero que hace unos días alguien había entrado en la casa cuando estaban a punto de acostarse a dormir y se la habían robado. Creo que se llevaron un susto tremendo, porque entonces no sabían que Sebastián había sobrevivido y pensaron que se trataba de un ladrón. Lo han denunciado a la policía y lo más extraño es que esa persona entró por la puerta principal sin forzarla y además no sonó la alarma que habían dejado conectada.

—Sí que es extraño— corroboró Andrés pensativo—. Lo que me has contado parece indicar que el supuesto ladrón fue el propio Sebastián. No se llevaba bien con sus padres cuando era un adolescente y probablemente tampoco haya querido reencontrarse con ellos ahora que se han enterado de que está vivo. Porque se habrán enterado, ¿no?

—Sí, claro que sí. Se lo comunicó la policía para que retiraran la denuncia que habían presentado, manifestándoles que, dadas las circunstancias, carecía ya de objeto.

—Pues entonces está claro que el supuesto ladrón sería Sebastián, que volvió a la casa en la que había vivido durante su infancia y parte de su juventud a recoger lo que consideraría sus pertenencias, o sea, esa medalla. Habría guardado la llave de la puerta principal de la casa que se habría llevado en la mochila o en el bolsillo cuando aquel día salió de excursión con nosotros y recordaría también como se desconectaba la alarma. ¿No crees?

—Sí, supongo que sí— repuso Lorena—. Pero hay un asunto que me preocupa. Me preocupa el lugar donde ha sido encontrada esa medalla. Si Carol la tenía enganchada en el tirante del bikini cuando la encontraron ahogada, todo parece indicar que fue Sebastián el que la mató.

Lo consideró Andrés en silencio y con el ceño fruncido y luego meneó negativamente la cabeza.

—No lo creo. Sebastián sería incapaz de realizar una cosa así. Era un chico muy pusilánime. Incapaz de tomar decisiones ni de agredir a nadie.

Dejó Lorena escapar una risita.

—El que conocimos de estudiantes, sí, era así. Héctor, que es él mismo con unos años más, es completamente distinto. Es seguro, decidido y… sí, también muy guapo.

— ¿Y no cabe duda de que es la misma persona?

Esbozó ella un gesto dubitativo.

—África dice que sí, aunque coincide contigo en que Héctor sería incapaz de matar a nadie.

—Aún no conozco a Héctor— objetó Andrés con una voz que a Lorena le sonó extraña—. Cuando coincidamos, te daré mi opinión.

Acababan de llegar frente a la puerta del jardín de ella, donde él pudo aparcar junto a la acera y ambos descendieron del vehículo, cada uno por su lado, para aproximarse a la verja y empujar la puertecilla que por un caminito de piedras atravesaba un minúsculo jardincillo, no mayor que un pasillo ancho y que llevaba directamente hasta la puerta principal. Lorena le precedió para desviarse desde allí hacia el edificio anexo y de bastante menor altura, donde guardaba el coche y los dos penetraron en un recinto de escasas dimensiones, después de que ella abriera con llave la puerta metálica de dos hojas, que dejó puesta en la cerradura y encendiera la luz. Andrés rodeó el vehículo hasta que dio con la rueda pinchada y se puso en cuclillas para observarla.

— ¿Tienes un gato? — le preguntó.

Adosada a la pared del fondo había una estantería metálica repleta de herramientas y ella le tendió la que le había solicitado, después de buscarlo en sus anaqueles.

—Es esto ¿verdad?

—Sí. Me voy a quitar el abrigo para poder moverme mejor— repuso él—. Abre el coche para que lo eche en el asiento.

No tardó más que unos minutos en desmontar la rueda y con ella en la mano se enderezó.

—Voy a tener que llevarla a un taller que sé que cierra tarde para que me cambien la cubierta por una nueva— le dijo—. ¿Vienes conmigo o prefieres esperarme aquí?

—No sé. ¿Cuánto puedes tardar?

—Pues calculo que una media hora, porque está cerca y espero que me atiendan enseguida, ya que tengo buena relación con uno de los mecánicos. ¿Qué has decidido?

—Si vas a tardar media hora, te esperaré. Aprovecharé para llevar los exámenes de mis alumnos a mi cuarto y para poner en marcha la calefacción. Así estará la casa caliente cuando cenemos, porque cuando no están mis padres la enciendo cuando vuelvo de trabajar. Te esperaré aquí, en el garaje. No tardes.

Había dejado antes las dos hojas de la puerta abiertas de par en par y le vio atravesar de nuevo el jardín con la rueda en la mano y subirse a su coche después de haberla metido en el maletero. Salió ella del garaje, que no tenía comunicación interna con la casa, para dirigirse a ésta y hacer lo que había anunciado. Después de darse un paseo por el salón y por la cocina para comprobar que estaban en orden, regresó al garaje donde se sentó de medio lado en el asiento del copiloto con la puerta del coche abierta y las piernas fuera.

Los minutos transcurrieron lentos. Le pareció que las agujas de su reloj de pulsera se habían detenido, porque no era posible que Andrés tardara tantísimo tiempo en regresar. A través de la puerta abierta del garaje dirigió incesantes miradas a la calle sin ver que ningún coche aparcara junto a la valla. Bostezó, se puso en pie para dar un corto paseo por el jardín y regresó al garaje para volver a tomar asiento en el mismo lugar que había abandonado poco antes. Sus ojos vagaron por el pequeño recinto y en uno de los estantes de la librería metálica vio un reloj de cuco que habían arrumbado allí tiempo atrás, cuando había dejado de funcionar, con la intención de que su padre lo arreglara en algún rato libre. Llevaba éste jubilado más de cinco años, y aún no había encontrado el momento de meterse con él, por lo que sospechaba Lorena que desconocía cómo debía funcionar el engranaje de su maquinaria. A ella le gustaba mucho ese reloj y de niña contemplaba embobada al animalito que asomaba por una ventana y cantaba las horas, por lo que en ese momento decidió buscar la solución por su cuenta. Quizás supiera Andrés donde podía llevarlo para arreglarlo. Probablemente se ofreciera él a encargarse de buscarle un relojero que conociera, lo mismo que había hecho con la rueda del coche, pero debería pasarle un trapo por encima para quitarle la espesa capa de polvo que le había caído encima. Así además entretendría la espera.

Se bajó el vehículo y buscó en la misma estantería algo que sirviera para devolverle un aspecto más presentable y encontró un trozo de toalla que sobresalía de una bolsa colgada de un clavo en la pared. Tampoco estaba muy limpio, pero era mejor que nada y empezó a frotar con él el reloj cuidando de no hacer saltar las agujas de la esfera de la madera de la casita que imitaba. De espaldas a la puerta del garaje oyó los pasos que se le acercaban por detrás y el sonido de algo metálico que se había caído al suelo cerca de sus pies. Solo entonces le preguntó sin volverse:

— ¿Eres tú? Has tardado mucho.

Alarmada, percibió el chirrido de la puerta metálica al cerrarse, al tiempo que un humo espeso y maloliente envolvía el recinto y se le agarraba a la garganta. Olía intensamente a algo que la hacía llorar y que le provocaba una intensa picazón en los ojos, No conseguía hablar, ni gritar. Las piernas no le obedecían, por lo que no podía correr hacia el jardín. A trompicones intentó llegar hasta la puerta para abrirla, pero cuando accionó el picaporte advirtió que estaba cerrada con llave desde fuera. La aporreó entonces con ambas manos tosiendo e intentando gritar, pero la voz no le salía de la garganta. Luego se le nubló la vista y se cayó al suelo incapaz de sostenerse, mientras aquellos pestilentes vapores se expandían más y más invadiendo el espacio que la rodeaba hasta que perdió el sentido.

*　　　　　*　　　　　*

Se despertó en la habitación de un hospital con una máscara de oxígeno sobre el rostro y un espantoso dolor de garganta. Le escocían los ojos y no conseguía enfocar con claridad a la chica que estaba sentada en una silla al lado de su cama y que se puso en pie en el acto al advertir que estaba despierta. Era África, que le preguntó ansiosamente:

— ¿Cómo estás?, ¿Puedes hablar?

Lo intentó ella, pero apenas si logró emitir algunos sonidos.

—Me duele…

—No digas nada— la interrumpió la otra—. El médico ha dicho que te recuperarás en unos días y que ahora no debes de hacer esfuerzos.

Clavó Lorena sus ojos claros en el rostro de su amiga. La veía borrosa, pero quería saber qué le había ocurrido a ella en el garaje, por lo que sacó una mano de debajo de las sábanas para intentar hacérselo entender por gestos.

—Te ingresaron anoche— empezó a referirle África—. Te trajeron dos policías que pasaban por tu calle en su coche y oyeron cómo aporreabas las puertas del garaje de tu casa, por debajo de la cual salía una tremenda humareda. La llave estaba puesta por fuera en la cerradura y cuando consiguieron entrar te encontraron en el suelo inconsciente. Estuvieron a punto de intoxicarse ellos también con los vapores de un bidón de amoniaco y de otro de lejía a los que se les habían caído los tapones y que rodaban sobre el pavimento. Por lo visto tenían una concentración altísima de no sé qué elemento químico. Andrés no tardará en subir y te lo explicará mejor que yo.

Por señas le preguntó Lorena dónde estaba éste.

—Abajo, en la cafetería, ha bajado a desayunar. Me he empeñado yo, porque anoche no cenó tampoco. Hemos pasado los dos la noche aquí, contigo, en esta habitación.

Le indicó ella que quería escribirle algo y África sacó de su bolso un bolígrafo y un cuadernito que le tendió. Luego fue contestando a sus preguntas.

—No, tus padres no saben nada. No teníamos ni idea de en qué lugar se encuentran ni tampoco si querías informarles o no de lo que te ha pasado. Es que eres muy descuidada— le riñó—. ¿Cómo se te ha ocurrido tener esos productos de limpieza tan concentrados en el garaje? ¿O ha sido tu madre la que había guardado allí esos bidones?

Negó rotundamente Lorena con la cabeza, pero al darse cuenta de que la otra no la entendía, se lo escribió:

—"No sé de qué bidones me hablas. No teníamos en el garaje ningún producto de limpieza"

A los oscuros ojos de África asomó un puntito de alarma.

— ¿No? Pero entonces…

En ese preciso momento se abrió la puerta de la habitación y entró Andrés, que debía de haber pasado la noche sentado de cualquier manera en una butaca, porque venía con el cabello revuelto, el traje arrugado y la sombra de la barba asomando a sus mejillas. Se dirigió en línea recta y como un ciclón hacia la cama con la angustia reflejada en su rostro.

— ¿Te has despertado?, ¿estás bien? Menudo susto nos has dado.

Se limitó ella a sonreírle, de lo que no debió percatarse él, porque continuó farfullando:

—Es que eres una inconsciente. ¿No sabes que la lejía y el amoníaco en altas concentraciones y juntos son muy peligrosos? Al mezclarse los dos se produce una reacción química que genera un gas que se llama cloramina y que es altamente tóxico, ya que cuando entra en contacto con nuestras mucosas se descompone y produce ácido clorhídrico y radicales libres. Imagino lo que te debe de doler la garganta.

Afirmó Lorena con la cabeza llevándose una mano al lugar al que él había aludido para indicarle que no podía hablar. África lo hizo por ella.

—Me ha dicho Lorena que ni sus padres ni ella tenían esos bidones en el garaje ni conocían su existencia. ¿Los viste tú allí, cuando estuviste desmontándole la rueda?

Lo meditó él con el ceño fruncido y a su rostro fueron aflorando los sucesivos pensamientos que cruzaron por su mente y finalmente la inquietud que contrajo sus facciones.

—No, no me fijé. Me han dicho los policías que tenían un buen tamaño, pero si estaban tirados por cualquier rincón y carecían de un rótulo que indicara su contenido, probablemente no me habría dado cuenta de su existencia.

Se quedó callado, reflexionando y luego intentó disimular la preocupación que experimentaba, pero no lo consiguió. Empezó hablándole en tono distendido, pero luego fue trasluciendo lo que verdaderamente pensaba, conforme fue refiriéndole cómo habían ido sucediéndose los acontecimientos.

—Así que no eran vuestros esos bidones. Me extrañó que tuvieras unas manías de limpieza tan exacerbadas. Y que tu madre, tú, o las dos fueseis tan inconscientes. Lo que está claro es que, si no eran vuestros, tuvo que llevarlos al garaje alguien que aprovechó el lapso de tiempo que tardé en regresar a tu casa— dedujo elevando el tono de la voz—. Pero tendrías que haberle visto cuando entró allí, les quitó el tapón y los arrojó al suelo.

Meneó Lorena afirmativamente la cabeza y se apartó la mascarilla de la cara para explicárselo con un hilo de voz:

—Oí a alguien, pero estaba de espaldas a la puerta y creí que eras tú, por lo que solo me volví cuando oí el ruido metálico de los bidones al caer.

— ¿Qué era yo? — se sorprendió él— Me entretuvieron bastante en el taller hasta que me arreglaron la rueda y cuando volví con ella en el maletero y aparqué junto a la acera, aspiré el olor inconfundible de la cloramina y vi cómo dos agentes de la policía municipal, con la cara cubierta por un pañuelo, te sacaban en brazos del garaje. Por la puerta salía una humareda espantosa, así que imaginé lo que había ocurrido. Esos hombres no me dieron muchas explicaciones. Te salvaron la vida y se jugaron la suya, porque cuando te montaron en su coche y salieron de pira hacia el hospital tosían con los ojos lagrimeantes y estaban aparentemente algo mareados. Les seguí yo con el mío y a ti te llevaron inmediatamente a urgencias. Como no me dejaron pasar, llamé por el móvil a África para comunicárselo y vino ella inmediatamente.

—Esta mañana han llamado preguntando por ti— continuó África—. Tuviste una suerte enorme de que oyeran cómo golpeabas la puerta, porque de otra forma…

Un silencio denso siguió a sus palabras. Lo rompió Lorena articulando con un enorme esfuerzo lo que los tres estaban pensando. Consiguió pronunciarlas en un tono casi inaudible, pero así y todo la entendieron.

—De otra forma… de otra forma hubiera sido yo la quinta. Solo quedaríais vivos vosotros dos.

Reprimió África un estremecimiento y Andrés se la quedó mirando con una expresión extraña. Le pareció a Lorena que había empalidecido y se preguntó si estaba pensando lo mismo que ella, que había escapado providencialmente de la muerte. Recordaba haber girado la cabeza al oír algo a su espalda y haber visto la figura de un hombre con abrigo, sombrero y una bufanda al cuello, pero no había podido reparar en sus facciones, porque cubría sus ojos con unas gafas oscuras y el resto de su rostro quedaba oculto por la bufanda.

No cabía duda de que aquel tipo apenas entrevisto y al que no creía conocer había decidido que le había llegado el turno y que debía ser la quinta en desfilar hacia el otro mundo. En ese momento se dio cuenta de que ese desconocido, si es que lo era, había seguido al cargárselos el orden de sus respectivas responsabilidades en el maltrato de que había sido objeto Sebastián por parte de ellos, pensó. El más cruel de todos había sido sin duda Toño, que había iniciado igualmente la sucesión de aparentes accidentes. Jorge era la sombra del otro y le había seguido una semana más tarde. Carol se había limitado a ignorarle, se había comportado con él como si no existiera y María le había pedido ayuda cuando necesitaba que le prestara sus apuntes para reírse después de él cuando se habían celebrado los exámenes y ya no necesitaba su ayuda. ¿Pero y ella?, se preguntó. Ella no le había hecho nada. Incluso había bajado al sótano a buscarle cuando los demás habían hecho intención de marcharse sin él de aquella casa abandonada, cuando se propagó el fuego.

Tampoco le había hecho nada Andrés, continuó elucubrando. Ni África. ¿Tendría previsto llevar su venganza hasta el final y liquidarles a todos?

El sonido del móvil de África cortó en seco sus reflexiones. Lo llevaba ésta en el bolsillo de su pantalón y se lo llevó al oído. A su moreno semblante afloró primero la sorpresa y luego una angustiosa inquietud.

— ¿Qué te han detenido? — decía en ese momento—. ¿Qué te han detenido otra vez? ¿Pero por qué te han detenido?

Debió su invisible interlocutor explayarse con ella al explicárselo, porque estuvo escuchándole atentamente sin interrumpirle. Luego le dijo:

—No te preocupes. Voy a llamarla inmediatamente y ella se ocupará de todo.

En cuanto África cortó la comunicación, se dirigió a Lorena.

—Voy a tener que marcharme, chica, pero volveré más tarde. La policía ha detenido nuevamente a Héctor y le acusa de haber sido él el autor de la muerte de nuestros compañeros. Tengo que pedirle a Noelia que vaya a la comisaría y que le asista en su declaración.

Esbozó Lorena un gesto de asentimiento. De África sabía que podía fiarse y también podía decir lo mismo de Andrés, por lo que con un ademán trató de transmitirle que podía marcharse tranquila ya que se quedaba bien acompañada y África salió como una exhalación de la habitación y seguidamente del hospital para dirigirse al despacho de Noelia. Cuando entró en la antesala del bufete y se acercó a la mesa de la secretaria, se dijo que debería de haber llamado previamente a la abogado por teléfono para explicarle lo que había ocurrido y preguntarle si podía recibirla, pero como ya no tenía solución trató de explicarle a aquella mujer alta, de rostro impasible y aspecto elegante, el motivo por el que se había presentado tan intempestivamente. Debía de estar acostumbrada su interlocutora a que los clientes se presentaran de improviso y al borde de la histeria, porque sin pedirle más aclaraciones llamó en el acto a Noelia por el teléfono interior y luego levantó la cabeza hacia África con el aire de eficiencia que la caracterizaba.

—Me dice que pase usted. Que tiene una reunión dentro de unos minutos, pero que ya se ocupará de eso más tarde. La acompañaré.

La precedió por el pasillo con movimientos ágiles y después de propinar unos golpecitos en la puerta del despacho al que se dirigían, la abrió y se hizo a un lado para dejarla pasar. Noelia estaba sentada tras su mesa y le hizo un gesto de que tomara asiento frente a ella.

— ¿Qué ha sucedido? — le preguntó.

—Que han detenido a Héctor— repuso África intentando inútilmente que su voz sonara firme—. Me ha llamado él desde la comisaría y me ha dicho que una vecina de María, que desde su casa vio como atropellaban a Jorge, apuntó la matrícula del coche y se ha presentado en la comisaría a denunciarlo. La policía lo ha investigado y ha averiguado por ese dato que el coche que se le echó encima a Jorge pertenece a Héctor.

Parpadeó Noelia incrédulamente.

— ¿A Héctor?

—Sí, por esa razón le han detenido. Fuimos juntos hace tiempo a comprarnos un coche y nos decidimos por unos prácticamente iguales de la marca Opel y plateados.

—Pero Héctor tiene un Audi— objetó ella confusa.

—Sí, pero ese lo adquirió después de que heredara una fortuna de una señora gallega. Ahora le han tomado además una muestra de ADN para contrastarlo con el que han obtenido de la medalla de plata que tenía Carol enganchada en el tirante del bikini cuando se ahogó, porque la policía sospecha que haya podido ser él el autor de su muerte, ya que en el reverso de esa medalla puede leerse aún el nombre de Sebastián—. Dejó escapar un hipido y añadió—: No tienen pruebas, pero sospechan que haya podido ser él el que se los ha ido cargando a todos, ahora que saben que se cambió el nombre y que antes se llamaba Sebastián Armada, que fue compañero de estudios nuestro y que le abandonamos en la casa que se incendió.

—Ya— murmuró inexpresivamente Noelia.

—Es que a la policía le ha parecido demasiada casualidad que en tan breve espacio de tiempo hayan perdido la vida dos de esos compañeros, aparentemente por accidente, que hayan asesinado a otras dos y que lo hayan intentado con Lorena que sería la quinta, todos integrantes del grupo que formábamos en el instituto y que fuimos a aquella excursión. Me ha dicho Héctor que el comisario no descarta la idea de que pueda ser él un asesino en serie.

Enarcó Noelia interrogativamente las cejas.

— ¿Qué le ha ocurrido a Lorena?

—Que intentaron intoxicarla en el garaje de su casa con una mezcla de lejía y de amoníaco. Está en este momento en el hospital con una máscara de oxígeno en la cara.

Se lo refirió más detalladamente y cuando finalizó su relato intercambiaron las dos una mirada en la que podía leerse que compartían el mismo temor.

—Ha estado a punto de matarla su agresor, que también en esta ocasión ha procurado que pareciese un accidente— siguió África a media voz—. Solo hubiéramos quedado Andrés, Héctor y yo…— se interrumpió vacilante para añadir a continuación—: por el momento. Hubiéramos quedado los tres por el momento.

Un silencio denso siguió a sus palabras, en el que ambas reprimieron un escalofrío. Lo rompió Noelia, que se apresuró a procurar disipar el opresivo ambiente que había creado la otra con su relato y que parecía haber contaminado el aire que se respiraba en el despacho.

— ¿Y cómo se encuentra ella? — le preguntó, disimulando el frío que sentía de repente.

—Razonablemente bien. Le duele mucho la garganta y le escuecen los ojos, pero el médico ha dicho que espera darle de alta pasado mañana.

—Bueno, cuénteme ahora en qué se basa la policía para achacarle esas muertes a Héctor. Lo que importa es lo que pueda probarse en el juicio. Sería irrelevante que el fiscal le acusara sin ningún fundamento de unos crímenes para los que podamos oponer unas coartadas convincentes.

África levantó hacia su rostro unos ojos cuajados de lagrimones.

—Es que no dispone Héctor de esas coartadas. Estaba conmigo en el andén del Metro cuando Toño se cayó a la vía la noche en la que el convoy le atropelló. Me había recogido cuando salí de casa de Carol, porque íbamos a cenar juntos.

—Le habrán grabado entonces las cámaras de seguridad del Metro— se dijo a sí misma Noelia en voz alta.

—Probablemente sí. Ahora la policía examinará esas grabaciones y contrastará la muestra del ADN de Héctor con el de la medalla de plata que han encontrado enganchada en el tirante del bikini de Carol.

— ¿Y qué? — objetó ella perpleja— ¿Dónde estaba esa medalla? ¿No la enterraron con aquel esqueleto carbonizado que halló la Guardia Civil en la casa que se quemó?

—No. La recuperaron los Armada antes del sepelio. Habían instalado en el dormitorio de Sebastián una mesa con de los recuerdos del hijo que adoptaron, o sea, esa medalla y una fotografía de la época en la que era un adolescente. No conservaban nada más.

La fotografía de la que ella tenía una fotocopia, se dijo Noelia, rememorando lo mucho que la había impresionado cuando Teresa se la había enseñado la primera vez que se presentó con Máximo en su despacho, por la soledad que traslucía el chiquillo esmirriado que podía verse en ella y que parecía pedir ayuda a gritos con los ojos. Intentó borrar esas imágenes de su mente para objetar, aparentemente impasible:

—Ya. Pues el ADN que encontrará la policía en esa medalla será el de los Armada, porque el fuego eliminaría el que hubiera dejado en ella Sebastián antes del incendio— dedujo dubitativamente —, así que no debemos preocuparnos demasiado porque le atribuyan la muerte de Carol.

Dos lágrimas se desprendieron de los ojos de África y le rodaron por las mejillas.

—No, es que verá, Héctor hizo la otra noche una tontería.

— ¿Qué tontería?

—Pues…— reprimió un sollozo y se sonó después la nariz con un pañuelo—. Verá, es que algunas veces es como un crío chico. Quería esa medalla y no se le ocurrió otra cosa que entrar de noche en la casa de los Armada cuando estaban acostados para recuperarla. Le oyeron éstos y Máximo llamó a la policía y salió al pasillo a enfrentarse con el intruso, por lo que apenas si tuvo tiempo Héctor de escapar con lo que debía de considerar su botín. El caso es que llevaba esa medalla en la mano y la perdió al salir a la calle.

Por primera vez empezó Noelia a preocuparse seriamente y examinó atentamente el semblante de su interlocutora.

— ¿Es eso lo que le ha dicho él? — inquirió.

—Sí— reconoció África, intimidada por la duda que traslucía el tono con el que la otra le había hecho la pregunta.

—Pues suena muy poco verosímil. Yo diría que suena a patraña inventada sobre la marcha para defenderse de una acusación de allanamiento de morada y de otra de asesinato.

—Pero es la verdad— le aseguró África poniéndose a la defensiva—. Héctor es incapaz de matar a nadie y además ha olvidado su pasado o ha pretendido olvidarlo.

Por esa razón no quería que se enterara nadie de que se había llamado anteriormente Sebastián. Quería borrar esa etapa de su vida como si nunca hubiera existido.

La había escuchado Noelia con el escepticismo reflejado en su semblante y se apresuró a objetar:

—Y si quería borrarla, ¿por qué se arriesgó tontamente asaltando la casa de sus padres adoptivos para recuperar una medalla que le habían regalado en una etapa que quería eliminar de su memoria? No tiene sentido.

Clavó África sus ojos llorosos en el semblante de la muchacha que tenía enfrente con expresión de impotencia.

—Pero es la verdad. ¿Por qué no me cree usted?

—Porque me estoy poniendo en el lugar del fiscal que tendrá que acusarle y del tribunal que le juzgará. ¿No comprende que lo que me está contando es absurdo?

—Pero es cierto— insistió tímidamente África— Tiene usted que defenderle y que conseguir su absolución. Bastante ha sufrido ya.

Se mesó pensativamente Noelia su rizada melena como si ese gesto le ayudara a aclarar sus ideas y a entender lo que le decía la muchacha que tenía sentada enfrente. Luego le preguntó:

— ¿Está segura de que Héctor no ha tenido nada que ver en esos, llamémoslos "accidentes", de sus compañeros de estudios?

—Por supuesto— le aseguró África.

— ¿Aunque todos los detalles que concurren le señalan como culpable?

—Sí, sí, claro que lo estoy.

—Tendrá alguna razón, dejando aparte sus sentimientos.

Lo consideró África en silencio, pero terminó por denegar lentamente con la cabeza.

—Si lo que me está diciendo es que lo razone fríamente y que tenga en cuenta solamente los hechos que acrediten que no pudo él participar en esos "accidentes", puede tener la certeza de que en el de Toño no tuvo la oportunidad de empujarle, porque no estaba lo bastante cerca de éste.

— ¿No?, ¿dónde estaba en ese momento? ¿Detrás de usted en el andén?

Entrecerró África los ojos para poder precisar con mayor exactitud el escenario en el que se hallaban esa noche. Le pareció que regresaba al abarrotado andén del Metro y que aspiraba el aire denso que allí se respiraba.

—No, estaba delante de mí. La multitud nos empujó, separándonos y durante unos instantes le perdí de vista.

— ¿Precisamente cuando el tren entró en el andén?

—Sí— reconoció África débilmente.

— ¿Cómo lo sabe entonces? No se ofenda por lo que voy a decirle, pero por su estatura probablemente estaría comprimida entre el gentío y su cabeza no sobresaldría sobre el hombro de la persona que tenía delante, por lo que imagino que no pudo ver lo que pasó. ¿Fue así?

—Sí— admitió ella con un hilo de voz—. No vi a la persona que le empujó, si es que le empujaron.

—Y en las demás ocasiones, ¿estaba él en otro lugar y acompañado por alguien que pueda atestiguarlo?

Tardó África en contestar.

—No—reconoció a su pesar—. Creo que no.

Apiló Noelia en un montoncito los folios que tenía desparramados sobre la mesa, antes de acodarse sobre su superficie para inclinarse hacia su interlocutora.

—Quiero aclararle una cosa. Estoy dispuesta a defender a Héctor Zúñiga, en cualquier caso. Todas las personas tienen derecho a ser defendidas en un juicio, aunque sean culpables, porque así lo establece nuestro ordenamiento jurídico, de acuerdo con el cual, el fiscal acusa, el abogado defiende y el tribunal juzga. Pero sí me gustaría saber si realmente voy a defender a un inocente. Digamos que siento curiosidad. ¿No puede satisfacérmela?

Se la quedó mirando fijamente África con sus grandes ojos oscuros muy abiertos, antes de levantar las dos manos en un ademán con el que parecía querer decir que no disponía de argumentos ni de pruebas tangibles que aportarle.

—No, no puedo— admitió—. Pero a mí me da igual. Si lo hizo, fue porque alguno o todos ellos se lo merecían. No se puede acosar de una forma tan cruel a un chiquillo y pretender después quedar impune cuando ese chiquillo ha crecido y exige responsabilidades por lo que pasó.

Esbozó Noelia una sonrisa irónica.

—No estoy de acuerdo con usted. Si todos nos tomáramos la justicia por nuestra mano, el mundo sería una selva. Cuando padeció ese acoso en el instituto, debió pedirle ayuda a sus padres para que éstos denunciaran a su director el trato que estaba recibiendo de sus compañeros.

Fue ahora África la que se echó a reír, pero con una risa seca, carente por completo de alegría.

— ¿A los Armada? El chico les tenía sin cuidado. No le hubieran apoyado ni le hubieran hecho el menor caso. Puede que incluso le hubiera dicho Teresa que se lo merecía por tartamudear de esa forma tan ridícula con la que intentaba expresarse. Usted no les conoció entonces. Después del incendio y quizás porque se sintieron culpables por no haberse ocupado de él como debían, lamentaron su muerte y puede que hasta le echaran de menos, pero en aquella época Sebastián no podía contar con nadie.

Latía en su voz tanta amargura que llegó a preguntarse Noelia si realmente tendría razón ella al negarle a Sebastián el derecho a resarcirse por sí mismo del daño que le habían hecho. No obstante, se oyó a sí misma decir:

—Pero eso no justifica que haya reaparecido al cabo de los años para vengarse de los que le maltrataron— alegó con el mismo tono que si se encontrara en una sala de vistas.

Esbozó África un ademán de impotencia levantando ambas manos.

—No sé si lo justifica, pero en mi opinión debe de considerarse una atenuante y en cualquier caso, defiéndale usted con sus cinco sentidos. ¿Es mucho pedirle?

Le sonrió ella de nuevo sin la ironía de antes.

—Por supuesto que no y descuide. Haré todo lo que esté en mi mano. ¿Puedo contar con usted para que testifique que la noche en la que Toño fue atropellado por el Metro no se separó de él ni un instante y que estaban los dos muy lejos de la vía cuando el tren entró en el andén?

— ¿Aunque no sea eso totalmente cierto? — inquirió África con sus grandes ojos negros fijos en ella.

—Sí, si está totalmente segura de que las cámaras de seguridad no pudieron grabar a Héctor a espaldas de Toño en ese momento y que, consiguientemente, no pudo ser él el que le empujara.

Lo consideró la otra durante unos segundos con la cabeza baja y su oscura y lisa melena ocultándole parte del rostro. La levantó hacia ella para responder:

—No estoy totalmente segura. Como le he dicho, la multitud nos separó y le había perdido de vista cuando sucedió todo.

—Está bien. La citaré como testigo en el supuesto de que le acuse el fiscal de ese delito y lleguemos a juicio, pero no se preocupe, porque quizás quede todo en agua de borrajas. Puede que únicamente le acusen de la muerte de Jorge y es posible también que de la de Carol y lo probable es que después de haber pasado esa chica toda la noche sumergida en el agua, se haya eliminado todo rastro de ADN de la medalla.

—Ojalá tenga razón— musitó África sin ninguna convicción.

Se lo comentó a Alex esa noche cuando llegó a su casa. Había puesto él la mesa en la sala de estar y estaba en la cocina pelando unas patatas cuando llegó ella, cansada y con una expresión de desánimo que él captó en el acto.

—¿Qué te ha sucedido en el trabajo? ¿Te ha chillado la bruja de tu jefe? — le preguntó interrumpiendo la tarea e intentando transmitirle su buen humor.

Negó Noelia con la cabeza. Había dejado caer al suelo el maletín que llevaba en la mano y se sentó a continuación en una banqueta, mientras Alex seguía de pie y se volvía hacia ella para apoyarse de espaldas en la encimera.

—No, ni siquiera he visto hoy a Daniela. Me pasa, que me han encargado un nuevo caso. Tengo que defender a un chico que probablemente sea culpable y por el que desde que vi su foto por primera vez siento una especie de absurdo enternecimiento. Me entraron unas espantosas ganas de llorar cuando fui con la Guardia Civil a aquella casa abandonada que se había incendiado y encontramos en la bodega su esqueleto, negro como el carbón, tumbado boca arriba como si hubiera estado tomando el sol. Me dolió tanto comprobar que había muerto en el incendio como si le hubiera conocido de niño y le hubiera visto crecer.

—Sí, ya recuerdo lo que me contaste entonces— repuso Alex observando preocupado la desmoralización que traslucía.

—Y luego, cuando África me lo trajo al despacho...— desvió ella sus ojos oscuros hacia la ventana a través de la cual solo podía verse oscuridad a esas horas y continuó como si hablara consigo misma—. Cuando se sentó enfrente de mí en la butaca de los clientes y junto a ella, experimenté una sensación curiosa. Me pareció que le conocía de toda la vida.

—Quizás porque le habías visto en la fotografía que te enseñaron sus padres— apuntó él.

—Sí, quizás sí, pero lo extraño es que el hombre que me presentó África como su novio y del que me dijo que se llamaba Héctor no se parecía a Sebastián. Héctor aparentaba estar muy seguro de sí mismo, llevaba el pelo teñido de negro y tenía los ojos de ese mismo color, pero a pesar de todo sentí lo mismo que cuando vi aquella fotografía.

— ¿Y qué fue lo que sentiste?

No pareció que Noelia le hubiera oído. Seguía con los ojos fijos en la ventana y cuando le contestó le dio a Alex la impresión de que continuaba tratando de explicárselo a sí misma.

—Sentí que él necesitaba ayuda, que la estaba pidiendo a gritos, y que la única persona que podía prestársela era yo.

—Bueno, eso te resultaría muy halagador— comentó Alex con guasa—. Te sentirías gratificada al considerarte tan imprescindible.

Negó ella con la cabeza y con un ademán de impotencia de sus manos.

—No lo creas. Lo que noté fue como si él me hubiera descargado en la espalda el peso que llevaba en la suya.

— ¿El de su culpabilidad?

—Puede ser.

— ¿Y por qué crees que es culpable?

Esbozó ella un ademán vago.

—Porque tenía motivos para vengarse de sus compañeros cuando ha reaparecido al cabo de los años y porque hay muchos detalles que le señalan como el autor de esos hechos. Han muerto cuatro de ellos desde que enterraron a aquel esqueleto y ayer intentaron intoxicar con un gas letal a una chica, que sería la número cinco. Solo quedan tres del grupo de ocho que formaban cuando salían de excursión en el mes de julio.

La observó él pensativo.

— ¿Tres contando a tu cliente?

—Sí ¿y sabes lo peor?

— ¿Qué es lo peor?

—Lo peor es que voy a perder este caso.

* * *

Por indicación de Noelia, se acogió Héctor a su derecho a no declarar en la comisaría cuando le subieron del calabozo al despacho del comisario, en el que ya se encontraba ella sentada en una butaca y también a petición de ésta les dejaron solos después durante unos minutos en un despacho contiguo. Vestía él un pantalón vaquero y un arrugado jersey blanco de cuello redondo bajo el que asomaba el cuello de la camisa y comprobó ella, no sin sorpresa, que el cabello de él había perdido la tonalidad oscura, casi negra, que tenía con anterioridad. Era ahora de un castaño claro con algunos mechones dorados y sus pupilas, brillantes y de un azul clarísimo. Sonrió él al adivinar lo que estaba pensando y se lo explicó con cierto humorismo.

—Se presentó la policía en mi casa cuando estaba a punto de acostarme. Ya me había quitado las lentillas con las que salía a la calle y pensé que era una tontería seguir ocultando mi verdadera fisonomía para que no me relacionaran con aquel chiquillo rubio que desapareció del mundo de los vivos y que ha reaparecido recientemente con unos años más. Sería inútil, además, porque ya declaré a la policía cuando me detuvieron por primera vez hace unos días, que me había cambiado el nombre de Sebastián Armada por el de Héctor Zúñiga.

—Sí, pero…— intentó interrumpirle Noelia señalándole el cabello.

—Ya no soy tan rubio como lo era de chiquillo— le manifestó él—. El tinte se me va aclarando cada vez que me lavo la cabeza y pronto recuperaré el tono castaño claro que en el presente es el auténtico. He intentado convencerme a mí mismo de que mi niñez y mi adolescencia no han existido, pero ya he comprendido que es inútil, porque las circunstancias no me han permitido inventarme un pasado que no es el real.

No acabó Noelia de entender lo que le había querido decir, pero como era una persona práctica, pasó a tratar inmediatamente del tema que urgía y atajó lo que probablemente él quería decirle sobre aquella época y que había iniciado con un ademán.

—Vamos al grano, ya que tenemos solamente unos pocos minutos y debemos preparar lo que va a declarar ante el juez. Le han detenido como autor de la muerte de Jorge, del que le acusan de haberle atropellado con su coche, y están investigando si lo ha sido también de la de Carol, así como la de los otros tres de sus antiguos compañeros de estudios y de la tentativa de homicidio de Lorena. Tiene que recordar donde se encontraba usted el día en el que ocurrieron los hechos y si alguna otra persona puede atestiguarlo.

Se la quedó mirando él con una luz en sus ojos que no supo Noelia interpretar. No llegó a saber si la estaba retando a que descubriera si era o no culpable de esas muertes o si por el contrario le estaba pidiendo ayuda para que demostrara su inocencia.

—Yo no les maté— repuso al fin con voz clara, mesándose su corto y espeso cabello con los dedos para apartárselo de la frente—. Quizás se lo merecieran, pero no soy un asesino y ya le he dicho que además he tratado de olvidar todo lo que sucedió en esa etapa de mi vida. De haberme querido vengar de los que me hicieron daño, ¿no cree que hubiera empezado por mis padres adoptivos? Tal vez si ellos me hubieran apoyado alguna vez o hubieran manifestado que yo les importaba, no habría tartamudeado yo durante tanto tiempo por la consiguiente ausencia de autoestima que su comportamiento me produjo y en los años en los que fui al instituto no se hubieran burlado los chicos de mí.

—Es posible— convino ella—. Pero le repito que necesito saber si cuenta usted con alguna coartada que podamos alegar en su defensa. Sé por África que estaba con ella en el andén del Metro cuando Toño se cayó a la vía y que el gentío les separó a los dos poco antes de que eso sucediera. Las cámaras de seguridad le habrán grabado, por lo que sería inútil que me mintiera. Así que, dígame, ¿dónde se encontraba usted en ese preciso instante?

—Detrás de Toño— admitió él, sin que en su tono pudiera advertirse emoción alguna—. Reconozco que le odié en el instituto, pero cuando al cabo de los años volví a encontrármelo me pareció otra persona. Por sor Consolación supe que habían encontrado un esqueleto carbonizado en aquella casona de la sierra a la que le prendieron fuego y en la que estuve a punto de morir y que Máximo y Teresa habían dado por hecho que esos restos mortales eran los míos. Sentí curiosidad por verles a todos ellos en mi propio entierro y comprobar si alguna de las personas que me amargaron la vida lamentaba mi pérdida.

—Y se presentó en el cementerio— añadió Noelia.

—Sí, les estuve observando desde lejos y a Toño le encontré muy cambiado. Pese a que aún era muy joven, había engordado, había perdido pelo y no era ya el galancete del instituto que traía locas a las chicas. Si él desvió la mirada hacia el lugar en el que me encontraba yo, no me reconoció. Siete años a esas edades son muchos y yo había crecido y ensanchado desde entonces. Llevaba una gorra y unas gafas oscuras y me encontraba además a bastante distancia de él. No me pareció que estuviera particularmente entristecido. Del grupo que se arracimaba en torno a mi tumba solamente parecían lamentarlo África y usted.

—¿Yo? — se sorprendió Noelia—. Si yo no había llegado a conocerle...

—No y eso fue lo que me extrañó. África fingió derramar unas lagrimitas, porque ella no tenía de qué condolerse, ya que sabía que había sobrevivido yo al incendio. Nos reencontramos en el centro de logopedia donde trabaja y el mérito de que hable ahora correctamente le corresponde exclusivamente a ella. También salimos a menudo cuando termina nuestra jornada laboral. ¿Pero por qué estaba usted tan triste en mi entierro, si no nos habíamos visto anteriormente?

Se lo preguntó Noelia a sí misma sin hallar una explicación plausible. Retrocedió con la mente al cementerio a aquellas tempranas horas de la brumosa mañana y le pareció experimentar de nuevo la amarga sensación de que al grupo que rodeaba la tumba le tenía sin cuidado que Sebastián hubiera dejado de existir y que estaba allí en aquel momento exclusivamente porque así lo exigían las conveniencias sociales. Una sensación absurda, porque debería haber sido precisamente lo que sintiera ella. No había conocido al chico y había acudido al entierro porque los Armada eran sus clientes y porque había participado en el hallazgo del cuerpo del él, pero, aunque fuera un sentimiento irrazonable le dolió la indiferencia que transmitían. La misma que si se tratara del sepelio de un extraño.

—No lo sé— murmuró en un susurro—. Me pareció patético su caso y... no lo sé.

Sonrió él, con aquel gesto tan suyo que iluminaba sus facciones y proporcionaba un brillo nuevo a sus ojos, ahora tan azules.

—Bueno, es igual. Si le parece, vamos a empezar por la noche en la que murió Toño, ya que fue el primero en sufrir un accidente. Por la noche de autos. ¿No es así como la llaman ustedes, los abogados?

—Sí, sí la llamamos así.

—Pues esa noche recogí a África en el portal de la casa de Carol, cuando se marchó de la reunión que habían concertado nuestros antiguos compañeros. Habíamos quedado ella y yo en ir a cenar y me llamó desde el ascensor para decirme que estaba a punto de salir a la calle. Yo estaba en una cafetería enfrente de esa casa tomando una cerveza y vi salir a Toño con el móvil en la mano y cara de pocos amigos. Llovía a mares esa noche y África había llevado un paraguas, así que nos metimos los dos debajo de ese chisme y le seguimos a una prudente distancia para que no me viera, ya que íbamos a tomar el mismo medio de transporte que él, que era el único que nos venía bien. Al llegar a la boca del Metro, bajamos la escalera cuatro o cinco escalones detrás de él y aunque yo conseguí mantenerme a su espalda durante todo el recorrido por los pasillos, separado tan solo por cuatro o cinco personas, cuando llegamos al andén, el gentío nos separó a África y a mí precisamente cuando el tren hizo su entrada. No sé si le empujaron o si se cayó, porque no lo vi. Estaba intentando encontrarla a ella cuando sucedió.

Parecía sincero al referírselo, pero aun así escrutó Noelia su expresión con desconfianza.

— ¿Está seguro de que las cámaras de seguridad del Metro no le han podido grabar a la espalda de Toño e inmediatamente detrás de él cuando se cayó? Piénselo bien y contésteme. Es muy importante que me diga la verdad.

Reflexionó él con los ojos entornados y con una mano en la barbilla. Luego meneó negativamente la cabeza.

—No lo sé. No sé si en algún momento la multitud me aproximó a empujones a él. Creo recordar que una señora de unos cincuenta años me clavó un codo en las costillas para pasar delante de mí y que también me adelantó un hombre que iba muy abrigado y con una bufanda al cuello, pero no estoy seguro.

Esbozó ella un gesto con el que parecía querer decir que por el momento era suficiente y resumió a continuación lo que acababa de referirle:

—Bien. No sabe qué pudieron grabar esas cámaras del Metro. Lo averiguaremos de todas formas antes del juicio, cuando me den traslado del sumario, así que espero que me haya dicho la verdad y que no aparezca en esas imágenes empujando a Toño por la espalda. África se ha ofrecido como testigo, pero tampoco vio nada.

—Claro que no vio nada— corroboró sonriendo al rememorarla en su mente—. Por su estatura sería imposible que hubiera conseguido atisbar algo sobre los hombros del gentío que la separaba de mí y de él.

Lo había reconocido con evidente desinterés y Noelia intentó de nuevo desentrañar lo que pudiera existir tras la aparente desidia con la que se expresaba. No había defendido anteriormente a ningún acusado que manifestara tanta apatía a la hora de reunir pruebas que demostraran su inocencia y estuvo tentada de hacerle notar que se estaba jugando su futuro, pero en su lugar, y dado que la detención de que el chico había sido objeto se basaba precisamente en la muerte de Jorge, ya que la policía había averiguado por el número de matrícula que el vehículo pertenecía a Héctor, decidió continuar preguntándole por el lugar en el que se encontraba él cuando le atropellaron.. Nuevamente le dio la impresión de que él adivinaba lo que pensaba y que se adelantaba a responder a la pregunta que tenía previsto hacerle ella antes de que llegara a formularla.

—Ese coche ha sido mío, pero ya no lo es.

— ¿Lo había vendido? ¿A quién se lo vendió?

Le pareció que él no la había oído, porque continuó diciéndole:

—Esa noche había ido yo al convento de Santa María. Me había llamado sor Consolación, porque se les había estropeado el ordenador que utiliza la hermana ecónoma para llevar las cuentas y fui a arreglárselo.

— ¿Sabe usted informática?

—Sí, claro. Dirijo una empresa que fabrica accesorios de informática, pero además me han interesado las tuercas de esos chismes desde que era un niño. Le arreglé a sor Narcisa el ordenador y luego me marché a mi casa dando un paseo.

— ¿Y dónde vive usted?

—En la calle Moreto, muy cerca del Museo del Prado.

Al oírle, enarcó Noelia las cejas sorprendida.

—Pero ese convento está muy lejos de su casa. Está lejísimos.

Se encogió él de hombros como si esa circunstancia no supusiera ningún obstáculo para lo que acababa de precisarle.

—Sí y además hacía una noche de perros, pero tenía muchas cosas en las que pensar, me apetecía andar para aclarar mis ideas y regresé a mi casa caminando.

Le envolvió ella en una mirada que traslucía la incredulidad más absoluta.

— ¿Le apetecía caminar en una noche horrible, en la que soplaba un viento horroroso y el aguacero que caía del cielo había encharcado las calles convirtiéndolas en intransitables? Se pondría como una sopa.

—Sí— reconoció sencillamente—. Me cambié en cuanto llegué a casa.

— ¿Y a qué hora salió del convento?

—No lo sé, porque no miré el reloj.

Empezó Noelia a rebullirse inquieta en la silla que ocupaba. Continuaba él ajeno a la gravedad de su situación, porque no era posible que no fuera consciente de que si repetía ante el juez las respuestas que le estaba dando a ella, con toda seguridad decretaría éste su prisión provisional sin fianza.

—No puede declarar lo que me está diciendo— le recriminó, enfadada—. ¿Está seguro de que no se marchó del convento después de que las monjas le invitaran a cenar y de que salió de allí a eso de las once de la noche?

Pareció meditarlo, pero terminó por encogerse de hombros con una sonrisa irónica en los labios.

— ¿Es eso lo que quiere que declare?

—Por supuesto. Afortunadamente nuestra Constitución le autoriza a no declararse culpable e incluso a contestarle al fiscal lo que más convenga a sus intereses, ¿comprende? Son los testigos presenciales los que están obligados a decir la verdad, no usted.

Meneó él pesarosamente la cabeza y por primera vez le pareció a ella que era consciente de la difícil situación en la que se hallaba y de que no le veía salida.

—De acuerdo, declararé que cené en el convento y que me marché de allí a las once de la noche, pero más me preocupa lo que pueda decir Torcuato, si le cita como testigo el fiscal, porque es un poco simple.

— ¿Y quién es Torcuato? — le preguntó ella confusa.

—Es el actual hortelano de las monjas y también el chófer. Cuando terminé los estudios y me marché de la casita de la huerta del convento para trabajar en la empresa de la que actualmente soy director, le contrataron a él. Es un buen hombre, pero carece de todo tipo de conocimientos y le asusta la policía, los juicios y todo lo que no guarde relación con los tomates y las lechugas que cultiva.

— ¿Y qué tiene que ver Torcuato en este asunto? — inquirió ella sin comprender.

—Tiene que ver, porque ahora suele ser él el que conduce el Opel plateado con el que atropellaron a Jorge. Se lo regalé yo a las monjas, cuando heredé la fortuna que me dejó mi abuela y me compré el Audi que usted conoce. Las monjas salen rara vez del convento, pero a veces tienen que ir al dentista o al médico y las lleva él en ese coche.

—Que usted les regaló a ellas.

—Sí. Ya no lo necesitaba y a esas monjas les debo mucho.

—Y según la vecina de María, que dice que vio por la ventana de su casa el atropello de Jorge, fue ese coche el que se le echó encima. No comprendo en ese caso que la policía le acuse a usted del homicidio de ese chico, si ya no le pertenece ese automóvil. Tendrían que detener al hortelano ¿O es que sigue a su nombre porque no efectuó la transferencia del vehículo a favor del convento?

Abatió él los párpados y aparentó buscar una imaginaria mota de polvo en su pantalón vaquero.

—Pensaba hacerlo, pero he estado muy ocupado —reconoció en un murmullo.

—O sea que el coche sigue a su nombre.

—Sí

—Bueno, eso no es muy grave— consideró ella optimistamente—. Citaré a Torcuato como testigo y tendrá que admitir que ha tenido a su disposición ese coche con anterioridad a la muerte de Jorge y que esa noche lo utilizó él— Lo consideró con el ceño fruncido y rectificó lo que había dicho—: O… si no lo utilizó él, dirá a quién se lo prestó.

La envolvió él en una mirada extraña que no consiguió analizar, pero que sin saber por qué le produjo frio.

—No querría causarle ningún problema a las monjas— susurró sin levantar la cabeza.

—Pues no vamos a tener más remedio que ocasionárselo. No estoy dispuesta a permitir que vaya usted tontamente a la cárcel por un exceso mal entendido de miramientos hacia esas señoras.

Vio que se mordía Héctor los labios sin decidirse a responderle e insistió ella:

—Lo que no entiendo es la relación que había entre Jorge y el hortelano y que éste decidiera atropellarle. ¿Se conocían?

Levantó ahora la vista hacia su rostro para replicar:

—Que yo sepa, no.

—Entonces... ¿por qué? ¿Fue una casualidad? ¿Acaso no ve bien por la noche y no distinguió al chico cuando éste cruzaba la calzada?

Desvió él la mirada hacia la ventana enrejada y murmuró midiendo las palabras como si le costara un esfuerzo ímprobo pronunciarlas:

—Es que no solo Torcuato dispone de ese coche. También tienen permiso de conducir algunas monjas.

Lo entendió ahora. Comprendió el motivo por el que no estaba dispuesto a defenderse de la acusación de las muertes de sus antiguos compañeros que pesaba sobre él y se quedó sin habla. Le costó recuperarla y cuando lo consiguió se inclinó hacia él para preguntarle en un susurro:

— ¿Sor Consolación? ¿Tiene ella permiso de conducir?

Clavó en Noelia unos ojos fríos con el hielo.

—Sí, pero si me lo pregunta en el juicio lo negaré.

—Pero...

La interrumpió con brusquedad.

—Negaré también que el Opel no me pertenezca ya. No quiero involucrarla a ella en ningún caso, ¿entiende?

Instintivamente se echó mano Noelia al rizo que pendía sobre su frente y se lo enrolló en un dedo sin apartar la mirada del crispado semblante de él. Se entendieron los dos sin necesidad de intercambiar una sola palabra. Finalmente rompió ella el silencio.

—Perderemos el juicio, Héctor, y le condenarán a usted a una pila de años. ¿No lo comprende?

—Sí, lo comprendo con toda claridad, pero se lo debo. Debería también entenderlo usted.

Le observó pensativa buscando en su mente un argumento con el que convencerle de que no debía resignarse a lo que en ese momento le parecía inevitable y alegó persuasivamente:

—Está equivocado. Puede que esa persona decidiera tomarse la justicia por su mano y atropellara a Jorge esa noche con el Opel que le había regalado usted a las monjas, pero no pudo cometer ella el asesinato de Toño, si es que lo fue, ni tampoco el de Carol ni el de María. ¿Va a cargar usted con todas esas muertes sin permitirme que le defienda?

Se encogió Héctor de hombros con el semblante impasible.

—De momento solo me acusan formalmente de la muerte de Jorge y no voy a declarar que el Opel se lo regalé al convento. Quiero que ellas queden al margen de este asunto, ¿comprende?

Enérgicamente manifestó Noelia que no estaba de acuerdo meneando la cabeza y con ella su rizada melena.

—Pero es posible que esté equivocado, que esa noche fuera Torcuato el que condujera el vehículo y que atropellara a Jorge por casualidad. ¿También se ofrece como voluntario para ir a la cárcel en lugar del hortelano?

Le pareció que le divertía la pregunta y sus ojos brillaron con un fulgor extraño al responder:

—Estoy seguro de que no fue Torcuato. Dice él que de noche no ve bien y suele acostarse temprano. A veces, se va a la cama después de tomarse una copa de vino o un vaso de ginebra, según afirma, para entrar en calor.

En ese momento entraron dos policías en el despacho y el más alto se dirigió a Noelia para manifestarle:

Se ha terminado el tiempo de comunicación entre ustedes. Lo siento, pero tenemos que bajarle al calabozo.

Hizo ella un gesto de asentimiento y se inclinó hacia Héctor para susurrarle:

—Ánimo. Será mejor que mañana se acoja a su derecho a no declarar. Yo estaré en el juzgado cuando le pongan a disposición judicial, pero no me permitirán intercambiar con usted una sola palabra, así que se lo aconsejo ahora.

—Está bien.

Se lo llevaron los policías y Noelia salió de la comisaría con una inmensa sensación de frustración, de la que intentó liberarse cuando llegó a su casa y se sentó en una butaca de la sala de estar frente a Alex.

—Vengo de la comisaría y me ha ido muy mal— le aclaró, adelantándosele a que le preguntara el motivo—. Se trata del chico que te comenté. Mañana le pondrán a disposición judicial y me temo que le mandarán a la cárcel de inmediato.

La había escuchado atentamente él, como hacía siempre que la veía baja de forma, y le preguntó interesado, dejando caer el periódico que había estado leyendo:

— ¿Me estás hablando del adolescente esmirriado que tanto te enternecía?

—Sí, de ese precisamente. Está dispuesto a cargar con la autoría del atropello con su coche y de la consiguiente muerte de su compañero con tal de proteger a las monjas. Bueno, corregiré lo que he dicho y lo dejaré en singular. Con tal de proteger a sor Consolación.

—Que es una de las monjas del convento— aventuró él, tratando de seguir el hilo de lo que ella le decía.

—Eso es.

— ¿Y por qué quiere proteger precisamente a esa monja?

— ¿Que por qué? —. Dejó vagar ella su mirada por la acogedora estancia antes de responderle—: Porque la monja es su madre.

Le vio respingar en la butaca y se apresuró a aclarárselo:

—Sor Consolación se metió monja después del alumbramiento. Le dejó en el torno de la portería del convento porque era soltera y no tenía medios de subsistencia, pero luego debió sentir remordimientos e ingresó en el convento para poder cuidar del bebé.

—Me parece muy loable— comentó Alex aparentando seriedad para no irritarla, aunque no acababa de comprender la deshilvanada historia que le estaba refiriendo ella.

—Y lo es— admitió convencida— pero es que yo le defiendo a él, no a la monja, y si no me deja que en el juicio le aclare al tribunal lo que verdaderamente pasó, le condenarán.

— ¿A qué le condenarán?

—A unos cuantos años de prisión. Porque no se trata solamente del atropello de Jorge. Le imputarán tres homicidios más, puede que alguno elevado a la categoría de asesinato por estimar una o más agravantes, y hasta es posible que le atribuyan también el homicidio de Lorena en grado de tentativa. A ésta última han intentado matarla con los vapores de la lejía y del amoníaco de unos bidones que tiraron por el suelo del garaje.

—¿De unos bidones que había guardado ella allí?

—No, no eran de Lorena ni de su familia. Nunca los había visto ella en el garaje. Habían dejado la puerta abierta y mientras ella estaba de espaldas limpiando un reloj de la estantería adosada a la pared del fondo de ese garaje, alguien entró, le quitó los tapones a los bidones y los arrojó al suelo.

— ¿Y no vio ella a quién los tiró?

—Sí, pero el hombre llevaba una bufanda que le tapaba la cara y gafas oscuras. No podría identificarle.

—Supongo que el que lo hizo sabría los efectos que pueden producir juntos esas sustancias si contenían los bidones altas dosis de concentración de la sal alcalina y del gas amonio — consideró él sin necesidad de reflexionar sobre lo que acababa de decirle—. ¿Tiene tu defendido conocimientos de química?

Le había escuchado Noelia con los ojos muy abiertos y una lucecita en sus grandes ojos oscuros.

—Mi defendido no, o al menos no lo creo. ¿Por qué lo sabes tú?

—Porque soy médico— repuso riéndose—. También lo saben los farmacéuticos y los químicos.

—Hay un chico en el entorno de ella que es químico— recordó ella—. Otro de los compañeros que por el momento ha sobrevivido. Se llama Andrés. ¿Pero por qué habría de haber querido Andrés atentar contra la vida de Lorena? — se preguntó a sí misma—. Yo diría que él está colado por ella desde que eran dos críos, pero pertenece al gremio de los tímidos y no se decide a dar el paso.

— ¿Y estaba con ella cuando la intentaron intoxicar dejando escapar el gas de esos bidones? Puede que se hubieran peleado o que ella le hubiera insinuado que había otro que le interesaba. La violencia de género se comete a menudo por temas como esos.

—No lo creo— farfulló Noelia—Se había marchado él media hora antes a un taller para que le arreglaran a ella una rueda del coche que se le había pinchado. Regresó inmediatamente después de que la policía sacara a Lorena inconsciente del garaje, así que…

—Así que tuvo oportunidad él de intentar intoxicarla— concluyó él.

Lo consideró Noelia con los ojos entornados.

—Sí, podría haber sido él, pero no tendría sentido. Aparentemente el culpable ha debido de ser la misma persona que se ha ido cargando uno a uno a sus antiguos compañeros de clase y Andrés no tenía ningún motivo que yo sepa para atentar contra la vida de ninguno de ellos.

— ¿Y la monja sí? — bromeó él.

—La monja sí, porque Héctor, o Sebastián, es su hijo y como cualquier mujer defendería a su cachorro de la persona que quisiera hacerle daño.

—Quieres decir que se vengaría de los que le hicieron daño en el pasado— puntualizó Alex—. Me parece poco o nada adecuado ese comportamiento en una monja. ¿Por qué no me lo cuentas todo detalladamente? Sabes que soy un cerebro y que cuando termines te daré una opinión docta y sensata sobre la cuestión, que te aclarará las ideas— manifestó guasonamente.

Aunque se lo había dicho bromeando, era muy cierto que Alex le había aconsejado con acierto en innumerables ocasiones sobre el comportamiento adecuado que debería seguir en esas circunstancias, por lo que se explayó ella refiriéndole todo lo que sabía. Después de desahogarse se sintió mejor. Seguía notando el mismo insoportable peso en la espalda, pero ya no le oprimía los pulmones dificultándole la respiración.

—Bueno, ¿qué? — inquirió Noelia cuando terminó de relatárselo—. Espero tu opinión y tu consejo. ¿Qué harías tú?

Se cruzó Alex de brazos y la observó divertido.

—Yo haría caso omiso del afán de ese chico de cargar con las culpas de la monja e iría a sonsacar a Torcuato. Es posible que ese hombre pueda darte una explicación razonable que no involucre a sor Consolación ni a tu cliente. Me refiero al chico esmirriado.

—Ya no está esmirriado— le contradijo ella.

—Ya sabes de quien te estoy hablando. Sonsaca a Torcuato y en función de lo que éste te diga tomas una decisión u otra. No es tan difícil.

Lo consideró ella reflexivamente y terminó dándole la razón.

—Me parece una buena idea, pero me va a ser imposible acercarme al convento antes de que Héctor declare ante el juez. Me vencen pasado mañana dos asuntos muy importantes que no admiten demora, así que iré a ver al hortelano cuando salga del juzgado, después de que él se niegue a declarar.

—Yo creo que deberías ir antes. Así podrías alegar ante el juez las novedades que exculpen al chico y que hayas sabido por medio del hortelano.

Levantó ambas manos Noelia en un gesto de exasperación.

—Deberías saber ya, porque te lo he explicado muchas veces, que no puedo alegar nada en ese trámite. Estaré sentada en una mesa a la derecha del juez, con la boca cerrada y tiesa como una esfinge. Héctor no declarará nada, porque ya se lo he recomendado, ya que no tiene defensa posible.

—¿Y por qué se lo has recomendado?

—Porque de otra forma se empeñaría en contarle al juez la verdad de lo que pasó, o sea, que estuvo en el convento, pero que se marchó a su casa a eso de las siete caminando bajo una lluvia torrencial, porque le apetecía recorrer a pie toda la ciudad de punta a punta y empaparse de agua como si se hubiera bañado en una fuente. El juez quedaría absolutamente convencido de que el detenido además de culpable es idiota y de que su abogado, yo en este caso, es tan idiota como su cliente. ¿Qué te parece? ¿No es como para ponerse a llorar a gritos?

*   *   *

El trámite que a la mañana siguiente tuvo lugar ante la juez de instrucción se desarrolló tal y como Noelia le había aconsejado y a petición del fiscal decretó el juez la libertad con cargos de Héctor mientras la policía judicial continuaba sus investigaciones, así como la obligación de presentarse en el juzgado todos los lunes.

Dejó escapar Noelia un suspiro de alivio y se puso en pie para aproximarse a la mesa de la juez con la intención de suscribir el documento que le tendió el secretario. Héctor hizo lo mismo y los dos salieron de la sala sin decir una sola palabra.

— Bueno, ha ido todo mejor de lo que esperábamos— le comentó él cuando la agente judicial cerró a su espalda la puerta de la sala de vistas y se encontraron en el pasillo.

—De momento, sí— replicó ella— De todas formas, hablaré con sor Consolación.

Habían llegado al ascensor y dentro de la cabina se volvió hacia ella visiblemente alterado.

— ¿De qué va a hablar con ella? Quiero que la deje en paz.

—Y yo que me deje usted hacer mi trabajo— se enfadó Noelia—. Piénselo, porque hay una solución para este problema que probablemente nos satisfaga a los dos. Usted puede buscarse otro abogado que siga al pie de la letra sus instrucciones y yo estaré encantada de darle la venia al compañero que haya elegido. No hay razón alguna para que siga yo asumiendo su defensa si no está de acuerdo con mis métodos.

El bronceado semblante de Héctor se crispó con un rictus duro. Se preguntó Noelia si el color tostado de su piel, obedecería a la exposición de su cuerpo a los rayos UVA en algún centro especializado para aparentar una fisonomía diferente de la que la naturaleza le había concedido a

Sebastián Armada, que había nacido rubio y de tez clara. Sus miradas se cruzaron y sonrió él con cierta ironía.

—No quiero que le dé usted la venia a nadie y quiero aclararle que no frecuento ningún centro de estética, que es lo que está pensando en este momento.

— ¿Y cómo sabe lo que estoy pensando?

— Porque se le nota en la cara. Estoy moreno porque trabajaba a pleno sol en el huerto de las monjas. Cuando terminé la carrera y me independicé, he mantenido la costumbre de hacer ejercicio al aire libre y salgo a correr temprano todas las mañanas, por lo que he conservado el bronceado de la piel, que me ha servido además para disimular mi anterior fisonomía.

— ¿Y durante todo este tiempo no se ha tropezado con sus padres adoptivos en el convento, al que tengo entendido que van a menudo, ni por la calle? La mañana en la que enterraron aquel esqueleto calcinado, se arriesgó usted en el cementerio a que le hubiesen reconocido

Meneó él la cabeza en sentido negativo.

—No. La misma noche en la que escapé milagrosamente del incendio dormí en la casita en la que ahora vive Torcuato. Era sábado, por lo que durante el fin de semana no salí de esa casa para nada. Me escondí allí porque era menor de edad y no quería que me encontraran Máximo y su mujer. El lunes siguiente me trajo sor Consolación un tinte negro para el pelo y unas lentillas oscuras para que pudiera modificar mi aspecto y aparentar ser otra persona. Ya le he dicho que quería romper con mi vida anterior y perder de vista a todas las personas que habían formado parte de ella, especialmente a mis padres adoptivos. Los primeros días en los que estuve trabajando en el huerto a pleno sol se me puso la cara roja como un pimiento, pero luego fue tomando el color que tengo en la actualidad, aunque ahora trabajo en un despacho.

— ¿Solamente sor Consolación sabía quién era usted y la edad que tenía cuando se presentó allí aquella noche? — inquirió ella observándole especulativamente.

—Lo sabían ella y la madre superiora, que era muy mayor y que ya murió.

— ¿Estaban enteradas de que la retención de menores es un delito?

Héctor se encogió de hombros.

—No sé si lo sabían, pero si estaban enteradas no les importó. Cumplí los dieciocho mes y medio más tarde y les había referido yo a las dos cómo se habían comportado conmigo los Armada durante los horribles años en los que viví con ellos, así que obviaron lo que pudiera decir la ley a ese respecto e hicieron todo lo que estaba en su mano para que no me descubrieran.

El ascensor había llegado a la planta baja y traspusieron la puerta de cristales del edificio de los juzgados de lo penal para bajar los escalones que descendían hasta la plaza. El sol lucía en lo más alto, aunque apenas si llegaba a calentar a los ateridos transeúntes con los que se cruzaron y que caminaban con la cabeza baja para defenderse de la brisa helada que intentaba arrebatarle las últimas hojas a los árboles.

— ¿Va su despacho? — le preguntó él—. ¿Quiere que le llame a un taxi?

—No es necesario. Allí hay una parada— repuso Noelia señalándosela con la barbilla y deteniéndose para despedirse de él—. Mañana iré a ver a Torcuato y ya le contaré. Puede que se preocupe usted por sor Consolación sin el menor motivo.

Le sonrió Héctor con aquella sonrisa tan suya que parecía ascenderle de los labios a los ojos y que los hacía brillar con un fulgor extraño.

—De acuerdo—aprobó. Luego añadió en apenas un susurro—: Y... y Noelia, gracias por todo.

Experimentó ella una sensación que ya había sentido antes. La misma que la mañana que contempló por primera vez la fotografía de aquel chiquillo rubio que miraba asustado la cámara y que era la viva imagen del desamparo. Pero era absurdo, se dijo. No quedaba en la actual fisonomía de Héctor nada de lo que había caracterizado a aquel muchacho y sin embargo, por un segundo, le pareció que recuperaba él su aire frágil y vulnerable. Le pesó demasiado en ese instante la responsabilidad que había asumido al aceptar su defensa y sacudió la cabeza y con ella su melena pretendiendo liberarse de esa carga y posponer esas impresiones para un momento en el que pudiera soportarlas.

—Hasta luego, Héctor— repitió—. Tengo prisa.

Con un último ademán de despedida de su mano, se apartó de él para atravesar la plaza y dirigirse hacia la parada de taxis.

Fue a la mañana siguiente cuando decidió dirigirse al convento a entrevistarse con Torcuato, del que esperaba obtener información sobre quien pudiera haber sido el conductor del Opel que había atropellado a Jorge. Se puso con esa intención el abrigo y se colgó el bolso del hombro y a continuación salió al pasillo caminando de puntillas por miedo a tropezarse con Daniela y que ésta se lo impidiera con cualquier encargo. Únicamente se cruzó con Nieves, que corría con un fajo de papeles en la mano y que le sonrió distraídamente, por lo que siguió apresuradamente hasta la antesala y allí se detuvo un instante para comunicarle a Flor el motivo por el que se marchaba.

—Así que vas a sonsacar a ese hortelano— resumió la secretaria. Y dubitativamente le preguntó—: ¿Y crees que si fue él el que decidió darse un garbeo con el coche y se llevó por delante a ese chico que murió en el acto, te lo va a decir? Te contará un cuento. Te dirá que esa noche se fue a la cama temprano y que no sabe quién pudo sacar el Opel del garaje.

También temía Noelia que Torcuato pudiera darle esa respuesta u otra similar, pero se resistió a darle la razón a la secretaria, aunque ésta solía acertar.

—Tengo que averiguar quien conducía el coche de Héctor esa noche, ¿no lo comprendes? Temo que en cualquier momento vuelvan a detener a Héctor, acusándole de los asesinatos de todos sus compañeros de estudios, porque me da la impresión de que la mala suerte se está ensañando con ese chico. ¿No te parece el colmo de todos los colmos que la persona que decidió arrollar a Jorge con un coche eligiera precisamente para hacerlo el Opel de él?

Se la quedó mirando la otra conmiserativamente.

—Si quieres llamarle mala suerte…

— ¿Qué quieres decir? — inquirió ella pasando a la defensiva, porque era obvio lo que la otra había insinuado, aunque no hubiera acabado de expresarlo con palabras.

—Sabes perfectamente lo que quiero decir. Todas las muertes de esos chicos señalan como culpable al muchacho que defiendes. ¿Te has preguntado el motivo? Comprendo que quieras convencerte a ti misma de que es inocente, porque te resulta más gratificante, pero podrías hacer un esfuerzo y admitir la verdad.

—Le defendería, en cualquier caso— alegó Noelia.

—Ya lo sé, pero no es necesario que te calientes tanto la cabeza. Yo he llegado a preguntarme…

Había entornado los ojos y con la barbilla apoyada en una mano parecía ausente, como si al reflexionar sobre la cuestión hubiera conseguido evadirse del lugar donde se hallaba.

— ¿Qué? — se impacientó ella—. ¿Qué has llegado a preguntarte?

Parpadeó Flor al clavar los ojos en su rostro como si regresara de un largo viaje.

—He llegado a preguntarme si todos esos asesinatos no los habrá cometido él con la complicidad de la chica bajita. Está tonta por Héctor, no hay más que verla. Fue testigo del acoso que sufrió él de sus compañeros y puede que considere que está más que justificada su venganza.

— ¿Me estás hablando de África?

—Sí. Si partieras de esa suposición, comprobarías que todo coincide. En casi todas las ocasiones estaban los dos en el lugar del crimen.

Rememoró Noelia las circunstancias en las que se habían cometido cada uno de ellos y se apresuró a rebatir lo que Flor acababa de decir.

—No, solamente estaban los dos juntos y en el lugar en el que sucedieron los hechos cuando Toño se cayó a la vía del Metro.

—Eso que sepamos— la contradijo displicentemente la secretaria—. Puede que cuando atropellaron a Jorge, estuviera Héctor esperándole en la calle dentro de su Opel y que se lo llevara por delante en cuanto le viera salir del portal. Recuerda que África se había marchado en su automóvil y que había doblado ya la esquina de la calle. Sin embargo, regresó corriendo porque, según ha declarado, vio el accidente. Si había doblado la esquina no pudo verlo. Si volvió hasta el lugar donde estaba el chico caído en el suelo sería porque lo habían planeado de antemano.

—Pero…— empezó Noelia a objetar.

— Y si hubieran ahogado entre los dos a Carol, eso explicaría que se le hubiera enganchado en el bikini la medalla de plata de él— continuó Flor sin permitirle que la interrumpiera.

Buscó ella en su mente un argumento con el que rebatir lo que la secretaria le estaba diciendo, pero no lo encontró.

—¿Y María?—inquirió, deseando que a su interlocutora no encontrara argumentos para implicar a su cliente en ese crimen.

—También estaba África con ella en el cementerio y también podía haber quedado con Héctor con la finalidad de asesinarla. Uno de los dos o los dos la adormecieron con éter, le pincharon aire en el brazo y Héctor se esfumó. La chica se quedó con María hasta que ésta dejó de respirar y cuando aparecieron Lorena y Andrés y comprobaron que estaba muerta, fingió un ataque de histeria.

Se sentó Noelia de medio lado sobre la mesa de la secretaria y se apartó del rostro la melena que le ocultaba la visión tratando de reflexionar. Aunque se había negado a admitirlo, también ella se había preguntado en más de una ocasión si no habría sucedido todo como la otra acababa de exponerle. Encontró sin embargo un fallo en las conjeturas de Flor y se apresuró a hacérselo notar.

—Creo que estás equivocada. Cuando la otra noche intentaron intoxicar a Lorena en el garaje de su casa no estaban con ella ninguno de los dos. Estaba ese otro chico que se llama Andrés. Además. África y Lorena son amigas íntimas desde el instituto. ¿Por qué habría de haber pretendido mandarla al otro mundo?

Se encogió Flor de hombros.

—No lo sé, puede que tuvieran un motivo que desconocemos, pero te estoy entreteniendo y doña Daniela puede salir de su despacho en cualquier momento y decidir retenerte aquí con esos pretextos que solo se le ocurren a ella, así que márchate cuanto antes. ¿Pero por qué no te llevas a Miriam? Si no sacas nada en limpio del hortelano, al menos os daréis un paseo juntas.

—No voy a pedirle que me acompañe, porque sé que tiene mucho trabajo y que esta mañana va a recibir a un par de labriegos de su pueblo que vendrán a pedirle su ayuda profesional. Si pregunta por mí, dile a donde he ido y si es

Daniela la que se interesa por mi humilde persona, inventa cualquier cuento. Siempre has gozado de una imaginación estupenda, así que ejercítala también en esta ocasión.

—De acuerdo— admitió la secretaria riéndose—. Hasta luego y que tengas suerte.

Bajó Noelia en el ascensor y salió a la calle con la intención de tomar un taxi para invertir el menor tiempo posible en la escapada que pretendía realizar. No tardó en detener uno en la misma esquina de la calle, que la dejó ante la valla de piedra que cercaba el complejo arquitectónico al que se dirigía. Soplaba un viento helado que dispersó su melena en todas direcciones cuando cruzó la acera y se detuvo ante la puerta del jardín del convento. Traía olor a invierno y se levantó el cuello del abrigo para defenderse del frío que se le había calado hasta los huesos. A diferencia de sus dos visitas anteriores, la cancela de hierro que daba acceso a la pequeña extensión de césped que precedía al edificio estaba cerrada a cal y canto. Ni un solo transeúnte caminaba por la calle y de improviso sintió la soledad del lugar como si ésta se le hubiera incrustado dentro, materializada en aquel silencio tan opresivo. Le pareció que esa sensación le oprimía las costillas y le erizaba el vello de los brazos. No le hubiera extrañado si alguien, con el que se cruzara en ese momento, le asegurara que el convento llevaba siglos deshabitado y que sor Consolación no había existido más que en su imaginación. Con una mano en la garganta pestañeó aturdida diciéndose que no debía dejarse influenciar por la atmósfera que respiraba, pese a que ahora una nueva ráfaga de aire recorría la calle susurrando algo y levantando en círculos las hojas secas que sembraban la acera.

Pero ella era una persona práctica, se repitió a sí misma. No era especialmente miedosa ni se achantaba con facilidad por la sola circunstancia de que en aquella cruda mañana invernal el convento que tenía ante su vista aparentase ser tan irreal como el telón de un escenario que de un momento a otro fuese a ser sustituido por otro más acorde con el presente en el que vivía.

Levantando retadoramente la barbilla, llamó al timbre instalado en la misma cerca. Pasaron unos segundos y al no obtener respuesta insistió, pulsando nuevamente el botón verde del aparatito. También ahora le pareció que había transcurrido una eternidad hasta que oyó una voz cascada que le preguntaba:

— ¿Quién es?

—Soy Noelia Villarroel, la abogado de Héctor Zúñiga y vengo a visitar a Torcuato, el hortelano. ¿Puede abrirme?

La única respuesta fue un silencio interminable y empezó ella a ponerse nerviosa.

— ¿Me ha oído? ¿No puede abrirme la puerta de la valla?

Tras un nuevo silencio, más largo si cabe que el anterior, oyó el chirrido que indicaba que su invisible interlocutora había accionado el botón que permitía empujar la cancela y la traspuso, encaminándose por un senderillo de piedras desiguales hacia el porche, sostenido por dos columnas de granito. Le abrió la hermana portera, una monja bajita y regordeta que sin permitirle el paso levantó hacia ella unos ojos lacrimosos.

— ¿Qué quiere usted?

—Ya se lo he dicho— replicó Noelia armándose de paciencia—. Vengo a ver a Torcuato. Como ya he puesto en su conocimiento, soy la abogado de Héctor Zúñiga a quien usted conoce, y necesito hacerle a Torcuato unas preguntas.

Extrajo la portera un pañuelo de su hábito y se enjugó los ojos con él.

—Pero eso no va a ser posible— susurró apenas.

— ¿Por qué no? ¿Es que ha salido?

—No, no, es que se lo han llevado.

— ¿A dónde? ¿A dónde se lo han llevado? — insistió ella reprimiendo el imperioso deseo de dejar escapar un exabrupto.

Dos lagrimones se desprendieron de los ojos de la monja, antes de que esbozara un ademán de impotencia levantando ambas manos.

—Se lo han llevado ellos. Murió anoche de una parada cardíaca y se lo han llevado al Instituto Anatómico y Forense para practicarle la autopsia, ¿comprende? Era un hombre tan bueno... Siempre dispuesto a ayudarnos en lo que pudiéramos necesitar y...

Se quedó mirando Noelia el rostro apergaminado de la hermana sin acabar de entenderla.

— ¿Que ha muerto? ¿Es que estaba enfermo?

—No, no. Era mayor, pero estaba bien. Ha sido de repente. Le han encontrado en su casa esta mañana sentado a la mesa de la sala de estar, donde cenaba, con un vaso que olía a ginebra en la mano. Debió de tomarse una copa y le falló el corazón.

—Y le falló el corazón— repitió Noelia como un autómata.

Imaginó al hortelano en la soledad de esa habitación, cuando empezara a sentir opresión en el pecho. Probablemente habría llamado a las monjas en su ayuda, pero, por la distancia existente entre la casa de la huerta y el convento, aquellas no le habrían oído. En sus visitas anteriores había podido comprobar que el terreno de la huerta comprendía alrededor de una hectárea que se extendía desde la parte posterior del edificio hasta otra valla de granito a bastante distancia y la casita se enclavaba muy próxima a esa valla que lo cercaba por aquel lado. Muy lejos para que pudiera recorrerlo una persona que sufriera un fallo cardíaco.

Le costó reaccionar y cuando lo consiguió le preguntó a la portera, que continuaba en su puesto como un cancerbero y que no parecía dispuesta a dejarla entrar:

— ¿Puedo ver a sor Consolación?

La otra meneó negativamente la cabeza.

—No, no está. Sor Teresa ha llamado a Torcuato esta mañana para que la llevara en el coche al Registro Civil y como no le ha contestado nos hemos preocupado. Nos hemos acercado entonces a su casa donde le hemos encontrado en el cuarto de estar, caído sobre la mesa en la que acostumbraba a cenar y con un vaso de ginebra en la mano. Hemos llamado al médico y ha probado él con un dedo la bebida de ese vaso, aunque estaba ya prácticamente vacío y ha rezongado algo que no hemos entendido. El caso es que a continuación ha organizado el traslado del cuerpo de Torcuato a ese Instituto y sor Consolación les ha acompañado. ¿Quiere que le dé algún recado cuando vuelva?

Estuvo a punto Noelia de decirle que no, pero luego lo pensó mejor.

—Sí, dígale que me llame en cuanto sepa el resultado de la autopsia. Es importante.

—De acuerdo, se lo diré. ¿Me ha dicho que es la abogada de Héctor?

—Sí.

—Pues él tampoco está. Vino ayer a ver a Torcuato, pero había salido éste a hacer un recado y dijo que volvería más tarde, pero no le vi cuando volvió.

Al oírla, le pareció a Noelia que se había tragado una bola de plomo que intentaba tragar sin conseguirlo. Se le había quedado atascada en la garganta, pero a duras penas logró recuperar el uso de su voz.

— ¿Vino a ver a Torcuato?

—Sí, ya se lo he dicho. Puede que hubieran quedado en echar una partida de mus.

O que su intención fuera otra muy distinta, pensó ella. ¿Habría sido él el que envenenara al viejo para silenciarle? Volvió a sentir que se le erizaba el vello de los brazos, pero la portera no debió advertir lo mucho que su interlocutora había empalidecido, porque esbozó un ademán brusco al tiempo que le decía:

—Bueno, adiós.

Le había cerrado la puerta en las narices, por lo que Noelia se dio media vuelta y regresó por el caminito de piedras hasta la calle. Allí tomó otro taxi que la dejó en el despacho, y se atrincheró en el suyo sin haber respondido a las preguntas de Flor, que pretendió que le refiriera cómo le había ido. Con la puerta cerrada intentó reflexionar, aunque no llegó a ninguna conclusión. Se temía lo peor, por lo que no le impactaron demasiado las palabras de Flor, cuando horas más tarde la llamó por el teléfono interior para informarla. Había llamado sor Consolación, pero no había querido que le pasara a ella la comunicación. Le había dado tan solo un escueto recado que Flor le transmitió:

—Me ha dicho esa monja que ya se sabe el resultado de la autopsia. Que le han envenenado con estricnina.

*   *   *

—Es un polvo cristalino, blanco, inodoro y amargo— le explicó Alex a Noelia respondiendo a las preguntas de ella, mientras cenaban esa noche en la mesa de la cocina—. Se disuelve bien en un líquido, por lo que probablemente la persona que le asesinó lo mezcló con la ginebra que se bebió el hortelano.

— ¿Y has dicho que su sabor es muy amargo?

—Sí, bastante.

— ¿Y cómo en ese caso no lo notaría Torcuato? —se preguntó ella a sí misma en voz alta.

—Quizás el que le envenenó le mezcló la ginebra con tónica que es la forma ideal de disimular ese sabor— consideró pensativamente él—. Tuvo que ser alguien a quien el hortelano conocía y con el que acostumbraba a tomarse una copa. ¿Sabes si en esa casita han encontrado otro vaso?

—No, no lo había. He llamado a sor Consolación desde mi despacho y me ha dicho que no había ningún otro vaso sobre la mesa donde Torcuato cenaba ni tampoco en la cocina— le respondió Noelia —. ¿Y qué efectos provoca ese veneno? — quiso saber.

Efectuó Alex un gesto ambiguo.

—Depende. La dosis letal es de quince a veinticinco miligramos y puede producir una gran estimulación del sistema nervioso central, agitación, dificultad para respirar, orina oscura y convulsiones, para terminar en un fallo respiratorio y la muerte cerebral.

—Ya— murmuró ella imaginándose a ese hombre tomándose una copa con su asesino en la sala de estar de la casita de la huerta y a éste observando su reacción conforme la apuraba—. ¿Y cuánto tardan en manifestarse esos síntomas?

—Las manifestaciones clínicas aparecen de diez a treinta minutos después de haberlo ingerido.

—Ya— repitió Noelia— Tuvo entonces tiempo suficiente para avisar a las monjas y decirles que se encontraba mal. Me ha dicho la portera que tenía teléfono en la casita de la huerta.

—Tiempo es posible que lo tuviera, pero no sabemos si su asesino se lo impidió. ¿Tienes idea de a quién podía beneficiar su muerte?

Era indiscutible que a la persona que le había pedido prestado el Opel y que conducía ese coche la noche en la que Jorge fue atropellado con ese vehículo, pensó ella. Creyó ver en su imaginación el anguloso rostro de Flor cuando le exponía sus sospechas sobre Héctor y sintió un escalofrío. ¿Habría sido él?, volvió a preguntarse. Sabía que ella tenía intención de visitar a Torcuato esa misma mañana y también que había estado en el convento la tarde anterior. Podía haber querido impedir que averiguara que el Opel se lo había llevado él. Pero entonces... ¿Estaría defendiendo ella a un asesino sin escrúpulos, capaz de matar a un pobre viejo que no le había hecho daño a nadie?

— ¿En qué piensas? — inquirió Alex al verla tan ensimismada.

Se encogió Noelia de hombros sin ganas de explicárselo, pero finalmente se decidió a hacerle partícipe del asunto que la inquietaba.

—Pienso en ese chico que es mi cliente y me pregunto si no estaré defendiendo a un psicópata capaz de asesinar a sangre fría a todos los que le amargaron la vida cuando era un adolescente y también a los que no le hicieron nada, pero que podían perjudicarle en la actualidad si se iban de la lengua.

— ¿Al que fingió su muerte y llevó con esa intención un esqueleto calcinado a la casa que se quemó en Aldea del Fresno para que lo encontrarais la Guardia Civil y tú?

—Sí.

— ¿Y le has preguntado de dónde sacó ese esqueleto? No es tan sencillo conseguir uno. Tal vez profanara la tumba de un cementerio, de la que sabía que contenía los restos de un muchacho que había encontrado la muerte de esa forma tan espantosa. ¿Fue así?

—No lo sé, porque no se me ha ocurrido preguntárselo.

—Pues hazlo la próxima vez que hables con él, porque siento curiosidad.

Al notar que la miraba preocupado, hizo Noelia un esfuerzo por sonreír para tranquilizarle, a la par que le comentaba en tono intrascendente:

—No sé cuándo le veré de nuevo, porque es posible que la policía esté siguiendo otras pistas y le deje en paz. Hasta esta mañana estaba convencida de que ese chico era inocente, aunque habían concurrido en su caso un sinfín de casualidades que parecían indicar lo contrario, pero ahora... la verdad es que ahora no sé qué pensar.

— ¿Importa eso a efectos de tu trabajo?

Recapacitó Noelia sobre la cuestión con los ojos entrecerrados.

—En la facultad me enseñaron que no debía influir en un abogado. Que nuestra obligación es defender a nuestro cliente sin hacernos preguntas de ese tipo, pero no estoy segura de que no tenga ninguna trascendencia en nuestro ánimo, porque somos humanos y me estoy preguntando...

No llegó a terminar la frase, porque en ese momento sonó su móvil y se levantó de la mesa para extraerlo de su bolso. Reconoció al instante la voz de Héctor. Sonaba sumamente alterada, por lo que sintió un vuelco al imaginar lo que vendría a continuación.

—Noelia, soy Héctor.

—Sí, sí, dígame.

—Me han detenido otra vez y necesito que venga inmediatamente. Me acusa la policía de la muerte de Torcuato, al que al parecer han envenenado. Intenté verle ayer, después de que me dejaran libre en esta misma comisaría y de despedirme de usted, para que me aclarara a quién le había prestado el Opel la noche en la que atropellaron a Jorge, pero había salido, así que no pude preguntárselo. ¿No puede venir?

— ¿Ahora mismo? —le preguntó ella consultando su reloj y comprobando que eran las once de la noche.

—Sí, ahora mismo. Me han dejado hacer una llamada y el comisario me ha dicho que la avise, porque quiere tomarme declaración en cuanto llegue usted. ¿No puede venir? — repitió—Ha insistido mucho en que, si le es imposible, puede ponerse él en contacto con el Colegio de Abogados, para que me envíen a uno de oficio.

—No, no— protestó ella en el acto, aunque aún se sentía aturdida por la noticia—. Voy inmediatamente, pero dígale de mi parte al comisario que no son horas de interrogar a nadie.

— ¿Se lo digo? — inquirió él sin captar la ironía que escondía su comentario.

—No, no se lo diga. No diga ni una sola palabra sin que yo esté presente, ¿me ha entendido?

—Sí, no se preocupe que permaneceré callado como una tumba en el calabozo hasta que llegue usted.

Cortaron ambos la comunicación y al sentir la inexpresiva mirada de Alex fija en su rostro le vino a la memoria la de su madre, cuando, antes de que se hubiera independizado, la llamaba algún cliente a altas horas de la noche y se negaba a dejarla salir de la casa para atender al requerimiento que le efectuaba. Alex, por el contrario, no manifestó su contrariedad, aunque probablemente la sintiera. Se limitó a preguntarle:

— ¿Quieres que te acompañe?

— ¿A la comisaría? No, claro que no.

— ¿Y volverás muy tarde?

—Espero que no. Si Héctor se acoge a su derecho a no declarar, solicitaré que me dejen entrevistarme con él y regresaré enseguida. De todas formas, no me esperes levantado.

Le dejó recogiendo los platos con el ceño fruncido y en cuanto bajó al garaje, ubicado en el sótano del edificio, se dirigió a la comisaría en cuestión donde un policía la acompañó directamente al despacho del comisario. Estaba éste apoltronado en una butaca tras su mesa y la recibió amablemente, lo mismo que la vez anterior.

—Siento haberla hecho venir a estas horas— le dijo en cuanto la vio aparecer.

Pero no aparentaba sentirlo, sino al contrario. Aparentaba estar de buen humor y tan despejado como si fueran las doce del mediodía. Simuló ella un bostezo para que comprendiera que no eran horas de tomarle declaración a nadie y que podía haber esperado al día siguiente para hacerlo, pero tampoco pareció captar el motivo por el que ella lo fingía y le comentó con manifiestas ganas de hablar:

—Una profesión azarosa la suya. ¿Defiende a menudo a criminales con una trayectoria delictiva tan compleja como la del muchacho que hemos detenido esta tarde?

Tomó ella asiento en otra butaca bajo la ventana, se acodó en los brazos de ésta y le contestó con voz helada:

—Me gustaría saber en primer término de que le acusan ustedes y en qué se basan para haberle detenido por segunda vez en cuarenta y ocho horas. Comprenda que él tiene que trabajar y que yo también, por lo que no podemos pasarnos la vida en esta comisaría contestando a sus preguntas.

Se echó a reír él como si le pareciera graciosa la irritación de ella.

—Que yo recuerde, ayer no declaró su defendido ni una sola palabra y le dejamos libre porque no podíamos retenerle sin pruebas, basándonos únicamente en sospechas. Pero esta vez es diferente. Ahora tenemos motivos más que fundados para creer que ayer, en cuanto salió de esta comisaría, se dirigió al convento de Santa María con la intención de asesinar al hombre que cuida de la huerta de las monjas y que, como no le encontró en su casa porque había salido a hacer un recado, volvió por la tarde y le envenenó con estricnina. La había disuelto en un vaso de ginebra y don Torcuato Menéndez se la tomó sin el menor recelo, porque conocía a ese muchacho desde hace tiempo e incluso jugaba con él a las cartas.

—Ya— refunfuñó Noelia—. ¿Y por qué piensan que fue Héctor Zúñiga quien le echó la estricnina en el vaso? ¿Dejó acaso su tarjeta de visita sobre la mesa?

Volvió a reír con ganas el comisario.

—Pues mire, no, su tarjeta no la hemos encontrado, pero sí un mechero dorado muy original que es propiedad de ese chico, según ha reconocido la hermana portera. Estaba en el suelo bajo la mesa y hemos detectado en él sus huellas dactilares.

Trató de rememorar ella algo que le había contado África que tenía que ver con ese mechero. Era importante, pero estaba cansada y no consiguió traerlo a su memoria. Sabía que lo apreciaba Héctor en grado sumo porque había pertenecido a su familia biológica, probablemente a su verdadero padre. ¿Lo habría perdido verdaderamente la tarde anterior en la casa de Torcuato? En ese caso habría llegado a entrevistarse con él, tal y como había afirmado el comisario ¿Pero sería también él el que le había envenenado?

La observaba éste fijamente, con sus perspicaces ojillos pardos que bajo unas pobladas cejas parecían leer en su cerebro, por lo que le pareció oportuno aparentar que confiaba plenamente en su cliente y replicó:

—Dado que ese mechero es suyo, no tiene nada de particular que hayan encontrado sus huellas en él. Ni tampoco lo tiene que se le cayera a mi defendido otro día cualquiera en la sala de estar del pobre hombre al que han envenenado, porque, como también habrá averiguado, acudía a menudo a jugar a las cartas con Torcuato, así que lo pudo perder allí en cualquier otra ocasión.

Asintió el comisario cachazudamente.

—Es posible, sí, pero es que no estamos investigando solamente ese delito. De momento únicamente le vamos a acusar del envenenamiento de don Torcuato Menéndez, pero se da la circunstancia de que, desde que Sebastián Armada regresó del mundo de los muertos con el nombre de Héctor Zúñiga, han ido muriendo uno tras otro todos los amigos con los que salió de excursión hace siete años. Excursión en la que durante muchos años ha creído su familia y sus amigos que perdió la vida en el incendio en una casa en la que se refugiaron de la lluvia.

—Todos, no— le corrigió ella—. Todos los amigos, no.

—Efectivamente— convino el comisario—. Quedan tres. Dos chicas y un joven. Una de las chicas estuvo a punto de morir intoxicada hace dos días a causa de unos bidones de lejía y de amoníaco que arrojaron abiertos al suelo del garaje de su casa cuando ella estaba ocupada, de espaldas a la puerta que estaba abierta, por lo que no vio entrar a su agresor. En esa ocasión no consiguió el asesino rematar sus propósitos, porque unos policías municipales llegaron a tiempo, pero nadie nos asegura que no lo volverá a intentar y las pistas de todos esos crímenes conducen a su defendido. Por esa razón vamos a retenerle lo más posible para reunir las pruebas necesarias para que sin género de duda el tribunal pueda efectuar un pronunciamiento de condena y le envíe a prisión durante muchos años.

—Podrán retenerle setenta y dos horas como máximo— precisó ella con aire impasible, aunque se estaba preguntando a sí misma si tendría razón el comisario en lo que afirmaba y sería Héctor un asesino sin escrúpulos, capaz de asesinar a sus antiguos compañeros y al hortelano. Se preguntó asimismo si, en el supuesto de que fuera declarado inocente, eliminaría también en el futuro a todo el que le estorbara, y experimentó de pronto un frío intenso.

—Ya lo sé— afirmó él—. Y no quiero entretenerla demasiado, porque estará deseando volver a su casa y olvidarse por unas horas de lo ingrato que es su trabajo en casos como éste, en los que la culpabilidad de su defendido es clara como el agua. Voy a ordenar que lo suban inmediatamente.

No tardó más que unos pocos minutos en aparecer Héctor en el despacho entre dos guardias civiles y su expresión desconcertó a Noelia por lo inusual. Aparentaba sentirse ajeno al lugar en el que se hallaba, como si fuera a otra persona a la que hubieran acusado de la muerte de Torcuato. Vestía un arrugado pantalón gris y una chaqueta azul marino, así como una corbata de rayas rojas y verdes sobre una camisa blanca, de lo que dedujo que debía de haber sido detenido en el momento en que regresaba a su casa de la calle, y mientras avanzaba impasible entre los dos agentes hacia la mesa del comisario cruzó con ella unos ojos que habían vuelto a ser azules en los que pudo leer la indiferencia más absoluta, lo que la dejó perpleja.

Como era de rigor, el comisario le informó del delito que había motivado su detención y, antes de que pudiera comenzar a interrogarle, se apresuró Noelia a intervenir para manifestar que su detenido se acogía a su derecho a no declarar. Solicitó asimismo entrevistarse con él a solas, a lo que el policía accedió en el acto y los dos agentes que le custodiaban les acompañaron al mismo despacho de la vez anterior y salieron al pasillo a continuación, apostándose junto a la puerta tras cerrarla a su espalda.

—Gracias por haber venido— murmuró Héctor en un susurro—. Me temo que esta vez... me temo que esta vez no me van a soltar.

— ¿Por qué lo cree así?

—Porque, por lo que me ha dicho el comisario, han encontrado en cl cuarto de estar de Torcuato mi mechero. Me lo dio sor Consolación en una de mis visitas al convento cuando aún vivía con Máximo y con su mujer, porque había pertenecido a mi padre. A mi padre real, al biológico.

Seguía aludiendo a los Armada por su nombre de pila sin utilizar el del parentesco legal que les correspondía por su adopción. Sin efectuar el menor comentario a ese respecto, objeto Noelia:

— ¿Y qué? No puede probar la policía ni nadie que usted lo perdiera en la casa de Torcuato la noche en la que le envenenaron, puesto que iba a menudo allí a jugar a las cartas. Y por cierto, ¿dónde estaba usted ayer a esas horas? La hermana portera me ha dicho esta mañana que se había presentado en el convento en cuanto salió de esta misma comisaría.

Asintió él con un gesto.

—Sí, ya le he dicho antes por teléfono que quería preguntarle a quién le había prestado mi Opel la noche en la que atropellaron a Jorge. Por la hermana portera he sabido que Torcuato había salido, por lo que me he marchado a mi casa a ducharme y a cambiarme de ropa. Luego he ido a la oficina.

—Y después ha regresado al convento—afirmó más que preguntó Noelia.

—No. He salido tarde del trabajo y muy cansado, por lo que pospuesto mi visita a Torcuato para mañana. Acababa de llegar a mi casa, cuando se han presentado dos agentes de la policía con una orden de detención y me han traído a esta comisaría. Ni siquiera he podido cambiarme.

—Bien, vamos a lo práctico—decidió ella dirigiendo una inquieta mirada hacia la puerta por donde temía ver aparecer en cualquier momento a los dos agentes que aguardaban en el pasillo para dar por terminada su entrevista con Héctor—. ¿Alguna persona de su trabajo podría atestiguar la hora a la que ha salido esta tarde de la oficina?

Clavó en ella unos ojos angustiados y meneó lentamente la cabeza.

—No, creo que no. Mi secretaria ha sido la última en marcharse y yo me he quedado estudiando unos contratos al menos hora y media más.

—O sea que no dispone de ninguna coartada.

—No, pero yo no le he envenenado— le aseguró con un rictus amargo que atirantaba su mandíbula y velaba con un tinte grisáceo sus claros ojos azules—. Sería incapaz de hacerle daño al pobre Torcuato. Era un buen hombre y le apreciaba de verdad.

—Ya— murmuró impasible Noelia, sin traslucir el mar de dudas que se agolpaban en su cerebro—. ¿Y cómo se explica que haya aparecido oportunamente su mechero en la casa de Torcuato? ¿Cuándo ha estado en esa casa por última vez?

—Hará unos tres días— repuso él sin vacilar— pero había perdido ese mechero anteriormente. Se va a enfadar cuando se lo cuente.

Sentado en una silla frente a ella había agachado la cabeza como si fuera un niño que estuviera a punto de recibir una regañina y recordó Noelia entonces lo que le había referido África a ese respecto y la irritación que le había producido la absurda explicación que le había dado Héctor a la chica para justificar el extravío del encendedor.

—Ya sé que fue de noche a casa de los Armada a recuperar la medalla de plata que llevaba al cuello el esqueleto que creyeron que era el suyo y que conservaron como recuerdo sus padres adoptivos— le dijo ella con una voz sin inflexiones—. Y que entró a escondidas cuando ellos estaban durmiendo. ¿No cree que tiene edad más que suficiente para dejar de hacer esa clase de tonterías?

Levantó ahora hacia ella una mirada tímida.

—Quizás usted no lo entienda, pero tengo que decirle en mi descargo que esa medalla es muy importante para mí. Me la regalaron las monjas por mi cumpleaños. Es… es el único regalo que recibí de niño. La perdí al salir corriendo de la casa de los Armada.

— ¿Y por qué no se la pidió a Máximo cuando supo que la tenía él? — le interrumpió.

—Porque no quiero verle. Ni a ella tampoco. He hecho todo lo posible por borrarles de mi memoria.

—Y decidió entonces que lo mejor que podía hacer era asaltar su casa y recobrarla— afirmó con cierta ironía Noelia.

—Sí— admitió él sencillamente.

—Y cuando los Armada le oyeron y salieron de su dormitorio a averiguar quién había entrado en la casa, huyó a escape y perdió las dos cosas. ¿Dónde los perdió?

—No lo sé, supongo que se me caerían en la calle. Viven en un chalet en una urbanización de mucho nivel y había aparcado el coche un par de manzanas más allá. Cuando después de arrancarlo y de alejarme de esa casa me detuve en un semáforo, me di cuenta de que no llevaba en el bolsillo el mechero. Ni tampoco la medalla por la que me había arriesgado a volver a esa casa.

Dejó escapar ella un resignado suspiro.

—Está bien. Comprendo sus motivos, aunque no los comparta. Si le pregunta dentro de un par de días el juez por ese mechero, diga que lo perdió hace cosa de un mes y niegue que fuera usted el intruso que allanó la casa de los Armada.

— ¿Lo niego?

—Sí, claro. Y niegue también que haya ido hace unas horas a visitar a Torcuato, Cuéntele al juez la historia de los contratos que ha estado ultimando esta tarde.

—Pero eso es cierto. ¿Es que no me cree?

—Por supuesto que sí— mintió ella con su mejor cara de inocencia—. Quería hacerle también otra pregunta— le dijo recordando lo que le había comentado

Alex mientras cenaban— ¿De dónde sacó el esqueleto chamuscado que la Guardia Civil y yo encontramos en la casa que se incendió y que creímos que era el suyo?

Se la quedó mirando ahora con sus brillantes ojos azules fijos en su rostro.

— ¿Yo? — murmuró apenas.

—Sí, usted. ¿Profanó una tumba o...? ¿De dónde lo sacó?

Parpadeó como si no acabara de entenderla.

— ¿Se refiere a los restos que sepultaron en el cementerio la mañana de mi entierro?

—Sí, claro, por supuesto.

Al negar con la cabeza le resbaló sobre la frente un mechón de cabello dorado, aunque de un tono más oscuro que el que podía verse en aquella fotografía que había sido tomada en su adolescencia y que tanto la había impresionado. Sin saber por qué le pareció a Noelia que tenía delante a aquel chiquillo y no al hombre al que, con siete años más, había detenido la policía. Pero su gesto era el mismo que el de entonces, era ahora el de un hombre al que no parecía que le importara lo que le estaba sucediendo.

—No fui yo— replicó con aire ausente—. No sé nada de ese cadáver. Sor Consolación me avisó y fui a presenciar mi propio entierro. Eso es todo.

— ¿No fue usted el que llevó a aquella casa ese esqueleto? — insistió incrédulamente ella.

—No, claro que no. Solo un idiota hubiera pensado que esos restos que encontró la Guardia Civil fueran los míos. Habían transcurrido ya siete años desde mi desaparición y esa casa había sido registrada a raíz del incendio de arriba abajo, primero por los bomberos y luego por esos agentes. Más tarde sus dueños efectuaron también reparaciones en la vivienda sin que tampoco los operarios que realizaron las obras hallaran el menor vestigio humano dentro de sus muros. Y de pronto, sin previo aviso, aparece allí un esqueleto convenientemente quemado. Como le he dicho, hace falta ser memo para haber dado por supuesto que era el mío.

Se sintió aludida al oírle calificar de memos a los que lo habían creído así, pero la entrada en el despacho de los dos policías que aguardaban en el pasillo le impidió efectuar la protesta que había acudido impetuosamente a su mente. Solo tuvo tiempo de inclinarse hacia su oído y susurrarle:

—Niegue ante el juez todo lo que le pueda perjudicarle, pero procure no contradecirse. Si no se ve con fuerzas, acójase a su derecho a no declarar.

Los dos agentes le habían cogido ya cada uno de ellos por un brazo y se dirigían con él hacia el pasillo. En el umbral volvió la cabeza hacia Noelia y ésta le sonrió. Le vio luego alejarse por el corredor con un nudo en la garganta. Le pareció que se llevaban a un niño a castigarle cara a la pared por haber cometido una trastada y agitó su rizada melena para volver al presente y recuperar la consciencia de que estaba en una comisaría y que el muchacho en cuestión era probablemente un delincuente y quizás un asesino.

El comisario acababa de entrar en el despacho y se le acercó, sonriente como siempre.

— ¿Qué? ¿Ha conseguido sacarle algo al chico? Ya sé que no me lo va a decir y que cree en su inocencia, lo que no me extraña demasiado, porque usted es muy joven. Tengo que reconocerle además que ese muchacho tiene algo especial, un encanto poco común. Pero le aconsejo que no se deje impresionar por lo que traslucen esos ojos azules. He visto a otros con esa misma mirada limpia y esa sonrisa de niño ingenuo y se demostró luego que eran asesinos en serie que disfrutaban liquidando a sus víctimas. Hágame caso y mantenga los ojos bien abiertos. Defiéndale, puesto que es su trabajo, pero no se deje engañar por él, hágame caso.

Salió ella de la comisaría debatiéndose en un mar de contradicciones. Alex la esperaba sentado en el sofá de la sala de estar y se encogió de hombros ante su muda pregunta.

—No ha declarado ante el comisario, porque así se lo he aconsejado yo— le aclaró en tono bajo y pausado, con pocos bríos—. Como es natural y sucede siempre, ha negado que hubiera tenido él nada que ver con la muerte del hortelano.

— ¿Y le has creído? — le preguntó él.

Volvió a encogerse de hombros Noelia con un pliegue en la frente, dejándose caer a su lado.

—Le habría creído, si no fuera porque todo está en su contra, pero tampoco estoy segura de que me haya mentido y de que no sea absolutamente inocente del cargo que se le imputa y de todos los que le imputarán, porque no tardarán en acusarle también de los asesinatos de los muchachos que participaron con él en aquella excursión. Y por cierto le he preguntado lo que tú querías saber y me ha contestado que no fue él el que llevó a la casa que se incendió el esqueleto que apareció en la bodega.

— ¿Te ha dicho eso?

—Sí y también que hacía falta ser idiota para haber dado por hecho que podían haberle pertenecido a él esos restos mortales. Que al cabo de los años y tras varios registros lo habrían hallado los bomberos o la Guardia Civil mucho tiempo antes.

Esbozó Alex una sonrisa irónica.

—O sea, que te ha llamado idiota.

Incomprensiblemente le pareció cómico a ella haberlo creído así y haber sentido la congoja absurda que experimentó ante aquel esqueleto negro como el carbón, tumbado boca arriba y con las piernas abiertas, que aparentaba haber estado tomando el sol. Había sentido unas tremendas ganas de llorar cuando le hallaron en la bodega de la casa, aunque no había conocido al chiquillo al que creyeron haber identificado en esos restos.

—Sí— reconoció riéndose.—. Y mucho me temo que he demostrado serlo.

*   *   *

Héctor pasó a disposición judicial setenta y dos horas más tarde, que era el tiempo máximo de que disponía la policía para retenerle en los calabozos de la comisaría. Como se temía Noelia, el fiscal amplió la acusación originaria de asesinato de don Torcuato Menéndez a la de todos los compañeros que habían ido encontrando la muerte uno tras otro desde que él había reaparecido vivo tras su supuesto entierro. Incluso el juez de instrucción que le tomó declaración en el juzgado de lo penal de los de la plaza de Castilla, le imputó haber empujado a Toño para que cayera a la vía y le arrollara el Metro, así como haber atropellado deliberadamente a Jorge con su automóvil, pese a que en opinión de Noelia no había prueba alguna de que los dos no hubieran sido meros accidentes.

Había contestado Héctor a todas las preguntas del juez y del fiscal aparentemente tranquilo y sin contradecirse ni una sola vez, pero se había limitado a negar que hubiera cometido él ninguno de los crímenes sin aportar coartada alguna que acreditara que se hallaba en otro lugar en compañía de algún testigo que pudiera corroborarlo. El atestado policial había sido además extremadamente concienzudo y aunque los testimonios que habían recabado carecían de la cualidad de concluyentes, había demasiadas pistas que conducían directamente hacia Héctor, por lo que al término del interrogatorio decretó el juez prisión provisional sin fianza contra él. Esa misma tarde fue trasladado al centro penitenciario de Soto del Real y en cuanto se enteraron de la noticia se presentaron en su despacho África y Lorena, la primera convertida en un mar de lágrimas y la segunda sumamente abatida.

— ¿Qué va a pasar ahora? — le preguntó África levantando hacia el rostro de Noelia unos ojos cuajados de lagrimones.

—Va a pasar, que dentro de un tiempo, probablemente de unos meses, se verá el juicio.

—Sí, eso ya lo sé y que usted le defenderá, pero, ¿qué cree que sucederá en ese juicio? ¿Saldrá absuelto?

Luchó Noelia por no llevarse un dedo al rizo que le caía sobre la frente y enrollárselo en él. Para evitar la tentación escondió esa mano debajo de la mesa y se acodó en el otro brazo apoyando la barbilla en la mano.

—No sé lo que dictaminará el tribunal, porque no soy adivina. Haremos todo lo que esté en nuestra mano, pero no disponemos de una sola coartada que alegar en su defensa y son muchas las circunstancias que le acusan.

—Pero dispone de un testimonio exculpatorio de uno de los crímenes que le atribuyen, del mío— la contradijo África—. Cíteme como testigo y declararé que no me aparté ni un segundo de Héctor en el Metro y que él no empujó a Toño.

Hizo nuevamente Noelia un esfuerzo por mantener su mano derecha debajo de la mesa y replicó:

—El fiscal le preguntará a usted qué relación mantiene con él y cuando tenga que reconocer que es su... — se interrumpió sin saber cómo calificarla y la otra acudió a aclarársela.

—Mi nada, no somos nada. Héctor es solamente un antiguo compañero de estudios.

—Y un cliente del centro de logopedia donde trabaja usted— le recordó Noelia.

—Un antiguo cliente también— puntualizó África—
. Hace tiempo que superó la discapacidad del habla que
padecía y ahora solo nos vemos de cuando en cuando.

Pensó Noelia que si lo que acababa de decirle África
era cierto no sería porque no desease ella que la amistad de
los dos se convirtiese en algo más romántico. Lo que sentía
por él le afloraba a los ojos y en ese momento la
compadeció, porque presentía que la sentencia que dictara
el tribunal que habría de juzgarle no sería precisamente
benévola, sino al contrario. Podrían caerle muchos años. La
consideraba capaz de esperarle durante todo ese tiempo,
pero cuando al fin saliera libre ya no serían jóvenes ninguno
de los dos.

—También puede citarme como testigo a mí—le
propuso Lorena, que hasta ese momento había permanecido
en silencio.

La chica estaba pálida después de la intoxicación
que había padecido y visiblemente más delgada, pero, como
a África, solo parecía preocuparle lo que pudiera sucederle
a Héctor, aunque por distintos motivos que a la otra.

— ¿Como testigo de qué? — le preguntó Noelia sin
acabar de comprenderla—. Usted no estaba presente en
ninguno de los… llamémoslos "accidentes" que sufrieron
sus amigos e incluso ha padecido uno recientemente en el
garaje de su casa.

—No fue Héctor el que lo provocó— replicó en el
acto.

— ¿Cómo lo sabe? ¿No estaba de espaldas a la
puerta del garaje cuando le arrojaron al suelo esos bidones
para que los vapores de los productos que contenían se
expandieran por el recinto?

Una lágrima asomó a sus ojos claros al recordarlo,
pero se la limpió de un manotazo y repuso:

—Estaba de espaldas, sí, pero giré a medias la
cabeza y vi que era un extraño el que acababa de entrar. Un

tipo alto, muy abrigado, con un sombrero encasquetado en la cabeza y una bufanda al cuello. También llevaba gafas oscuras y… bigote, sí ostentaba un mostacho enorme sobre su labio superior.

Se preguntó Noelia si no se lo estaría inventando con la intención de ayudar a Héctor, por lo que insistió:

— ¿Está segura? ¿De una sola ojeada pudo fijarse en todos esos detalles?

—Sí, completamente— afirmó sin una vacilación—. Soy muy observadora y recuerdo que vi con toda claridad a ese hombre. Héctor no ha tenido nada que ver con las muertes de nuestros compañeros. Siempre ha tenido muy mala suerte Creo que en Andalucía le llaman a eso mal fario, porque la fatalidad le ha perseguido desde que nació, pero en lo que de mí dependa no voy a permitir que le que condenen por unos asesinatos de los que no es culpable.

—Ya— murmuró Noelia que la había escuchado con poca convicción. Había afirmado también que el chico había tenido siempre muy mala suerte y en ese momento se dijo que no estaba de acuerdo con esa apreciación ya que la mayoría de la gente no podría contar con unas amigas tan incondicionales como las dos chicas que tenía sentadas enfrente, dispuestas a declarar a su favor lo que fuera necesario, aunque en realidad no habían sido testigos presenciales de ninguno de los homicidios por los que se le encausaría.

—También puede preguntarme en el juicio por el atropello de Jorge— le sugirió Lorena con los ojos brillantes—. Acababa de salir del portal de la casa de María con Andrés y con Carol y de pronto arrancó con los faros apagados un coche que estaba aparcado en la acera. Jorge cruzaba en ese momento la calzada y se le echó encima. Luego siguió a escape, dobló la esquina de la calle y desapareció.

—Ya— repitió Noelia con el mismo escepticismo—. ¿Y se fijó en la marca del coche?

—Sí, era un Opel plateado.

— ¿Cómo el que tenía Héctor antes de comprarse el Audi?

—No sé qué coche tenía Héctor— repuso Lorena aturdida—. No le había vuelto a ver desde aquella tarde en la que desapareció en el incendio de la casa de Aldea del Fresno, hasta que reapareció al cabo de los años con un nombre y un aspecto diferente. Me lo presentó África una tarde en la que nos encontramos por la calle y... no parecía el mismo. Entonces era un chiquillo rubio y extremadamente tímido. No pronunciaba dos palabras seguidas sin tartamudear y cuando los demás se metían con él se encogía sobre sí mismo, incapaz de defenderse. Siete años más tarde, el hombre que acompañaba a África era más alto y más ancho, además de tener aparentemente el pelo negro y los ojos oscuros. Pero ni siquiera eso era lo más curioso. Lo más extraño de todo era la seguridad en sí mismo que derrochaba. Llegué a pensar que por alguna razón que no se me alcanzaba fingía ser Sebastián, pero que era un pariente que tenía con él un lejano parecido.

—Qué tontería— masculló África por lo bajo, antes de volverse hacia ella para explicarle—: Esa seguridad que tanto te sorprendió la consiguió a costa de mucho esfuerzo y de muchas sesiones de terapia. Superó además brillantemente una carrera universitaria difícil y obtuvo enseguida un puesto de director en una empresa puntera de su especialidad. Las monjas del convento de Santa María le adoran y... y también las chicas con las que se relaciona, porque es un tipo muy atractivo. Es natural que adquiriera esa seguridad que tanto te ha extrañado.

Frunció Lorena los labios en un gesto de duda.

—Si tú lo dices... Pero bueno, usted me ha preguntado por su coche— añadió volviéndose hacia

Noelia—. Y no, no sé qué coche tenía antes de recibir la herencia de esa señora gallega, porque la tarde en la que me los encontré iba a pie.

—¿Y no se fijó en la matrícula del coche que atropelló a Jorge? Era la del Opel de Héctor.

Angustiada, se mordió la chica los labios.

— ¿De veras?

—Sí, le detuvo la policía en cuanto lo averiguó.

Se repuso casi inmediatamente de la sorpresa y se mesó su corta melena castaña como si con ese ademán pretendiera ganar tiempo. Luego replicó con voz clara:

—Eso no importa, porque distinguí la cara del conductor y no era Héctor. Era el mismo tipo que intentó intoxicarme a mí. Pasó por mi lado como una exhalación, pero vi que llevaba sombrero, gafas oscuras y una bufanda al cuello. Si me cita, lo declararé así en el juicio.

No parecía preocuparle en absoluto la posibilidad de ser acusada de falso testimonio y Noelia se lo comentó horas más tarde a Miriam, que se presentó en el despacho a cambiar impresiones con ella.

—Deberías felicitarte de que las dos chicas que han estado aquí esta tarde se hayan prestado a echarte una mano— consideró ésta—. ¿Qué puede pasar? ¿Qué el tribunal no las crea? Peor sería que no pudieras presentar ningún testigo de descargo. Éstas, además, presenciaron los hechos, así que, ¿qué más puedes desear?

Esbozó Noelia un ademán vago levantando ambas manos con el que parecía querer decir que hubiera dado algo porque todos los hechos hubieran ocurrido de una forma diferente, o mejor aún, que no hubiera ocurrido. Luego murmuró pensativa:

—Tienes razón. Aunque probablemente no sea cierto lo que me han asegurado, pueden servir como testigos esas chicas de la tentativa de homicidio y de dos de los consumados, pero aún nos quedan otros tres, que además son los más graves, ya que denotan claramente la intencionalidad de su autor, sin posibilidad de que se trate de un accidente. El asesinato de María, el de Carol y el de Torcuato no los presenció nadie. A María la adormecieron con éter y le inyectaron aire en el brazo cuando caminaba entre las tumbas del cementerio. Estaba sola y cuando la encontró África recostada en la base de un panteón ya había muerto. También estaba sola Carol cuando la ahogaron en la piscina del gimnasio y para colmo, cuando la encontró el encargado a la mañana siguiente, tenía enganchada en el tirante del bikini la medalla de Héctor. Bueno, de Sebastián que era como se llamaba cuando le regalaron la medalla. Y otro tanto puede decirse de Torcuato. Recibió a un visitante al que seguramente conocía y con el que probablemente se tomó una copa. Ha desaparecido el vaso que utilizaría el asesino y en el de Torcuato solo ha encontrado la policía científica las huellas del propio Torcuato, pero debajo de la mesa han hallado el mechero dorado de Héctor, lo que parece indicar que esa noche le visitó. Aunque le absolvieran de los otros dos crímenes y de la tentativa de homicidio, por éstos le caerían fácilmente sesenta años, veinte por cada uno de ellos.

Al oírse a sí misma pronunciar ese veredicto, se apoyó con los dos brazos en la mesa como si hubiera recibido un golpe que la impidiera mantenerse erguida, por lo que Miriam se levantó de la butaca en la que se había sentado enfrente de ella para darle unas palmaditas en la espalda.

—Vamos, vamos. Tu obligación es defenderle, pero sin involucrarte en el caso, como me has repetido todos los días desde que te conozco. Además, ese chico no es nada tuyo, le has visto tan solo en cuatro o cinco ocasiones, así que, si le condenan y le mandan a prisión pese a todos los esfuerzos que hayas hecho por defenderle, no debes sentirte culpable.

—Culpable, no— admitió pausadamente Noelia, desviando la mirada hacia la oscuridad de la noche que podía ver a través de la ventana del despacho.

— ¿Entonces qué?

—Siempre es frustrante perder un juicio— reconoció en tono monocorde —. Pero en éste se da además otra circunstancia.

— ¿Cuál?

—No sé si la vas a entender porque es bastante absurda. La sentí por primera vez cuando vi su fotografía— repuso con la mirada perdida en un punto indefinido como si la estuviera contemplando en ese momento—. Sus padres adoptivos me la enseñaron y... Ya te lo he comentado otras veces. Sentí que aquel chiquillo flacucho y desvalido necesitaba ayuda y que yo era la única persona que podía prestársela.

La había escuchado Miriam con atención y cuando terminó la frase se echó a reír.

— ¿No te parece que te supervaloras? No eres la única abogado de Madrid, ni siquiera eres la mejor, porque Daniela te da sopas con honda. Y a mí también— se apresuró a añadir antes de que la otra se ofendiese y le soltase un exabrupto—. Si Héctor se hubiese dirigido a otro despacho cuando necesitó ayuda legal, le defendería ahora otro abogado, que se encontraría con la misma situación que tú en este momento, así que no te des tanto pote ni te sientas tan importante.

Esperaba haberla animado al hacerle notar que no era ni mucho menos imprescindible para Héctor y que no había razón alguna para que se sintiera así, pero comprobó por la mirada vacua en la que la envolvió Noelia que parecía no haberla oído.

—Es que tú no entiendes nada— refunfuñó ésta.

Se aprestó Miriam a admitir el reproche.

—Sí, ya me lo has dicho antes y es posible que sea cierto. Desde luego no entiendo por qué, si no estás ni mucho menos segura de que ese chico sea inocente de los crímenes de que se le acusan, te afecte tanto su posible condena. Haz lo que puedas, pero no te obsesiones, porque si lo hizo tendría lo que se merece.

—No sé— articuló Noelia con desgana—. Puedo reconocerte que tampoco me entiendo yo, porque sé que si pierdo este caso lo sentiré como un enorme fracaso, aunque ignoro si ese chico es o no un asesino. Hasta la fecha he perdido pocos juicios y en algunos tampoco tenía la certeza de que mi cliente fuera inocente, pero… pero no era igual.

—No, claro— masculló Miriam con ironía—. Nunca es igual.

—Además, aún falta mucho para el juicio y tengo mucho trabajo pendiente— continuó Noelia como si no la hubiera oído, tratando de animarse a sí misma—. Me preocuparé cuando se acerque la fecha. Aún falta mucho— se repitió bajito.

Pero en contra de lo que hubiera deseado, los meses se sucedieron a una velocidad increíble y empezaban a dejarse sentir los primeros calores del verano cuando se presentó en el bufete el procurador con los autos del procedimiento de Héctor en la mano. Flor la llamó por el teléfono interior para transmitirle la noticia.

—Noelia, ha venido Tomás y te ha traído el Auto de apertura del juicio oral que ha dictado el juez de instrucción y un tocho gordísimo.

— ¿De qué me estás hablando? — le preguntó distraída. Estaba redactando un contrato de alquiler que le había endosado Daniela y tenía la mente en otra parte en ese momento.

—Te estoy hablando de don Héctor Zúñiga— repuso la secretaria, que no solía apearle el tratamiento a nadie, ni siquiera a los reclusos de los centros penitenciarios, como era el caso—. El fiscal ha formalizado ya el escrito de calificación y te dan traslado a ti para que hagas lo propio.

— ¿Ya? — se alarmó Noelia sintiendo un vuelco en el estómago. Durante los meses precedentes había estado temiendo que llegara ese momento y en las numerosas ocasiones en las que había visitado a Héctor en la cárcel le había asegurado que le justicia era muy lenta y que quizás invirtiera el juez un par de años más en instruir el sumario. ¿Cómo podría haber transcurrido el tiempo tan deprisa?

—Sí, ya— repuso risueñamente la secretaria—. Dicen que los malos ratos conviene pasarlos pronto, así que, mejor hoy que mañana.

—Si tú lo dices...— murmuró ella con la misma sensación que si la otra le hubiera anunciado que tenía que escalar una montaña y se sintiera sin fuerzas para realizar esa proeza—. ¿Sigue ahí Tomás?

—No. Se ha marchado ya porque tenía prisa. ¿Te llevo este cerro de papelotes que me ha dejado? No sé si podré con tanto peso.

Se lo decía humorísticamente, sin imaginar siquiera el peso abrumador que le había caído a Noelia sobre la espalda de repente al conocer la noticia y en ese momento la envidió. Flor realizaba un trabajo monótono y ganaba mucho menos dinero, pero no padecía la angustia que sentía cuando se avecinaba la vista oral de un procedimiento penal que no sabía cómo defender. Adoptó una actitud impasible cuando oyó el taconeo de la otra por el pasillo y fingió seguir redactando el contrato que llevaba entre manos cuando entró en el despacho transportando con los dos brazos un abultado cerro de documentos grapados, bajo una carpetilla del juzgado de instrucción. Se lo soltó sobre la mesa y luego se apoyó sobre ésta para envolverla en una mirada de ternura.

— ¿Cómo te encuentras? — le preguntó.

En cierto modo le alivió a Noelia poder reconocer su estado de ánimo y no tener que seguir simulando una entereza que estaba muy lejos de experimentar y repuso lacónicamente:

—Mal, muy mal.

— ¿Porque no sabes qué alegar en defensa de ese chico?

—Sí. Esperaba además que transcurriese más tiempo. Meses, años… no sé. Se ha dado demasiada prisa el juzgado en instruir el sumario y la Audiencia Provincial en señalarme el día del juicio oral. Normalmente tardan bastante tiempo.

—Puedes considerarlo una suerte— opinó Flor, tomando asiento en el borde de en una de las butaquitas destinadas a los clientes—. Ese muchacho está en la cárcel, por lo que creo que cuanto antes se resuelva el procedimiento por el que se le encausa, tanto mejor.

Dejó escapar Noelia un desalentado suspiro.

—Tendrías razón si fuera a salir absuelto, pero no es el caso.

La observó detenidamente la otra antes de efectuar una sugerencia.

— ¿Por qué no le pides ayuda a doña Daniela? A ella se le ocurren siempre ideas salvadoras y sabe cómo embarullar al fiscal de turno.

Meneó Noelia negativamente la cabeza y se apartó luego los rizos de su rostro, a la par que le contestaba:

—No. Ya me advirtió, cuando le di la venia para que se ocupara ella en adelante de los intereses de los Armada. de que me las apañara si me empeñaba en aceptar a Héctor como cliente. Que no me molestara en consultarle, porque no me iba a ayudar. Incluso me retó a que me convirtiera en su contrincante cuando el matrimonio denunció a Héctor por haberse apropiado de la herencia de Sebastián y le comuniqué yo que iba a defender a éste. Afortunadamente no fue necesario y la cosa no llegó a mayores, porque me bastó con acreditar en el juzgado que Héctor y Sebastián eran la misma persona. De otro modo hubiera actuado ella en el juicio consiguiente como acusador particular de ese chico y yo como la defensa, con lo que probablemente me habría machacado.

—O no— la rebatió Flor escrutando su semblante con mal disimulada admiración—. O no.

—Tiene más experiencia que yo, más tablas, más seguridad en sí misma y sabe mucho más Derecho que yo— la contradijo Noelia.

—Pero es una engreída y se le nota—apuntó la secretaria riéndose—. A ti se te ve muy joven y muy atractiva, lo que siempre ayuda. Siento que no llegarais a enfrentaros en el juicio, ya que no llegó a celebrarse. Hubiera sido como David contra Goliat y si conoces la historia del pueblo judío, ganó David.

—Fue una casualidad que no se suele repetir— objetó Noelia cansadamente.

—Vamos, vamos, tienes que animarte y poner manos a la obra. ¿Cuántos días tienes para formalizar el escrito de calificación?

—Cinco.

—Pues ya puedes empezar.

— ¿Y qué alego? ¿Que no hay pruebas de que ese chico cometiera ninguno de los crímenes de que le acusan? El fiscal se reirá a carcajadas cuando le den traslado de mi escrito. Habrán grabado a Héctor las cámaras de seguridad del Metro cuando Toño se cayó a la vía, el Opel que atropelló a Jorge era suyo y no dispone de ninguna coartada que acredite que estaba en otro lugar cuando se cometió el atropello. Carol tenía su medalla enganchada en el bañador la mañana en la que la encontraron, ya ahogada. De que matara a María efectivamente no hay ninguna prueba ni tampoco de que fuera él el que envenenó a Torcuato, pero había ido esa mañana al convento y al no encontrarle en su casa le dijo a la hermana portera que volvería por la tarde para hablar con él y esa misma tarde le envenenaron y apareció su mechero debajo de la mesa. ¿Qué te parece?

Hizo Flor un gesto evasivo.

— ¿Qué quieres que me parezca? No soy abogado, gracias a Dios. Me vuelvo a mi mesa a aporrear el ordenador y a ti te deseo suerte, porque efectivamente parece que la vas a necesitar. Pero... ánimo. Luego me cuentas.

Salió silenciosamente del despacho y Noelia intentó continuar redactando en el ordenador el contrato que le había encomendado Daniela hasta que se convenció a sí misma de que no era capaz de concentrarse ni de escribir una sola cláusula más. Tomó entonces el voluminoso conjunto de documentos que integraban los autos que le había entregado la secretaria y con la barbilla apoyada en una mano empezó a pasar las hojas. La instrucción de los crímenes había tenido en cuenta el orden cronológico en el que habían sido cometidos y grapada a una de las primeras encontró una carpetilla de plástico que contenía un CD con la grabación efectuada por las cámaras de seguridad del Metro. Lo introdujo en su ordenador y en la pantalla apareció la imagen de una multitud que se agolpaba en el amplio pasillo que conducía al andén del Metro en el que se desbordó luego entre empujones y codazos. Reconoció a Toño en uno de los que avanzaban en primera línea, ya que su cabeza sobresalía sobre los que le rodeaban. Detrás de él y con cuatro o cinco personas entre medias pudo identificar a Héctor con el cabello convertido en unas greñas que le chorreaban sobre la frente. Recordó que esa noche llovía a mares y continuó buscando a África entre aquella multitud. Apenas si se la veía, comprimida entre el gentío, que avanzaba como una masa compacta y que la separó de Héctor. A empellón limpio lucharon los dos por reencontrarse, aunque sin éxito, porque dos señoras se interpusieron entre ellos.

De improviso contuvo Noelia el aliento. Un hombre algo más bajo que Héctor y que parecía estar muy abrigado se adelantaba a éste. El sombrero que llevaba encasquetado le ocultaba el cabello y la bufanda anudada al cuello impedía distinguir otra cosa de él que su largo abrigo gris oscuro. Tras varios empujones más se situaba a la espalda de Toño en el preciso instante en el que el tren hacía su entrada en la estación. No podía apreciarse qué había sucedido en ese momento, porque la grabación era borrosa y carecía de sonido. Después aquella multitud había comenzado a disgregarse formando asustados corrillos, que accionaban alarmados. Sin duda se explicarían a gritos los unos a los otros lo que acababa de suceder. Se intuía por sus ademanes, porque la imagen no era nítida. Luego el tren arrancaba de nuevo lentamente. Había un cuerpo caído en la vía y dos hombres se tiraban al foso con la evidente intención de socorrerle.

Allí finalizaba la grabación y Noelia retiró el CD del ordenador, a la par que dejaba escapar un suspiro de alivio. De las imágenes que había visto no podía deducirse sin género de dudas que hubiera sido Héctor el que empujara a Toño. Más plausible parecía que hubiera tenido esa oportunidad el tipo del sombrero y de la bufanda que estaba a su espalda a o incluso que se hubiera caído sin intervención de nadie, porque hubiera sufrido un mareo.

Desvió la mirada hacia un punto indeterminado que, abstraída, no llegó a ver y apoyó pensativamente la mejilla en una mano diciéndose que al fin tenía algo con lo que empezar a perfilar su defensa en lo que se refería a la muerte de Toño. De la grabación de las cámaras de seguridad del Metro se constataba que no podía haber sido Héctor quien le empujara y contaba además con el testimonio de África para demostrar que Héctor era

411

inocente de ese delito, por lo que, más animada, comenzó a redactar el escrito de calificación, negando la autoría de él en la comisión de ese delito y en la de todos los demás, para terminar solicitando su libre absolución. No disponía de prueba documental alguna que aportar ni tampoco contaba con que el informe pericial de los forenses que habían practicado la autopsia de los cadáveres le sirviese de ayuda, por lo que solo le quedaba efectuar la lista de los testigos. Fue tan corta ésta que volvió a perder el optimismo con el que había comenzado a redactar el escrito. Podía llegar a convencer al tribunal de que Héctor era inocente de la muerte de Toño y de la tentativa de envenenamiento por intoxicación de Lorena, ya que ésta estaba dispuesta a declarar a su favor describiendo al hombre al que decía haber visto entrar en el garaje con los bidones, pero para los restantes crímenes no disponía de un solo argumento que alegar.

Se lo comentó esa noche a Alex en cuanto llegó a su casa. La escuchó él en silencio, como hacía siempre cuando la veía nerviosa, sentándose a su lado en el sofá y echándole un brazo sobre los hombros.

—No sé si el tribunal creerá la versión de Lorena cuando testifique en la vista— le comentó—. Está dispuesta a declarar que le vio la cara al conductor que atropelló a Jorge y que no era Héctor, aunque el coche si era el de éste.

— ¿Y por qué no habría de creerla el tribunal? — objetó cautelosamente él y en tono monocorde con la intención de no exacerbarla, porque sabía que se alteraba mucho cuando se avecinaba la vista de un juicio al que no le veía salida.

—Porque no creo que realmente viera nada— repuso con un dedo en uno de sus rizos—. Era de noche, estaba lloviendo y el automóvil pasó por delante de ella como una exhalación con los faros apagados. Sin embargo, me ha descrito con todo lujo de detalles a ese tipo, que según ella llevaba un sombrero en la cabeza y una bufanda al cuello, además de gafas oscuras y un gran mostacho sobre el labio superior. La impresión que me ha dado es que se lo ha inventado todo con la intención de ayudar a Héctor. También me ha descrito así al hombre que intentó intoxicarla con un bidón de lejía y otro de amoníaco, ambos de alta concentración, en el garaje de su casa.

— ¿Es que vio a ese hombre?

—Ella dice que sí.

— ¿Y tampoco la crees?

—Pues… pues la verdad es que no lo sé. El sombrero, la bufanda, el bigote y las gafas oscuras en una noche lluviosa parecen los aditamentos adecuados para que cualquiera intentara ocultase su fisonomía y pasar inadvertido, como por ejemplo…

Enmudeció de improviso al rememorar la imagen del hombre que había adelantado a Héctor en el andén del Metro y que había visto horas antes en su despacho en la grabación de las cámaras del Metro que figuraba en los autos del juzgado. Respondía con total exactitud a la descripción que había efectuado Lorena de los complementos que ocultaban el rostro del conductor que había atropellado a Jorge y del hombre que decía haber visto ella en el garaje segundos antes de que estuviera a punto de asfixiarse. Llevaba un sombrero encasquetado en la cabeza y una bufanda al cuello. No sabía si ocultaba igualmente sus ojos tras unas gafas oscuras el que habían grabado las cámaras del Metro ni si adornaba con un enorme mostacho su labio superior, porque se le veía de espaldas, pero… ¿pero y si fuera el mismo? ¿Y si fuera ese desconocido el que, sin una razón aparente, había ido asesinando a los compañeros de Héctor que antaño se habían reído de él? De los compañeros masculinos solo quedaba vivo Andrés, que sería de una estatura similar y que podía haberse caracterizado como ese tipo. ¿Pero por qué habría de haber querido ese chico cargarse a sus antiguos compañeros de estudios? No tenía sentido. Por lo que le había contado Lorena, había tenido igualmente la oportunidad de envenenarla en el garaje con los bidones tóxicos, pero esa posibilidad resultaba todavía más absurda, porque no hacía falta ser muy listo para advertir lo que sentía por ella.

Alex la observaba sin decir palabra y al fin le preguntó:

— ¿Qué estás pensando?

—En que por primera vez empiezo a dudar de que haya sido Héctor— repuso girando la cabeza hacia él.

— ¿Es que antes estabas segura de que ibas a defender a un asesino?

—Segura, lo que se dice segura, no. Ni ahora tampoco lo estoy de que sea inocente— reconoció dubitativamente— Pero es posible que consiga que le absuelvan de dos de los delitos que le imputan.

— ¿Y de cuantos le acusan? — trató de averiguar él.

—De seis.

—¡Ah! — masculló Alex por todo comentario.

—Si le condenan por los otros cuatro crímenes, iría a la cárcel durante muchos años y yo… la verdad es que no sé qué hacer. Aún tengo por delante cuatro días para rematar el escrito de calificación y para presentar la lista de los testigos. De momento solo tengo dos, a África y a Lorena.

— ¿Y tienes posibilidad de encontrar más?

Lo consideró ella en silencio y terminó por esbozar un gesto vago.

—No lo sé. Quizás Andrés…

— ¿Pero ese chico fue testigo presencial de alguno de los homicidios?

—Estaba con Lorena y con Carol cuando atropellaron a Jorge, pero estoy segura de que él no vio al conductor del sombrero y de la bufanda, como Lorena, porque tiene mucha menos imaginación— repuso desalentada—. También se hallaba en el cementerio cuando mataron a María con una jeringuilla hipodérmica, pero por lo que me ha dicho cuando la encontraron Lorena y él, ya había muerto.

—Bueno, no te agobies. Tú no puedes hacer más.

—Ya lo sé, pero…

A la mañana siguiente releyó el escrito de calificación que había elaborado la tarde anterior y llegó a la conclusión de que, aunque su oposición a los cargos del fiscal era endeble, no creía factible que pudiera mejorarlo.

Se lo manifestó así a Miriam y a Flor cuando unos minutos más tarde se presentaron en su despacho con la intención de darle ánimos. Como respuesta a sus preguntas interesándose por el escrito que estaba redactando, les enseñó la lista de los testigos.

—¿Sólo vas a aportar dos? — se preocupó Miriam.

—¿Y de dónde quieres que saque uno o dos más que aporten una prueba irrefutable de la inocencia de Héctor? — se lamentó accionando exageradamente con las manos— Y eso suponiendo que lo sea. El fiscal ha citado como testigo a la hermana portera del convento de Santa María que reconoció ante la policía que el mechero dorado era de Héctor y que le había dicho a ella que pensaba volver a casa de Torcuato más tarde, porque cuando se presentó la primera vez el hombre había salido. También ha citado al encargado de la piscina donde Carol se ahogó con la medalla de Sebastián enganchada en el bikini. A África, para que declare lo que sucedió esa tarde, ya que estuvo nadando con ella, y también para que cuente lo que pasó en las restantes noches en las que murieron esos chicos, porque estuvo presente en todas esas ocasiones. A Lorena para que refiera la tentativa de asesinato que sufrió en su garaje. A

Máximo para que declare lo que sepa sobre la medalla y… y no sé si a alguno más.

—Pues te saca mucha ventaja—comentó inoportunamente Flor, que recibió un pellizco por lo bajo de Miriam, que la obligó a respingar y a recoger velas inmediatamente—. Bueno, puede que el testimonio de los suyos no sirva para mucho— dijo tratando de arreglarlo.

—Esperaré a presentarlo hasta el último día por si ocurriera un milagro— les comunicó desganadamente Noelia—. ¿Creéis en los milagros?

—A veces ocurren— repuso Miriam, aunque con escasa convicción.

Pero transcurrieron los tres días que restaban sin ninguna señal del más allá que le aportara ayuda, por lo que resignadamente se aprestó a imprimir el escrito de calificación y su escueta lista de testigos. Flor había citado a Tomás para que lo recogiera media hora más tarde y tenía que entregárselo firmado y con las copias correspondientes. Iba a pulsar ya la tecla de la impresora, cuando sonó el teléfono interior y oyó la voz de la secretaria:

—Noelia, te llama la monja del convento. Esa monja que se llama sor Consolación.

—Sí, ¿y qué quiere?

—Quiere hablar contigo. ¿Te la paso?

—Sí, sí, pásamela.

Segundos más tarde oyó la voz de la monja, autoritaria como siempre, pero había algo más en el tono con el que se expresaba. Algo que, de no conocerla, habría identificado con una súplica.

—Noelia, necesito hablar con usted.

—Pues… esta tarde no va a poder ser. Ni tampoco mañana por la mañana, porque tengo que ir a la notaría con un cliente. Y por la tarde…

—No le estoy pidiendo que venga a verme al convento— la interrumpió la otra con cierta aspereza—. La llamo, porque me he enterado de que está contestando al escrito del fiscal por el que acusa a Héctor de seis crímenes y quiero pedirle un favor.

— ¿Que le defienda? — inquirió Noelia frunciendo el ceño temiendo que la monja le pidiera encarecidamente que le sacara absuelto apelando a su conciencia.

—No, eso lo doy por supuesto. Quiero pedirle que me cite como testigo de los cinco últimos crímenes.

Abrió desmesuradamente los ojos por la sorpresa y luego balbuceó:

— ¿De... los cinco últimos?

—Sí y también que cite a una enfermera que se llama Magdalena Muñoz.

— ¿A una enfermera? — repitió tontamente como si se hubiera convertido en su eco.

—Eso es

— ¿Y está ella de acuerdo?

—Sí, sí.

— ¿Y qué vieron ustedes de esos asesinatos?

Tardó sor Consolación en contestar como si también estuviera buscando la respuesta y no acabara de encontrarla. Luego dijo con voz clara:

—De esos asesinatos nada. Solo necesito que nos pregunte a ella y a mí por el lugar donde se hallaba Héctor cuando se cometieron.

Parpadeó confusa y luego replicó:

—Pero eso ya lo sé y no nos sirve de ayuda. En unas ocasiones estaba en su casa sin ninguna compañía y en otras en su oficina cuando ya se habían marchado todos los empleados.

Le cortó secamente la monja.

—Solo le pido que nos lo pregunte a las dos, ¿lo hará?

—Sí, si está segura de que eso le servirá de algo.

—Sí estoy segura, por eso quiero que me lo asegure.

Vaciló Noelia preguntándose qué habría pensado declarar la monja y si sabría ésta que el falso testimonio era un delito.

—Se lo aseguro, ¿pero sabe usted en qué responsabilidad pueden incurrir usted y esa enfermera si se demuestra que lo que declaran es mentira?

—No será mentira, así que puede estar tranquila. Héctor no va a pagar por unos asesinatos que no ha cometido.

Parecía estar convencida de que el chico era inocente, lo que no era de extrañar dado que era su hijo. ¿Tendrían pensado la enfermera y ella declarar que conocían al chico de toda la vida y sabían a ciencia cierta que era incapaz de matar a una mosca? Harían el ridículo las dos y se lo harían hacer a ella. El fiscal se mondaría de risa y el público de la sala también, pero tenía que arriesgarse, se dijo filosóficamente. El juicio estaba perdido de antemano de modo que consideraba preferible quemar ese último cartucho, aunque la vista se convirtiese en un jolgorio.

—Me avisará con tiempo, ¿verdad? — se inquietó ahora la monja— Tengo que pedir permiso a la madre superiora para salir del convento.

—Sí, claro que la avisaré. ¿Pero sabe que tendrá que jurar que va a decir la verdad?

Le pareció que vacilaba, pero no tardó en replicar:

—Sí lo sé, pero sé también que lo puedo prometer por mi honor, en lugar de prestar juramento ¿no es así?

—Sí, sí es así.

—Pues no se preocupe entonces por mí. Gracias.

Había colgado y Noelia se quedó con el auricular en la mano, mirándolo. Fue solo durante un segundo, porque el procurador estaba a punto de llegar y tenía que llevarse el escrito de calificación, por lo que recuperó la inacabada lista de testigos, incluyó los nombres de la monja y de la enfermera y la dirección del convento, ya que se había olvidado de preguntarle el domicilio de ésta última, lo imprimió, lo firmó y apresuradamente salió del despacho para entregárselo a Flor.

A la tarde siguiente fue a visitar a Héctor a la prisión de Soto del Real. Había perdido él el color bronceado de su piel y su cabello había adquirido de nuevo el tono dorado que había ocultado con el tinte, aunque no era ya tan claro como el de la fotografía que tanto le había impresionado tiempo atrás. Llevaba un chándal negro y a través del cristal del locutorio que les separaba le dio la impresión de que había adelgazado.

— ¿Para cuándo cree que será el juicio? — le preguntó él mediante el teléfono interior del que disponían los dos y que se hallaba a ambos lados del cristal, sobre la repisa adosada a éste. Había clavado en el rostro de ella sus claros ojos azules aparentemente tranquilo, como si estuviera hablando de un asunto que atañía a otra persona.

—Ya no tardará mucho. Quería decirle que ayer presenté el escrito de calificación y que…

— ¿Qué escrito es ese? — la interrumpió él.

—Es un escrito en el que el fiscal califica el delito o los delitos que ha cometido el procesado, propone las pruebas de que tiene previsto valerse, incluyendo a los testigos y pide la pena correspondiente. Cuando a la defensa le dan traslado de ese escrito, se opone a las apreciaciones del fiscal y propone asimismo las pruebas en que se apoya. Quería decirle que he citado como testigos a África, a Lorena, a Andrés y a sor Consolación, además de a una enfermera que me ha propuesto ella.

Le pareció que el rostro de él se endurecía.

— ¿Cómo que ha citado a sor Consolación? No quiero que moleste a esa monja.

—No he sido yo, me ha llamado ella para ofrecerse.

—Pues rechace ese ofrecimiento y el de la enfermera también.

Le observó detenidamente preguntándose por el motivo por el se había alterado tanto al enterarse de que las dos testificarían en el juicio y por un segundo se preguntó… Cabía dentro de lo posible… Pero no, era absurdo lo que estaba imaginando. Sor Consolación era muy alta. Su estatura era similar a la de muchos hombres y su figura extremadamente enjuta. ¿Habría tenido algún tipo de implicación en los crímenes de los compañeros del chico que tanto le habían amargado la vida y que habían escapado del incendio abandonándole a su suerte? Con un gabán y una bufanda habría podido pasar perfectamente por el tipo que había adelantado a Héctor en el Metro segundos antes de que el tren entrara en la estación. Conducía también el Opel de aquél cuando lo necesitaba o cuando Torcuato no estaba disponible y disponía de la libertad de movimientos necesaria para haberse encontrado en el lugar del crimen en todas las restantes ocasiones. ¿Habría sido ella quien había decidido resarcirse de todo el mal que esos chicos le habían hecho antaño a su hijo? ¿Y lo sabría Héctor y habría optado por cumplir él la pena que le habrían impuesto a ella si se declaraba culpable?

Había empalidecido él y desde el otro lado del cristal escrutaba su semblante como si quisiera seguir el hilo de sus pensamientos. Luego repitió:

—No quiero que cite a sor Consolación como testigo, ¿me ha entendido?

—Perfectamente, pero ya he presentado el escrito cumpliendo los deseos de ella, así que la cosa no tiene remedio.

No le dijo que estaba a tiempo de renunciar a ese testimonio, porque no le convenía que lo supiera. En su lugar se limitó a preguntarle:

— ¿Quiere que unos días antes del juicio venga a verle para que ensayemos las respuestas que debe darle al fiscal y a mí?

Se encogió de hombros malhumorado.

—No creo que sea necesario. Voy a decir que soy inocente de todos los delitos que me imputan y que no estaba en ninguno de los lugares en los que se cometieron. Solo eso.

— ¿Y dónde va a decir que se hallaba?

Volvió a encogerse de hombros.

—Eso da igual, porque estaba solo en todas esas ocasiones y no podemos alegar ninguna coartada, exceptuando la noche en la que murió Toño en el Metro, porque, como sabe, estaba con África.

—Como usted quiera— refunfuñó Noelia tan malhumorada como él. De todas formas vendré a verle antes del juicio, que ya no puede tardar.

— No es necesario que se moleste— farfulló secamente—. Y le advierto una cosa. Si sor Consolación testifica… testifica algo con lo que esté en desacuerdo yo, diré que es falso y me declararé culpable. ¿Me ha entendido?

Sus ojos azules brillaban iracundos y Noelia no se atrevió a sostener su mirada, porque pensó que adivinaría él que se había dado cuenta del motivo. Como además no estaba acostumbrada a que le hablaran en un tono tan insultantemente desdeñoso, colgó de golpe el interfono sobre su base y le dio bruscamente la espalda. Luego salió del locutorio con la cabeza alta.

*   *   *

La mañana en la que debía celebrarse el juicio amaneció soleada y calurosa. Julio expandía un calor achicharrante sobre Madrid y permaneció Noelia varios minutos bajo la ducha para refrescarse y para aclarar sus ideas. ¿Qué iba a hacer ella si la monja se declaraba autora de los cinco últimos crímenes y Héctor la contradecía y le aseguraba al tribunal que sor Consolación era inocente y que los había cometido él para vengarse de sus compañeros de instituto, porque antaño se reían de él? Era insólito que en un juicio pujara el procesado con uno de los testigos por declararse culpable, como si el haber cometido el delito fuese un trofeo que se disputasen. El público de la sala se moriría de risa, probablemente el fiscal también y hasta era posible que el tribunal, que solía mantenerse imperturbable, no pudiera contenerse y dejara escapar una carcajada.

Publicarían el caso todos los periódicos, todos los canales de televisión y también todas las emisoras de radio. Y lo que era peor, la llamaría Daniela a su despacho a la mañana siguiente y le diría que como había puesto en ridículo el bufete, lo mejor que podía hacer era recoger sus trastos y marcharse a trabajar a otro sitio, si es que encontraba quien la admitiera, cosa que dudaba.

También lo dudaba ella y se sentía mal. Notaba la garganta seca y una incómoda opresión en el pecho, como si las costillas le comprimiesen los pulmones. Mientras se vestía con una ligera falda azul marino y una blusa blanca, se preguntó por el motivo por el que habría aceptado la defensa de Héctor renunciando para ello previamente a ocuparse de los intereses de los Armada. Éstos la obedecían al pie de la letra, sin cuestionar sus indicaciones como hacía él, y ahora no solo iba a perder el juicio, sino que también iba a quedar en evidencia.

Se estaba desenredando su larga y rizada melena cuando Alex, en pijama y despeinado, asomó la cabeza por la puerta entreabierta del cuarto de baño.

— ¿A qué hora es el juicio?

—A las diez.

—¿Quieres que te lleve? Así no tendrás que molestarte en aparcar.

Qué bien la entendía Alex, pensó ella. Sabía que tenía los nervios de punta y se prestaba a echarle una mano sin ningún tipo de recomendaciones que se los atirantarían más de lo que ya los tenía. A su lado, como siempre, pero en silencio.

—No, gracias— repuso a la imagen de él que veía en el espejo—. Llegarías tarde al hospital y no es necesario— repuso empujándole al regresar al dormitorio para calzarse unos zapatos de tacón y colocarse en las orejas unos pendientes de perlas que le favorecían y que consideraba que le daban suerte.

Cogió luego su maletín en el que la noche anterior había introducido unos folios en los que había garrapateado las líneas esenciales del interrogatorio de los testigos y luego se despidió de él.

—Llámame al móvil cuando termine la vista y me dices cómo ha ido— le pidió Alex a modo de despedida, cuando la vio salir de la habitación. No eran más que las ocho de la mañana, pero Noelia se levantaba al alba los días en los que tenía un juicio complicado y se presentaba en el juzgado o en el tribunal correspondiente mucho antes de que lo abrieran, pretendiendo así calmar sus nervios.

Ese día no fue una excepción. La puerta del alto edificio de cristal de la Audiencia Provincial estaba cerrada a cal y canto cuando aparcó el coche en una calle cercana, por lo que entró en una cafetería y pidió un descafeinado con tostadas. Después y para hacer tiempo, un zumo de naranja y finalmente pagó y salió del local para recorrer la acera como un león enjaulado siguiendo el encintado. Más tarde y cuando ya el bedel había abierto la puerta y el encargado de la sala de togas le había entregado una de su talla, hizo lo mismo en ambos sentidos en el largo pasillo de la Audiencia en el que se ubicaba la puerta de la sala de vistas en la que se celebraría el juicio. De vez en cuando se detenía a mirar a través de los cristales de las ventanas como el sol iba ascendiendo por el horizonte, pese a que las agujas del reloj no parecían avanzar a su compás. Se movían con una lentitud desesperante. Seguía estando sola en aquel corredor contando los minutos que faltaban y terminó por dejarse caer en un banco sin apartar los ojos de la puerta de la sala de vistas.

Al fin vio a alguien que se aproximaba hacia ella taconeando. Era Miriam, vestida con un veraniego traje azul, sin mangas, que hacía juego con el color de sus ojos y que se sentó a su lado dirigiéndole una mirada de soslayo.

— ¿Cómo estás? — le preguntó.

—Mal, muy mal.

—Lo vas a hacer muy bien, así que tranquilízate.

—Estoy tranquila— mintió ella—. ¿Te he contado que Héctor me ha amenazado con declararse culpable si la monja confiesa haber sido ella la autora de los crímenes?

Sonrió Miriam a duras penas, tan preocupada como Noelia.

—Sí, sí me lo has contado, pero no creo que sea eso lo que pretende sor Consolación. Supongo que lo que hará será proporcionarle una coartada.

— ¿Mintiendo?

—Puede que sí. Aunque sea una monja, Héctor es su hijo. Yo también mentiría si acusasen a mi hijo de un delito que no hubiera cometido. ¿No lo harías tú?

Lo consideró Noelia con el ceño fruncido y se ahuecó luego la melena, que formaba una rizada aureola alrededor de la cabeza y le resbalaba por la espalda, a la par que le respondía:

—Es posible. No tengo hijos y en este momento no puedo utilizar la mente para razonar lo que haría en ese caso, Lo que más me preocupa es que el público organice un jolgorio a costa de la monja, del procesado y… y de mí. Sí, también de mí.

En ese instante vieron a varios grupos de personas que avanzaban ahora hacia la cerrada puerta de la sala y el agente judicial apareció como por encanto entre ellos y se dirigió en línea recta hacia las dos hojas de madera, por lo que Noelia sintió un vuelco y consultó su reloj. Era la hora. El agente informó en voz alta del procedimiento que se iba a celebrar a continuación y Noelia se puso en pie. Sintió que Miriam le oprimía una mano con la intención de darle ánimos y le sonrió mecánicamente. Luego se abrió paso entre la gente que aguardaba en el pasillo y entró en la sala. Era una estancia alargada y funcional, con una ventana al fondo y las paredes revestidas de una madera de color claro, muy diferente de la ornamentada y solemne sala de la Audiencia Provincial que se había ubicado anteriormente en el edificio de Las Salesas en la plaza de la Villa. Se encaminó directamente por el pasillo central hacia la mesa de la izquierda, la que se hallaba a la derecha de los tres miembros del tribunal, que ya estaban sentados con sus negras togas tras su larga mesa, al fondo de la estancia.

En la mesa frontera a la suya vio al fiscal, un hombre de mediana edad, con entradas muy pronunciadas en la cabeza y un bigote blanco sobre el labio superior, que la miró con curiosidad. Sabía Noelia que aparentaba menos edad de la que realmente tenía por lo que supuso que se estaría preguntando cómo una chiquilla se habría hecho cargo de la defensa de un asunto tan complejo.

El público entró en la sala a continuación y con un rumor sordo fue ocupando los bancos de madera que le estaban destinados. Seguidamente compareció Héctor por la misma puerta por la que había entrado ella, flanqueado por dos Guardias Civiles. Llevaba él un traje color arena y una corbata de rayas verdes y amarillas sobre una camisa blanca. Un mechón de cabello dorado le resbalaba sobre la frente, cuando avanzaron los tres para situarse delante del público y frente al tribunal y el secretario judicial, también con toga negra, leyó los escritos de calificación del fiscal y de la defensa, así como la lista de los testigos y peritos propuestos y admitidos. Entre éstos últimos estaban todos los que había propuesto Noelia, por lo que dejó escapar ésta un involuntario suspiro, mitad de alivio y mitad de inquietud, motivada ésta última por la imprevisible actitud de la monja.

Tras las cuestiones preliminares, le informó el presidente del tribunal a Héctor de que se iba a seguir el orden cronológico de los delitos que se le imputaban y luego le preguntó si se declaraba culpable o inocente del delito de homicidio en la persona de don Antonio González Marín, cometido el día diez de diciembre último, a las diez de la noche cuando fue arrollado por el Metro en la estación de Quevedo.

Aparentemente tranquilo, repuso éste con voz clara:

—Inocente.

Se volvió seguidamente el Presidente hacia la mesa de la acusación para decirle:

—El ministerio fiscal tiene la palabra

El aludido apoyó los dos brazos sobre la mesa y pronunció inmediatamente las palabras rituales:

—Con la venia.

Carraspeó a continuación mientras consultaba los papeles que tenía delante y luego se inclinó hacia Héctor, que permanecía en pie y al que el agente judicial le había entregado el micrófono.

—Díganos dónde se encontraba usted el día de autos a eso de las diez de la noche.

Le miró de frente Héctor y contestó sin un titubeo:

—Estaba en el andén de esa estación. Antonio era muy alto y reconocí su cabeza cuando bajé la escalera en la plaza de Quevedo y le vi delante de mí avanzando a empellones por el pasillo entre la gente que le estorbaba el paso. Se detuvo a esperar el tren en el mismo borde de ese andén. No vi lo que ocurrió, porque entre él y nosotros se interponían varias personas. Yo iba acompañado de una amiga, que puede atestiguarlo.

Efectuó el fiscal un gesto de asentimiento.

—Bien. Afortunadamente las cámaras de seguridad del Metro grabaron el incidente. Dado que esa grabación ha sido admitida como prueba, solicito que se proyecte en esta sala.

El presidente del tribunal hizo un ademán de asentimiento y el agente judicial desplegó una pantalla en el lateral derecho de la sala, bajó la persiana y apagó la luz eléctrica. A continuación, aparecieron en la pantalla las imágenes en blanco y negro que ya había visto Noelia en su despacho. Una multitud que se apiñaba en el andén aludido y la cabeza de Toño sobresaliendo sobre todas las demás. Un par de metros más atrás se distinguía entre el gentío la de Héctor, pero a África no llegaba a vérsela. Por su estatura quedaba comprimida entre el tumulto.

Contuvo Noelia el aliento cuando apareció en la pantalla el hombre que a empujón limpio se iba acercando hacia la espalda de Toño. En esa pantalla, las imágenes proyectadas se veían agrandadas y con mayor nitidez que en el monitor de su ordenador, por lo que pudo apreciar detalles en los que no se había fijado en su despacho. A ese hombre no se le veía el rostro en ningún momento ni tampoco el cabello porque llevaba un sombrero en la cabeza, ni tampoco se le distinguía el cuello, cubierto por una bufanda. Era una abrigada bufanda de lana con pequeños rombos blancos y negros estampados en el tejido. Se quedó mirándola Noelia con los ojos muy abiertos y sin pestañear. Había sentido de pronto una especie de fogonazo en el cerebro al fijarse en ella y se preguntó dónde había visto anteriormente una bufanda similar. Pero no era similar, se dijo. Estaba completamente segura de que alguien que no conseguía recordar llevaba una bufanda idéntica a la del hombre que el agente judicial proyectaba en la pantalla.

Se acodó sobre su mesa aguzando la vista para distinguir mejor esas imágenes. Por los movimientos de la gente que se apiñaba en el andén adivinó que el tren estaba a punto de hacer su entrada. Varias personas acababan de desplazar a Héctor del lugar en el que se hallaba, interponiéndose entre él y Toño, pero el hombre de la bufanda mantenía su posición a espaldas de éste. Salió el tren del túnel en ese momento y la muchedumbre que se agolpaba delante de la cámara de seguridad impidió ver lo que le había sucedido al chico. Luego el convoy arrancó de nuevo y el tumulto se abocó sobre el foso por el que se alejaba aquél, al que por la actitud de las personas que se arracimaban en el borde de éste cabía suponer que alguien se había caído.

La grabación terminaba ahí y el agente judicial volvió a encender la luz eléctrica y a subir la persiana.

—Bien— dijo el fiscal como para sí, revolviendo sus papeles. Luego se dirigió nuevamente a Héctor—. Por lo que acabamos de ver en esta grabación podemos asegurar sin género de dudas que se encontraba usted en el andén de la estación del Metro de Quevedo cuando la víctima cayó a la vía. ¿Qué tiene que decir a ese respecto?

—Que, como he dicho antes, no llegué a ver lo que sucedió. En esa película puede apreciarse, en mi opinión con toda claridad, que no estaba cerca de Antonio cuando entró el tren en la estación. La gente me había empujado hacia otro extremo. Nos había empujado— se corrigió—. A mí y a una amiga a la que había recogido poco antes de una reunión en casa de unos compañeros suyos.

—No se ve en la grabación que le acompañara ninguna chica— objetó el fiscal.

—Porque es muy bajita— repuso él imperturbable, con una ligera sonrisa en los labios.

—No hay más preguntas— anunció el fiscal, dando por finalizado su interrogatorio.

El agente judicial se apresuró a salir de la sala para llamar al conductor del tren que no aportó nada nuevo y luego a dos viajeros que habían presenciado el accidente, pero que no pudieron precisar si Toño había caído a la vía a consecuencia de un mareo o si alguien le había empujado

Seguidamente fue llamada África como testigo de la defensa y ésta se presentó inmediatamente sin que aparentemente se sintiera cohibida por la solemnidad del acto. Llevaba un traje de chaqueta blanco y unos zapatos de tacón muy altos que estilizaban su menuda figurilla. La melena suelta le resbalaba lisa y brillante hasta los hombros formando una pronunciada onda sobre su frente. Estaba realmente bonita cuando con la cabeza alta avanzó hasta la mesa del secretario, que le tomó juramento. Luego fue a sentarse en la butaca reservada a los testigos, que se hallaba delante de los bancos del público, y tomó en sus manos el micrófono que le entregó el agente judicial.

El presidente del tribunal se volvió entonces hacia Noelia.

—La defensa tiene la palabra.

—Con la venia de la sala—empezó Noelia. Luego se dirigió a la testigo:

—Díganos su nombre, por favor.

—Me llamo África Molina García — repuso ésta sin vacilar.

— ¿Conoce usted al acusado?

—Sí. Fuimos compañeros de curso en el instituto.

— ¿Puede referirnos lo que sucedió la noche en la que don Antonio González Marín murió atropellado por el Metro de la estación de Quevedo?

Esbozó África un gesto de asentimiento acercándose el micrófono a los labios.

—Sí. Esa tarde me reuní con varios amigos en casa de otra amiga, que vive... que vivía en la plaza de Quevedo— se corrigió— y al salir me recogió en el portal don Héctor Zúñiga, con el que había quedado en ir a cenar. Llovía bastante, por lo que nos dirigimos a la estación del Metro. La más próxima es la de la plaza de Quevedo y hacia esa estación corría mucha gente, porque estaba diluviando. Ya en el pasillo que conduce al andén vimos a don Antonio González que caminaba delante de nosotros entre una multitud que avanzaba repartiendo empujones a los que tenían más cerca. Había estado él en la misma reunión que yo y se había despedido unos minutos antes. La gente nos llevaba en volandas a Héctor y a mí y al llegar al andén nos apartaron de Toño... de Antonio quiero decir— volvió a corregirse— y le perdimos de vista. Luego, entró el tren en la estación y por el alboroto que se armó, nos dimos cuenta de que algo había sucedido. Por los histéricos gritos de los que nos rodeaban nos enteramos de que él se había caído a la vía.

—¿Vio usted que alguien le empujara?

—No, ya le he dicho que no vimos nada.

— ¿Y permaneció todo el tiempo junto a don Héctor Zúñiga?

Se apresuró África a afirmarlo rotundamente.

—Sí, como la gente nos zarandeaba, me cogió él de la mano y así estuvimos hasta que sucedió todo, pero repito que no lo vimos.

—No hay más preguntas— dijo Noelia retrepándose en el respaldo de su asiento.

El presidente del tribunal se dirigió ahora al fiscal.

—El Ministerio fiscal tiene la palabra.

—Con la venia— articuló solemnemente éste, volviéndose inmediatamente hacia África.

—Nos ha dicho usted que ha sido compañera de estudios del procesado, ¿no es así?

—Sí, si es así.

—Y después, cuándo dejaron el instituto, ¿han seguido manteniendo esa relación de amistad?

Le dio a Noelia la impresión de que África no había entendido la pregunta, porque había clavado sus grandes ojos oscuros en el semblante de él con expresión de duda, pero finalmente repuso:

—Si lo que me pregunta es que si cuando dejamos el instituto continuamos viéndonos, tengo que decirle que no. Durante varios años no supe nada de él.

—Porque usted creyó que había muerto, ¿verdad?

—Sí.

—En un incendio que se produjo durante una excursión que realizaron cuando ustedes eran estudiantes.

—Efectivamente.

—Y estuvo usted en su entierro.

—En el entierro de unos restos mortales que creímos que eran los suyos—puntualizó sin vacilar.

El fiscal la señaló triunfalmente con un bolígrafo que tenía en la mano.

—Pero usted ya sabía el día del entierro que el acusado no había muerto y fingió estar muy apenada. Le mintió a sus padres y a sus amigos comunes, porque usted es logopeda, trabaja en un centro especializado en esa materia y había tratado poco antes de un problema del lenguaje que padecía desde niño a don Héctor Zúñiga, que anteriormente se llamaba Sebastián Armada, ¿no es cierto?

—Sí.

—Y pese a todo lo que acabo de decir, sabiendo que estaba vivo, asistió a su supuesto sepelio sin comunicarle a sus padres adoptivos que el esqueleto que enterraban no pertenecía a su hijo, que éste estaba vivo y que gozaba de una espléndida salud— terminó con ironía—. Si es capaz de mentirle de una forma tan cruel a unos padres afligidos ¿no cree que su testimonio nos tiene que ofrecer necesariamente muy poca confianza?

Lejos de achantarse, se estiró África en su butaca y le envolvió en una desdeñosa mirada.

—No le dije nada a sus padres ni al resto de nuestros compañeros, porque el secreto profesional me lo impedía.

— ¿Hasta el extremo de presenciar su entierro y llorar por la pérdida de su amigo? — apuntó sarcásticamente el fiscal.

—Hasta todos los extremos— replicó ella sin amilanarse—No sé si lloré, porque no me acuerdo, pero puede que lo hiciera, porque fue una mañana sumamente triste. Era muy temprano y soplaba un viento helador que recorría el cementerio de extremo a extremo. Nos envolvía a todos una bruma muy espesa que desfiguraba los contornos de la tumba y las siluetas de todos los presentes. Habíamos vuelto a reunirnos los que habíamos sido sus compañeros de estudios con muchos años más y…. Sus padres lloraban y es posible que yo les imitara solidarizándome con ellos, porque además no podía decirles la verdad. Tendría que haberme autorizado Héctor a que les aclarara que el esqueleto calcinado que enterraron esa mañana no era el suyo y no me autorizó. He dicho la verdad sobre lo que sucedió la noche en la que murió Toño. Quiero decir don Antonio González y que ni Héctor ni yo vimos si le empujó alguien o si simplemente se cayó.

Dio el fiscal por finalizado el interrogatorio y dado que ninguna de las partes había propuesto más testigos ni aportado más pruebas, el presidente del tribunal se dirigió a Héctor.

—Se le acusa igualmente de haber atropellado con su automóvil a don Jorge Sandoval Ruiz causándole la muerte el día diecisiete de diciembre siguiente. ¿Cómo se declara?

—Inocente— repitió mecánicamente Héctor.

—El ministerio fiscal tiene la palabra.

—Con la venia— empezó éste, que volvió la cabeza a continuación hacia Héctor.

— ¿Es usted propietario de un automóvil, marca Opel, de color plateado y matrícula 9886-CJK?— le preguntó.

—Sí, señor.

— ¿Y dónde se encontraba usted en esa fecha, a eso de las diez y media de la noche?

Sintió Noelia que se le aceleraba el corazón dentro del pecho como una máquina descompuesta. Cuando la policía le había puesto a disposición judicial había respondido a la pregunta del juez de instrucción que no lo recordaba. ¿Qué declararía ahora?

Permanecía él aparentemente sereno y había bajado la mano con la que sostenía el micrófono a la altura de la cintura como si le cansara la postura. La subió hasta su boca para contestar a través de ese aparato:

—No me acuerdo. No sé lo que hice ese día.

— ¿No se acuerda? — insistió el fiscal incrédulamente—. Haga un esfuerzo. Sucedió exactamente una semana después de que hallara la muerte en el Metro don Antonio González. El sábado siguiente. ¿Lo recuerda ahora?

Meneó Héctor negativamente la cabeza.

—No.

—Pero ha reconocido que el automóvil del que le ha dado los datos identificativos es suyo.

—Sí.

— ¿Lo condujo esa noche?

—No. Dejé de usarlo cuando me compré un Audi.

— ¿Y cuándo se lo compró?

—Unos días antes. El Opel tenía ya varios años y lo arrumbé en el garaje de mi casa. Tengo una plaza grande en el sótano del edificio y cabían los dos.

— ¿Puede precisar la fecha de la compra del Audi?

—Sí, fue el dia uno de diciembre último.

— ¿Le prestó el Opel a alguien esa noche?

Echó Héctor la cabeza hacia atrás como si estuviera haciendo memoria y luego volvió a negar con ella.

—No, no se lo presté a nadie.

—O sea, que lo guardaba en su garaje, no se lo prestó a nadie y no sabe lo que hizo esa noche— resumió con mordacidad el fiscal, para añadir levantando ambas manos con un ademán muy teatral—: No hay más preguntas.

Le había llegado el turno de declarar ahora a los testigos de la defensa, por lo que sintió Noelia que un sudor frío le corría por la espalda al imaginar lo que vendría a continuación. Confiaba en que Lorena declararía sin hacer demasiado el ridículo, pero no podía decir lo mismo en lo que atañía a sor Consolación y a la enfermera que le había propuesto ésta y a la que no había llegado a conocer.

Lorena había entrado ya en la sala. También estaba muy bonita con un traje pantalón azul claro y su melena castaña suelta, pero no aparentaba la desenvoltura con la que se había movido África. Por el contrario, desde la puerta paseó sus claros ojos verdosos por la sala y caminó después hasta la butaca que le estaba destinada con la cabeza baja, cohibida por ser el centro de todas las miradas. El secretario le tomó juramento y, en cuanto tomó asiento, el presidente le dio la palabra a la defensa.

—Con la venia. Díganos su nombre— le pidió después Noelia a la chica.

—Lorena Burgos de Juan.

—¿Y puede decirnos qué sucedió la noche del diecisiete de diciembre último a las diez y media de la noche aproximadamente?

Hizo la otra un gesto de asentimiento.

—Sí. Nos habíamos reunido todos los compañeros del instituto en casa de María esa tarde. Jugamos con el tablero güija y Jorge se enfadó con nosotros porque creyó que le habíamos hecho trampa. Por esa razón se marchó el primero, aunque África Molina lo hizo apenas unos segundos después. El caso es que alcanzó ella su coche antes de que él saliera a la calle, lo arrancó y se marchó doblando la esquina a continuación. El paso de peatones estaba lejos y Jorge Sandoval cruzó la calzada sin advertir que un coche que estaba aparcado en la acera se le echaba encima con los faros apagados. Acabábamos de salir del edificio Carolina Vilaseca, Andrés Ortiz y yo y vimos cómo ese coche se daba a la fuga pasando por delante de nosotros como una exhalación. Lo conducía un hombre de mediana edad, que llevaba sombrero, bufanda y unas gafas oscuras.

— ¿Lo reconoció usted? — le preguntó Noelia.

—No, no le había visto antes, pero estoy segura de que no era Héctor... quiero decir don Héctor Zúñiga.

— ¿Por qué está tan segura?

—Porque el conductor era mucho mayor y no se le parecía en nada. Era el mismo tipo que intentó intoxicarme a mí con los bidones de amoniaco y de lejía unos días más tarde. Solo le vi durante unos segundos, pero se me quedó grabada en la retina la bufanda que llevaba, porque se le quedó enganchada en un clavo de la pared del garaje. Era una bufanda blanca de lana con rombos pequeños negros y se cubría con ella el cuello cuando pasó con el coche por encima del cuerpo de Jorge.

Reprimió Noelia un estremecimiento. Le pareció que volvía a ver en su mente al hombre que la llevaba anudada al cuello, bajo su abrigo, pero caminaba de espaldas a ella y su silueta estaba borrosa. Creyó vislumbrar no obstante las tumbas del cementerio y la niebla envolviéndolo todo a su alrededor como un manto pegajoso. Ya sabía. Lo había visto la mañana en la que enterraron al esqueleto que creyeron que pertenecía a Sebastián. ¿Pero quién era ese hombre?

Lorena aguardaba en silencio a que ella continuara con el interrogatorio y le dijo:

—Bien, ya declarará sobre esa tentativa de homicidio dentro de unos momentos. ¿Quiere añadir algo más sobre el atropello de don Jorge Sandoval?

Lo consideró dubitativamente Lorena y terminó por responder que no.

Dio ella por finalizado el interrogatorio de esa testigo y seguidamente el presidente del tribunal le dio la palabra al fiscal. No tardó éste más que unos pocos segundos en poner en duda todo lo que la chica había declarado.

—Ha dicho usted que el coche que estaba aparcado en la acera arrancó, arrolló a don Jorge y pasó delante de ustedes como una exhalación. Era de noche y estaba lloviendo. ¿Había alguna farola a la altura del edificio donde vivía doña María Garrido?

Frunció Lorena el ceño intentando reproducir el escenario en su memoria.

—Creo que había una más adelante.

—No, hemos comprobado que no hay delante de ese portal ninguna farola— la contradijo el fiscal— de manera que a esa altura la calle tenía que estar muy oscura. Considero sumamente difícil que en el lapso de un segundo y a través de una cortina de agua pudiera ver usted con tanto detalle al conductor.

—Pues le vi— insistió tozuda— Le vi a través del cristal de la ventanilla.

—Dice que le vio con un sombrero, con gafas oscuras y una bufanda que le ocultaba el rostro. ¿Qué es lo que vio? Si el acusado hubiera utilizado todos esos aditamentos no le hubiera reconocido, máxime porque en esa calle y a esas horas bajo la lluvia, la iluminación era inexistente.

Se mordió Lorena los labios y objetó:

—No tanto como para que no haberme dado cuenta de que era don Héctor Zúñiga, si hubiera conducido él el coche.

Tabaleó el fiscal sobre la mesa con un bolígrafo con aire condescendiente.

—Pero también se advertiría que ese automóvil era propiedad del acusado— le recordó.

—Me di cuenta de que era un Opel plateado— replicó confusa—. De nada más. No anoté la matrícula ni me fijé en ella, porque bastante tenía con el espantoso susto que me había llevado al presenciar el atropello y con tratar de averiguar después si aún respiraba Jorge.

Dio el fiscal por finalizado el interrogatorio de Lorena y a continuación el agente judicial llamó a Andrés, también como testigo de la defensa, que declaró en términos similares a los de ella, si bien omitió la descripción del conductor del automóvil, porque, según dijo, no había tenido tiempo de fijarse en él. Tampoco había reparado en el número de matrícula.

Le había llegado el turno a sor Consolación y notó Noelia las palmas de las manos húmedas de sudor, a la par que ese sudor le corría también por la espalda convertido en un chorrito helado. El corazón le latía tumultuosamente dentro del pecho cuando su mirada se cruzó con la de Héctor que traslucía un mudo reproche. En los claros ojos de él pudo ver algo que le produjo un frio intenso, pese a lo elevado de la temperatura. Notó que el fiscal la observaba con extrañeza porque se había arrebujado en la toga que llevaba sobre su ropa pese a la alta temperatura reinante. Reprimió el castañeteo de sus dientes, se arrellanó dignamente en el asiento y logró que su semblante trasluciese una absoluta indiferencia cuando el agente judicial salió de la sala para vocear el nombre de la monja. La alta y enjuta figura de ésta, con su flotante hábito negro, se perfiló en el umbral de la estancia y avanzó luego por el pasillo central. En su rostro hierático no podía leerse emoción alguna cuando prometió decir la verdad y tomó el micrófono de manos del agente judicial.

A la pregunta de Noelia sobre si sabía dónde se hallaba Héctor la noche de autos respondió pausadamente, pero con una rotundidad absoluta:

—Si, lo recuerdo perfectamente. Estaba en el convento de Santa María cenando con nosotras.

— ¿Y recuerda también la hora a la que terminó de cenar y se marchó?

Clavó ella su mirada en los tres miembros del tribunal que la escuchaban en silencio, antes de replicar:

—Desde luego. Esa noche diluviaba, soplaba un viento horroroso y hacía mucho frío. En el convento no tenemos calefacción y la hermana Saturnina se empeñó en hacerle beber a don Héctor Zúñiga un licor de andrina, que había elaborado ella misma, con la intención de que combatiera con esa bebida el frío que hacía y él aceptó por no contrariarla, aunque no suele beber. El caso es que el dichoso licor le sentó mal y tuvimos que trasladarle a la sala capitular y encender la chimenea para que entrara en calor y dejara de vomitar. Es que él ha trabajado en la huerta del convento durante muchos años y después de que acabara los estudios y se marchara nos visitaba con frecuencia, por lo que esa tarde no fue una excepción. Cuando empezó a reponerse de los efectos del licor de sor Saturnina y consiguió ponerse en pie, estaba ya bien avanzada la madrugada y le llevó a su casa Torcuato Menéndez en un taxi y le acostó. Torcuato era el hombre que cuidaba nuestra huerta cuando Héctor dejó ese trabajo y se despidió. Cuando le hemos preguntado después a él por esa noche y por el licor, no se acordaba de nada, lo que no es de extrañar. Es una bebida muy fuerte, pero es que sor Saturnina no se da cuenta de los estragos que causa en los visitantes a los que invita a una copita. Como es natural, nosotras no lo tomamos.

Respiró hondo Noelia. Aunque probablemente la explicación que acababa de dar sor Consolación no fuese cierta, se había expresado con absoluto aplomo al referirla y el fiscal parecía haberse quedado aplanado tras escuchar el relato. Cuando seguidamente el tribunal le dio la palabra a él, solo fue capaz de preguntarle sin mucho interés:

— ¿Está segura de que fue la noche autos cuando sucedió lo que nos acaba de contar?

Se volvió la monja ligeramente hacia el fiscal con el aire majestuoso que la caracterizaba y repuso sin la menor vacilación:

—Por supuesto que estoy segura. Tengo una magnífica memoria.

—Bien, bien, no hay más preguntas— articuló el fiscal claramente achicado.

Salió sor Consolación de la sala y el presidente del tribunal informó seguidamente a Héctor que se le acusaba del delito de asesinato de doña Carolina Vilaseca, que había muerto ahogada en la piscina del gimnasio denominado Heráclides, el día 27 de diciembre, entre las 7.30 y las 9 de la tarde.

Héctor se declaró inocente de ese delito y a la pregunta del fiscal sobre el lugar en el que se encontraba durante ese lapso de tiempo repuso igualmente que no lo recordaba. A instancia de aquél le fue mostrada por el agente judicial una medalla plateada que se hallaba dentro de una bolsita de plástico transparente y mientras él la examinaba le preguntó:

— ¿Reconoce esa medalla?

—Sí, es mía— repuso escuetamente Héctor.

— ¿Está seguro?

—Sí, completamente. Me la regalaron las monjas del convento de Santa María cuando cumplí doce años.

—Las visitaba al parecer muy a menudo, ¿no es así?

—Sí, iba a verlas casi todas las tardes cuando salía del instituto.

— ¿Puede explicarnos el motivo de que la llevara enganchada doña Carolina Vilaseca en el bañador la tarde en la que fue asesinada?

Sostuvo Héctor su mirada sin pestañear.

—No sé cómo pudo suceder. Hacía más de siete años que no veía a Carol, quiero decir a doña Carolina.

Consultó el fiscal los papeles que tenía sobre la mesa y luego levantó la cabeza y le preguntó:

— ¿Llevaba usted esa medalla el día en el que salió de excursión con algunos de sus compañeros de clase y se le dio por muerto en un incendio que provocaron ustedes en una casa ubicada en las afueras de Aldea del Fresno?

—No, no la llevaba.

— ¿La dejó entonces en la casa de sus padres, con los que vivía?

—Sí, la dejé sobre la cómoda de mi cuarto.

—Y esa medalla apareció después, al cabo de los años, en el cuello de un esqueleto carbonizado que halló la Guardia Civil en esa casa. ¿No es cierto que ese esqueleto fue erróneamente identificado como el suyo por esa medalla?

—Tengo entendido que sí, que fue así.

—Y sus padres la recuperaron antes del entierro de los restos mortales que creían que eran los suyos. ¿Cómo ha llegado después la medalla a su poder?

Por primera vez vaciló Héctor ostensiblemente. Se dio cuenta Noelia de que trataba de evitar verse obligado a referir que había entrado de noche en la casa de los Armada para recobrarla y que se le había caído nada más salir a la calle, lo mismo que su mechero dorado.

—No ha vuelto después a mi poder en ningún momento— repuso impasible—. La conservarían mis padres como recuerdo y la perderían por ahí o alguien se las quitaría sin que se dieran cuenta.

—Ya— gruñó escépticamente el fiscal—. Está muy deformada. ¿Tiene algún valor aparte del sentimental?

—No lo creo.

—Está bien. No hay más preguntas.

Le dio el presidente del tribunal la palabra a Noelia, que, con los nervios de punta, se reprimió para no llevarse el dedo de la mano derecha al rizo que le rozaba la frente. Se limitó a retirárselo echándoselo hacia atrás y le comentó:

—Estuve yo presente en el hallazgo del esqueleto que creímos que era el suyo y efectivamente llevaba colgada al cuello la medalla de plata que le acaban de mostrar. Es obvio que no lo enterraron con ella, por lo que cabe suponer que serían sus padres los que se la quedaron. ¿En algún momento posterior la ha recuperado usted, la ha visto o la ha tenido en sus manos?

Se apresuró él a negarlo.

—No, no la he vuelto a ver ni sé qué ha sido de ella.

—En ese caso cabe suponer que la persona que asesinó a doña Carolina, ahogándola en la piscina la perdió esa tarde al enganchársele en el bañador de la víctima y que el lugar en el que fue hallada esa medalla no constituye consiguientemente prueba alguna de que fuera usted el autor de ese delito— concluyó levantando la voz.

—Protesto—— dijo el fiscal saliendo del sopor en el que parecía haberse sumergido desde que le dieran a Noelia la palabra.

—Ha lugar— dictaminó el presidente del tribunal—. La defensa se abstendrá de formular juicios de valor— añadió en tono recriminatorio dirigiéndose a ella.

—Perdón señoría— murmuró Noelia como si verdaderamente sintiera lo que había argumentado, aunque en el fondo se relajó bastante, satisfecha consigo misma—. No hay más preguntas.

Seguidamente entró en la sala Máximo Armada como testigo del fiscal y a las preguntas de éste contestó que la medalla de plata en cuestión había sido robada de su casa meses antes por un ladrón que había entrado de madrugada y que no había dejado huellas de su paso.

Noelia renunció a interrogarle y llamó entonces el agente judicial como testigo de cargo al encargado de la piscina que la había encontrado ahogada a la mañana siguiente del asesinato. Era un hombre corpulento de piel muy bronceada y cabello negro, tieso y excesivamente abundante, que le nacía cerca de las cejas. Parecía hallarse sumamente incómodo cuando prestó juramento y tomó a continuación asiento en la butaca que la monja había abandonado poco antes. Las manos le temblaban ligeramente cuando cogió el micrófono y se lo acercó a los labios.

Dijo su nombre y que su cometido en el gimnasio era mantener en condiciones la piscina y vigilar a los bañistas mientras permanecían dentro del agua.

—Ya— aprobó el fiscal acodándose en su mesa y observándole fijamente—. Así que trabaja también como socorrista en ese gimnasio. ¿Cómo explica entonces que doña Carolina Vilaseca fuese ahogada en esa piscina en la que al aparecer no había ningún vigilante en ese momento?

Pese a lo atezado de su piel, enrojeció visiblemente el hombre y tartamudeó:

—Le… dije que íbamos a cerrar. Se lo… dije varias veces a ella y a la otra chica.

— ¿Qué otra chica?

—Una morenita con los ojos muy grandes que era amiga suya. La morenita me obedeció enseguida y se marchó al vestuario a cambiarse. La otra, la pelirroja, se dirigía ya nadando hacia la escalera de la piscina cuando salí del recinto para ir a buscar el saco de las pastillas de cloro con las que mantengo trasparente el agua. Cuando regresé con esas pastillas, no vi a nadie en la piscina, por lo que salí y cerré la puerta con llave. A la mañana siguiente, encontré a la pelirroja flotando boca abajo en el agua y comprobé que se había ahogado.

—Ya— repitió el fiscal—. ¿Y encontró sobre el cuerpo de doña Carolina Vilaseca   algún objeto que permitiera suponer que no le pertenecía a ella y que lo hubiera perdido otra persona?

— ¿Me está preguntando por la medalla de plata que tenía enganchada en el tirante del bañador? — inquirió el hombre visiblemente nervioso—. El forense se enfadó conmigo después, cuando apareció a examinar el cadáver por haberla sacado del agua, pero es que pensé que mi obligación era comprobar primero si aún cabía reanimarla. Lo intenté, aunque sin el menor resultado. El forense me dijo luego que llevaba muchas horas muerta, desde la tarde anterior.

—O sea, que doña Carolina Vilaseca tenía enganchado en el bañador una medalla de plata— resumió pacientemente el fiscal—. ¿Recuerda si esa medalla tenía grabada alguna inscripción?

—Sí señor. La medalla estaba deformada, como si la hubiera caído encima un gran peso que la hubiera aplastado y tenía grabado un nombre. El de Sebastián.

—El del acusado, antes de que se lo cambiara por el de Héctor Zúñiga— puntualizó el otro.

—Protesto— dijo Noelia levantando la voz.

—Se admite— decidió el presidente del tribunal.

—Formularé la pregunta de otra forma—decidió el fiscal dirigiéndole a Noelia una mirada asesina. Sin duda estaba pensando que, aunque la chiquita que tenía enfrente parecía una mosquita muerta, tenía un genio de mil demonios—. ¿Tiene idea de quién pudo perder esa medalla en la piscina y concretamente en el cuerpo de la víctima? —le preguntó al socorrista.

El hombretón levantó unas manos enormes en un ademán de impotencia.

—Eso no lo sé. Y el forense tampoco lo sabía. Introdujo esa medalla en una bolsita de plástico transparente y se la entregó al juez cuando apareció. Al juez o a la policía, no estoy seguro— terminó con voz temblona.

El fiscal había dado por finalizado su interrogatorio y el presidente del tribunal le dio la palabra a Noelia, que renunció a hacerle preguntas. Había citado como testigo a África y ésta, instantes después, volvió a ocupar la butaca en la que había estado sentado el encargado.

—¿Puede decirnos qué sucedió la tarde en la que doña Carolina Vilaseca falleció ahogada en la piscina del gimnasio denominado Heráclides?

La chica le dirigió una mirada de soslayo a Héctor y luego clavó sus grandes ojos negros en Noelia.

—No sé cómo pudo ocurrir. Estábamos solas en la piscina nadando, con el socorrista sentado en una silla vigilándonos desde un extremo del recinto. Debían de ser cerca de las siete de la tarde, hora en la que la cierran y él nos pidió por favor que saliéramos del agua. Carol estaba obsesionada con que estaba engordando y que necesitaba hacer ejercicio para evitarlo. El caso es que yo le hice caso al vigilante y me dirigí al vestuario para cambiarme, pero ella se quedó nadando un poco más. Cuando terminé de vestirme me marché sin imaginar que… ¿cómo lo iba a imaginar? — se lamentó en un tono en el que latían trémolos histéricos.

— ¿Y no vio usted a nadie que no debiera estar en el gimnasio cuando salió a la calle?

—No, ni siquiera al socorrista. Atravesé una sala con muchos aparatos y me fui. Recuerdo que miré el reloj y que eran las siete y cinco minutos. A la mañana siguiente me enteré de lo que le había pasado a Carol, porque me llamó la secretaria del gimnasio al móvil. Toma ella los datos de los clientes y me informó de lo que había sucedido.

—O sea que no vio a ningún extraño— resumió Noelia.

—No, a ningún extraño ni a ningún conocido.

— ¿Y se fijó si la víctima llevaba una medalla en el tirante del bañador?

—No, no llevaba nada.

— ¿Qué sabe de esa medalla?

Parpadeó África sin comprender. Luego repuso:

—Nada. La llevaba Héctor al cuello cuando íbamos al instituto y tengo entendido que apareció colgada en el esqueleto que encontraron en la casa de Aldea del Fresno al cabo de los años, pero sé que no le enterraron con la medalla. La señora Armada me dijo en el cementerio que la habían conservado como recuerdo.

— ¿Y en algún momento posterior la ha visto en el cuello del acusado?

—No, estoy segura de que no.

—Gracias, no hay más preguntas.

Renunció el fiscal a interrogarla y seguidamente llamó el agente judicial a sor Consolación que se presentó nuevamente con el empaque de una reina. Con la impasibilidad más absoluta en su rostro reseco avanzó entre los bancos del público sin manifestar la menor turbación por la expectación que despertaba. Con la garganta seca, volvió a reprimir Noelia el imperioso deseo de llevarse la mano al rizo de la frente. Se la sujetó con la otra mano y le preguntó:

— ¿Sabe usted donde se encontraba el acusado entre las siete y las nueve de la tarde en la que falleció ahogada doña Carolina Vilaseca?

—Desde luego— repuso la monja sin necesitar tomarse tiempo para meditarlo— Estuvo conmigo en el oftalmólogo, ya que esa tarde me operó de la catarata de un ojo. Me recogió con su coche nuevo, un Audi que se había comprado recientemente, y me llevó al hospital de San Francisco de Asís, donde permaneció en la sala de espera para volverme a llevar después al convento.

— ¿Y recuerda cuanto duró la operación?

Se encogió de hombros la monja como si no pudiera precisarlo.

—Eso no lo sé. Había mucha gente citada y estuvimos los dos mucho rato esperando a que me llegara el turno. Sé que cuando nos marchamos eran las nueve y media, porque miré el reloj. Me llevó él al convento y allí estuvo explicándole a la madre superiora cómo había ido todo y que a los quince días me operarían del otro ojo, como así fue. Recuerdo que ese día era jueves y que tardé más de una semana en recuperar nítidamente la visión por ese ojo.

Dio Noelia por finalizado el interrogatorio y en cuanto le dieron la palabra el fiscal observó a la monja con escepticismo.

—Al parecer recuerda usted perfectamente la fecha de esa operación— le dijo.

—Naturalmente— replicó ella como si ponerlo en duda fuera un insulto—. Ya le he dicho antes que mi memoria es excelente.

—Y también me parece curioso que después de ser operada viera usted la hora en su reloj de pulsera. ¿No ha dicho que tardó más de una semana en recuperar la visión?

—Por ese ojo, sí— replicó ella secamente— pero afortunadamente tengo dos.

Se oyeron unas risitas entre el público que cortó el presidente del tribunal con un mazazo sobre la mesa.

—Orden— reclamó, levantando la voz.

Se hizo nuevamente el silencio entre los bancos del fondo de la sala y el fiscal se dirigió a sor Consolación.

—Al parecer mantiene usted con el acusado una excelente relación de amistad, ¿no es así?

—Claro que lo es. Toda la congregación le aprecia mucho. Se portó admirablemente con nosotras los años en los que estuvo trabajando en la huerta y ahora se presta también a ayudarnos siempre que necesitamos que nos lleve a alguna parte en su coche.

—Sin embargo, ha declarado él que no recuerda lo que hizo esa tarde— insistió el fiscal—. ¿No le parece extraño que, teniéndola en la consideración en la que la tiene, no se acuerde de la fecha en la que fue sometida usted a una operación quirúrgica?

Le observó ella como si fuera un molesto insecto.

—¿Qué si me extraña? En absoluto. Héctor es sumamente distraído y ha tenido siempre una memoria pésima, así que ¿por qué había de extrañarme? Nunca ha sabido en qué día vive.

—Está bien— se resignó él dando por finalizado el interrogatorio.

A continuación, fue llamada la enfermera que la monja le había propuesto a Noelia como testigo. Corroboró ella todo lo que había declarado la otra sobre la operación de cataratas, así como que Héctor la había acompañado y que había salido con ella de la clínica a eso de las nueve y media de la tarde. A esa hora le había entregado a él dos frasquitos con las gotas que tenía que ponerse en el ojo sor Consolación y le había explicado que debería tumbarse ésta boca arriba durante toda la noche. Imposible por tanto que hubiera podido presentarse en el gimnasio en el lapso de tiempo en el que el asesino había ahogado a doña Carolina Vilaseca en la piscina.

Seguidamente y a instancias del fiscal fue llamado el forense que había acudido al levantamiento del cadáver y se ratificó éste en el peritaje que había efectuado sobre el estado del cuerpo. Luego lo hizo igualmente el que le había practicado la autopsia. Del galimatías con el que se expresó éste último solo logró entresacar Noelia que la víctima presentaba unos moratones en el cuello, que respondían a las huellas de unos dedos, ya que su agresor la había agarrado por ese lugar para introducirle la cabeza bajo el agua y que por el estado de los pulmones podía deducirse sin género de dudas que la chica había muerto ahogada.

Era ya cerca del mediodía cuando el forense finalizó su informe, por lo que el presidente del tribunal levantó la sesión, citándoles para la mañana siguiente a las nueve de la mañana y Noelia se levantó de su butaca, notando las piernas entumecidas por haber permanecido tantas horas sentada, sin moverse. Su mirada se cruzó con la de Héctor cuando inició él el movimiento de salir de la sala entre los dos guardias civiles y volvió la cabeza hacia ella, pero no fue capaz de descifrar ella lo que vio en el fondo de sus ojos. Podía ser una muda advertencia, pero también cabía suponer que le agradeciera lo que estaba haciendo por él.

Miriam la esperaba en el pasillo y la abrazó.

— ¿Qué? ¿Estás mejor? Ha ido todo de maravilla. El testimonio de la monja ha sido providencial. ¿Crees tú que ha dicho la verdad?

Se encogió Noelia de hombros y dejó vagar su mirada por el gentío que había abandonado la sala y que se dispersaba ahora por el pasillo en dirección al ascensor.

—No lo sé, supongo que no. Si fuera cierto lo que ha declarado no se habría opuesto Héctor a que la aceptara yo como testigo, sino al contrario. Veremos lo que pasa mañana.

*   *   *

A la mañana siguiente comenzó la vista con el interrogatorio de Héctor sobre el asesinato de María Garrido, del que se declaró inocente y a la pregunta del fiscal relativa al lugar en el que se hallaba esa tarde repuso que en el hospital de San Francisco de Asís, donde había acompañado a sor Consolación a la consulta del oftalmólogo, que la había citado para la revisión del ojo operado.

Noelia renunció a tomarle declaración y a continuación fue llamado como testigo de cargo un empleado del cementerio a quien aquél le pidió que declarara lo que supiera sobre el asesinato de esa chica. A requerimiento del fiscal, dijo llamarse Fermín Asensio García y que su cometido en el camposanto consistía en la exhumación de los cadáveres para su posterior envío al osario general.

— ¿Y se hallaba trabajando la tarde de autos?

—Sí. Me dirigía en el furgón hacia un nicho en el que diez años antes habíamos enterrado a un cantante no muy conocido con el propósito de proceder a su exhumación, cuando vi a esa chica que hallaron muerta después. Iba sola, paseando con la cabeza baja entre los dos muros de esos nichos. Era muy alta y parecía distraída, con la mente en otra parte, porque no levantó la mirada cuando nos cruzamos. Yo diría que ni me oyó cuando pasé por su lado.

— ¿Y vio a alguien más por los alrededores?

—Sí, a un tipo que desde lejos parecía observarnos. Me llamó la atención cuando enfilé con el furgón la calle a la que me dirigía. Estaba muy quieto, de pie junto a una tumba, más allá de los paredones de los nichos entre los que me metí yo.

— ¿Y se fijó en el aspecto que tenía?

—Pues... no sabría decirle. Hacía frío esa tarde y el hombre iba muy abrigado. Era alto y delgado, creo que llevaba gafas oscuras y un sombrero o una gorra en la cabeza, no estoy seguro. Yo seguí camino hacia el nicho que contenía los restos que debía exhumar y le perdí de vista.

— ¿Y no volvió a verle más tarde?

—Sí, cuando terminé de realizar mi cometido y me di la vuelta para introducir el ataúd en el furgón pasó corriendo ese hombre por delante de mí. Venía del lugar en el que se halla el panteón en el que encontraron muerta a esa chica.

— ¿Y qué hizo usted?

El hombre se rascó pensativamente el cogote.

—Pues... sentí curiosidad y me acerqué a ese panteón. Allí vi a una muchacha morenita, que me pareció muy joven, llorando a gritos y sosteniendo en brazos a la chica alta, que estaba como desmadejada. Se presentaron casi enseguida otros dos, un chico y otra chica, que debían de ser sus amigos, porque se pusieran en cuclillas a su lado e intentaron reanimarla. Yo me acerqué también por si pudiera ser de ayuda, pero comprobé que no tenía pulso. Llamé entonces a la policía y a una ambulancia y cuando apareció ésta y comprobó lo que había sucedido, avisó al juez y al forense.

— ¿Y no trataron de dar con el hombre que había visto usted anteriormente? ¿No le pareció sospechoso?

— ¿Sospechoso? — repitió el hombre en tono interrogante como si esa posibilidad ni siquiera le hubiera pasado por la cabeza—. No, ¿por qué? La chica alta parecía estar dormida y no presentaba signos de violencia. Mucha gente visita a los seres queridos que han fallecido y se pasea entre las tumbas, lo mismo que ese hombre al que me he referido. No se me ocurrió que pudiera haber tenido intervención en la muerte de ella, si es que fue así.

Se mesó el fiscal el ralo cabello del cogote y le señaló a Héctor.

—Dígame, aunque según ha declarado no pudo fijarse en las facciones de ese hombre, ¿cree que su complexión era similar a la del acusado?

Volvió la cabeza Fermín hacia Héctor y le observó especulativamente con la cabeza ladeada.

—Pues no lo sé. Sería más o menos de la misma estatura y también tendría un peso equivalente, pero aunque ya he dicho que no le vi bien, estoy seguro de no era rubio.

Esbozó el fiscal un gesto de contrariedad.

— ¿Pues no ha declarado hace menos de un segundo que llevaba la cabeza cubierta con una gorra o con un sombrero? — se impacientó.

Parpadeó confuso Fermín.

—Sí, sí lo he dicho.

— ¿Cómo sabe entonces de que color tenía el pelo?

Se sonó el hombre sonoramente y luego se encogió de hombros.

—Lo sé, porque se le veían las patillas por debajo del sombrero o de la gorra. Me fijé cuando al terminar de exhumar el cadáver del cantante regresó él corriendo del panteón donde estaba la chica que murió. Me extrañó verle correr, porque nadie suele hacerlo en el cementerio. La gente suele andar pausadamente entre las tumbas, como con respeto.

— ¿Y qué edad calcula usted que tendría?

Fermín se encogió de hombros.

—Tampoco lo sé. Además del sombrero o la gorra y las gafas oscuras, llevaba una bufanda al cuello que le tapaba el resto de la cara. Una bufanda blanca con rombos negros. En eso sí me fijé.

Al oírle, experimentó Noelia un sobresalto que a duras penas logró disimular. No cabía duda entonces de que el asesino de María había sido el mismo que el que empujara a Toño en el Metro, el que atropellara una semana más tarde a Jorge y lo intentara con Lorena. No sabía si también llevaría esa prenda al cuello la persona que había ahogado a Carol, porque no había habido ningún testigo que lo hubiera presenciado. Pero, ¿quién podía tener motivos para haber ido asesinando uno tras otro a los muchachos que participaron en aquella excursión? No quería admitir que pudiera haber sido Héctor, que hubiera planeado vengarse del acoso que sufrió de sus compañeros de estudios con siete años de retraso. Tenía que haber otra explicación.

Le observó atentamente mientras el fiscal seguía insistiéndole a Fermín para que tratara de recordar algún detalle que permitiera identificar al desconocido que corría entre las tumbas. Le veía de perfil y parecía extrañamente sereno, como si no fuera a él al que se le estaba juzgando y presenciara como un espectador anónimo la declaración del empleado del cementerio.

El presidente del tribunal se dirigió seguidamente a ella para darle la palabra, y se inclinó entonces sobre la mesa hacia el testigo que aguardaba sus preguntas evidentemente incómodo, con el micrófono en la mano.

—Dígame— empezó con precaución—. Aunque no llegó a ver las facciones de ese hombre, ¿por su forma de correr diría usted que era joven o viejo?

Arrugó Fermín la frente en su esfuerzo por regresar con la mente al camposanto y reproducir en ella la imagen que vio en esos momentos.

—Pues… viejo no me pareció. Claro que hay viejos que están muy ágiles. No lo sé.

Dio ella por finalizado el interrogatorio y a continuación y a instancias de la defensa testificaron África, Andrés y Lorena por ese orden. Ninguno de los tres había visto al extraño ni pudieron aportar nuevos datos.

Quedaban los dos últimos testigos, sor Consolación y la enfermera, que corroboraron lo que había declarado Héctor y afirmaron que había acompañado él a la consulta del oftalmólogo a la monja y que habían salido del hospital de San Francisco de Asís alrededor de las ocho de la tarde, dos horas después al menos de que María hubiera sido asesinada

Finalmente, el forense se ratificó en su informe pericial y manifestó con rotundidad que doña María Garrido había sido adormecida con éter por una persona que no había sido identificada y que le había inyectado aire en vena con una jeringuilla hipodérmica. Admitió que hubiera podido ser con la jeringuilla que le fue mostrada por el agente judicial dentro de una bolsita de plástico transparente, en la que, según afirmó, no habían sido halladas huellas dactilares.

Sobre la tentativa de envenenamiento de que había sido objeto Lorena, insistió ésta a continuación en que había visto al hombre que había entrado en el garaje con un bidón en cada mano y que los había arrojado al suelo saliendo a escape a continuación.

África había sido propuesta como testigo por la defensa y declaró que esa tarde había ido al cine con Héctor, por lo que evidentemente no podía haber sido él el hombre que había visto Lorena y que había salido huyendo después.

Quedaba solamente por enjuiciar el envenenamiento con estricnina de Torcuato y declaró en primer término como testigo la hermana portera del convento, de bastantes años, bajita y rechoncha, que a requerimiento del fiscal reconoció que el mechero dorado que había sido encontrado en la sala de estar del hortelano pertenecía a Héctor y que éste le había advertido a ella que, al no encontrarle en su casa, regresaría esa tarde a hacerle unas preguntas.

— ¿Que si estoy segura de que ese mechero es de Sebastián? Claro que estoy segura— afirmó con énfasis ésta, tras dirigir una atenta mirada al objeto que le mostró el agente judicial en su correspondiente bolsita de plástico.

— ¿Sebastián? ¿Y quién es Sebastián? — se embarulló el fiscal.

La hermana portera se mordió los labios, fastidiada por el lapsus que acababa de padecer y que había motivado que dejara escapar un nombre que ya no le pertenecía al chico.

—Sebastián se llama ahora Héctor. Se cambió el nombre, ¿sabe? — le aclaró con una risita ingenua— Creíamos que había muerto, porque ardió la casa en la que se había refugiado de la lluvia con unos amigos hace muchos años. Volvieron todos de esa excursión menos él.

— ¿Y apareció el mechero en esa casa que ardió?

—No, qué va. Lo que llevaba el esqueleto que halló la Guardia Civil colgada al cuello era la medalla de plata que le habíamos regalado nosotras cuando cumplió doce años. Ese día la hermana Francisca, que es la cocinera, le hizo una tarta de chocolate para que apagara las velas. A Sebastián le gustaba mucho el chocolate y tomó tanta tarta que tuvo una indigestión.

Volvió a reír mostrando que le faltaba un diente

—El caso es que todos creímos que había muerto y sus padres adoptivos también lo creyeron, porque el chico no apareció ni dio señales de vida. Años más tarde identificaron ellos el cadáver que halló la Guardia Civil en la casa que ardió por la medalla que llevaba al cuello, — añadió, encantada de haber encontrado en el fiscal un oyente tan atento.

Noelia, por el contrario, la estaba escuchando con una inquietud creciente, temiendo que en cualquier momento pudiera decir algo inconveniente que echara al traste lo que habían declarado los demás. Por fortuna el fiscal se cansó pronto de oírle referir las excelencias de la hermana Francisca como cocinera y desistió enseguida de continuar interrogándola. Por la misma razón renunció Noelia a hacerlo y fue llamada a continuación sor Consolación, a quien había propuesto ella.

Afirmó ésta que esa tarde había sido operada de la catarata del otro ojo y que Héctor la había acompañado al hospital. La enfermera confirmó ese testimonio y aseguró que el acusado no se había movido de la sala de espera mientras se realizó la intervención.

Le dio la palabra seguidamente el presidente del tribunal al fiscal, que parecía cansado y de mal humor cuando se dirigió nuevamente a la monja, que, desde el sillón de los testigos, se dispuso absolutamente impasible a contestar a sus preguntas.

—Ha declarado usted que la tarde en la que don Torcuato Menéndez fue envenenado la acompañó el acusado al hospital y que permaneció en la sala de espera hasta que la operación finalizó, ¿no es así?

—Sí, es lo que he dicho.

—¿Cómo se explica entonces que si el acusado sabía que la iban a operar a usted esa tarde y tuviera previsto acompañarla, le dijera a la hermana portera que regresaría él unas horas después al convento para hablar con la víctima?

Sor Consolación no pestañeó siquiera. Se irguió en la butaca que ocupaba y con su huesuda mano se llevó el micrófono a la boca con una expresión que parecía indicar que el motivo era obvio.

—Probablemente la hermana portera no le entendió bien. Don Héctor Zúñiga le diría que regresaría en otro momento a la casita de la huerta y ella interpretó que sería esa misma tarde. Tuvo que ser así, porque, aunque es muy despistado, no se olvidaría él de que se había ofrecido a llevarme en su coche al hospital, como de hecho hizo.

Torció el gesto el fiscal y se apoyó con ambos brazos sobre la mesa como si la actitud de la monja le hiciera sentir que había chocado contra un muro. No obstante, levantó la cabeza para observarla con el ceño fruncido, decidido a hacer un último intento.

—¿Sabe usted que el mechero del acusado fue hallado por la policía en la sala de estar de don Torcuato esa misma tarde? Eso parece indicar que no estuvo con usted en el hospital, sino con el hortelano, y que aprovechó el momento en el que se reunió con él para echarle estricnina en el vaso de ginebra que aquel se tomó y que le ocasionó la muerte.

Dejó escapar la monja una risita seca.

—¿Y por qué habría de haber querido don Héctor envenenar a Torcuato? Se llevaban muy bien y jugaban a menudo a las cartas en la casa de éste último. En cuanto a ese mechero, lo perdería el acusado en cualquier otra ocasión, porque, como ya he dicho, iba a esa casa con frecuencia. Contratamos a Torcuato como hortelano cuando Héctor se despidió, porque había terminado sus estudios y quería ejercer su profesión y se veían a menudo para hablar de los tomates y de las lechugas que se cultivan en la huerta. Torcuato era un hombre ejemplar, pero con los años se había vuelto un tanto distraído. Es posible que se echara en el vaso de ginebra él mismo la estricnina que le causó la muerte, porque en los últimos tiempos confundía las cosas más sencillas.

—¿Es que guardan ustedes estricnina en el convento? — se sorprendió el fiscal, observando a la monja con los ojos agrandados por la sorpresa.

Sor Consolación esbozó un gesto ampuloso con ambas manos, dando la respuesta por hecha.

—Sí señor— repuso con voz clara—. Es un pesticida que utilizamos contra las ratas, que desgraciadamente abundan en el convento. Se guarda en un almacén anexo a la casa de la huerta.

—Está bien, no hay más preguntas— murmuró desganadamente el fiscal retrepándose en su asiento con gesto de agotamiento.

También Noelia se retrepó en el suyo, aunque por su gusto se hubiera levantando para abrazar a la monja. Ésta salía ya de la sala acompañada por el agente judicial y el presidente del tribunal le dio la palabra al fiscal para que expusiera sus conclusiones definitivas, trámite en el que éste modificó las provisionales que había aportado en su escrito de calificación para terminar admitiendo que no había pruebas fidedignas que probaran la culpabilidad del acusado, en lo que Noelia se explayó, cuando le llegó el turno y le dieron la palabra para que realizara lo mismo.

Dio el presidente del tribunal la vista por finalizada dando un mazazo sobre su base con el martillo que tenía sobre la mesa, a la par que pronunciaba la frase ritual:

—Visto para sentencia.

Empezó Noelia a recoger los papeles que tenía sobre la mesa y al levantar la cabeza su mirada se cruzó con los de Héctor que, entre los dos Guardias Civiles, iniciaba el movimiento de salir de la sala y al enfilar el pasillo central había girado la cabeza hacia ella. No hizo él el menor gesto ni consiguió Noelia leer en sus pupilas lo que pudiera estar pensando, pero adivinó algo que la inquietó. Sus movimientos, ágiles y relajados ahora, se asemejaban a los del estudiante que acaba de aprobar un examen, lo que no era de extrañar, porque sabía que previsiblemente saldría absuelto de los delitos de los que se le acusaba. Pero había algo más. Había un brillo de triunfo en el fondo de esos ojos tan azules y aunque eran los mismos que los de la fotografía que tanto le impresionó la tarde en la que vio por primera vez traslucían algo muy distinto. Entonces podía leerse en ellos un angustioso desamparo. Ahora en cambio le pareció a Noelia que relucían no solo porque se sintiera reivindicado, sino que reflejaban también un desafío, como si hubiera librado una batalla en la que además de vencer a sus enemigos les hubiera hecho morder el polvo.

Tampoco tenía por qué extrañarle esa reacción, se dijo a sí misma mientras recorría el mismo pasillo por el que avanzaba él para dirigirse hacia la puerta. El público que había asistido a la vista se disgregaba ya detrás de él con un rumor de mil conversaciones a la vez, pero en el pasillo la esperaba Miriam, con África, con Lorena y con Andrés. De sor Consolación y de la hermana portera en cambio no vio ni rastro.

—Enhorabuena, Noelia— la felicitó Miriam con un expresivo abrazo—. El fiscal ha tirado la toalla, así que es seguro que Héctor saldrá absuelto. ¿Pero es que no te alegras? — se extrañó al sentirla tan ausente.

—Sí, sí, claro que me alegro— repuso distraída dejando vagar su mirada en derredor buscando a sor Consolación—. Solo me preguntaba…

—¿Qué? — quiso saber África a la que la alegría le salía por los ojos— ¿Qué es lo que se preguntaba?

No podía decirle que necesitaba saber si el testimonio de la monja había sido veraz o si se lo había inventado para ayudar a Héctor, por lo que se encogió de hombros.

—No, nada.

— ¿Y cuánto cree que tardará el tribunal en dictar sentencia? — inquirió Lorena, tan eufórica como África.

—Pues no lo sé. Al menos una semana.

— ¿Nos llamará en cuanto sepa algo?

—Por supuesto. Les avisaré a los tres y… gracias por su ayuda.

—No hemos hecho nada que no se mereciera Héctor — replicó ambiguamente África con una sonrisa.

—Desde luego— corroboró Lorena.

—Ha hecho bien en contar con nosotros— las secundó Andrés.

Solo Miriam fue capaz de captar el estado de ánimo de Noelia y en cuanto se despidieron de los otros y de Máximo Armada que se acercó también a felicitarla y se la llevó a una cafetería donde la invitó a un café, le preguntó:

—Y ahora que estamos solas, ¿quieres decirme de una vez que es lo que te pasa? Tu obligación era defender a Héctor y no es asunto tuyo si alguno de los testigos que has aportado no ha dicho la verdad. ¿Es lo que piensas? ¿Qué la monja no ha dicho la verdad?

Respiró hondo Noelia mientras disolvía el azúcar en el oscuro líquido dándole vueltas con la cucharilla.

—Estoy casi segura de que no es cierto nada de lo que ha declarado, porque de otro modo no se hubiera opuesto Héctor a que ella testificara en el juicio.

— ¿Y crees que se opuso él porque es culpable y no quería que ella se viera obligada a mentir?

Meneó negativamente Noelia la cabeza.

—No, creo que no quería que sor Consolación se viera involucrada, porque... porque él debe creer que la culpable es ella.

*   *   *

La sentencia les fue enviada por fax al bufete una semana más tarde. Se la remitió Tomás, el procurador, que la había recogido de la Audiencia Provincial y a la que añadió un escueto enhorabuena. Flor se lo comunicó a Miriam y juntas se dirigieron al despacho de Noelia a comunicársela, esperando una reacción de ella que no se produjo. Aunque se sintió descargada de un gran peso y así lo manifestó, no demostró sin embargo la euforia que debería haberle producido la noticia, lo que no dejó de extrañarle a las otras dos.

—Pero bueno, ¿qué te pasa ahora? — refunfuñó la secretaria—. ¿Es que no te alegras de haber ganado el caso y de que ese chico haya salido absuelto?

Fue Miriam la que contestó por ella, demostrando que poseía un sexto sentido que le permitía interpretar a la perfección los estados de ánimo de Noelia.

—Sí se alegra, pero le preocupa que la consecuencia pueda ser que con esa sentencia quede suelta por ahí una persona capaz de cargarse a cuatro jóvenes, de haberlo intentado con otra y de haber envenenado a un pobre viejo que no le había hecho daño a nadie. ¿A qué es eso?— le preguntó a ella, que con la mirada perdida en el vacío parecía ajena al bullicioso jolgorio de las dos.

—Bueno… sí, digamos que sí.

—Te repito una vez más que eso no es asunto tuyo— la reconvino Miriam con un tono idéntico al que utilizaría su madre—. Es a la policía a la que le compete averiguar quién les asesinó, no a ti.

—Ya lo sé, pero no puedo evitar preguntarme si esa persona considerará que se ha vengado ya de los que acosaron a Héctor o si por el contrario piensa que aún quedan algunos que deben de seguir el mismo camino. De alguna forma me siento responsable de lo que pueda suceder de ahora en adelante.

—Lo serías únicamente en el caso de que el culpable fuera Héctor— opinó Flor— porque al defenderle has conseguido que dentro de unas horas salga libre y consecuentemente pueda seguir matando. ¿Es eso lo que te ronda por la mente?

Se encogió de hombros ella incapaz de explicar lo que sentía.

—No lo sé, pero ahora tengo que llamar a sor Consolación, a los chicos y a Máximo para darles la noticia. En otro momento lo celebraremos.

Estaba claro que les estaba pidiendo que salieran del despacho y la dejaron sola y las dos, bastante decepcionadas, siguieron su indicación.

Noelia se apresuró a comunicárselo en primer lugar a sor Consolación, que recibió la noticia agradeciéndoselo lacónicamente y que cortó seguidamente la comunicación. África por el contrario manifestó un júbilo indecible y le pidió que la informase de la hora en la que previsiblemente saldría de la cárcel Héctor, porque quería ir a recogerle. También se alegraron inmensamente Lorena y Andrés que igualmente se ofrecieron a acompañar a África y en último término llamó a Máximo al móvil, ya que a esas horas debía de estar trabajando en el hospital.

—No sabe cuánto se lo agradezco— le repitió con una voz casi inaudible que terminó por quebrársele—. Durante los años que transcurrieron desde su desaparición me he sentido tan culpable.... No sé... no sé si me permitirá él ahora reparar mis pasados errores, pero voy a intentarlo. ¿Cree que sería oportuno que fuera a recogerle de la cárcel?

—Tengo entendido que va a ir África— repuso escuetamente Noelia, que seguidamente añadió—: Inténtelo más adelante.

—África es la chiquita morena que iba a coger el Metro con él la noche en la que murió el primero de sus amigos, ¿verdad?

—Sí.

— ¿Son algo los dos?

—¿Me pregunta que si son novios? Que yo sepa, no.

—Pues en ese caso no tardarán en serlo. Se le nota que bebe los vientos por él. Ha hecho lo imposible por proporcionarle la coartada necesaria para cada uno de los delitos por los que se le acusaba, siempre que ha podido.

No tanto como sor Consolación pensó Noelia, aunque se abstuvo de traducirlo en palabras.

—Esperaré entonces unos días— siguió diciéndole Máximo—. Le llamaré por teléfono y quedaré con él para disculparme... para pedirle que nos perdone a Teresa y a mí por todo el daño que le hicimos—. Hizo una pausa y añadió—; Y a usted nunca podremos agradecerle bastante todo lo que ha hecho por él y el enorme interés que se ha tomado por sacarle absuelto. Estoy seguro de que Sebastián, quiero decir Héctor, sabrá valorar lo que le debe.

Le dio la impresión de que así era unos días más tarde cuando se presentó él en el despacho para verla. Le había pedido una cita a la secretaria con esa intención en cuanto salió de la cárcel y esa tarde le hizo pasar ésta a la sala de espera para comunicarle antes a Noelia que ya había llegado. Como un ciclón entró en la estancia sin ni tan siquiera llamar a la puerta.

—Ha venido con África— le susurró confidencialmente al oído cuando alcanzó la mesa tras la que estaba sentada la otra y se apoyó en ella para acercar su cabeza a la suya— ¿Y sabes una cosa? Han llegado cogidos de la mano.

Levantó Noelia hacia la secretaria un semblante completamente inexpresivo.

—Estupendo. Tienes que decírselo a Miriam, que es una casamentera y que se alegrará.

— ¿Y no te alegras tú? — se amoscó Flor.

— ¿Yo?... sí, bueno, sí. Es como el final feliz de un cuento de hadas en el que un pobre chiquillo maltratado se convierte en un príncipe gracias al sortilegio de una bruja y encuentra a la princesa de sus sueños en el último capítulo.

—Y en esa historieta, ¿qué papel te has asignado? ¿El de la bruja? — inquirió Flor con picardía.

Se echó a reír Noelia con pocas ganas.

—Sí, me temo que sí, pero el de una bruja buena, porque debes saber que las había de todas las clases. Anda, diles que pasen.

Salió la secretaria silenciosamente del despacho y regresó inmediatamente después acompañando a Héctor. África se había quedado en la sala de espera porque así lo había querido él y mientras tomaba asiento frente a Noelia analizó ésta su aspecto. Aseguraría que había adelgazado y que se movía ahora con un aire diferente, sin la altanería de los primeros días, pero al mismo tiempo con una confianza nueva en ella, como si hubiera descubierto una faceta en la abogado que le hubiera hecho cambiar su visión del mundo. Debía ser eso lo que sentía, porque fue lo que se desprendió de las primeras palabras que pronunció.

—He venido a darle las gracias. Si no hubiera sido por usted probablemente hubiera pasado el resto de mis días en la cárcel y…

—No tiene por qué agradecerme nada. Es mi trabajo— le interrumpió Noelia a quien le cohibían las alabanzas, por merecidas que fuesen—. Agradézcaselo a África que ha hecho todo lo que estaba en su mano para ayudarle y… sí, también a sor Consolación.

Enrojeció él al oírla y agachó la cabeza como si su último comentario le hubiera abochornado.

—Sí, también he ido al convento a verla. Es una mujer admirable que no me merezco. Me cuidó cuando era un bebé y hubiera dado la vida por mí. Su testimonio en el juicio en algunos de los asesinatos de los que se me acusaba ha sido trascendental.

Se acodó Noelia en la mesa y apoyó la barbilla en una mano para mirarle de frente.

— ¿Por qué, conociéndola como la conoce, se negó usted, cuando le visité en la cárcel, a que la citara como testigo de la defensa? — inquirió con curiosidad.

Vaciló él claramente embarazado.

—Yo… quería dejarla al margen de este asunto. Bastante sufrió durante aquellos años en los que me veía pasarlo mal sin poder hacer nada para remediarlo. La

Administración considera que como mejor está un niño que no tiene padres es con una familia adoptiva, pero no siempre acierta. Yo hubiera sido mucho más feliz si me hubieran dejado crecer en el convento... con ella. Y también con todas las demás— añadió temiendo haber dejado entrever con demasiada claridad la relación que les unía.

—Su padre adoptivo ha hablado conmigo— le comunicó ella, ya que venía el asunto a colación—. Quiere verle para disculparse con usted por el trato que recibió y para, si es posible, arreglar las cosas cara al futuro. ¿Qué va a hacer?

— ¿Me pregunta qué le voy a contestar a Máximo cuando me llame? — se interesó con una chispita de diversión en sus claros ojos azules—. Por supuesto que quedaré con él. Y con Teresa también.

Parecía disfrutar al llamarles por su nombre de pila, eludiendo el parentesco legal que les correspondía por la adopción, pero no traslucía su semblante el menor resentimiento. Lo que afloraba a su rostro podía considerarse que se asemejaba mucho a un disimulado regocijo, lo que no dejó de sorprenderla.

— ¿Me comentará después cómo le ha ido con ellos? — le preguntó Noelia— Aunque le parezca absurdo y probablemente lo sea, cuando vinieron por primera vez a este despacho y me hablaron de usted, me impactó tanto la historia que me contaron que sentí la necesidad de ayudarle en la medida de mis posibilidades. Fue una tontería, porque no le conocía a usted ni parecía posible entonces que llegara a conocerle. Todavía más irracional fue mi reacción cuando encontramos el que creímos que era su esqueleto, achicharrado en aquella casa abandonada. Fui tan tonta que me eché a llorar al ver lo que quedaba de aquel chico al que por unas razones o por otras todos le habían hecho la vida imposible.

—Todos no— la contradijo suavemente él—. África no, ni tampoco Lorena ni Andrés. Y mucho menos las monjas. Especialmente sor Consolación.

Vaciló Noelia sin decidirse a hacerle la pregunta. Pensó que era inadecuado que lo hiciera y que debería morderse la lengua, pero las palabras le salieron de la garganta sin que pudiera evitarlo.

—Siento curiosidad, pero no sé si debo…

—Pregunte lo que quiera. Me siento obligado a contestarle sea lo que sea.

—El secreto profesional me impide revelar lo que usted me diga— le recordó.

—Sí, ya lo sé.

Tomó aire Noelia y se inclinó ligeramente hacia él.

—Quisiera saber si a sor Consolación la operaron de cataratas en las fechas en las que declaró que le había sido efectuada esa intervención quirúrgica. Me interesa porque implicaba una coartada para usted.

Se echó a reír él con ganas, con una risa contagiosa que le obligaba a guiñar los ojos. Luego se la quedó mirando con una expresión indescifrable.

—Creo que esa pregunta debería hacérsela usted a ella, no a mí. Como declaró ella en el juicio, tengo muy mala memoria y no suelo saber en qué día vivo.

—Así que…

—Que haría por mí cualquier cosa y yo por ella.

— ¿Y la enfermera que corroboró lo que declaró?

—Trabaja en el hospital en el que la operaron de cataratas. Se conocen desde niñas y sor Consolación le salvó la vida en una ocasión en la que estuvo a punto de ahogarse en una ría. También es gallega.

—Y usted no quería que la citara como testigo, porque llegó a pensar usted que había sido ella la que había ido desembarazándose de todos los que le hicieron daño, ¿verdad? — dedujo Noelia pensativa.

—Fue una estupidez por mi parte— admitió él—. Es incapaz sor Consolación de hacer daño a nadie, pero… pero sí, llegué a planteármelo. Después… en la cárcel, en los días que siguieron a la visita que me hizo usted, he tenido mucho tiempo para pensar y he ido atando cabos. Me pregunté que quién obtendría un beneficio con que se hallara mi cadáver en aquella casa abandonada. No fui yo y solamente había otra persona interesada en aportar una prueba de que había muerto. Luego seguí tirando del hilo. No ha sido tan difícil. Supongo que usted habrá llegado a la misma conclusión que yo.

No lo había adivinado Noelia hasta ese preciso instante, pero de pronto experimentó una sensación extraña. Sintió como si se le encendiera una luz en el cerebro y retrocediera a la mañana tristona y brumosa en la que enterraron a aquel esqueleto que creyeron que pertenecía a Sebastián. Le pareció ver a aquel hombre borroso entre la niebla que envolvía las tumbas del cementerio con un abrigo gris y una bufanda blanca con rombos negros. Le veía de espaldas, pero en su mente se dio él la vuelta y al quedarse de frente le vio el rostro. Fue como un fogonazo fugaz que la obligó a parpadear. Luego se quedó mirando a Héctor con sus ojos oscuros muy abiertos.

—Pero no hay ninguna prueba contra él— musitó—. No serviría de nada que le denunciásemos, porque sería nuestra palabra contra la suya.

—Sí— admitió tranquilamente él—. Pero, como dijo alguien, no hay crimen perfecto y tarde o temprano meterá la pata. Lo único que tenemos que hacer es esperar.

—Esperar…— repitió Noelia con la mirada fija en el polvillo que se desprendía del rayo de sol que penetraba por la ventana e iba a caer sobre el brazo de él. Lo miraba sin verlo, aunque parecía observar la luminosidad que irradiaba—. Pero no podemos dejar que quede impune—. Objetó—. Ha asesinado a cuatro jóvenes, a un anciano y lo ha intentado con otra chica. ¿Quién nos asegura que no mate a los tres que quedan? ¿O a los cuatro?, si le incluimos a usted.

—No se preocupe por mí, porque sé cuidarme. Y… Yo quería pedirle también otra cosa— continuó él, perdiendo momentáneamente el aire de seguridad que le caracterizaba y levantando hacia ella unos ojos tímidos.

— ¿Qué quería pedirme?

—Que sea mi madrina de boda, porque África y yo vamos a casarnos. No tengo familia, familia conocida— puntualizó—. Sor Consolación no puede serlo y después de ella es usted la persona que mejor se ha portado conmigo. ¿Qué me contesta?

—Que lo seré encantada— repuso sin vacilar—. ¿Pero y Lorena? También ella ha hecho por usted todo lo que estaba en su mano.

—Lorena va a casarse con Andrés y… y ha sido ella la que me ha dado la idea.

Se había puesto en pie y bajó la cabeza para contemplarla con algo que se asemejaba mucho a la ternura.

—Gracias de nuevo y ya la tendré al tanto. No creo que nuestro asesino particular tarde mucho en dar un paso en falso.

*   *   *

Unos días más tarde estacionó Héctor su coche frente al chalet de los Armada y bajó del automóvil para dirigirse hacia la puertecilla de madera del jardín, que se cerraba tan solo con un pasador de hierro forjado, por lo que podía abrirse desde el exterior. Su visión le retrotrajo a aquellos días tan amargos en los que había salido por esa misma puertecilla para encaminarse hacia la parada del autobús que le llevaría hasta el instituto. No conservaba ni un solo recuerdo agradable de esa época. Eran unos tiempos que prefería olvidar y si había accedido a visitar a Máximo y a Teresa en la casa de éstos era porque el primero de ellos se lo había pedido insistentemente y quería cerrar definitivamente esa etapa de su vida. Estaba dispuesto a escucharles a los dos y a decirles adiós para siempre.

El sol apretaba de firme, por lo que recorrió con la cabeza baja el sendero de piedra que atravesaba el pequeño jardín y que conducía directamente hacia la puerta de entrada y una vez que la alcanzó llamó al timbre. No tardó más de un minuto Máximo en abrírsela y en hacerse a un lado para dejarle pasar.

—Me alegro mucho de verte, hijo— murmuró a media voz—. No estaba seguro de si vendrías.

— ¿Y por qué no? — replicó Héctor en tono distendido, siguiéndole hacia el salón.

Pese a los ardores que julio irradiaba sobre Madrid, la casa estaba fresca y tomaron asiento los dos junto a la apagada chimenea, el uno frente al otro. Máximo en el sofá de piel y Héctor en una butaca de orejas, donde tantas veces de niño hubiera deseado apoltronarse, lo que Teresa no le consintió nunca, ya que en cuanto regresaba del instituto le mandaba a su cuarto, donde debía permanecer estudiando o tumbado en la cama boca arriba, ya que nunca se preocupó de averiguarlo. A la hora de la cena le llamaba para que bajara a la cocina y se preparara cualquier cosa.

Sintió por ese motivo una oscura satisfacción al retreparse en la butaca, como si al apoltronarse en ella estuviera tomando posesión de unos dominios que hasta entonces le habían sido prohibidos y habían estado fuera de su alcance. Luego levantó la cabeza del respaldo y le preguntó a Máximo:

— ¿Y Teresa?

—No ha regresado aún, pero no tardará—. Vaciló ostensiblemente y luego murmuró con voz poco firme—: Yo, hijo, quería pedirte que, si no te supone una dificultad insuperable, te dirijas a nosotros dos por el parentesco que nos une, en lugar de por nuestro nombre de pila. Sé que no hemos sido unos padres para ti, pero algo hicimos en tu favor. Te dimos un techo, te pagamos unos estudios...

—Eso es cierto— repuso Héctor con aire condescendiente—. De otro modo y dado que fui un niño abandonado, porque según me repetisteis hasta la saciedad no me quería nadie, me hubiera muerto de hambre en la calle.

Levantó Máximo una mano con el propósito de interrumpirle y quitarle hierro a lo que le estaba recordando.

—No debimos decírtelo, no estuvo bien, y quiero pedirte que nos perdones.

—Pero era cierto, ¿verdad? — insistió el otro humorísticamente, para añadir—: Pero ya no importa. Me he hecho mayor, tengo una profesión y una novia con la que voy a casarme de inmediato. Ella tampoco tiene familia y hemos pensado que no hay razón alguna para esperar a cumplir más años. Seguramente estábamos predestinados, porque ya de estudiantes sentíamos una atracción mutua.

— ¿Qué te vas a casar? — inquirió Máximo incorporándose en el sofá con cierta inquietud— ¿No sois demasiado jóvenes?

—Según para qué— replicó Héctor de buen humor—. En mi opinión tenemos la edad perfecta para formar una familia y no se nos ocurre ningún motivo por el que debamos posponerlo. Además de un buen puesto de trabajo, tengo una fortuna que heredé de una señora que sé ahora que era mi abuela y que tuvo el detalle de dejármela en su testamento, aunque no llegó a conocerme.

Máximo parecía afectado por la noticia y replicó:

—Pero yo me había hecho la ilusión de que volverías a casa y que nos darías la oportunidad de enmendar la mala relación que mantuvimos.

—Querrás decir la relación que no llegó a existir— le corrigió Héctor sonriente—. Es demasiado tarde, Máximo. No hay nada que nos una ni que tengamos en común y yo he aceptado tu invitación para decírtelo y para despedirme.

El rostro de Máximo se tornó grisáceo.

— ¿No vas a invitarnos a tu boda? —le preguntó casi sin voz.

—No.

— ¿Y tenéis ya fijada la fecha?

—En cuanto arreglemos los papeles y encontremos una iglesia. Mejor la semana próxima que la siguiente.

Se acarició Máximo pensativamente la barbilla.

— ¿Y no sería preferible que vivierais una temporada juntos y comprobarais así que es eso lo que deseáis?

—No, no tenemos nada que comprobar. África y yo nos conocemos de toda la vida. Ella es una de las pocas personas que me ha ayudado siempre y a la que yo he querido también desde que la vi por primera vez. Creo que fue en la clase de párvulos.

—Qué romántico— se burló Máximo—. Y qué callado te lo tenías cuando eras un adolescente. Alguna vez vino a esta casa a estudiar contigo, pero no recuerdo que me hicieras el menor comentario a ese respecto.

Esbozó Héctor un gesto displicente

—Tampoco recuerdo yo que mantuviéramos en el pasado ninguna conversación. Ni sobre ese tema ni sobre ningún otro. Podría haberte enviado una carta contándotelo, pero no se me ocurrió.

Captó Máximo la ironía que encerraban sus palabras y se rebulló inquieto en el sofá.

—Bueno, bueno, vamos a ver si dejamos esas puyas para mejor ocasión. Accederás al menos a que tomemos juntos una copa y brindemos por ese matrimonio y por tu futuro.

—Está bien. Brindaremos por un futuro en el que afortunadamente seguiremos caminos diferentes.

Meneó el otro la cabeza con un gesto con el que le recriminaba que estuviera siendo tan duro con él.

—Comprendo que nos guardes rencor, pero con el tiempo te darás cuenta de que hicimos lo que creímos que sería mejor para ti. Hubiéramos podido devolverte a la inclusa cuando advertimos que no te adaptabas a vivir con nosotros y no lo hicimos.

—Nunca estuve en la inclusa— le corrigió sonriente—. Estuve en un convento donde hubiera sido muy feliz si me hubierais dejado allí, pero es mejor que no discutamos sobre ese tema. Brindaremos por el futuro, ya que estás empeñado, y me marcharé.

—Está bien— se conformó Máximo poniéndose en pie—. ¿Te apetece un gin tonic?

—Preferiría una cerveza.

—No tengo cerveza en casa— replicó volviendo la cabeza hacia él mientras se dirigía a la cocina, contigua al salón.

—Pues trae entonces lo que quieras.

Regresó Máximo poco después con dos vasos de cristal en los que tintineaban los cubitos de hielo en la bebida aludida y le entregó uno a Héctor y depositó el otro sobre la mesita que tenía delante del sofá, volviendo a tomar asiento.

Mientras Héctor hacía girar el transparente líquido en el vaso, sosteniéndolo en la mano, le preguntó:

—Antes de que nos digamos adiós definitivamente me gustaría que me contestaras a una pregunta.

— ¿A qué pregunta?

En lugar de responderle, respingó Héctor en la butaca girando la cabeza hacia la puerta.

—Han llamado. Debe de ser Teresa.

Meneó negativamente Máximo la cabeza.

—No he oído nada. Además, Teresa tiene llave.

—La habrá olvidado— insistió el chico— He oído perfectamente como alguien llamaba con los nudillos.

—Está bien, iré a ver—admitió Máximo poniéndose en pie y dirigiéndose hacia el arco ovalado que separaba el salón del vestíbulo.

Tardó tan solo unos segundos en regresar, segundos que aprovechó Héctor para intercambiar los dos vasos, dejando sobre la mesa, delante del sofá, el que hasta ese momento había tenido en la mano y tomando en las suyas el de Máximo. Éste volvía ya con aire contrariado.

—No era nadie. Ya te he dicho que no había oído esa llamada que has imaginado—. Cogió el vaso que Héctor le había colocado sobre la mesa y bebió un sorbo paladeándolo— Pero querías hacerme una pregunta, ¿qué quieres saber?

Le imitó el chico y también probó la bebida. Manteniendo el vaso entre ambas manos, clavó en él sus ojos azules e inquirió:

—Siento curiosidad por saber de dónde sacaste el esqueleto quemado que llevaste a la casa abandonada cuando la abogado te comunicó que iba a pedir al juzgado una orden de registro de esa casa. ¿De dónde lo sacaste?

Tomó Máximo otro sorbo de su gin tonic observándole por encima del vaso.

— ¿Por qué crees que fui yo?

—Porque pretendías demostrar que había muerto en el incendio para cobrar de inmediato la herencia que me había dejado mi abuela. De otro modo hubieras tenido que esperar tres años más para que declarara el juez mi fallecimiento, ¿no es así?

Le observó Máximo con los ojos entornados. Mientras Héctor tomaba otro sorbo del vaso que sostenía con ambas manos, consultó su reloj de pulsera y terminó por asentir.

—Sí, es cierto. Teresa y yo habíamos tenido muchos gastos. Yo me había metido en unas inversiones complicadas que no salieron bien y ese dinero nos hubiera resuelto la situación, porque de otro modo nos hubieran embargado esta casa. En el sótano de la facultad de medicina donde doy clase se apilan cientos de cadáveres. No me resultó difícil elegir uno de un chico joven, ahumarlo a conciencia en el jardín posterior de esta casa y llevarlo a la casa que ardió y que la Guardia Civil iba a registrar. Lo coloqué en un lugar en el que no sería fácil hallarlo a primera vista para que fuera verosímil, porque de otra forma hubiera sido encontrado por los agentes que efectuaron ese registro, a raíz de que los bomberos apagaran el incendio.

—Por esa razón te negaste a que le hicieran la autopsia— insinuó Héctor sin expresión.

—Claro. El forense se hubiera dado cuenta en el acto.

—Ya— murmuró Héctor como para sí—. Has demostrado ser muy listo, porque no has dejado ni una sola huella que te delate. ¿Pero por qué mataste a Toño empujándole a la vía desde el andén del Metro? Me acosó cuando era un chiquillo hasta extremos inimaginables, pero a ti no te hizo nada. Nada, que yo sepa, y nunca te importó lo que pudiera pasarme a mí. ¿Sentiste unos remordimientos retrospectivos por haber permitido que me acosara de que aquella manera? ¿Por qué le mataste?

Le observó Máximo en silencio y bajó luego la mirada hasta el vaso que sostenía Héctor en la mano cómo si estuviera calibrando qué cantidad del gin tonic que le había preparado habría ingerido ya. Debió considerar que había sido ya la suficiente para la finalidad que perseguía, porque hizo una mueca de asentimiento y se dispuso a aclarárselo.

—Ese compañero tuyo era auxiliar de enfermería y había visto a menudo cadáveres de individuos que habían muerto achicharrados por el fuego. Suelen adoptar al morir una postura característica, similar a la de un boxeador, y le extrañó que el cadáver que deposité en la casa de Aldea del Fresno presentase una apariencia diferente, tumbado boca arriba, con los brazos y las piernas separadas del tronco. El caso es que la tarde en la que se reunió con los otros chicos que habían sido compañeros vuestros en casa de Carol, vio la fotografía del cadáver en el móvil de Lorena y le extrañó. Fue lo que me contó cuando salió de esa casa y me llamó desde el portal. Me dijo que había algo raro en ese esqueleto y que lo iba a poner en conocimiento de la policía para que lo investigase. Se hubiera acabado por descubrir que había robado yo ese cadáver de la facultad, con lo que me hubieran procesado por ese delito y no solo hubiera perdido el puesto que desempeño, probablemente hubiera acabado también en la cárcel y... y no podía permitirlo, ¿comprendes?

—Claro que lo comprendo— repuso Héctor tomando otro sorbo de su vaso—. ¿Pero y los demás?

Se encogió Máximo pesarosamente de hombros.

—Me vi obligado. El otro estúpido, Jorge, le había hecho con el móvil una foto a Sebastián, o sea, a ti, el día de la excursión, en la que se veía que no llevabas al cuello la medalla de plata que te regaló sor Consolación y que apareció en el esqueleto quemado. Se la puse yo antes de dejarle en el suelo de la bodega de esa casa para poder identificarte gracias a esa medalla, demostrarle al juez que habías muerto y cobrar así la herencia de tu abuela. También me llamó para decírmelo y por el mismo motivo no tuve más remedio que silenciarle antes de que fuera con el cuento a la policía.

Se había llevado una mano al estómago al terminar de aclarárselo y su rostro empalideció ostensiblemente, por lo que Héctor se inclinó solícitamente hacia él.

—¿Te encuentras mal?

—No... es solo que...

—¿Quieres que te lleve a tu hospital o que llamemos a urgencias?

—No... no, ya se me pasará... es que...— se negó jadeando, sin dejar de observar el vaso que mantenía Héctor en las manos, ya casi vacío—. ¿Te encuentras bien tú?

—Yo perfectamente— replicó éste, apurando de un trago el resto de su contenido—. Pero no has terminado de explicármelo. ¿Qué tuvo que ver Carol en ese asunto?

—Se quedó con el móvil de Jorge cuando éste fue atropellado— le contestó casi sin voz, doblándose sobre sí mismo—. Era bastante tonta, pero también me llamó después de ver la fotografía para decirme que el cadáver que fue enterrado en el cementerio no era el de Sebastián y que había algo raro en ese asunto.

—Y le colgaste la medalla en el bañador después de ahogarla para inculparme a mí, ¿no es eso?

—Sí... claro— admitió con el semblante cerúleo—. Yo... no sé... no sé lo que me pasa, porque...

—Te pasa que te has tomado el gin tonic que me habías destinado—repuso fríamente Héctor— ¿Qué le habías echado? ¿Estricnina, como al pobre Torcuato?

Sufrió Torcuato una horrible convulsión antes de admitirlo y caer sobre la mesa delantera.

—Sí... tienes... tienes que llevarme...

—¿Al hospital a que te hagan un lavado de estómago? Te llevaré, pero tienes que decirme antes por qué le envenenaste a él.

—Porque... porque le pedí prestado... tu Opel para... para atropellar a Jorge y...

—¿Y por qué has intentado envenenarme a mí?

—Por... por tu... tu herencia.

Se derrumbó sobre la alfombra y Héctor se levantó de un salto de su butaca para correr hacia el teléfono fijo que se hallaba sobre la mesita junto al sofá y llamar a urgencias.

—Vengan inmediatamente— le pidió a la voz anónima que oyó al otro lado del hilo dándole la dirección de la casa de Máximo—. Corran. Hay aquí un hombre que ha intentado suicidarse con alguna clase de veneno. No tarden.

Colgó el auricular y le dirigió una última mirada al cuerpo que yacía en el suelo. Luego salió dando un portazo.

EPÍLOGO

El verano llegaba a su fin y algunas hojas amarillentas iban desprendiéndose ya de las ramas de los árboles a las que habían estado sujetas para caer revoloteando sobre la tierra del camino que recorrían en automóvil. Era sábado y Alex y Noelia habían salido de excursión esa mañana para dirigirse a la Sierra Oeste de Madrid. Habían comido en un mesón de Aldea del Fresno y ahora bordeaban con el coche el rio Alberche, que reflejaba la infinita tonalidad de los ocres y amarillos de los árboles de sus orillas. La tarde era apacible. El agua se desperezaba lentamente con un rumor casi inaudible, mientras conducía él siguiendo las indicaciones de Noelia que, sin saber por qué, deseaba volver al lugar en el que se hallaba la casa que había ardido, en la que la Guardia Civil había efectuado el registro y hallado el esqueleto ennegrecido de un muchacho desconocido.

La vieron al doblar el último recodo, pero no parecía la misma. No quedaban ya huellas del incendio en la fachada, que relucía blanca bajo un sol que iba empalideciendo, ni el canalón del tejado caía descolgado sobre el portón, quejándose con un ruido metálico bajo los embates del viento.

— ¿Es esa? — le preguntó Alex.

—Sí, pero no cabe duda de que la han reparado. Quiero bajarme del coche para verla de cerca.

Estacionó él el automóvil frente al porche y los dos salieron a la vez del vehículo cada uno por un lado para aproximarse al edificio. Ya no trepaban por el muro los restos de una hiedra chamuscada y unas persianas recién estrenadas cubrían las ventanas, en las que supuso ella que no faltarían los cristales. Dio por hecho también que sus dueños habrían remozado su interior y pintado las paredes, antaño negras como el tizón. Casi sintió no poder comprobarlo y se lo dijo a Alex que enarcó las cejas al bajar la cabeza hacia ella.

— ¿Que lo lamentas? ¿Y por qué lo lamentas? Se acabó la pesadilla que te mantuvo en vilo durante tantos meses y el escenario en el que se inició es ahora otro. Ahora es una casa como muchas en el que probablemente veranearán sus dueños. Deberías alegrarte de que todo aquello haya acabado y de que este edificio no sea en el presente ni la sombra de lo que fue.

—Sí, tienes razón— murmuró ella sin mucha convicción.

Hubiera deseado poder empujar nuevamente el portón y atravesar el vestíbulo, que ya dispondría de luz eléctrica, para dirigirse a la escalera. Tampoco sería ésta en el presente un amasijo de hierros retorcidos sin semejanza alguna con unos peldaños normales que permitieran descender sin riesgos. Había hecho el ridículo entonces ante los dos Guardias Civiles, pero aunque fuera absurdo sintió añoranza.

El sonido del motor de un coche les obligó a los dos a volverse hacia el camino que habían recorrido. Un coche de la Guardia Civil acababa de doblar el último recodo y se aproximaba hacia ellos. Reconoció a sus ocupantes cuando se bajaron del vehículo y se les acercaron. Eran los mismos que habían realizado el registro de la casa en el que ella había estado presente y la saludaron al reconocerla.

— ¿Usted aquí? Nos alegramos mucho de verla. Encontrará muy cambiado ésto, ¿verdad? Sus dueños ya solucionaron los problemas de la testamentaria y la están arreglando. Está quedando bonita, ¿verdad?

—Sí, mucho— admitió ella, que seguidamente les presentó a Alex—. ¿Y qué les trae por aquí? — les preguntó.

—Venimos casi todas las tardes a dar una vuelta para asegurarnos de que no la han invadido los ocupas— le explicó el más alto—. Ahora está presentable y acogedora, no como el día en el que realizamos con usted el registro en el que hallamos un esqueleto achicharrado, ¿se acuerda?

Cómo podía haberlo olvidado, se dijo Noelia.

El más alto debía recordarlo también perfectamente y se lo explicó a Alex.

—Hallamos debajo del sótano otra habitación y en ella un esqueleto negro como el carbón. El de un chico que creímos que había muerto en un incendio siete años antes. Hemos seguido después el caso por las noticias de la televisión. Verdaderamente un asunto muy extraño. Cuatro de los muchachos que vinieron a avisarnos de que la casa se había incendiado murieron poco después, uno tras otro, sin que hasta la fecha haya dado la policía con la persona que les mató.

El otro se les acercó también con ganas de comentarlo.

—Desgraciadamente ha sido uno de esos sucesos en los que nunca se averigua quien o quienes han sido los culpables de esas muertes. Un asunto muy frustrante para nosotros. Y para colmo de males hay que lamentar el suicidio del padre del chico, aunque es comprensible que él se quitara la vida, porque no debió ser capaz de superar el dolor por la muerte de su hijo. Es humano, ¿no les parece?

—Claro, claro— corroboró Alex muy serio.

—Le llevaron al hospital en una ambulancia— continuó diciéndole el agente más joven— pero no llegó con vida. La policía encontró luego en su casa una bolsa de plástico conteniendo un polvillo blanco que en un primer momento pensó que era heroína, pero luego, cuando lo analizaron los de la científica, averiguaron que era estricnina, el veneno con el que él mismo se suicidó. Es que era médico, ¿saben?

—Claro, claro— repitió Alex.

El más joven de los dos hizo un gesto dubitativo.

—Lo curioso es que transcurrieron varios meses desde que encontramos el esqueleto de su hijo hasta que se tomó el veneno. Quizás cayó en una depresión profunda y llegó un momento en el que no pudo más. Pobre hombre.

Había desviado la mirada hacia lo lejos condoliéndose de la desgracia que había tenido que padecer el pobre Máximo. Desde allí no se veía el rio, pero sí llegaba hasta sus oídos el suave rumor de los árboles que lo orillaban y que se mecían al compás de la brisa. Debió de recordar algo de pronto porque se volvió hacia Noelia con el semblante iluminado.

—Sabemos que usted defendió en un juicio a un chico al que la policía atribuyó las muertes de varios de los muchachos que prendieron fuego a esa casa aquella tarde— le dijo señalándola—. Y sabemos también que no era el culpable y que salió absuelto—. El periódico decía que era usted muy buena abogado, así que queremos felicitarla.

—Muchas gracias.

— ¿Y qué fue de ese chico? — se interesó el más alto— Debe de ser muy duro que te encierren en chirona por un delito que no has cometido.

Hizo Noelia un gesto de asentimiento.

—Ese chico está muy bien. Se casó a primeros de este mes en la capilla de un convento con una de aquellas chicas y aún no han regresado del viaje.

— ¿Con cuál de ellas? — se interesó el agente—. No sería con una pelirroja muy guapetona, porque a esa pobre la ahogaron en una piscina.

—No, con una chica bajita, morena con unos ojos muy grandes.

— ¡Ah!, sí— la recordó el otro—. La tarde del incendio estaba muy asustada y cuando vinieron a avisarnos no paraba de llorar. Pues cuando les vea les da usted saludos de nuestra parte.

—Descuide, se los daré.

—Y ahora vamos a seguir nuestra ruta. Parece que afortunadamente está todo muy tranquilo.

Se despidieron de ellos y poco después el vehículo desapareció de su vista por el camino dejando a su paso un rastro de polvo.

Alex le echó a ella un brazo sobre los hombros.

— ¿Nos vamos nosotros también?

Asintió ella con un suspiro.

—Sí, vámonos.